Best Time

白马时光

# 是谁为你送花来

Who Sent Flowers to You

安逸——著

百花洲文艺出版社
BAIHUAZHOU LITERATURE AND ART PRESS

**图书在版编目（CIP）数据**

是谁为你送花来 / 安逸著 . — 南昌 : 百花洲文艺出版社 , 2018.4
ISBN 978-7-5500-2778-7

Ⅰ . ①是… Ⅱ . ①安… Ⅲ . ①长篇小说 - 中国 - 当代
Ⅳ . ① I247.5

中国版本图书馆 CIP 数据核字（2018）第 063355 号

**是谁为你送花来**
SHI SHUI WEI NI SONG HUA LAI

安逸 著

---

**出 版 人** 姚雪雪
**出 品 人** 李国靖
**特约监制** 何亚娟 夏 童
**责任编辑** 游灵通 程 玥
**特约策划** 何亚娟
**特约编辑** 夏 童 张 丝
**封面设计** 好谢翔
**版式设计** 王雨晨
**封面绘图** 度薇年
**出版发行** 百花洲文艺出版社
**社 址** 南昌市红谷滩世贸路 898 号博能中心 I 期 A 座 20 楼
**邮 编** 330038
**经 销** 全国新华书店
**印 刷** 三河市兴博印务有限公司
**开 本** 880mm × 1230mm 1/32
**印 张** 10.25
**字 数** 323 千字
**版 次** 2018 年 5 月第 1 版第 1 次印刷
**书 号** ISBN 978-7-5500-2778-7
**定 价** 36.00 元

---

赣版权登字：05-2018-164

发行电话 0791-86895108
网 址 http://www.bhzwy.com

# 目　录

Contents

# 目　录

Contents

你有没有玩过一种叫“敢不敢”的游戏?

规则只有一个，不论谁出题目，只能选择“敢”!

当爱情只是一场勇敢者的游戏，

我们的问题，已不在于爱不爱，

而是敢不敢!

## 第一章
# 偶然相遇

夜上浓妆！谢怀臻一向不喜欢这个词，如同她不喜欢化妆。

她总觉得自己姿色平平，再怎么描眉画目，也不过是白白浪费了胭脂。不像方琦，她是浓妆淡抹总相宜，天生的好本钱。

站在音乐房子门口，巨大的音浪涌出来，似海潮拍打礁岸一般，冲击着怀臻的耳鼓膜。

若不是方琦坚持要来为怀臻庆祝，她是打死也不肯来受这份罪的。

怀臻素着一张脸，站在这声色犬马的场所，与周遭环境格格不入。

时间比较晚了，又是周末，音乐房子座无虚席。

听说这两年最火的几名歌星，都在这里当过驻唱歌手，酒吧旺得犹如烈火烹油。

可是，八面玲珑的方琦总有办法。她走到吧台，和一名酒保说话。隔了人潮，怀臻听不清她说了什么。只见暧昧灯光下，方琦眼波流转，像夜光杯里一泓潋滟的酒，令人无法拒绝。

果然，吧台上原本坐着的人挤了挤，竟然空出了位子。原来不光时间和乳沟，连座位也是挤挤就能有的。怀臻二人赶紧坐上去。

周方琦与谢怀臻是大学同学，自美国读完建筑专业后回国，又在同一家建筑事务所任职。

来来去去，两人竟然已经相识整整十年。

有时候，怀臻觉得方琦于她，简直似炎樱同张爱玲。没有怀臻，方琦照样活得精彩纷呈。

可若没有方琦，怀臻觉得她的人生不知道多寂寥。

“来来来，怀臻，这杯酒祝你拿到‘华意’大奖！”方琦举杯一饮而尽，颇有点侠女的风范。

怀臻忙谦虚地说：“你也拿到奖了啊。”

方琦正色道：“怀臻，你是天才！”

怀臻老实说：“不过功夫下得多些！”

方琦笑起来：“怀臻，从今以后，你再非我等可比！”

今天对于她而言，是个截然不同的日子——二十九岁的谢怀臻成为“华意”奖有史以来最年轻的得主。

正要拉开话匣子，方琦忽然看到远处有一桌熟人，便走过去打招呼。方琦相识满天下，不像怀臻，朋友屈指可数。

怀臻无聊地四处张望，忽然目光被窗外紧紧吸引住。她下意识拽紧椅背，死死不放。

门口有人殴斗！一群人自音乐房子外的楼梯一直追打而上。

不，不是公平对决。是一名穿衬衫的男子正奋力与七八名穿黑色 T 恤的男人混战。

一开始，穿衬衫的男子被好几名壮汉死死压在楼梯扶手处，可他丝毫不妥协，奋力抗争。

怀臻觉得，若再靠近些，定能听到他拳头带出的呼呼风声。

她深深觉得刺激，她所在的世界，始终维持斯文有礼的表象，都是暗地里拼死活。

这是她生平第一次看见打架，觉得异常震撼，她不自觉站起来，好看得更真切一些。

“没什么好看的——”酒保好心提醒怀臻，“酒吧里天天都有人打架！”

是，酒精容易让人丧失理智！但怀臻还是不住回头往门口张望。可是一刹那工夫，那被围追的男子已经不见了。

怀臻无趣地低下头，摆弄桌上的酒杯。突然眼前一暗，方琦的空位上多了个男人。

“这位子有人了！”怀臻赶紧说。

“对不起，我只坐一会儿！”那男人有很好听的声音，在一种嘈杂乱象中，如汩汩清流。

怀臻不禁被声音吸引，抬起头。

男子正快速脱掉衬衫，只余一件 T 恤，然后非常自然地将衬衫团一团，扔到脚下。

怀臻斜眼一瞥，一颗心立即提到嗓子眼。这男子嘴角，分明还有一抹血痕。

怀臻只觉耳中“轰”一声巨响，周遭闹哄哄的声浪全部隐退，心中却分外澄明。她刚刚见过他！

他随意抹了抹嘴角，那一抹触目惊心的血痕便不在了。

这时，方琦已经走过来，站在男子身边，好奇地上下打量他。

他对方琦笑一笑，很自然地点点头，仿佛是方琦的老友。接着，他笑着招呼酒保递给他一个空酒杯，自顾自将桌上的威士忌倒在自己杯中。神情那样镇定自若，仿佛怀臻与方琦是他多年好友。

方琦饶有兴趣地看着他，一点也不慌张。连怀臻也受到他镇定的感染，忘记了害怕。

他没有说话，只对着怀臻与方琦举了举酒杯，然后，一仰头喝了下去，酒液顺着圆润的喉结，轻快下滑。然后，他不动声色地放下杯子，眸子暗沉沉，像有重重魅影在里头旋转。

怀臻傻傻看着他，仿佛着了魔一般，不由自主跟着他，将杯中的液体一饮而尽。

方琦也姿势优雅地将杯中酒喝去大半。居然，连一向做事谨慎的方琦也对他不设防。

怀臻来不及多想，那群黑衣人已经进了酒吧，他们在酒吧内来回穿梭，在搜寻他的踪迹。

怀臻只用眼角余光轻轻一瞥，黑衣人眼里的凶光，立即让她背脊一阵冰凉，连汗毛都竖起来了。

可是她并不觉得恐惧，只觉得深深的刺激。

万一被发现，不知道会不会牵连到自己。到时候，是与他并肩作战，还是——跑？

怀臻下意识看了看自己的脚，幸亏穿着球鞋。她又看了看方琦，那鞋跟高且细，简直可以踩死人。奇怪，为何要与他并肩作战？连他是谁都不知道！

人类真是肤浅，遇到事情，总是偏帮皮相好看的那一类。

一时间，怀臻脑袋里充斥着各种稀奇古怪的念头。

她微微仰起头，那男人似浑然不觉那群人正在身边搜寻他，仍怡然自得喝着酒，似乎一切都与他无关，他是专程来陪怀臻喝酒聊天的。

而方琦更镇定，好奇地上下打量他，看得可真仔细，似乎连他脸上有几颗痣都想数清楚。

怀臻想说话，可是喉头又干又涩，似忽然间被人塞进大把粗糙沙砾中无法发声。

好不容易清清嗓子，正要说话，可是他却对怀臻晃晃酒杯。

金橙色液体轻轻推送冰块，发出了丁零零的碎响，怀臻的心也跟着晃起来。

怀臻看牢他，紧张得十个脚指头都抓紧了。

谁知，他忽然展颜一笑，牙齿雪白，那笑容仿佛夜色里忽然盛开了一朵耀眼的白昙花。

“你很可爱！”他轻轻附在怀臻耳边说。呼出的热气，似一团暧昧的暖雾，撩拨得人身心酥麻。怀臻只觉膝头一软，两只耳朵烧成透明。

还未回过神，那人已经侧身退到怀臻身后。

怀臻一转头，他已经不见了。像一滴水落进沙漠，噗的一声，蒸发在浓黑的夜里。

怀臻这才发现，那群黑衣人也不知何时离开了。

她松一口气，高悬的心放下后，反而有一点点空落落……

“你朋友走啦？”方琦偏着头看着怀臻。

怀臻张口结舌，不知该如何回答！

“你从哪里认识外形这样出色的男人？”方琦趋上前逼近怀臻。

“我不认识他啊！”怀臻如实回答。

难怪方琦那样镇定，原来她以为他是怀臻的朋友。

“不认识？”方琦张大口，“可你一直看着他微笑！”

“啊？”怀臻下意识抚摸自己的面颊——有微笑吗？

怀臻以为，她面部表情一定早因为紧张，僵硬如石雕了。

“怀臻，你走桃花运了！”方琦紧紧盯着怀臻，一脸羡慕。

怀臻一头雾水，茫然地看着方琦。

“酒吧里，陌生男子主动上来搭讪，不是桃花运吗？”方琦看着怀臻头顶，似乎那上面正有桃花状云雾萦绕。

“你不知道吗？”怀臻觉得好笑——

她把那男子被人追打，然后如何坐到自己身边，改变装束，装作是怀臻同方琦的朋友，掩人耳目，避开围追，一五一十告诉了方琦。

方琦听得眼睛圆睁，好半天才说：“原来是桃花劫！”

怀臻讪笑——方琦最擅长把一切浪漫化。

方琦拍拍老友肩膀：“你也真够有勇气，镇定得让我都看不出端倪，还以为你遇到熟人了。”

怀臻苦笑，她不过是吓傻了。

“我看那群人来者不善，搞不好就把我们也搭上了！”方琦长吐口气。

怀臻点点头，这才感到后怕，连喝了两口酒，手脚才暖过来。

“想不到谢怀臻小姐，也有美人救英雄的本色！”方琦忍不住调侃怀臻。

怀臻眉毛一挑：“我算哪门子的美女，不过当了一下人家避风头的道具而已！”

方琦摇摇手中酒杯：“话说回来，他长得可真好看啊！”

“是吗？”怀臻努力回忆，可是怎么也想不起他的样子。

她太紧张，唯一的感觉是他很镇定，镇定得仿佛一切都不关他的事。

“那鼻子，挺得让人忍不住想伸手摸一摸，还有眼睛，亮得像星星！”方琦眉飞色舞地形容着，“嘴唇也很性感！”

看着方琦一副眼睛都在流口水的样子，怀臻暗暗觉得好笑，有没有那样夸张？

结果，整个晚上方琦都在抱怨怀臻，抱怨她没有将他留住。

“留下来又如何？”怀臻反问。

“看看也好啊！”方琦瘪瘪嘴巴。

“你那么多男友，还这样贪婪？”怀臻好笑。

“可没有一个有这个好看！”方琦叹口气。

“好看顶什么用？”怀臻拍一下好友的头，“好看又不能当饭吃！”

“反正男人都花心，不如找个年轻好看的！”方琦说王菲的名言。

怀臻反驳她：“好看的最是靠不住！”

方琦也笑起来：“可王菲还是吃了回头草。”

“因为回头草特别香，还是熟悉的配方，熟悉的味道！”怀臻坏笑。

两个人开始大聊明星的八卦新闻，仿佛一时间时光倒流，又回到美国读书时，那些轻松而愉快的夜晚……

出了门，怀臻与方琦各自开车回家。

怀臻开一辆白色德国产SUV，她喜欢它低调耐用、结实可靠，闲暇时还可开到郊外采风。

方琦却不，她的坐驾是红色玛莎拉蒂。方琦一向爱出风头，就连在选车这件事上也不例外。

怀臻知道，这两年方琦赚了点钱，她常背着所里，接一些外面的单子来做，对于一向精明能干、人缘颇广的方琦来说，不过是挥挥笔的工夫。

回到家，怀臻先按亮门灯，才将大门轻轻关上。然后逐一打开房间里所有的灯，直到整间屋都亮堂堂，充满暖意。

一百多平方米的房子，全部隔间都打通，一眼便可望到底，没有异常！怀臻放心了。

单身女人，再强悍，还是有一样怕的——黑！伸手不见五指，那莫名的恐惧一下便将人掷入孤立无援的深渊。怀臻可不给自己这样慌乱的机会。

刚进门，怀臻便闻到自己满身满头的烟酒味，不，也许还有汗味，不知多呛人。

怀臻速速冲到浴室从头至脚洗个干干净净，幸亏是短发，怀臻胡乱用毛巾擦了擦，便已经半干。

想必方琦现在还在同那一头长而慵懒的鬈发斗争，怀臻有些想笑。每次看方琦洗头都是个痛苦的过程，那样长而卷的浓密头发，海藻似的铺开在水里，十分壮观，难怪她一年四季都到理发店洗头。可是，这样深的夜晚，怕是只有她自己亲自动手了吧。

怀臻摸摸自己微微有些湿的鬓角，对着镜子释然一笑，美丽总要付出代价，她还是把精力用在刀刃上吧。

走到床边，怀臻“噗”地笑出声，她看见床上，放着一件杏子色小礼服。

今天晚上，是“华意”奖的颁奖晚会，电视直播，盛况空前。“华意”奖是全亚洲建筑业最高设计奖项，是每个建筑设计师梦寐以求的大奖。

怀臻与方琦由所在的建筑设计事务所推荐参加，没想到成绩那样好，由怀臻获得最高奖项，而方琦也荣获优秀奖。其实获得奖项只是虚名，真正让人眼红的是，每一届大奖得主所在的事务所，都将获得设计当年最受瞩目的城市主体建筑的资格，而大奖得主则理所当然成为主设计师。今年的城市主题建筑是全亚洲最大的艺术中心，据说政府投资七个亿。从此以后，怀臻将身价倍增。

事前，方琦精心替怀臻挑选了这件杏子色窄腰身礼服，送给怀臻，嘱咐她一定穿到会场来。怀臻点头如捣蒜。

可是到了现场一看，方琦差点气得晕倒。再普通不过一件白衬衫、一条黑色烟管裤、一双匡威白球鞋，跟平日上班有何区别？

“都是设计师款！”怀臻忙解释。

“礼服呢？”方琦沉下脸。

“家里。”

“怎么不穿？”

“你的心意，当然要放在家中珍藏，艺术品一般挂起来欣赏。”怀臻浑然不知自己错在哪里。

“你是全场焦点，穿成这样怎么成？”方琦但觉自己快要被气得内出血。

偏谢怀臻还一脸茫然：“有规定穿这样不能领奖吗？”

方琦气得直跺脚：“你脑袋怎么长的？”

怀臻好笑地拍拍老友的肩膀：“少安毋躁，我看过参会须知，没有规定必须穿什么衣服。”

“可所有人都穿礼服！”方琦自己也穿黑色小礼服，十分妖娆。

“又不是奥斯卡颁奖，与穿什么衣服无关。”怀臻摊开手。

“你白费我一番苦心！”方琦气得用力掐怀臻手臂一把。

怀臻急急呼痛：“不至于为了领一个奖，我便变得连自己也不做了吧！”

方琦眼神一黯，叹口气，拂袖而去。

怀臻怎会不懂好友心意？她并非没有试穿过那件杏子色礼服。礼服非常合身，怀臻腰身窄小，穿上更显曲线玲珑，而且方琦深知怀臻品位，所以礼服并不暴露，十分雅致。可是穿着礼服不化妆，怎么看也显得突兀。

但让她用五彩颜料往脸上细细勾描，似《聊斋》中的女鬼画皮，渐渐从一个人变作另一个人她又不愿意。那窄窄小礼服箍在身上，有些透不过气，怀臻又联想到那双穿上便再也脱不下的红舞鞋，更觉得诡异非常。

但凡太过华丽好看的东西，都不是普通人消遣得起的。

怀臻赶紧脱下礼服，穿回自己的 T 恤牛仔裤，才松一口气。知道方琦一定会生气，打定主意，届时厚着脸让她骂几句出气。果然——

怀臻三两下将礼服挂进衣橱，也许得下一个奖的时候，有机会穿一穿。

工作方面，怀臻一向对自己很有信心。自小便有人说怀臻得到父亲真传，是设计这一行的天才。可是怀臻知道，天才无非是比别人付出更多的时间同精力。

当然，偶尔也有灵光一闪的时候，但那是少数！

躺上床，怀臻整个人才松弛下来。关掉房间里所有灯，只余一盏小小头灯亮着，勾勒出屋子里朦胧的光影。她习惯了睡觉也替自己留一点亮光。常常睡到半夜，灵光一闪，得及时跳下床，勾两笔草图。

向来，怀臻是头一沾枕头，便立即被周公拉入梦乡。可是，今夜，怀臻毫无睡意。

她眼前老有一双眼睛在晃动，似黑蓝色天幕上，一对星星在眨啊眨，眨得怀臻心神不宁。

她知道这双眼睛的主人是谁。

此刻怀臻怎么也回忆不起他的五官轮廓，可是她又能确信，假使他站在她面前，她能即刻将他自人群中认出来。

他同那些黑衣人有过节，想必也非善类。那些人为何要追打他呢？欠了赌债，还是天涯亡命徒？或者，是 007 一般的人物？怀臻胡思乱想，渐渐睡意袭来……

蒙眬中，似乎有人紧紧将怀臻抱住。这怀抱那样温暖、宽厚，舒适得似被一团绵软厚实的云层包裹着……

忽然，怀臻听到手机铃声，她下意识抱紧那人。铃声追魂夺魄，好半晌，怀臻才知道，刚才那个拥抱，不过是一个旖旎的梦……

一片金光洒落满室，耀得怀臻差点睁不开眼睛。太久不谈恋爱，怀臻已经快忘记拥抱的滋味。别说不知道到哪里去寻找这个来无踪去无影的陌生人，就算真让她碰上——她敢不敢接受他呢？

怀臻犹豫三秒——忽然讪笑，居然做起白日梦来！

难道在这个夏末，她开始动起了沉寂已久的春心？

第二章

# 请当我三分钟女友

怀臻所在的“鼎峰”建筑事务所是一家甲级事务所，声名远播，里面的一二级注册建筑师不胜枚举。但是，即便这样，怀臻仍然是其中的佼佼者。

她自美国获得建筑学硕士学位回国，第二年便直接考取国家一级注册建筑师，进入“鼎峰”工作。短短两年，怀臻便成为“鼎峰”的主设计师之一。这次拿到“华意”奖，更是让她身价倍增。

走进办公室，不少人对怀臻行注目礼，特别是一些绘图员，更是用崇拜的目光看着怀臻。

是的，公司绝大多数人都喜欢怀臻，她才华横溢、不拘小节，却又处世低调。可仍然有一些人对她不服气。

过道里，谢怀臻与冯凉狭路相逢。冯凉也是一级设计师，可是为人偏偏少了大将之风，他总觉得怀臻所得通通不过靠裙带关系。

“谢怀臻，你终于得偿所愿。”他将怀臻死死堵在过道里。

怀臻不能绕开，只得淡淡道：“我比较幸运。”

“你是说我比较倒霉？”冯凉咄咄逼人。

“哈！”怀臻不想与他争执，“我可没这意思。”

“幸运从来只光顾有钱有背景的人！”冯凉讽刺道。

他常常这样挑衅怀臻，又爱当着公司同事的面对她冷嘲热讽。可是怀臻始终好涵养，多数时候只一笑了之。同事都欣赏怀臻这一点大度。

因此，渐渐冯凉成为众人眼中的恶人，他也干脆将恶人扮演到底。

“谢怀臻，这次若没有你爸爸帮忙，你能得奖？”冯凉冷笑，伸手用力搭在怀臻肩头。

“清者自清。”怀臻淡淡道，伸手欲拨开冯凉的手。

可是冯凉越加用力，怀臻拨了两次都落空。

怀臻暗吸口气，准备发力将冯凉推个人仰马翻——

可是，另有一双手，早怀臻一步，大力将冯凉的手用力推开。

是方琦！关键时刻总是她！

“冯凉，我警告你，若你再对怀臻无礼，小心我收拾你！”方琦走到怀臻身前护着她。

怀臻暗暗觉得好笑，方琦总当她是弱小，自愿充当老母鸡的角色。

“你敢！”话虽硬，可冯凉已露怯意。

“怀臻好脾气，我方琦可不是好惹的！你可想试试？！”方琦不屑地瞄冯凉一眼。

怀臻见方琦双手叉腰，一副悍妇姿态，忍不住扑哧轻笑出声。

“谢怀臻，你等着，总有你哭的一日！”冯凉面色铁青，目光中尽是怨毒之意。

怀臻不由得打了个冷战，立即噤声！

冯凉放下狠话，转身离开。

方琦见怀臻面色凝重，不禁问：“吓到啦？”

怀臻摇摇头：“他以前不是这样的！”

方琦拍拍老友手背：“你这样幸运，谁会不嫉妒呢？”

怀臻笑了：“有何好嫉妒？还不是通宵通宵熬出来的，不服气的来看看我这只手！”

怀臻将右手往方琦掌中一伸。

纤细修长的手指，玉洁绵软，可是握笔的几个手指头，厚厚一层茧，有两处指节凹凸不平，异于常人。

方琦叹口气：“谁会仔细观察你的手？都只知道你有个父亲是建筑业泰斗，‘华意’奖的评委，三分之二都曾是你父亲的学生。”

怀臻低下了头！

是，父亲是她的骄傲，却也是注定压在她头上的一座大山。有时，在父亲的盛名之下，怀臻觉得喘不过气。

不管她取得何种成绩，旁人都只会说：“知道她父亲是谁不？大名鼎鼎的谢常意！”

即便在她少女时代，展露惊人才华，被业界称为天才少女，也有人说：“遗传已经胜过别人许多，怎么可能不是天才？”

看，通通看不到她的努力！不过，怀臻天生乐天派，父亲带给她的烦恼不过挥挥手便即刻散去。

待她坐在电脑前，她已经忘记冯凉的威胁。

方琦坐在怀臻对面，中间只隔一层半人高的隔板，一抬头，便可看见对方。

方琦的手机从早到晚响个不停，三分之一是为工作，另外三分之二是约她吃饭、喝茶、跳舞、唱歌、看电影。

方琦是有男人缘的！所有美人都有男人缘！

怀臻摇摇头，刻意忽略方琦桌上此起彼伏的电话铃声。

“怀臻，你怎么不接电话？”方琦伸头过来提醒怀臻。

“啊！”怀臻这才发现，铃声是自己桌上的座机发出的，是所里的内线电话。她赶紧接起来。

“怀臻，到我办公室来一下！”是顶头上司曹彻。

“好！”

“谁找你？”方琦就是好管闲事。

“曹彻！”怀臻笑着回答。

方琦意味深长地“哦”了一声，然后对怀臻挤挤眼睛。

怀臻笑着伸出手，隔着隔板，拍了方琦一下，然后迤迤然走开。

怀臻敲敲曹彻办公室的门。

曹彻亲自走到门边替她开了门，然后将门关上。

“关门？不怕人说闲话？”怀臻笑着坐到曹彻对面。

“关不关门，都有人说闲话，我早无所谓了！”曹彻摊开手。

“昨晚可睡得好？”曹彻关切地问怀臻。

“你猜呢？”

“一定是倒头三分钟立即睡得死沉！”曹彻笑着猛摇头。

怀臻眯起眼睛笑，不说话。

曹彻忽然有点呼吸困难——这个神情，他最熟悉不过。

从前，怀臻最喜欢半眯着眼睛，将下颌放在他掌中，满足地笑。不过，一切都只是从前！

这段关系早已结束。

“怀臻，永远没有一桩事情可以让你失眠！”曹彻忽然叹口气。

怀臻看着曹彻，抿着嘴巴笑一笑，不置可否。

当年曹彻与怀臻分手，怀臻整整失眠三个月。那是最苦的三个月，每天都需看书至深夜，靠通宵画画来分散自己的注意力。三个月内，画技突飞猛进。曹彻功不可没！这些，怀臻都没有告诉曹彻。知道又有何用？不过是徒然使两个人更伤感。

这段感情，并没有谁负了谁，可是又都各自心存一份愧疚。彼此仍然默默关注对方，但又清楚知道，已经回不去了。于是，心甘情愿当彼此老友。

“你叫我来，就是为了问我昨晚睡得好不好？”怀臻自心里叹口气，开玩笑转移自己注意力。

“难道不行？”曹彻笑。

“行，你要怎样都行！”怀臻迁就地说。

奇怪，当他女友时，她却飞扬跋扈，处处都要逞强，寸步不让。现在，心态居然可以如此平和。可见，男女热恋中，对人对事都有着病态的执着，状态十分异常。

“怀臻，我想听你谈谈，明年年初动工的艺术中心的项目，你有何看法？”曹彻终于引入正题。

怀臻立即抛开杂念，将自己的打算一一汇报给曹彻。

虽然，连最模糊的概念怀臻都还没有，可是她知道她一定可以胜任。她这份自信，令她工作起来异常冷静，往往能想到别人无法想象的妙方。

刚参加完比赛，怀臻手头暂时没有其他项目，而艺术中心要明年才动工，所以她难得清闲。她坐在电脑前听音乐，让心情彻底放松。

前些时候，为了参加大赛，怀臻熬了不知道多少个通宵，身体清瘦了不少。

冯凉自怀臻背后看过去，只觉那白色 T 恤下的腰肢，细到一把便可握完。

他真想走过去，用力钳住她的细腰，让她透不过气来。

若目光可以杀人，怀臻的后背已经被灼出无数大洞。可惜不能！

怀臻仍然端端正正坐在电脑前，舒舒服服沉浸在巴赫的《小步舞曲》里。

都说建筑是凝固的音乐，有时候怀臻还真能从音乐中寻到一抹灵光。

在怀臻看来，不同的建筑，就是不同音乐的载体。简单、抽象，却能激起情感幻觉，像一种化学反应，形成不同的视觉体验和心灵感受。

音乐无形地融入色彩，线条游走在旋律中。她因此获益无数。

下班时间很快便到了。

方琦踩到怀臻身边，晃晃手中的两张票："去不去？"

怀臻茫然看着方琦："干什么？"

方琦将其中一张票递给怀臻，怀臻仔细看了看，原来是市政府赠送的音乐剧门票，只给怀臻这一组人。

怀臻立即站起身来："去！"

她想看已经很久了，只是前段时间忙于对付比赛，实在腾不出空当。

那些繁复的造型、奇幻的灯光，甚至绮丽的布景，都能为自己提供一点灵感。

现场座无虚席，只看见黑压压一片人头。怀臻不禁莞尔，看来大众不只懂得欣赏流行歌曲。众人各说各话，大厅里一片嗡嗡之声，似有百万只蜜蜂在耳边哄闹。可是，随着灯光一暗，又立即鸦雀无声。

怀臻迅速被舞台上的光影紧紧吸引住——

这是一场跨越时空的爱情悲剧，外星人爱上地球女孩，最后却化为一缕青烟。看到最后，怀臻甚至觉得眼睛里有了些湿意。

自与曹彻分手后，她便一直孑然一身。所有精力与时间都花在工作上，渐渐消耗她所有热情。生活十分乏味，渐成一潭死水。

此刻，看到这样缠绵悱恻、狂热如烈火般的感情，怀臻不禁有点向往。

人人渴望一份刺激而烂漫的、可以让人死而无憾的爱情。可是，真的轮到自己，又有几人有勇气接受？爱上一个人，很简单。但要奋不顾身地投入，却很难。

演出结束后，怀臻发现很多人表情都很凝重，尤其是女性观众，大概都把自己当女主角那样去谈一场无惊无险的恋爱。谁叫凡人的生活那样沉寂无趣呢？

不过方琦是个例外。方琦生活多姿多彩，爱好广博，裙下臣多如牛毛，她才无暇胡思乱想。她也不稀罕臆想的爱情，她要的是荷枪实弹、不用替身的真感受！

她对这场剧，并没有多少感触，只顾拖着怀臻往外走，边走还边说："快走快走，嗓子干得报火警了！"

怀臻被方琦拖着，哭笑不得，跟着她投胎似的直往外奔！

可是，人那样多，潮汐般，一浪推着一浪往出口涌，挤得怀臻好几次踩了别人的脚。好不容易被人群冲到出口，不知谁在后面推了怀臻一把，手一滑，失去方琦踪影。

她站在出口边，四处张望，明晃晃灯光下，全是黑压压人头，哪里分辨得出？

忽然，一只手从后面伸过来，一把接过已经被怀臻捏得汗湿的入场券，然后迅速紧紧握住怀臻的手。是方琦？不！这并非方琦纤细凉软的手，这只手宽大、厚实、干燥，掌心微温，百分之百属于男人。暗夜流泉般的声音同时传到怀臻耳边："对不起，小姐，请帮个忙！"

怀臻惊慌地抬头——只一眼，她便僵住，僵在潮水般涌动的人群中。周遭的一切像被谁施了魔法，忽然间，变得暗淡而遥远，成为一抹静止的、无声的背景。

竟然是他——她果然在嘈杂的人群中，一眼把他分辨了出来。尽管昨晚，她还记不起他的轮廓。可此刻，她努力回忆了整晚的星眸，就这样近距离地看着她。怀臻张大嘴巴，连将他的手挣开都忘记了！

他看到怀臻，也是一愣，但迅即恢复镇定。他快速俯下身子，凑到怀臻耳边："请当我三分钟女友！"

不等怀臻有任何反应，他已经一把揽住怀臻的腰，手臂那样有力，使她不由自主被这股力量推着往前走。

还未等怀臻搞清楚到底发生什么事情，慌乱中，他已经停了下来。

他们面前站着一对年轻的情侣，女的娇俏可爱，男的倒很普通，不过两个人十指紧扣，那亲昵的样子，也足够让单身的人羡慕了。

怀臻茫然地看看这对男女，又仰头看看他。

“小如，好久不见！”他十分熟稔地跟女孩打招呼，然后又用力将怀臻揽得更紧一些，怀臻觉得自己慌得快不会呼吸了！

“啊！太巧了，居然在这里遇见你！”叫小如的女孩笑得有些牵强，但还是指了指旁边的男人，向他介绍，“这是我先生！”

他笑了笑，表情十分平静，指了指怀臻：“这是我女朋友瑶瑶！”

“哦！”女孩上下打量了一下怀臻，大方地向怀臻伸出手，“认识你很高兴。”

怀臻也伸出手，微笑着，与那女孩的指尖轻轻碰了碰：“你好！”

此时，怀臻心里已经明白了七八分。他与她定然曾为情侣，不知为何分道扬镳。今日狭路相逢，她甜蜜地牵着爱人的手，而他，连看演出都孤单单一个人。

于是，逞强之下，拉起陌生女子的手，央她做他三分钟女友，演一场戏给自己的前任观看！是赌气，是不服输，还是，他不要她看见他落寞的样子？

怀臻镇定下来。

“你女友很漂亮，我放心了！”小如对他眨眨眼睛，做出一个如释重负的样子。

“是。”他望着怀臻，唇角勾起温柔的弧度。

有一刹那，怀臻甚至觉得，自己真成了被他呵护备至的女人。他那样高大、英俊，一脸温暖的笑容，旁人看来一定很羡慕。一刹那后，她发现，她差点入了戏。

“有空到我们家小坐。”他对小如做了个邀请的动作！仿佛他同她真的有个温暖的小家，随时布置妥当，邀朋友上来喝杯茶、吃顿饭。

“顺便尝尝我的手艺。”怀臻也笑意盈盈，一副盛情相邀的样子。怀臻忽然发现，自己演技并不比他差。

他赞赏而感激地看了怀臻一眼。两对人寒暄两句，各自走开。

一转身，男人立即松开手臂，怀臻腰上一松，那温暖的触感瞬间消失。

他笑得感激："小姐，多亏你仗义相助。"

她的心又慌乱起来，似乎被人抛到空中，不知道该上，还是下。怀臻强自镇定，生怕他听到她咚咚乱撞的心跳："举手之劳。"

"你真可爱！"他又说。

怀臻的心漏跳一拍，他竟又说了同样的话。

果然，他说："你帮了我两次，我一定请客聊表谢意。"说完，他对怀臻躬身一礼，闪身融入人潮。

喂！怀臻真想对着他大喊：你连我是谁都不知道，怎么请我啊？

男人行动自如，游鱼般灵活，在人群中腾挪数步，便隐身人海。

他急速地分开人群，走到安全通道的另一侧，寻了个没人的位置站定。从裤兜里摸出手机，侧脸背过人群，拨了号码。

此刻，他收起那春风一般温软的笑意，面无表情地看着手机闪烁的屏幕，等到电话接通，才拿到脸旁，沉声道："上手了！今天的任务顺利完成！你可以付首款了，二十万，一分不能少！"

那样英俊明朗的面孔，在手机屏幕幽蓝的荧光下，竟然也有几分说不出的诡异。

电话那头的人不知说了句什么，男人低头看向手机。一条短信在手机界面上一闪，是条转款信息。男人笑了，懒懒道了声谢，挂了电话，低头融入人群。

怀臻看看表，时间才过了三分钟。她有些怅然，从昨天到今天，两次邂逅都那么短暂、刺激，仿佛是个奇诡梦。她咬咬唇，不让自己去反复想一个陌生人——一个握过她的手，揽过她腰的陌生男人。

她机械地跟着人群往前走，直到走到出口，看见正在自动贩售机前大口大口喝着可乐，东张西望的方琦，她才回过神来。她一走过去，方琦立即大叫："我等你好久了！这么大个人还走丢！"

怀臻神情仍有点恍惚："你怎么不打电话给我？"

要不是端着可乐，方琦一定气得叉起腰了：“我给你打了七个电话，是你自己不接！”

怀臻忙拿出手机，果然有七个未接电话。她不好意思地说：“我没听到！”

“算了，算了，这里人很吵！”方琦大度地挥挥手。

是，适才演戏太过投入，一心一意配合他，居然连电话也没有听到。

怀臻有些不好意思。方琦却丝毫不觉，自顾自牵起怀臻的手，向门口走去，边走边像抱怨小孩子一样道：“你拉好我，别一回头又丢了。”

怀臻被方琦弄得笑起来，她想，要不要将刚才的事情告诉方琦？三分钟的艳遇？她握紧自己的手，被那大手包裹在掌心的余温，仿佛还在。

“怀臻，你怎么了？”方琦惊异地瞪着怀臻。

“啊？”她莫名其妙地望着方琦，又摸了摸自己的脸。

“你犯花痴啊？一个人傻笑什么？笑得那样暧昧？”方琦一副见了鬼的怪模样。

怀臻这才发现，自己的唇角不由自主上扬，她赶紧收敛笑容。人一发春，多可怕，眉梢眼角都藏不住!

当下，她决定不告诉方琦，她做了别人三分钟临时女友，便兴奋得连面部肌肉都失控了。如果方琦知道了，一定会被她嘲笑到死。然后，怀臻猛地甩甩头，在心里按下删除键，将他彻底清除。

她亲热地挽了方琦的手：“走走走，我请你吃大餐。”

方琦亲昵地将头靠向怀臻：“那要吃特别贵的！”

怀臻拍拍她面颊：“最贵的是龙肉，你牵来，我就买下给你吃。”

方琦故意跺脚：“吝啬的女人！”

怀臻故意长叹一声：“吝啬是我的本色。”

一对老友相互取笑，开开心心离开。

## 第三章
# 是谁为我送花来

周一，黑云摧城。

整个城市仿佛被一双无形的大手死命挤压，连空间都快扭曲变形，压抑得令人透不过气来。

谢怀臻坐在办公室里，情绪恹恹。一大早，她便接到一个令她十分不愉快的短信。由另外一家甲级事务所“寰宇”的老总丁善儒亲自发来。

自从怀臻获得“华意”奖以来，丁善儒和他的下属，使用各种方式联系怀臻，企图将怀臻挖到他们所里。怀臻知道，他们不过是想获得亚洲艺术中心这个项目而已。

“华意”奖得主在哪家事务所，该年亚洲最大的项目就会跟到该事务所。艺术中心耗资七亿元的大项目，当然是每家事务所都想得到的。

所以，每年都有这样的事情发生，“华意”奖得主，总是被来自亚洲各地的事务所，不择手段地挖墙脚。

今年，丁善儒用了很多方法，也找了很多人，企图说服怀臻。上周，他们甚至特别宴请了怀臻的父亲谢常意，试图通过他来打动怀臻。怀臻还是坚决地拒绝了。

怀臻一直听闻“寰宇”的很多项目，都是通过一些不正当的手段得来，她向来鄙夷。故此，不论对方如何利诱，开出天价般的设计费，她始终都态度坚决。私下她也与父亲沟通过，表明自己的态度。

谢常意也明确回复了丁善儒：“女儿大了，有自己的主见，不听我们老年人的了。”

怀臻以为，丁善儒也该死心了。谁知，今日尚未起床，便接到丁善儒发的短信：“你一定会过来的！”

怀臻对他这种半威胁半耍赖的方式嗤之以鼻。但是，心情仍难免受到影响。

她正对着电脑，用鼠标在屏幕上乱点发泄，外间的前台小姐走进办公室，扬声喊：“怀臻，怀臻，有人送花来，出来签收！”

原本埋首电脑的各位同事，立即扬起头看着怀臻。

怀臻狐疑，今日并非特殊日子，怎么有人送花？当下，她三步并作两步走到外间。

哪里有人送花？只有一名戴棒球帽的大男孩捧着一大盆奇丑的仙人球，窘迫地站在门口。

看见怀臻出来，他赶紧问：“是谢怀臻小姐吗？”

“是！”怀臻莫名其妙地看着他。

他赶忙将手中的一张单子递到怀臻手中：“请签收！”

怀臻低下头，原来是花店的订单。怀臻胡乱写上名字，一边写一边问：“这仙人球是送我的？”

小伙子点头如捣蒜：“是、是、是。”

见怀臻签完字，他一把扯回单子，把花盆往怀臻手上一塞，如释重负地松了口气。

大抵，他也是第一次送出这样“怪”的花。小伙子一边按电梯，一边忍不住好奇地回头打量怀臻。

怀臻暗自好笑，这小伙子在想，这女子长得端端正正，怎么有如此奇特的品位？

怀臻捧着这盆碰也碰不得的灰扑扑的仙人球，小心翼翼地走进办公室。同事全都为之侧目——咦？这就是谢怀臻收的花？怀臻低着头，忍笑走回座位，从满满当当的桌子上，挪出一块地方，安置了那盆丑陋无比的仙人球。

她打开仙人球上插着的卡片：“仙人球防辐射，年后也许会开花，我特意选了盆大的，送给你，请笑纳！”并没有署名！

怀臻扑哧笑出声，拨内线电话至曹彻：“我是怀臻。”

“怀臻，有什么事吗？”

“少装了，我知道是你！”

“什么是我？”曹彻在电话那端一头雾水。

“不是你吗？”

“什么不是我？”

“仙人球不是你送的？”怀臻惊异。

“好端端，我为什么送你仙人球？”曹彻笑起来。

“真的不是你送的？”怀臻追问。

“我品位没有这样奇特。”曹彻笑起来，“要送也送你一束白玫瑰，我知道你的喜好。”

“那是谁？”这回怀臻也茫然了，起初她一心认为是曹彻同她开玩笑。

“想想你哪位追求者有这样怪异的嗜好。”曹彻忽然心里酸溜溜的。怎么，又开始有人追求怀臻了吗？

“肯定不是追求者，倘若是追求者送的仙人球，一定也是小巧可爱的，上面有红色或者黄色花冠，看上去别有一番风味。可是这一盆，灰头土脸，张牙舞爪，密密麻麻，全是刺，一不小心碰到，至少痛上三小时！”怀臻轻轻抱怨，下意识将花盆又挪远一点，生怕被扎到了。

“别放在心上，也许是谁恶作剧。”曹彻放下心来。

不知为何，只要听到有人追求怀臻，他便觉得五脏六腑都在闹别扭，说不上哪里特别难受，但是偏偏又浑身不对劲。

“我又没招惹谁！”怀臻纳闷。

“怀臻——”曹彻觉得一颗心开始变得柔软，怀臻永远这样无城府，永远只愿看到人类美好的一面，“也许是有人嫉妒你！”

怀臻并非傻瓜，她当然知道，这个行业里，嫉妒她的人不是少数。

“怀臻，小心！但也别太放在心上。”曹彻轻轻说。

“好的。”怀臻挂了电话，看着那盆死气沉沉，像一大坨刺毛灰鼠的仙人球发呆。

下午，方琦办完事回到办公室，一眼看到怀臻桌上的仙人球。

“咦？什么时候买的？”方琦好奇地看着怀臻，“想从沙漠找灵感，还是想到了埃及金字塔？”

怀臻哭笑不得："我哪有这样好兴致？别人送的。"

"谁啊？品位这样怪异！"方琦凑上前仔细研究仙人球，看到密密麻麻尖利的刺，又赶紧退后，"怎么看都不可爱！像一堆长满刺的地雷，随时要炸人一脸刺。"

"不知道！"怀臻摊开手。

"不知道？"方琦惊叫，见办公室的人都抬头看她，赶紧捂住嘴。

怀臻只得小声将事情讲了一遍。

方琦柳眉一竖："肯定是曹彻跟你开玩笑！"

怀臻摇摇头："我问过了，不是他！"

"啊？"方琦更有兴趣了，干脆搬了张椅子坐到怀臻面前，把所有可疑对象，一一跟怀臻分析起来。

怀臻听得直摇头，什么事情都可以被方琦拿来玩。

方琦正分析得津津有味，怀臻桌上的电话响起来。

她接起来："好、好、好！我马上来！"

"谁啊？"方琦被怀臻一迭声的"好"勾起好奇。

"大老板！"怀臻压低声音。

方琦张大嘴："多半没好事！"

"鼎峰"设计的老板周易峰，出了名的不苟言笑，为人刚正不阿，平时很少找下面的设计师谈话，除非训话。所以，被大老板召见，人人都有几分心虚，暗自揣摩自己哪里做得不妥。

当然，怀臻没有！对于工作，她自问倾力而为，从不敢懈怠。她毫不在意地站起来，上楼，走到周易峰办公室前。门开着，她轻轻叩了叩门。

周易峰点头，示意她进去。怀臻径直走进去坐到周易峰对面。

周易峰看了看怀臻："怀臻，你到我们所好些年了吧？"

怀臻顿时明白周易峰要说什么，她立即接口："自我从美国回来，便一直在'鼎峰'工作，在这里，我学到不少东西，也收获不少，绝无二心！"

周易峰笑了："怀臻，你一向冰雪聪明。"

怀臻也笑："全靠老板栽培。"

周易峰身体往前倾一点：“怀臻，‘鼎峰’需要你，外头人开给你的薪水，我们也可以照做！”

丁善儒大张旗鼓拉拢谢怀臻，又怎么瞒得过周易峰？别看他平日一副云淡风轻的架势，但该知道的消息，绝不会少知道一分。

“老板，你完全不用介意闲言碎语！你知道我的为人！”怀臻再次向周易峰表明态度。

“我知道谢常意的女儿不会在乎那一点点钱，但是你要小心！丁善儒为人和他的名字完全相反。”周易峰摇摇头，提醒怀臻！

怀臻笑起来，今天怎么人人叫她小心？

“老板，放心好了，腿长在我身上，别人又能奈我何？”

“怀臻，防人之心不可无！我是你父亲的学生，照顾你也是分内的事！”周易峰郑重道。

“是，谢谢老板提醒！”怀臻笑着站起来。

周易峰点点头，怀臻轻轻走出去，并礼貌地将房门带上。看着怀臻单薄的背影，他满意地点点头。

怀臻的父亲谢常意，自美国读完建筑学博士，回国创业，创立国内第一家甲级建筑设计院，接着扩大业务，一口气在亚洲地区创立了六家由华人设计师主导的甲级事务所，又自己出资开办了享誉亚洲的建筑学院，是院长，同时也是博士生导师！

这个行业里，谁能不卖他几分面子？当时，谢常意将刚自美国读完硕士的怀臻介绍到“鼎峰”来，周易峰并不看好怀臻，不过碍于谢常意的面子，不便拒绝。

一开始，周易峰让怀臻唤他“叔叔”，免得被下面的设计师欺负。谁知，怀臻人前人后，自始至终，同别人一样叫他老板，始终保持距离。那样心高气傲，半点不肯沾父亲的光。

周易峰开始对这个女孩刮目相看。果然这少女表现出非同凡响的才能与勤奋。几年后的今天，怀臻更是为“鼎峰”建立奇功。

怀臻回到座位，方琦凑上前：“挨骂了？”

怀臻摇摇头。

“那他叫你干吗？”

“他以为我要跳槽。”怀臻笑。

“你？跳槽？谁不知道你对‘鼎峰’愚忠？”方琦眨眨眼睛，“何况，曹彻在此，你还能翻出他手掌心？”

怀臻唾她一口：“谣言便自你这里传出！我同曹彻早就是过去式了！”

“可你仍然对他忠心耿耿！”方琦忽然同情地拍拍怀臻的手背，“只有我知道你对曹彻付出过多少感情！有些东西一旦付出，便不再能收回。”

怀臻看着好友，虽然方琦与她性格截然相反，可是最知她的，却还是她！

“方琦，付出的感情收不回来，但是会过期！”她笑着握住方琦的手。

方琦忽然叹口气：“连保鲜膜都会过期，这世界什么东西会不过期？”

怀臻知道老友又开始伤春悲秋，立即握紧她的手：“我们的友情啊！”

方琦展颜笑了：“友谊天长地久？你最会哄我开心！”

怀臻也笑了：“你不相信？”

方琦斜斜睨她一眼：“我敢不信吗？”

怀臻低下头，暗想，若是男人被这风情流转的眼波触到，杀伤力可是百分百！

翌日，怀臻这一组人，接到一个新项目。

市政府准备新建一座开放式的图书馆，面向所有的设计事务所和设计院招标。“鼎峰”需要同许多有实力的事务所设计一较高下。

曹彻带领怀臻、方琦、冯凉三位主力大将，同四五名设计师及绘图员在会议室开第一次碰头会，大家各抒己见。

方琦说：“我觉得时尚感最重要。”

“太活泼的话，缺少图书馆静穆的感觉！”冯凉说。

“功能区域看看有没有什么可以创新的。”曹彻道。

“我倒觉得我们先不要这么快提出设计方向，不如先把有史以来所有图书馆的资料调出来看看，看看哪些感觉比较好，还缺少哪些内容，然后再多参考一些国外有名的图书馆的设计，我们再来开会，谈谈个人的意见。”怀臻发表自己的意见。

“就按怀臻说的办吧，先多了解点资料再碰头！”曹彻一向觉得怀臻冷静理性，总是一针见血提出最有效的建议。

刚自会议室出来，忽然前台小姐在门口喊：“怀臻，怀臻，又有人给你送花来了，出来签收！”

大家都望着怀臻。

怀臻低下头，匆匆走到门口接待处，她想，不会又是一盆仙人球吧？

不，这次更令怀臻意外！是一大束开得正艳的油菜花，金灿灿，似一簇阳光，包裹在几张已经泛黄的英文报纸里，被一名浑身不自在的中年人抱在怀里。

看到怀臻，中年男子立即将花塞进怀臻手中。

“你们店里还经营油菜花？”怀臻简直觉得匪夷所思。

“不、不、不！我们可不卖这个！这花是一大早，别人送来，让我们代送的！”中年人极力否认他们会卖油菜花。

“什么人送的？”怀臻问。

“不知道，我出去送花了，没看见！”中年男子催着怀臻在送花单上签字。

怀臻不想为难他，签了字，抱着那一大捧触目惊心的、明晃晃的油菜花走进办公室。顿时，办公室哗然了！

“怀臻，怀臻谁送你的？”

“怀臻，原来你喜欢油菜花啊！”

“不对啊，夏天应该已经没有油菜花了！”

同事们七嘴八舌，办公室似一锅煮沸的开水，沸腾腾，闹哄哄。

方琦更是整个人贴在怀臻背上，无比好奇地打量这束油菜花：“会不会里面有炸弹？”

怀臻苦笑，只觉得自己仿佛捅了马蜂窝。她将花放在桌上，抽出插在花束中的一张金色小卡片。卡片上，只有短短一行字：把春天送给你！

怀臻静下心，用电脑搜索有关油菜花的资料。原来，高寒地区，春天来得特别晚，此刻油菜花开得正盛！

是什么人送这些怪异的花？昨天是丑陋的仙人球，今天是高原的油菜花！

那样费心思，难道只是为了恶作剧？还是——

怀臻一向反应敏捷的脑袋，此刻像被人浇了糨糊，全都黏糊糊，仿佛思维都被凝固了，无法运转。

冯凉忽然站在座位上，阴阳怪气地说："谢怀臻，这些花真配你这个人，仙人球、油菜花，哈哈哈，也许下一次就是韭菜花或者椰菜花。"

怀臻看也不看他一眼，她向来走自己的路，随别人怎么说。

"怀臻，也许是谁想让你出丑。"方琦忽然冒了一句。

"为什么啊？"怀臻茫然地看着方琦。

"你真笨！送花的人就是想让大家像冯凉那样嘲笑你啊，只配收这些不伦不类的花！"方琦用力拍一下怀臻脑袋。

"谁同我有如此深仇大恨？"怀臻摸摸被方琦打疼的头，"单是这油菜花，恐怕也是空运来的吧，否则怎么会如此新鲜娇艳？"

"也是，豆腐买成肉价钱！"方琦托着腮，"要对付你，不知道有多少方法，单是把你的汽车轮胎戳两个洞，也比花如此代价，送这种东西强吧！"

怀臻点点头："可是，谁会送我这种花呢？"

"有何居心呢？"方琦干脆坐在怀臻的位置上，打量这些花。

怀臻捧起花，将面孔埋到花里，深深吸一口气，丝丝清甜带着油沁沁的芬芳扑鼻而来，春天的气息立即浸入五脏六腑。

怀臻闭上眼睛，仿佛看见碧蓝的青海湖边，在蓝天与碧湖之间绵延的金色油菜花田，灿烂得满天满地、一望无垠，仿佛吸饱了天地间最璀璨的阳光。

因着这特殊的花香，她心情竟然无比轻松起来，甚至有一点小小的喜悦，自心尖一点点蔓延开来……她觉得，能在夏天收到一束春天的花，哪怕只是一束油菜花，也是很浪漫很特别的一件礼物。

"怀臻，小心中毒哦！万一是你的仇人送来的呢！嘿嘿，可能在花里投放了吸入可致命的慢性毒药哦！"方琦故意吓唬怀臻。

"不，我倒觉得没有那样险恶，甚至，还有一点点浪漫！"怀臻忽然记起，大学时代读过的阿加莎·克里斯蒂的一部小说名字《惊险的浪漫》。

"我可不觉得臭烘烘的油菜花浪漫！像百合、玫瑰、天堂鸟、铃兰才是属于浪漫的花！"方琦瘪瘪嘴巴，"谢怀臻，你最近品位越来越差，当心影响到你的工作！”

怀臻笑起来，将花放在桌上：“放心，我不会把图书馆建在油菜花田中！”

小道消息总是传得特别快。嘴巴除了吃饭，讲话自然占去大半时间。闲着不用，可憋坏那一群生活无聊的男男女女了。

午饭时候，连曹彻都走到谢怀臻身边促狭地笑：“听说你收了好大一束油菜花！”

第三天，谢怀臻又收到花了！

怀臻接过那捧看起来平平无奇到让人有点失望的香槟色玫瑰。那些玫瑰，竟然全部取材于薄薄的、淡雅的手揉纸。连满天星也是指甲盖大小的白色手揉纸细细揉捏而成。玫瑰的枝干、叶子都是纸做的，几乎可以乱真。

那卡片上只写了一句：送你，不凋谢的美。

她坐下来，捧起玫瑰，竟然有淡淡香气，隐隐散发而出……似一款非常冷僻的香水——地中海花园，不，也不是，地中海花园的味道更清冷，带一点点特立独行的苦。这个味道，淡淡的，甜味中带几分爽朗明亮，如秋日里可以坦荡迎视的阳光。

是！这是怀臻最喜欢的一款香水——尼罗河花园。这款香水表达的是连接过去、现在与未来的永恒时间观，代表生生不息！纸玫瑰，配上这独特的香味，竟然仿佛有了生命一般，每一朵都蕴藏着无穷的生命力。

方琦闻闻花，又闻闻怀臻：“跟你身上的香水味道一样，一定是个熟悉你的人！”

怀臻点点头：“我实在想不出，我认识的男人里有谁会如此心思细腻！”

“也许是个女人。”方琦凑到怀臻跟前，“其实，你作风爽朗大方，不拘小节，也很讨女人喜欢。”

是！女人最知道女人的心思！可是，不知为何，怀臻总觉得这是个男人。或许她私心希望着这是个男人。

“方琦，我没有那种嗜好。”怀臻正色说。

“也许对方有！怀臻，爱情没有性别之分！”方琦歪着头，不正经地说。

她最喜欢跟怀臻开玩笑。每次看她正经八百的样子，她就想笑！

谁也别想同谢怀臻开玩笑，她做人做事太过认真，稍微隐晦含蓄点的笑话，她都当作真人真事来听！

谢怀臻老老实实回答："我永远无法爱上一个女人。"

"谢怀臻，去年生日，你跟我说，你爱我！"方琦故意怪叫，拉下面孔装生气。

"方琦，你知道我说的爱，与你说的爱不同。"怀臻有点解释不清楚，着急起来。

方琦忍不住狂笑，夸张地捂着肚子蹲在地上。

"小妞，来，我们商量一下，怎么找出送花的人来！"方琦坐回自己位置。

怀臻摇摇头胸有成竹："不用！这个人费那样多心思，绝不会不让我知道他是谁就收手！我们只需等待！"

送花的人，若不是目的性很强，断然不会花如此多心思与精力。

对方已经打定主意，想从怀臻这里获得更多东西。

方琦笑起来："这个游戏有点刺激了。"

怀臻笑了："是啊，如果一下就知道谜底，反而没意思。"

"对，也许这个人便是上次你去领奖时，坐在你旁边，不断挖鼻孔的男人。"方琦又笑起来。

"喂！少拿恶心当有趣！"怀臻也笑出声，心情好得出奇，仿佛有一种轻飘飘的情绪，一直在胸中来回飘荡。

"你这招叫守株待兔？"方琦敲敲桌子。

怀臻摇摇头："它若是兔子，我岂不是成了树？"

"你那样纤弱，一定是株柳树！"方琦忽然想到，在美国读书时，有一次起大风，怀臻太过瘦弱，捧着饭盒被风吹得跌倒在地。

多么奇怪，弱不禁风就是发明出来形容怀臻的吧。怀臻却在想——守株待兔也是发明出来形容男女关系的。

有一种树，总有兔子甘愿拼老命撞上来送死！方琦就是这样的树。

有一种树，遇到兔子撞上来，会不断躲闪，让对方想送死都有心无力。怀臻有时候便扮演这样的角色，根本不给追求者撞上来的机会。

有一种树，仿佛橡胶做成。他只是把兔子撞得七荤八素，却不让对方一死到底，最终，还是会醒过来，可是会有各种后遗症。要么患上脑震荡，走路东倒西歪，随便遇到一棵树，管它是否歪瓜裂枣，糊里糊涂撞死过去。要么满身伤痕，连爱的能力都丧失了，看见树便立即敬而远之、望而生畏、独醒终生。曹彻就是这样的树。

怀臻觉得自己就是只可怜的兔子，拼了全力撞上去，却始终要被逼迫醒过来。一次失败的恋情，不是不让人后怕的。

下班的时候，同事都长长松一口气。只有怀臻，暗自在心中叹口气。她缺乏朋友，生活乏善可陈，大多数时间，她都一个人。

女人的友情很奇怪，她们只爱和比自己差那么一点点的女人做朋友。不能把自己比下去，也不能糟到令自己掉价。这个尺度，只有女人最明白。

如今肯与怀臻说两句真心话的朋友越来越少。

怀臻买一条破了洞的牛仔裤，都有人说："这条裤子，怕是我们一个月的薪水吧。"

渐渐地，怀臻也不太愿意约会这些女友。大多数时候，她宁可一个人看电影、逛街、吃饭，虽然寂寞一点，但胜在耳根清净。可时间长了，怀臻也觉得生活乏善可陈。如果可以，她愿意一周工作七天，每天工作十六小时。

可是，偏巧最近刚刚忙完一个大项目，新的项目又刚开头，怀臻实在找不到理由留在办公室加班。

她走出公司，正是夕阳最美的时候。怀臻深深吸口气，将心底那丝寂寞的阴霾藏到身体更深一点的地方。

她开车到书城，每次觉得寂寞的时候，她都愿意挑几本好看的书，打发一下时光。在书城里逛了二十分钟，便不由自主又走到建筑类图书的书架前。

她自己都暗自好笑——她的爱好那样狭窄，除去工作，她仿佛对一切都不太感兴趣。

她站在一本画册前，埋头看起来。这是一本意大利文艺复兴时期的建筑画册，怀臻一翻开便被深深吸引。她蹲在地上，一页一页看起来。看到一些别致的图案和造型，她又忍不住从包里掏出一个笔记本，用铅笔草草勾几笔，留个大致轮廓，或者思路。

这个本子，怀臻永不离身，每次看到能触发灵感的图案，或者突发奇想的时候，她总是会第一时间记录下来。这样，到了冥思苦想不得其法的时候，她可以将这个小本子拿出来，总能得到一些启发。怀臻家中，这样的小本子，足足装了一大箱，这些对于她来说，都是无价之宝。

等她再次从画册里抬起头，窗外天色已经尽黑。站立起身的那一瞬间，她甚至觉得大脑充血，眼前忽然一片漆黑。她抓紧书架边沿，要过好几秒，才能睁开眼睛。

她浑然不知，在她身后的一个书架后，有一双眼睛，一直默默盯着她，一眨不眨。她看了多久书，那双眼就藏在暗处，不动声色地观察了她多久。

那双眼睛的主人，看着她捶打着蹲麻木的腿，一瘸一拐消失在视线里，才从书架后走了出来。他忍不住腹诽：这女孩子真寂寞，像个苦行僧，难怪那人肯花那么多钱哄她开心。

## 第四章

# 开在纸巾上的玫瑰

下班时分，曹彻打电话来："怀臻！"

"嗯？"

"知道今天是什么日子吗？"

"知道！"怀臻低下头。

今日，是曹彻同她第一次正式约会的纪念日。已经过去整整四年！

怀臻忽然有点鼻子发酸。

"一起吃晚饭好吗？"曹彻说。

"好啊！"怀臻点点头。

"老地方？"

"老地方！"

老地方，是怀臻同曹彻第一次约会时去的地方。就在那里，怀臻成了曹彻的女友。也是在那里，他们分手做回普通朋友……缘起缘灭都在同一个地方。

怀臻觉得，缘分同她开了个玩笑，兜兜转转，她始终站在原地……

老地方——真的是个叫"老地方"的中餐厅。规模很小，可是窗明几净，一尘不染，墙壁是淡淡米色，整个餐馆氛围好似一个家。

老板是个细心人，桌上永远摆放着时令鲜花，十分雅致。餐馆后面，有个小小留言板，上面贴着各种留言，还有老顾客的合影。

怀臻走过去一点，上面甚至还保留着怀臻与曹彻的一张合影，只是已经有些败色了。画面上，两个人，头碰头，傻傻笑着，十分幸福。若时间定格在那一刻多好。

怀臻刚坐下，曹彻也停好车进来。

老板殷勤地走过来："两位好久没来了！"

"你这里，一点都没变！"曹彻笑着说。

"不然怎么敢叫老地方？"老板将菜单递给曹彻。

怀臻低下头，忽然想起一个词语——物是人非。不，不对！物没变，人还是那个人，可是感情变了！

曹彻点了几道怀臻爱吃的菜，他始终记得她的喜好。

"听说，这几天，你收了不少花！"曹彻笑着问。

"是啊，全都奇奇怪怪！"怀臻笑答。

"小心！"曹彻提醒道。

"我知道！"怀臻用手托住腮，灯光下，眼睛似深不见底的静潭，倒映星星点点的波光。

五年前，怀臻刚到"鼎峰"。他知道她父亲是谢常意，心底有一点点看不起这个身世显赫的富家女。可是，渐渐他发现，这个沉默的女孩，身上蕴含着一股特殊的倔强。

有一次半夜，他折返回办公室取东西，发现瘦弱的她，正坐在电脑前，全神贯注。夜深人静，电脑屏幕幽蓝的灯光下，她聚精会神的大眼睛灿若星辰。

从此，他开始暗暗留意她，开始刻意留下来，跟她一起加班。他发现，这个少女思维灵动，简直是个天才。然而，最可贵的是她并不知道自己是天才，那种气质，更加令人折服。

于是，他爱上了她。开始处处照顾她，半夜送她回家，总是在她门口流连。渴望她开门，跟他再多说几句话。

怀臻望着曹彻——他越发沉稳。

当年，她隐隐地知道，他待她同别的女同事不同。他照顾她更多，总是留下来陪她加班。

工作上，更是指点多多，几乎倾囊相助。晚上，他送她回家。关了门，她也知道，他还在门口，没有走！

直到——四年前的这一天。下班时，他问她："加班吗？"

她说："不！"

"一起吃晚饭好吗？"曹彻试探着说，怕她拒绝。

"好啊！"怀臻点点头，忽然放下心。

他终于开口了！

"去哪里？"怀臻问。

"老地方！"曹彻笑嘻嘻，满面春风！

"老地方？"怀臻惊异，她并没有同他单独出去吃过饭。

然后，他带她来到这里！谢怀臻第一次知道，原来真的有个餐馆叫"老地方"。于是，这里成了他们的老地方。

那晚，他喝了一点酒，胆子比往日大些。她也喝了点酒，面颊绯红，目光柔和得似天鹅绒。他看着她，那样专注，黑漆漆的眸子里，像燃了一团火。她心跳很快，可是充满期待。

他鼓起勇气说："当我女朋友可以吗？"

她的心顿时漏跳一拍，然后她听见自己说："连花也没收到，怎么答应你？"

他笑了，知道她不会拒绝他。胸腔中，有一股非凡的力量在推动他，不知哪里来的勇气，他用老板写菜单的圆珠笔，在餐巾纸上，画了一朵玫瑰花。花的旁边写着："曹彻喜欢谢怀臻！"

怀臻笑了，接过笔："谢怀臻也喜欢曹彻！"

当时，怀臻就知道——不管事情如何发展，时光如何流逝，不管今后别人送她再美丽、再名贵、再奇异的花，她心里，最珍贵的，永远是这一朵。这一朵，画在纸巾上的玫瑰花。

菜端上来，色香味俱全。怀臻好胃口地吃了很多。

曹彻今日兴致也不错，说了很多笑话。

席间，两人又都喝了点酒，微微有些醺，一切都好像放慢了速度，悠悠的，有种不真实的感觉。恍惚中，如同时光倒流，一切又都回来了。

怀臻白皙的面颊上，微微有些红晕，她的神态有一点点天真的娇憨，大眼睛似蓄了一汪水。

这个女人，曾经百分之百属于自己，她的娇憨、她的天真、她的任性、她的倔强、她的温柔、她的嗔怪，还有她眼睛里那一泓湿淋淋的水光。

忍不住，终于忍不住——似一种不知名的力量在蛊惑他——曹彻伸出手，轻轻抚上怀臻的面颊。她的面颊火烫，似醇酒，在火炉上温得刚刚好，足够暖和一个人的身与心……曹彻从手心到心都醉了……

怀臻的面颊贴在曹彻手心——曹彻的手心，好凉，冰得似刚刚自寒潭中跃出的鲤鱼脊，令人胆寒……怀臻的面颊仿佛被极细的绣花针猛地扎了一下。下意识，她将头偏开——已经受过一次伤害，疼痛至今还留有余威。若再沦陷一次，恐怕真的会万劫不复！于是，怀臻只轻轻一闪。

曹彻的酒醒了！他的手僵在空中，不知如何是好，像一个摆错了位置的手势，顿时尴尬起来。他愣一愣，随即落落大方地说："怀臻，你仍然让人心动！"

怀臻耸耸肩膀："不好意思，自分手后，我已经不习惯异性接近！"

曹彻忽然开心起来——多好，怀臻仍然不属于任何人！两人都坦诚相对，反而化解了紧张的气氛。一切又融洽起来。然后，曹彻送怀臻到家门口。

下了车，怀臻对车上的曹彻挥挥手："明天见！"

曹彻稳稳坐在车上，并没有要走的意思。

"怎么还不走？"

"我看你房间灯亮了再走！"曹彻敲敲方向盘。

怀臻不觉心中一暖——

以前，他送她回家，总是看着她房间的灯亮了，才会放心离开。

"好！"怀臻转身，上楼，进门，开灯。

可是，曹彻并没有走！

怀臻走到窗帘前，她握紧拳头，忍住向下探视的冲动——曹彻望着窗口——那样熟悉，可是少了一张笑脸。

以前，每次送怀臻回家，她总是会忍不住在窗口目送曹彻，直到他的车开远了……也许——她真的已经放下！

曹彻发动车子，离开。寂静的夜里，引擎的声音那样清晰——他走了！以前，他总是在楼下流连，不看到自己，不会离开……也许——他真的放下了！

怀臻叹口气，转过身。灯光柔和地照在书桌正对面的墙上，小小镜框微微反着幽光。怀臻走近一点，那镜框中是一张铺平的餐巾纸，上面用圆珠笔画着一朵蓝色的玫瑰。玫瑰含苞，因为没有生命，故而永远留在将开未开的这一刻，似乎还有很多美丽的未来在等着它。

可是，怀臻知道，这玫瑰永远也没有绽开的一天。它在充满期待的瞬间已经萎谢。怀臻默默看着它，如今它不过是怀臻凭吊逝去爱情的一个死物。这是一段回忆，一个标本，一件遗物。只有过去，没有未来。

翌日，怀臻如常上班。电脑前，怀臻一贯地平和，没有人看出，她整晚都没有睡好。她似乎在期盼着什么，不时抬头看看门外——天都快黑透了！怀臻有一点焦躁，隐隐地，她觉得这神秘人已经开始控制她的心神。

忽然，电脑屏幕上，跳出一封陌生的邮件。怀臻随手点开。她张大口，来不及闭上——

那陌生的信息显示，对方昵称为——“送花人”！内容只有四个字：今天的花！

怀臻愣怔！突然，听到“砰”一声闷响。她吓一跳，只觉办公桌对着的一整面玻璃幕墙都在闪光。

尚未黑透的天空璀璨流光，正绽开一朵硕大的烟花，绚烂、华丽，缤纷得像个奢侈迷幻的梦境。烟花一朵接一朵，层层叠叠，可是，怀臻还没有来得及反应过来，烟花已经谢幕，徒留漆黑空洞如夜空般的屏幕。由繁盛到落寞，从喧哗到冷清——只是一瞬。

怀臻低头，又一封新邮件：“人因聚而欢乐，烟花因散而盛放，却都注定归于平静……你要永远的寂静，还是刹那的璀璨？”

“你是谁？”怀臻条件反射地敲下键盘，按下回车键。可是，没有回邮！她还是没有逮到他！怀臻呆呆看着屏幕——

人生的真相也许不过是一场梦境，它的底色是永恒如墨汁的夜空，只有烟花散开的一瞬间，你能看到别样的色彩与幻境。一旦烟花散去，那单一的底色更加漆黑乏味。是要一成不变的黑暗，还是变化后，更长久的死寂？这个难题，怀臻永远答不上来。

“怀臻，今天没有送花来吗？”快下班的时候，方琦在自己的位置上问。

“送了。”怀臻懒洋洋回答。

“我怎么没看见！”方琦“嗖”的一声，自座位上站起来，向怀臻桌上张望。

“什么都没有嘛！”方琦努力伸了伸脖子。

“你过来看吧！”怀臻向方琦招招手。

方琦赶紧走到隔壁。

怀臻指指邮件，方琦凑过去，轻声念上面的话。

方琦眼睛都在放光：“还有什么是他想不出来的？”

“方琦，你不觉得奇怪吗？这个人怎么连我邮箱都知道？”怀臻用力将方琦按到旁边的空椅子上。

“他还知道你用什么香水，证明他见过你，或者是跟你身边的人认识……”方琦慢条斯理地分析。

怀臻背脊一阵发凉，她觉得暗处似乎有一双眼睛正窥视着自己。她觉得身边像起了一层迷雾，而她自己则置身于这迷雾的最核心，无法看清楚周遭的一切。

而迷雾中，有一双眼睛，正偷偷观察着自己。自己就像科学实验中的白老鼠，盲目懵懂地任人牵引着做出种种对方意料中的反应。那个人，则抱着双臂在看好戏。

那双暗处的眼睛属于谁？

怀臻不知道！可是，此刻，她背后有另外一双眼睛正冷冷地看着她，她同样不知道。那目光复杂而痛苦，嫉妒、怨恨、轻视、嘲弄，似一把把利剑扎向怀臻后背……

这双眼睛的主人正是冯凉！他坐在怀臻侧后方的位置，每天这样盯着怀臻的背脊，有时候一看就是好几个小时。

人人都知道他厌恶甚至痛恨谢怀臻，可是无人知道真正的原因。人人都道他恼怒怀臻后来居上，当他嫉妒怀臻的家世同才干。

可是，没有人知道——冯凉，曾经深深地、深深地爱过谢怀臻！

冯凉永远忘不了，他第一次看见怀臻的情形，那一幕，早如烙铁一般，将痕迹深深烫刻于他的脑中。

那是个初夏，天刚刚热起来，在电脑前坐久了，背上会出一层细汗。冯凉正在翻阅一本建筑期刊，封面人物是——谢常意。

那一年，谢常意成为唯一的美国建筑师协会的华人会员。谢常意一直是他的偶像，他的风度与才华，通通让他敬佩不已。

这时，老板领了新的设计师来报到，冯凉眼皮都没有抬一下。“鼎峰”这样的大事务所，设计师来来去去，十分正常。可是，至今仍然没有人可以威胁到冯凉的地位。他极有天赋，且勤奋好学，别人用来谈情说爱娱乐的时间，他也通通花在工作上。故此，事业上的成就感，让他有些眼高于顶。

“这是新同事，谢怀臻，请大家多关照！”周易峰向大家宣布。

那新同事站在老板身后，被遮住大半。

“怀臻，今后，你就跟着冯凉，先当他的助手，学习一下！”周易峰走到冯凉身边。

冯凉连忙抬起头看着老板。

周易峰继续说：“他是这里最优秀的设计师！怀臻，好好学！”

“是。”谢怀臻轻轻答。

声音干脆、爽朗，可惜始终站在老板后面，冯凉看不清楚。他也没在意，每年都有很多新人，通过老板的各种关系，分到他名下，由他带一带。他也真真假假应付着教一教，谁会把真本事传人？他笑了！那个叫谢怀臻的女孩，不知道又是老板什么拐弯抹角的关系。

她被安排到办公室最里面的位置，冯凉只能斜斜看去她半个背影。非常普通的白色 T 恤，包裹着十分纤弱的身体。这样瘦？怎么吃得了苦？冯凉暗自摇摇头。

午后，冯凉有些昏昏欲睡，连看书都有些心浮气躁。他烦躁地站起身，走到茶水间，冲一杯茶。

刚到门口，迎面一个人正好出来，与他撞了个满怀。他站稳身子——一双惊惶的小鹿般的大眼睛进入他的视线——然后，眼睛的主人也站定了。

“对不起，对不起！”对方连忙道歉，仰起头看着冯凉，目光清冽。

冯凉忘记搭话，魂魄已被这双眼睛摄住——似三伏天忽然饮下冰镇酸梅汤，每个毛孔都舒服地张开了，浮躁的心也安静下来。

这样生动灵活的一双眼睛，干净清新得似四月山间的清溪。

他目不转睛地看着这双宝光潋滟的眼睛。眼睛的主人，皮肤细洁白皙，连额角淡青色的脉络也看得清清楚楚。如同面对最好的薄胎瓷，冯凉只觉得，只要自己出气再重一些，便会将对方的皮肤吹破。

她望着冯凉，嘴唇轻轻抿着。

“没、没关系！”要等好几秒，冯凉才恢复神志。

那女孩，一低头，闪身走出茶水间。

冯凉，身不由己，茶也忘了泡，灵魂出窍一般，跟着她走出去。

他想——她是谁?

她是谁?

这一刻，他忘了自己是谁，全部身心只想知道她是谁!

他跟出去，一把抓住坐在门口的同事问：“她是谁？”

同事奇怪地看着他：“新来的设计师谢怀臻啊，不是你的新助手吗？”

“谢怀臻？”一阵狂喜让冯凉差点飘起来。

她就是自己的新助手！冯凉没有想到，这样巨大的惊喜和意外在等着自己。他端着空茶杯，忍不住在心里嘿嘿直笑。从那一刻开始，冯凉爱上了谢怀臻。

谢怀臻并不觉得自己美，她很少修饰自己，T 恤、牛仔裤，随随便便往身上一套。洗完手，往牛仔裤上一抹。吃东西大口大口的。图纸铺在地上时，就那么跪下去。做起事情来似拼命三郎，比冯凉还勤奋努力……

那样精致的五官，纤弱的体形，加上美式大大咧咧的作风，反倒形成一种特殊的韵味。

因着那份独特的气质，再普通的事情，由她做出来，就变得十分好看。

冯凉觉得，她身上有一种对异性致命的诱惑力，随着她的一举手，一投足，淋漓尽致挥洒出来，似铺天盖地的一张网，轻易将冯凉网在了中间。

怀臻是新人，冯凉自然带起了徒弟。吃饭，做事，两个人都在一起。除去回家睡觉，两个人几乎形影不离。

怀臻好学，不住围着冯凉问长问短。每次当她仰着头，黑漆漆的眼睛盯牢冯凉，他心里就涨满了莫名的情愫。是，那样单纯而信赖的目光，赤裸裸看牢你，能不心动?

每次靠得很近时，他便闻到她身上的气息——清淡、冷静，有少许甜味，最特别的是，还有一丝难以察觉的墨香。他觉得，那淡淡香味，似怀臻身上，被风吹得鼓鼓的白衬衫。

深夜，跟她在办公室熬夜加班，也成为一件乐事。只希望天永远不要亮起来。

于是，对于谢怀臻这个徒弟，冯凉几乎倾囊相教。他把他所有知道的，毫不藏私地都交给了她。是，他不敢徇私，也藏不住。稍稍花些时日，他便发现，谢怀臻所学甚为丰富，天赋过人，领会力超强。若不使出全部功夫，恐怕镇不住这个徒弟。

而她，也许会打心底看不起这个师父。他不要她看不起他！于是，他把一切都交到她手中，包括他的心！他想，这样诚意付出，有一日，她也会把她的所有交到他的手中。

半年后，曹彻派他到深圳出差，为期三个月。这三个月，他简直度日如年，隔三岔五打电话回所里。每次怀臻接电话，他便觉得无比踏实。若是旁人接起来，他也会找各种借口，让怀臻过来讲话。

好不容易熬完这漫长的三个月。一下飞机，他便迫不及待回到所里。看到怀臻静静端坐在电脑前，单一个背影，已经让他觉得，所有思念都是值得的。可是——

可是，很快他发现属于他的整个世界已经彻底倾覆了。下班时，他尾随她走出办公楼。

他决定约她吃饭，表明心意。他不想再等。

而她的心情也不错，平日含蓄沉静的面孔神采飞扬。

然后，他看见远处的曹彻。接下来的一幕，他永远无法忘记——怀臻忽然轻盈地跑开，飞快地奔向曹彻。然后，曹彻张开双臂，她就那样扑上去，似扑火的灯蛾，那样幸福，义无反顾。他接住她，她笑着仰起脸。

阳光洒落在她精致的面孔上——她平日里的文弱沉静，在这一刻都荡然无存，那样生动而充满活力，似乎可以传染每个靠近她的人。

她的目光那样温柔，温柔得似三月刚长出的绿叶反射的第一缕阳光。她的目光有多温柔，冯凉的心就有多痛。

她对曹彻那些绵软的情意，都化成密不透风的细针，绵密地扎在他的心头。

原来——怀臻成了曹彻的女友。

隐秘的爱慕，还未来得及宣泄，已经被扼杀。

他对怀臻的那些爱，似滚烫的岩浆，来不及喷涌而出，又无法硬生生熄灭，只得不住倒流，将自己的心焚成灰烬。

然而，还有更让冯凉无法接受的事情——冯凉出差期间，周易峰将他手上的项目，全部转给了谢怀臻，由她代他完成。等他回到所里，怀臻已经完全取代了他。

接着，他知道，原来谢怀臻竟然是谢常意的女儿。这消息，似巨雷一般，让他震惊。一切都像个阴谋！处心积虑的阴谋！

他一直天真地以为，她是一心一意来向他学习的。她看他的目光是充满了崇拜与敬意的。

多么可笑！她的父亲，竟然是他的偶像。

而他，却凭着那样粗浅的功夫，自以为是地教着偶像的女儿。她心里不知在如何嘲笑自己。

也许，一开始，一切便是个局。她假意向他学习，由助手做起。然后一步步熟悉他的业务，最后将他踢开，代替他。

周易峰讨好了谢常意，曹彻赢得了女友的欢心。而自己呢？自己只是个傻瓜——蒙昧无知，乐颠颠，自觉自愿地钻进别人早已经设好的套子里。还喜滋滋认为，上天突然开眼赐他好运。那一刻他觉得自己像个毫无还手之力的棋子，任人摆布。

最可恨的，就是谢怀臻！一脸天真，笑得那样坦荡——背地里心机深沉险恶。自那天开始——冯凉便一心一意恨起谢怀臻来！是，他不甘心，不甘心被她愚弄。他只想有一日，让她也尝尝他的痛苦！他也要，玩她于股掌中！

怀臻才不知道冯凉心中想些什么。其实，当年她隐约知道冯凉对她有意。

可是，她对这个长相凉薄苍白的设计师一点意思都没有。他确实有才华，教她也用心用力，可是，实在不是她那杯茶。

她装作不能领会他的心意，一心一意向他学习。尽管，有时候，她觉得他的思维方式略微老套，设计时难免拘泥，眼界不够宽广，可是，碍于他曾经教过她，她便也一直好言好语对待。

后来，他出差了。客户设计稿催得急，老板情急之下，让她帮忙做了完稿。顺理成章，她做的稿子比他的好！于是，她成长起来，超过了他！这个世界，本来很多时候就是有了徒弟没师父。何况师父资质，比徒弟差了一截！

可是，不知为何，他就那样恨她！处处与她作对，时刻冷言冷语，有时候目光凶得吓人！

怀臻一直困惑。但是，她从未将冯凉放在心上过。无论他做什么、说什么，她都不会特别介意。

现在，谢怀臻心中所想的，是吸引她所有注意力的神秘送花人。这人令她每天都有期盼、猜测、惊异、疑虑，甚至恐惧……生活突然变得刺激起来。

第五章

# 勇敢者的游戏

适逢周六，谢怀臻整组人都加班。这神秘人知道今日我会加班吗？

连方琦都有些沉不住气："怀臻，怀臻，今天恐怕没花送了吧？"

怀臻摇摇头："不知道呢！"

"这个人，不会如此神通广大吧？"方琦风情万种地咬咬手指。

"多大啦，还吃手！"怀臻将方琦的手自她嘴里拖出来。

"会不会，今天送你一朵蘑菇？"方琦突然说。

"蘑菇是花吗？"怀臻好笑地看着五官皱成一团的方琦。

"我就不信我猜不中！"方琦半赌气地说，"下次他也许会送你黄花，说你人比黄花瘦！"

怀臻扑哧笑出声："你才人比黄花瘦！"

正说笑，前台小姐又捧着一个包装很精美的礼盒进来了："怀臻，又有人给你送花！"她边走边喊，比怀臻还要激动，仿佛收到礼物的是她。

"快打开，快打开！"方琦也激动起来，"这个人真是神了，连你加班都知道！"

怀臻自己也好奇得要死，心里痒痒的，像千万只蚂蚁在爬。从来没有收礼物收得如此刺激过。礼物很好拆，可是她的手还是微微有点抖。拆开盒子，居然还有一个包好的盒子。难道是套中套的老把戏？怀臻笑了，看来此人也黔驴技穷了。

她耐着性子，把盒子一个一个拆开，一连拆了七层。第七层是一个金属样的小盒子，巴掌大小，摸上去冰凉冰凉的。里面放着什么？

怀臻屏住呼吸，轻轻打开盒子——盒子一打开，便冒出一阵白色轻雾……怀臻凝神往里看——盒子正中，是一片六角的雪花！非常美丽、精致。

这是一片真正的雪花，出自上帝之手，没有任何人可以复制，天地间只此独一无二的一份。可是，不过几秒，雪花与空气接触，立即融掉。盒子里，空空的，只剩下一颗剔透的水珠，昭示着它曾经的刹那芳华。

怀臻、方琦、前台小姐都呆住了！要到这一刻，怀臻才知道什么叫——惊艳！于盛夏，收到一份深冬的礼物！这是一份短命的礼物！

还是方琦最先恢复神志：“我又猜错了！”

怀臻捧着盒子：“我知道这种盒子，一些医院用来盛放需要移殖的器官，制冷效果奇佳！”

难怪，可以保存这薄薄的、脆弱的一片雪花！

怀臻终于明白这礼物为何包了那样多层，怕震动，损坏了雪花。并非为了噱头！这个人，心思为何如此缜密？

“看看他这次又说什么？”方琦提醒怀臻。

怀臻这才将盒子旁边一张小卡片打开：“雪花消失了？别被你的眼睛骗过！送你这造物主最神奇的礼物！”怀臻反复咀嚼这句话！

是，这可不是一份短命的礼物！雪花是它，水也是它，连空气里也是它——它生生不息呢。不过变了形态，开始是固体，接着是液体，然后是气体……多奇妙，大抵只有它才如此变幻莫测。这是大自然最精妙的一个戏法！怀臻笑了，适才那不祥的感觉消失。

“他是谁？”怀臻轻轻问。

“他是谁？”方琦反复问。

两个人对坐着，连工作都忽然变得乏味起来。

“这人应该快现身了！”

“咦？你跟这神秘人心意相通啦？”方琦奇怪地道。

“一个人的精力有限，做这几件事情，已经十分费神费力费钱，所以，不会持续太久！”怀臻笃定道。

一旦知道谜底，所有神秘与刺激都立即消失！索然无味！怀臻希望，这个游戏不要这么快结束。好让她有无限想象的空间，猜猜猜——

这些天，猜测这神秘人是谁，已经成为她临睡前的一件最有乐趣的事情。她知道，不管这神秘人是谁，一旦具象，肯定失望！真人，总难抵想象！

冯凉坐在后面，屏息偷听着怀臻和方琦对话。他心里一阵烦乱，仿佛看见有个面目模糊的男人，正搂着怀臻，笑得猖狂。他深吸口气，那总也压不住的邪念又跑出来，这一回，他不想再控制自己。

待到中午时分，办公室里的人都出去吃饭了，他才从座位后面探出头。他快速走到怀臻的办公区域，轻车熟路地绕开怀臻的书柜，从她搁在置物架上的米色牛皮小包里，摸出她的黑色钥匙包，快速冲到楼下。

公司不远的地方，有家名叫“张快手”的配钥匙的小店。他早已经打听清楚程序，将钥匙包一把塞给配钥匙的张老头，闷声道：“替我把这些钥匙都各配一把，我一小时后来取。”

“这么多钥匙，一小时可配不好。”张老头接过钥匙包，打开，露出明晃晃十几把钥匙。

“那先留个模子，钥匙包我急等着用，明天再给我钥匙也行。”冯凉早有准备。

张老头闻言眼睛一抬，从厚厚的眼镜片里泛出点狐疑的光。

冯凉掏出四张粉红色钞票，轻飘飘扔到桌上。

老头将沾着油污的手探出来，快速将钱一抄，一把塞进抽屉里，眼皮也不再抬一下：“留模子要不了一小时。”

张快手果然名不虚传，半小时后，冯凉便已经将怀臻的钥匙包放回了原处。

他深吸口气，让心跳慢慢平静下来，伸手摸了摸怀臻挂在衣架上的外套，顺便替她理了理有些皱的衣角，快步走出了办公室。

办公室空荡荡的，一个人也没有，没人知道，谢怀臻的钥匙包已经多了个孪生姐妹。

第二天，怀臻仍然加班。可是，出乎她意料的是——

直到晚上十点，还是一点动静都没有！怀臻叹口气——难道，游戏已经结束？

这时，前台小姐激动地跑进办公室，扯着嗓子就喊：“怀臻，怀臻，你的花来了！”

静悄悄的办公室，突然响起前台小姐急促的声音，显得异常突兀。所有人都抬起头——

前台小姐脸上的表情古怪到了极点，她冲门外喊了一声：“你进来吧！”

怀臻的心一下提到嗓子眼了！他来了吗？

方琦更是“嚯”的一声，站了起来，紧张地望着门口。

人进来了！一个黑实的中年男子担着两个木桶进来了！

怀臻一头雾水地看着这憨厚老实的中年男子。难道他就是神秘人？

中年男子对这样的环境感到十二万分的不习惯，局促地扯着衣角。但是他还是尽忠职守地扬声道：“我是给谢怀臻小姐送豆腐花儿来的！”

方琦扑哧笑出了声，她夸张地说：“豆腐花儿！我死也想不出这种东西来！”

怀臻也有些哭笑不得。

那中年男子，放下木桶，打开盖子——一阵清香，带着微微清甜的豆腐花儿味道，立即充盈整间办公室。

怀臻深吸一口气，忽然觉得腹中空空的。好几名同事都不约而同地捂住了肚子。

方琦更是吞了吞口水：“这豆腐花儿可真香啊！”

中年男子一边熟练地舀豆腐花儿，一边得意地说：“当然，我这可是新鲜现磨的豆腐花儿！”

“这是我们小时候吃的那种豆腐花儿！”一个女同事走过来，“现在这种挑着木桶卖豆腐花儿的，已经很难找到了！”

中年男子接口道：“当然，我这可是祖传的手艺，保证你吃了一碗，想吃第二碗！”

“我们可以吃吗？”女同事忍不住问。

“当然，如果谢怀臻小姐愿意请你的话！”中年男子说，“那位先生买了整桶豆腐花儿！”

怀臻赶紧说：“没问题，想吃多少吃多少！”

“会不会有毒？”方琦抓住怀臻的手臂。

“管他呢，吃了再说！”怀臻笑道，“五脏庙已经造反了！”

说话间，中年男子已经将一碗豆腐花儿送到了怀臻手上。

怀臻看了看，豆腐花儿雪白细嫩，上面撒着香喷喷的麻油、红亮亮的辣椒油、酥黄的豆子、黑芝麻、白糖、青翠的葱花……单看已经让人食指大动。

怀臻舀了一大勺，送进嘴里——呜！她闭上眼睛，豆腐花儿甘甜细滑，入口即化，加上麻辣酸香的佐料，简直是人间第一美味。一时间，怀臻忘记一切烦恼，一心一意埋首豆腐花儿中，她一连吃了两碗，又让中年男子替她舀了一碗不放佐料的白豆腐花儿。真是爽口极了。

所有同事都赞不绝口，包括冯凉。

吃饱了，怀臻才忽然想到——

“那位先生，长什么样子？多大年纪？”怀臻赶紧问。

“哦，是我老婆接的生意。”中年男子说，“我没太注意，反正是个城里人！”

方琦凑上来：“说了等于没说！”

怀臻没说话，但心中终于放下一块大石头——至少他不是女的！

吃完豆腐花儿，中年男子收拾完东西，挑着木桶离开，一边走还一边说：“这还是我第一次卖豆腐花儿，送到这种地方来呢！”

方琦拽住怀臻：“这个送花人，还真是什么都想得出来。”

怀臻反倒笑起来：“是，什么样的都有！雅的、俗的、便宜的、昂贵的、虚幻的、真实的……”

“可是，这次他没有给你留只字片语啊？”方琦说，“也许他是想让你猜？”

怀臻歪着头想一想：“我可猜不到！”

也许，他想提醒她，生活终归是现实的，一切风花雪月，都要回归柴米油盐。也许，他想告诉她，人生就如一碗豆腐花儿，添什么佐料，变什么味道，看你自己怎么掌握。也许，他不过只是想在她加班时，送一碗可口的夜宵。谁知道呢！

怀臻说：“方琦，其实他送什么样的花并不重要。那些心思也不重要。换了你同我，若真要下决心去做这件事情，未必比他差！这个游戏的趣味就在于——你永远不知道他下一步会做什么、会送什么、什么时候送！”

“对，人的心思千奇百怪，别人怎么捉摸得透，所以这个游戏就好玩了！”

方琦也接口道。

忽然，那中年男子折返回来，他摸摸头："小姐，我忘记了，那个先生让我把这个东西给你。"

怀臻接过包装好的一个扁盒子，中年男子才放心地离开！

"是什么？快看看！"方琦催促着，比怀臻还要着急。

怀臻也好奇得要命，三两下扯开包装——

原来是一张影碟，封面是一片湛蓝的天幕下，一男一女，两个十分可爱的小孩，捧着一个圆圆的糖盒子，嘟着小嘴在接吻。片名叫《敢不敢》，是部法国文艺片。

"咦？这是什么意思？"方琦摸摸下巴，模仿电视剧里某位侦探的样子。

"不知道，要回家看过才知道！"怀臻看着碟子发呆。

"那——继续干活！"方琦拍拍老友肩膀。

怀臻点点头，回到自己座位，可是，心已经静不下来，她的所有注意力都被这部名叫《敢不敢》的影片吸引住。终于——怀臻咬咬牙站起来："方琦，我先走一步！"

终于抵不过好奇心的折磨，她第一次，放下工作，去"不务正业"。

回到家，怀臻迫不及待打开电视——连灯也来不及开！黑暗中，怀臻随着那暧昧而宛如絮语般的法语歌，进入故事——

小男孩朱里安在校车前遇到了小女孩苏菲。两个人开始了一场非同一般、没完没了的"敢不敢"的游戏。当一个孩子问另一个"敢不敢"的时候，后者必须回答"敢"。

让校车无人驾驶地前进，上课说脏话，在别人的婚礼上扯掉桌布，掀翻结婚蛋糕，在葬礼上唱起欢快的歌曲，把胸罩和内裤穿在外面到学校参加考试，在女厕所里做爱，站在汽车上接吻……

对他们而言，没有约束和规矩，世界只是游乐场，没有责任和承诺，游戏就是体会近乎疯狂的冒险所带来的快感。直到真正长大，这游戏，他们仍然乐此不疲！

怎样的挑战都回答"敢"，怎样的冒险都只是游戏。然而，虚拟游戏背后却真实存在着爱情。可是他们什么都敢，就是不敢承认彼此相爱。

日子在没完没了的互相挑衅中过去，不知不觉已经是二十年后。他的婚礼上，她跑来问他敢不敢悔婚，婚礼毁了，两个人也闹翻了。接着，这一次“敢不敢”的挑战内容是从此十年不见。

十年后，两人各自成家，她打电话给他，问他敢不敢出来私奔，他立刻甩下妻子和孩子去了。到了之后，居然又是一个“敢不敢”的游戏，她把家里搞得好像劫案现场，看他敢不敢在她报警十分钟后再走……

——“敢不敢？”

——“敢！”

这唯一的回答，贯穿始终。

片子出人意料地有着两个截然不同的结局——在建筑工地里，两人相拥站在水泥坑里，死死拥抱在一起，贪婪地吻着对方，水泥从上面倾泻下来，渐渐没过两人的头顶，将他们掩埋起来，凝固在城市的钢筋水泥丛中！原来，这又是一个敢不敢的游戏！

另外一个结局，两人已经耄耋，坐在公园的长椅上，怡然自得。她将一粒糖果塞进他没牙的嘴里。忽然，他不知哪里来的勇气，终于对她说出，他用尽一生也不敢说的“我爱你”三个字！笑容，在两人的脸上展开，似灿烂盛放的雏菊！

直到片子结束，怀臻仍然深陷其中——真正的爱情，总难免带有不管不顾的游戏精神。“敢不敢”不仅仅是游戏语言，更是爱情中无法回避的问题。

不论是缠绵甜蜜的热恋，还是歇斯底里的争吵，或是艰难苦涩的等待，爱情中每个人都是疯狂的，充满作茧自缚般的献身精神。

怀臻忽然渴望起那种充满冒险的、义无反顾的爱情！她仿佛中了魔咒——“敢不敢”的魔咒。也许，那神秘的送花人，自千万人中挑选了自己，要同自己玩一场“敢不敢”的游戏！

“若他真想同自己玩这游戏，我敢不敢呢？”怀臻陷入无限遐想。

第二天一上班，方琦便迫不及待地问：“怎么样？那片子可有古怪？”

怀臻摇摇头：“什么古怪都没有，是一部法国文艺片而已！”

“哦？讲什么内容？”方琦好奇地将凳子搬到怀臻跟前。

怀臻一边麻利地打开电脑，一边娓娓向方琦讲述影碟的内容。

方琦听得聚精会神，不住点头，眼睛发光：“唉，这样浪漫的事情怎么没有发生在我身上？”

怀臻笑起来，方琦一向开放，离经叛道的事情，她通通视为浪漫。怀臻表面循规蹈矩，心里却羡慕方琦羡慕得要死。

是，没有人安心过一成不变的生活，人人都渴望自枯燥生活中寻到一抹亮色。

中午，曹彻邀怀臻到餐厅吃饭，顺便商量图书馆的设计方向。

这一周以来，谢怀臻连续收到怪花的事情，已经传遍了整个事务所。

曹彻知道，怀臻与自己大抵已经不可能再走到一起。可是，有人虎视眈眈摆明车马，费尽心思想追求怀臻，他又觉得心有不甘。

路过前台，前台小姐忽然叫住怀臻：“刚才我去洗手间，出来发现桌上有一张给你的字条。”

“哦？”怀臻接过字条。

“隔壁星巴克，二楼靠窗的第二张桌取花！敢不敢？”

怀臻的心一下提到嗓子眼。来了！这个人吊足我一周胃口，今日终于来了！怀臻忽然笑起来——游戏开始！怀臻轻轻对着字条说：“敢！”

曹彻凑上去，也看了看字条：“怀臻，不要去！”

“不！”怀臻说，“我的好奇心早被勾起来，今日若不去，我定会遗憾不已！”

“万一有危险呢？你并不知道送花人是谁！”曹彻忍不住劝怀臻。

“星巴克人来人往，能有多大危险？”怀臻觉得曹彻太过谨慎。

“我陪你去！”曹彻不放心怀臻。

“好！”怀臻想，有曹彻陪着，更加安全。

一路上，怀臻又紧张又兴奋。等着自己的是什么呢？她的生活一贯平淡如死水——今日，仿佛被谁忽然扔了一块巨大的石头入心湖——那涟漪不断扩大、扩大，再扩大，扩大至整个湖面，一波追着一波……再也平静不下来了！

曹彻看着怀臻兴奋得微微泛红的面孔——曾经，这面颊上的每一次潮红，都是为了自己。

可现在，是为了那连样子都不知道的陌生人！曹彻忍不住佩服那陌生男子的手段！

可是靠窗的第二张桌子旁根本没有人！怀臻走近一点，桌上有一杯纸杯装的冰咖啡，咖啡压着一张卡片。怀臻狐疑地打开：城西东篱园！一个人，敢不敢？

咦？居然猜到怀臻不会一个人前往？怀臻还来不及多想——

“怀臻，不要去！”曹彻已经阻止她。

“为什么？”怀臻看着他。

“第一，你不知道对方是谁；第二，你不知道他有何居心；第三，也许有危险；第四……你下午要上班！”曹彻想不出更多理由。

“我想我得去——”怀臻沉吟一下，游戏已经开始，如果说“不”，这游戏将无法继续下去。

神秘人也许就此消失！不，若那样，她定会后悔一辈子！

怀臻坚定地说：“第一，我就想知道他是谁；第二，更想知道他的居心；第三，那里并非人迹罕至之地，光天化日，不会有什么危险；第四，你会替我担代的！”

曹彻再清楚怀臻不过，她决定的事情，十头牛也拉不回来。

“我陪你！”曹彻说。

“说好一个人！”怀臻斩钉截铁。

是，若带了曹彻去，那神秘人也许就不愿意现身了！不知为何，怀臻觉得今日就能见到那神秘人的真面目。她的心已经不由她控制。

曹彻气得跺脚！

怀臻端起咖啡，香味很浓。她正要猛喝一大口，却被曹彻一把抢过去：“怀臻，咖啡对身体无益，况且，你不知道这咖啡里有什么！”

“会有什么？他送的豆腐花儿，我已经吃过了！”怀臻晃晃手，“完好无损！”

曹彻叹口气——有主见的女人最让人头疼！

看见曹彻面色沉下来，怀臻心有不忍：“好吧，不喝！”

曹彻面色这才微霁。

“可是不喝，又太浪费了！”怀臻闻到咖啡香，又有些不甘心。

“我喝！”曹彻盯着怀臻。

他从来没发现，原来怀臻是这样没有安全意识的一个人。以前只以为她为人简单，可是现在——他觉得她根本缺乏保护自己的能力。

“怀臻，有事立即打我电话，或者报警！”曹彻从怀臻口袋里取出手机，拨了 110，设定在一键拨出。

怀臻忽然有些感动——曹彻还是在乎自己的！可是，好奇心已经使她停不下来。

曹彻担心地看着怀臻开车离开，他看了看手中的咖啡，用力投掷到旁边的垃圾桶中。

很快，怀臻开车到了目的地。这里是有名的花乡，地处郊区，远离尘嚣。空气清新起来，阳光十分充沛，碧空下，万物都显得格外清晰明朗。仿佛有人替怀臻放了一面纯净的过滤镜，一切都被美化了。转眼，车子到了东篱园。

怀臻的心开始怦怦地跳起来，有多少年没有这样心跳加速过了，仿佛刚刚跑完两百米冲刺。可是——东篱园是种菊花的地方。如今，却没有采菊东篱下的繁盛悠然。这里只是平坦的田坝，黄黑色的泥土，乱翻在外。这是一片已经闲置了的空地。

怀臻一头雾水，难道被人戏弄了？她忍不住自嘲——一把年纪了，还似个怀春少女一般，不问青红皂白去赶一场陌生人的约会。被人耍了，也是活该！可是——

“谢怀臻！”一把略微低沉的声音忽然自她身后响起。

那声音似闪电般，击中她！她微微一颤，连呼吸也停止了！肾上腺素激增，要隔几秒，她才能重新调整呼吸，反复对自己说：“谢怀臻，镇定、镇定，你不是十八岁少女，要从容、从容！不要被人看扁了！”

然后，她缓缓转过身。可是——怀臻还是惊呆了，微微张着嘴，三魂七魄全都被震飞了……

“谢怀臻！”男人笑着，微微侧着头看着她，白衬衫袖口慵懒地卷起，牛仔裤勾出修长结实的腿部轮廓，一只手随意插在身后的裤兜里，阳光从后面透过来，他整个人几乎成为一道虚影。

——是他！是那个见过两次的陌生男人！她几乎已经忘记了他曾经短暂地存在于她的记忆中。她千猜万想，却从来没有想过会是他！一切都好像一场梦！怀臻用力掐自己的手心，奇怪，居然不觉得痛。难道真的是场梦？

“谢怀臻——”他又唤她。

怀臻终于醒了！她窘迫极了，努力自震惊中挣脱出来：“嘿，你好！花都是你送的？”

怀臻终于恢复了神志。

“是！”他似笑非笑地看着怀臻。

要离得极近怀臻才发现，他右唇角上方，有半寸长一道浅白的刀痕细细上挑，嘴唇一动，便牵扯出一道似是而非的笑痕。即便是不笑，也像有了三分笑意。倒让人有些猜不透他的心思了。

“你为什么要搞这么一大堆事情出来？”怀臻冷静下来。

“你帮了我两次很大的忙！想感谢你！”他说。

“我不过是举手之劳。”怀臻轻轻说。

“不！换了旁人，没有这勇气！”他说，“所以，我的感谢不能只是一句空谈。”

怀臻望着他——似他这般外形，女人肯定会前赴后继。色胆包天，人人充满勇气！

“不是要送我今天的花吗？”怀臻摊开手，“在哪里？”

“跟我来！”他向怀臻伸出手，做了个邀请的动作。

怀臻叹口气，这个人不仅长得好看，随便做个动作，都潇洒无比，远远超过她的想象。

如今看到了送花人的本来面目，对于怀臻来说，反倒更添了几分神秘。没想到这个游戏的对手，那样出色。

怀臻跟着他，走到荒地深处。一座用粗糙原木搭成的、简易的木屋出现在怀臻跟前。房子很小，大约只有五平方米。搭建的方式十分原始粗陋，似人类刚刚开化时，修建来遮风挡雨的粗坯。怀臻一头雾水看着他。

“进去吧！”他也看着怀臻，嘴角挂着一抹淡淡的笑，“敢不敢？”他的语气，略带挑衅！

“敢！”话冲口而出。怀臻觉得自己就是个经不起激将法的笨孩子，思维简单，轻易就被对方牵着鼻子走了。可是，不知为何，她始终无法对他产生戒备之心。

他拉开木门，木头摩擦发出“咯吱”一声长长的叹息。

她大着胆子走进去，他紧随其后。“砰”一声，门关上了。

怀臻望着房子正中间——再次惊讶地张大了口。木屋里，没有窗户，黑漆漆一片。唯独屋顶上开了一大扇天窗，强烈的阳光自屋顶照下来。整个房间，成了一个幽暗的舞台。

方方正正的阳光，似舞台上的聚光灯，倾泻而下。那金色的光柱，似半透明的金色纱笼，中间笼罩着一棵庞大的植物。那植物十分繁盛，枝叶茂密，分明是棵树——树上安安静静停满了白色的鸽子——仿佛忽然误入仙境，怀臻小心翼翼，连呼吸都仔细控制，生怕惊动了那一树的白鸽。

怀臻忍不住向前靠——不！那满树的白鸽，不过是一个个硕大的白色花朵。每朵花，比百合略大，似一只只倒垂的教堂挂钟。

“这是什么花？”怀臻颤着声音问。

“曼陀罗！”他轻轻回答。

怀臻一震——这就是传说中鼎鼎大名的曼陀罗？情花！金庸小说里的小龙女中了情花之毒，无药可救，才舍弃杨过，跳下绝情谷！想不到今日，终于得见真面目！更想不到这蛇蝎般剧毒无比的花，居然美得似天使的翅膀，无瑕而柔弱。天堂中才会盛开的花朵，居然扎根在人间。

据说，曼陀罗花整株有毒，花具有麻醉作用，有迷幻的效果。曼陀罗，亦正亦邪，一方面是很好的麻醉药，另一方面是有强烈致幻效果的毒品，前者，被视为这种植物阳性的一面，后者，则为阴性的一面。

而它的阴阳转换、正邪变化，其界限非常微妙，难以把握，仿佛天使和魔鬼积聚一体，两个面孔挪移交替，令人眼花缭乱。多可怕，可是又多么诱人！

“白色曼陀罗被人称为情花。”他站到怀臻身后。

“是！我知道！”怀臻答。

怀臻听人说过，误食曼陀罗，起初，人会飘飘欲仙，似坠入仙境，接着会让人心率加快、烦躁不安、行为不能自主、言行癫狂、哭笑无常、语无伦次。严重的，还会置人于死地。这些症状，与爱情多么相似！一样会让人癫狂、痴迷、沉醉、堕落、失控、不能自已……

“为什么它会在这里？”怀臻问。

“你不觉得，幽暗隐晦的地方，似地狱边缘，而那从天而降的光芒，又像来自天堂的福光，这花身处其中，再合适不过！在地狱与天堂的中间，神秘，美丽，致命！”他轻轻地说，似耳语一般。可是，又字字都钻进怀臻耳朵里。

“危险的浪漫！”怀臻笑起来。

“对！”他也笑了。

“可是，我怎么带走啊？”怀臻摊开手。

男人微笑看着谢怀臻——阳光自天窗洒落下来，洒满她一头一脸。

她静静站在曼陀罗旁边，似刚沐浴过圣水的天使，唇边还挂着一个恍惚的笑容。

这女人一定觉得自己在做梦！连他自己，都不得不为幕后的始作俑者拍案叫绝。任何女人，都逃不过这鲜美刺激的诱饵。咬钩不过是时机问题。

“带走，你无法安置啊！”他眨眨眼睛，“有空来看看吧！”

“好啊！”其实怀臻很想告诉他，她父亲家的花园，可以种无数这样大的植物。

“花也收了，该我问你问题了。”怀臻面对着他。

“不急！”他略微偏一偏头，“说过要请你吃晚餐的！”

“晚餐？”怀臻笑起来。

“是的，晚餐。”他说，“就现在！”

“可现在是中午！”怀臻看看头顶的艳阳。莫非他还有偷天换日的本事？怀臻满脸疑惑。

“你闭上眼睛！”他靠近怀臻一点，“不要睁开！”

怀臻看看他，他眼睛一片澄明。

她放下心：“好！”她闭上眼睛，顿时陷入黑暗中！然后，她听到“啪嗒”

一声闷响——她想睁开眼睛，可又觉得不如静观其变。她听见细碎的响动，有人来回走动——

“是你吗？”怀臻试探着问。

“是我！请放心！”他的声音里有浓浓的笑意。

怀臻有点窘迫，到底还是心虚了！黑暗中，时间仿佛过得特别缓慢。

“好了！”他说。

怀臻睁开眼睛——咦？木屋的天窗，被木板盖住了，光线透不进来。这小小弹丸之地，陷入无尽的黑暗中，仿佛被夜色包裹着。

花树下，是一张很小的原木桌子，可以折叠的，此刻铺开了。两把小椅子，也打开，对放在桌子的两边。桌子正中，居然——放着一只十分精致的烛台，烛光点点，营造出十分温馨浪漫的氛围。居然，有一点西餐厅的味道。怀臻惊讶极了——

“现在是晚上的感觉对吧？”他笑眯眯看着怀臻。

“这样也算啊？”怀臻忽然轻松起来。

“当然！夜幕已经降临！”他俏皮地做了个手势。

“晚餐呢？”怀臻眨眨眼睛。

他又会安排什么古怪的食物？

“马上到！”他自身后拿出个篮子。

怀臻眼睛一眨不眨地看着篮子，看他要拿出什么珍馐佳肴。可是——

他拿出两个白色纸饭盒，放在桌子上，对怀臻做了个“请”的姿势。

怀臻走过去，坐到椅子上，打开。咦？

“牛肉盖浇饭？”怀臻忍不住轻呼！居然是盒饭！

他也笑着坐下，打开自己面前的饭盒：“是牛肉盖浇饭！不过是全城最好吃的！”

“是吗？”怀臻掰开一次性筷子，夹了一块牛肉到嘴里。

嗯！牛肉很嫩滑，而且热度还刚刚好，已经不烫口了。

“不错吧？”他盯着她。黑暗中，他的眸子似最闪亮的两颗星。

“嗯！”怀臻回答！

其实，再好吃，它也不过是一盒普通的牛肉盖浇饭而已！可是，在他温柔的目光下，这盒饭，仿佛被人加入了特殊的调料，变得不那么平常了！

她微微笑着："现在可以问问题了吗？"

他点点头："看什么问题。"

"你叫什么名字？"怀臻问。

奇怪，名字不过是个代号，与其他的问题相比，是最不重要的。可是，怀臻偏偏选了最无关痛痒的这个问题。

"陆钦！"他答，"陆地的陆，钦佩的钦。"

"为什么送花给我？"

"因为，你帮了我很大的忙！"

"不过是小忙，怎么值得你大费周章、耗时耗力来感谢？"怀臻继续问。

"不，对于我来说，这两个忙都非同小可！"

"是吗？为何？"

"这个，是私人秘密，暂时不能回答你！"

"那些追打你的黑衣人是什么人？"

"不能告诉你，会给你添麻烦！"

"你又是什么人？"

"男人！"

"你敷衍我！"怀臻忍不住叫起来。

他笑起来："一个男人肯用心敷衍一个女人，也很不容易呢。"

怀臻无奈，只好继续道："你怎么知道我的名字、工作地点、工作时间，甚至我的邮箱？"怀臻一股脑都问出来。

"这个也要保密，除非……"他卖个关子，引怀臻问下去。

果然，怀臻接口："除非什么？"

"除非你当我女朋友！"他正色道。

"什么？"怀臻差点跳起来。

"为何？"

"因为我被你吸引了！所以，这样用尽心思引你注意！"他老老实实回答。

"我？吸引你？"怀臻觉得他在讲笑话。

“是！第一次看到你，在那种情况下，换了旁人，早吓到了，可是你好镇定，从头至尾不动声色，我本来很紧张，可是看到你的笑容，我反而镇定下来，结果我化险为夷。第二次，我没想到随便牵一个女孩子的手，居然就是你！太有缘分了。更何况——换了别人，肯定不会同意陪我玩那么荒谬的游戏，可是，你居然十分配合，仿佛你本来就是我安静乖巧的女友，只等我从人海中，牵起你的手。那一刻，我差点假戏真做了！你吸引了我，我想知道你是谁！”他轻轻说，声音温和动人，可那微微上挑的细白疤痕，为他端秀的面孔，添了几分玩世不恭的神态。

“那个——”怀臻觉得心跳又开始加速，脉搏每分钟至少一百二十下。

相信任何女人，都会不由自主说“好”。可是怀臻没有！这个陆钦对于怀臻来说，太神秘了！她不敢！她不敢说“好”！

“就这样简单？”她反问，“对一个人有好感，值得费这么多心力？”

“当然不是这么简单！”陆钦不疾不徐地说，“我觉得你就是我要找的那个人！你和我是同类！”

“同类？”怀臻觉得他有些荒谬。

“是！然后我开始送你花，若你沉不住气，主动找到我，游戏就结束！你就没经受住考验！”陆钦目光沉沉，正色道，“那些花，足够引起任何人的好奇，换了别人早把我找出来了。可是，你很镇定，从来没有主动出击过！反倒是我沉不住气了！证明你冷静、沉着、有耐性。你应我的邀请，一个人来了，表示你并不满意现在沉寂的生活，渴望刺激。这两点，充分证明你希望过与众不同的生活，却又能理智应对，绝不盲目投入！你就是我要找的人！”

怀臻倒吸一口冷气：“你当人生是一场游戏吗？”

“不！人生怎么可能是游戏？可是，想生活得有滋味、精彩，就不得不拥有游戏精神！”

怀臻不得不承认，他说得对！

“愿意当我女朋友吗？”陆钦把声音放低，喉咙摩擦出沙沙低迷的嗓音，简直可以蛊惑人心。

做他的女友，以后的生活不会再乏味无聊了吧？怀臻有刹那的神往，可是又觉得那样太过轻率荒谬——她对他，只是好奇，至多是有好感——她赶紧让自己元神归位。

然后，她故意绕开话题："你怎么知道我用什么香水？"

"我靠近你的时候闻到了！以前有个女性朋友就用这款香水。很特别，很好分辨！"他笑，"你喜欢中性香水？"

"是！我不喜欢一味花香调的清甜。"怀臻回答。

"我喜欢特别一点的味道。比如 CK one（Calvin Klein 公司旗下香水系列名称），就像一件被风吹得鼓鼓的白衬衫，而 CK be（Calvin Klein 公司旗下香水系列名称），就像清晨书房门口的一根嫩树枝，还沾染了几许墨香。我用的那一款，像秋天的阳光，柔和而不刺目……"怀臻说起自己喜欢的东西，很有劲头。

"你形容得真有趣！"陆钦说。

"是！我总是喜欢把抽象的东西具象化，大概是职业习惯吧！"怀臻有点不好意思。

"看不出来，你居然是建筑师！"陆钦摸摸下巴。

"建筑师该是什么样的？"怀臻问。

"建筑师，该是男人做的事情！"陆钦笑起来，"不该是你这样的。你那样瘦，我一只手，可以握住你整个腰肢！"

是，他的手很大，贴在腰上十分温暖。怀臻一下脸红了，她想起那日，被他揽在怀中的感觉。她有点窘迫，只得把话题引回来："你喜欢这种香水吗？"

"嗯！我不太懂香水。不过，我觉得喷这种香水的女人，看似天真坦荡，不强调诱惑和激情，但是那种不设防的脆弱的性感，更让异性无法抵挡——比如我！"陆钦唇边的笑容更深了。

怀臻低下头——他的恭维太过赤裸裸，她有些不适应。可是——心底十分受用。

性感是赞美一个女人的最高境界——比夸她漂亮、有气质、有才情，更让她有优越感。

因为男人可以抵挡漂亮的、高雅的、有才气的女人，却无法不将性感的女人放在眼里。

性感，是女人最致命的武器！比如舒淇，面孔并不美丽，甚至有点扁，可是她的举手投足，却无不透露着一种性感的天真！有时候，越遮得严实，性感越扑面而来，令人无法逼视。

“谢怀臻——”陆钦突然轻声唤她。

怀臻猛地抬起头：“对了，你到底是怎么知道我的名字的？还有，我的工作。”

“除非你当我女朋友，否则，我不会告诉你！”陆钦牵牵嘴角。怀臻觉得，他的笑容里，有一种不正经的男人特有的吸引力。

“你在同我讲条件吗？”怀臻扬起头。

“你可以不接受！”陆钦嘴角的笑纹更深了，仿佛他认定了，怀臻一定会答应他。

他略带挑衅的笑容，让怀臻一下恼怒了：“好啊！我不接受！我也不想知道你的事情！反正，晚餐你也请我吃过了！花你也送了，我们两不相欠！”

“真的？不后悔？”他微笑地看着怀臻，像在看个赌气的孩子。

怀臻更加觉得胸中有一团火烧起来——他凭什么可以牵着自己走每一步？太自以为是了！

怀臻站起来：“我得走了！”

陆钦也站起来，替怀臻拉开椅子：“好的，我送你出去！”他居然没有挽留她。

陆钦拉拉墙边一根绳子，天窗“哗”一声又打开了！

那道聚光灯般的阳光又倾泻下来——光柱中，曼陀罗依然静谧地绽放着，如梦似幻，充满致命的诱惑。怀臻忍不住再三回头。

“这花是你的，喜欢可以常常来看！”陆钦看出了怀臻的不舍。

怀臻瞥他一眼，赌气说：“我可没这闲工夫！”

陆钦笑了：“你怎么像个小孩子？”

怀臻气结，她为人一向四平八稳，怎么在这个人面前，却一点情绪都藏不住？

第六章

# 享受一次爱情

回到所里，方琦一看到怀臻就迎上去。

“曹彻让你一回来就给他打电话！”

“知道了！”怀臻没精打采地回答。然后，她拨电话给曹彻：“我没事！”

“那我就放心了！”曹彻其实一点也没放下心。

自怀臻去赴那陌生人的约会，他的一颗心就悬在空中，僵持不下。他想打电话给她，但又怕她根本没事，嫌自己小题大做。可是，他又放不下她，只好每隔十分钟，打一次内线电话，看怀臻回来没有。

“见到那个人了吗？”曹彻犹豫了一下，还是忍不住问了。

“见到了！”怀臻回答得懒洋洋。

“怎样？”

“不怎样！”

曹彻见怀臻并没有要告诉自己的意思，终于不好意思再继续问下去。再问下去，怀臻恐怕要怪自己多管闲事，成为八卦男了。

可是，方琦不怕。

“怀臻，曹彻打了无数电话找你，到底什么事情啊？中午你们不是一起吃饭去了吗？怎么你现在才回来呢？”方琦一股脑将心中的疑问全部倒了出来。

怀臻坐下来，喝口水。不知道是牛肉盖浇饭太咸，还是她紧张过头，嘴巴一直干干的，处于缺水状态，嘴唇内黏膜都粘在一块儿了。一口气喝完杯子里所有的水，怀臻才觉得好一些了。

“你怎么了？说话啊！”方琦搬了张椅子，坐到怀臻跟前。

怀臻喘口气，然后将中午发生的事情原原本本全部告诉了方琦。

方琦听得一愣一愣，眼睛直发亮，不住惊叹。

可是，听完了，她猛地一拍怀臻："谢怀臻！那天你当了人家三分钟女朋友，你居然瞒着我！"

怀臻张大嘴巴："啊？我忘记告诉你了！"

"什么忘记了！你少装蒜！"方琦用力掐了怀臻手臂一把，"就知道把好事情都掖着、藏着，什么都不告诉我，自己偷着乐！"

"小姐，轻点！"怀臻摸着被掐痛的手臂，"我错了还不行嘛，以后保证什么都不瞒着你！"

方琦这才说："暂时饶你一命！"

怀臻连连点头，她知道这个好友好奇心比自己还重。

果然——方琦噘着嘴巴："可是，搞了半天你还是什么都不知道！虽然，看见了这个送花人，可是他反而显得更神秘了！"

怀臻无奈地点点头："谁让那个陆钦提那么可恶的要求！除了他的名字，我完全一无所获。"

"我可不觉得可恶。哪个男人追女人，不耍点手段？"方琦无限向往，"他很英俊呢！我现在还能记起他的样子。

"可是，我不能为了他长得好看，或者是为了满足好奇心，就去给别人当女朋友吧？！"怀臻叹口气。现在，她也懊恼不已，早知道，就不拒绝得那样干脆，先套套对方话也好。

"你应该答应他。然后等套出事情原委，你再告诉他——我不适合你，不过我好友方琦愿意当你的女朋友，要不要考虑试试啊？"方琦笑起来，越说越得意，笑倒在怀臻身上。

"你什么时候才能正经啊？"怀臻用力推开方琦。

方琦坐直身子，笑容也收起来，很认真地看着怀臻："我现在就很认真地告诉你！作为你的好朋友，谢怀臻，我希望你把之前发生的事情都忘掉！这个男人太不一般了，不是你能应付的！所以，你最好别主动招惹他，若他来招惹你，你最好躲远一点！"

"可是——"怀臻说。

"没有可是！"方琦打断怀臻的话，"你和我不同，你不是能玩游戏的人。你的人生就是一场严格的比赛，你必须当个赢家！设计上，你是个天才，可是生活，特别是感情上，你只是资质寻常的普通人！我不想看你输，你已经输过一次了，别忘了！”

怀臻呆住了，她知道，方琦玩世不恭的外表下，其实非常理性而现实。

可是，她没想到，一向嘻嘻哈哈的方琦，会这样郑重地来警告自己。

“方琦——”一股暖流自她心田涌出。

“怀臻，你没有游戏精神。你的一生都在跟人比赛，因为你是谢常意的女儿！”方琦拍拍老友手背，“谢常意的女儿，需要做的是大事情，比如设计让世人瞩目的建筑，而不是沉溺在那些危险的、有可能伤害你的感情中！”

“我宁可是个普通人，我渴望那些让人心跳的浪漫！”怀臻的肩头沉下来。

多年来，为了实现父亲的理想，她努力过每天写写画画的简单生活，她的生活好像永远与那些浪漫多彩的世界隔绝。

“怀臻——”方琦握住她的手。

怀臻深吸一口气，不愿意让老友担心：“我没事！放心好了！”

方琦点点头：“那就好！谢怀臻，有些事情别人能做，你不能！”

怀臻也点点头。可是她心里却被这话激起了几分叛逆：我不过是个普通人。我将前半生时间花费在设计上，并不代表我就得把余生都花在同样的事情上！

不过，怀臻知道，这个陆钦，与自己分明是两个世界的人。她没有游戏精神，她拿不起，放不下。她是适合比赛的，她要的是赢，一直不停地赢！

自小到大，任何考试，她永远拿第一。可是感情的比赛，她一次也没赢过。同曹彻失败的恋情，让她一直抵触感情，不敢接近任何对她有意的男子。她把心门关起来，丧失了从头来过的勇气！

罢了！方琦的忠告是正确的！

怀臻还在想，若陆钦找上门，应该怎样拒绝他。可是，这个男人却再也没有露面。他彻底从怀臻的生活里消失了。

一开始，怀臻还不觉得什么，可是，生活渐渐进入正轨，一切又都变得那样枯燥。那种期待的、向往的、刺激的感觉消失了。生活又重新沉寂下来！

可是，看过烟花的人，怎么能再容忍黑漆漆的、连星光也没有的夜空呢？

怀臻开始觉得烦躁。

有时候，半夜从梦里醒来，会怔怔望着天花板发呆。有时候，也会故意走到前台，指望前台小姐能跟她说点什么。

周日晚上。怀臻百无聊赖地在家画画，用铅笔在白纸上胡乱涂画。渐渐地，潦草的线条拼凑出一只眼睛。

怀臻怔怔看着那只眼睛，眼睛也似乎看着她。然后，怀臻像着魔一般，手中的笔不受控制——她一笔一笔落到纸上，勾勒出一张男人的脸。这张脸多么熟悉，唇角的刀疤似乎还挂着一抹略带讥讽的笑意。多可怕，心神已经被这张脸的主人控制！茫茫人海，到哪里去找一个只见过三次面的陌生人？

她腾地站起来，用力将笔扔到桌上！笔芯断裂，然后骨碌碌滚到地上——

谁说谢怀臻就不能玩游戏？同曹彻在一起时，不也是认认真真开始、凄凄惶惶结束吗？恋爱——认真又如何，游戏又如何？不过是殊途同归。

怀臻拾起地上的铅笔。

找个好的对手，玩一场刺激的游戏，胜过同乏味的人谈一场认真的恋爱。人海茫茫！可是，冥冥中一切又自有牵引！

怀臻不知哪里来的勇气，果断地冲下楼，开了车，冲进深重的夜色里。她望着前方，夜色凄迷，城市里迷离的霓虹闪烁不定，似千万颗骚动不安的心，难以捉摸。

怀臻忽然间成为无知无畏的十八岁少女，懵懂向着远处，不断前行。她的眼睛似着了火，有着烈焰的灼热与明亮。

很多情侣，朝夕相处，也不过是从独自寂寞，变成相伴寂寞。谁要永恒的死寂？刹那的光辉，也许更能温暖冰冷的心。在熊熊烈焰中毁灭，也好过唯唯诺诺、庸庸碌碌的长命百岁！

怀臻心中充溢着莫名的激动，生平，她第一次为自己做了这危险的选择。她冷寂已久的血液，又沸腾了。她觉得，远处有一种奇异的力量在牵引着她。彷徨的飞蛾，自冰冷的黑暗中看到熊熊的火光，忽然间有了目标，奋不顾身全力一扑。

她开得太急切，没有发现后视镜里，有一辆吉普车远远跟在她身后，一路尾随而行。

怀臻将车停在音乐房子楼下，直接奔上楼。

她的心跳得很快。她并不确定能在这里找到他，只能沿着过去的足迹找寻。

巨大的声浪，似泛滥的潮水，一波一波冲向门口。可是怀臻充耳不闻，她的全部感观都用来寻找他——灯光迷蒙，闪烁不定，可是吧台边，有一名男子侧身坐着，慵懒地靠在椅背上，手里端着酒杯，正无聊地摇晃着，黑色衬衫的领口，微微敞开，露出小麦色的肌肤，他整个人都散发着逼人的性感。

怀臻的心终于放下来——他在！他在！他在！这一刻，怀臻觉得自己的决定再正确不过。

周围的女人都偷偷打量着他，或半遮半掩，或干脆直勾勾盯住不放。可是，他都浑然不觉，在那些炽热的目光中，若无其事地自行其事。

这样一个男人，费尽心思讨好的人，竟然是自己。谢怀臻面颊不由得烧起来，她走过去。

“嘿！”怀臻努力控制自己的情绪。

“嘿！”他转过身，面孔正对着怀臻。

距离那样近，差点脸贴上脸，怀臻忽然有点难以自抑。

见到是怀臻，他忽然笑了，唇角微微上扬，饱满的嘴唇勾勒出性感的弧度。

怀臻看着他，有点心驰神往，她觉得面部肌肉都快不听使唤。

“你来了。”他的笑容不住扩大。

“是，我终于还是来了！”怀臻也笑了，可是她自己觉得，那笑容很是僵硬。

她觉得有些尴尬，那样斩钉截铁地拒绝过他，可是现在，又自食其言，觍着脸来了！一定被他看扁了。

“你来晚了一个星期！”他轻轻说。

什么意思？怀臻挑挑眉。

“我自周一开始，每晚等在这里，已经等足七天。”他耸耸肩，“谢天谢地，在我变成化石之前，你来了！”

怀臻忽然松懈下来，紧绷的脊背也软了。咦？原来他等足自己一周？怀臻笑了，露出雪白的牙齿，像一只占到便宜的小狐狸。

“你算准了我一定来？”她扬起眉。

“不！不过是赌运气！”他牵牵嘴角。

“还好，幸运女神一向眷顾你！”怀臻偏偏头。

“是，那幸运女神姓谢，名怀臻！”陆钦冲怀臻晃晃酒杯。

是啊！他并不能肯定她会来，可是他还是天天来等！这一次，主动权掌握在怀臻手中。

她忽然觉得，这个游戏是多么有意思。之前，不过是由他占着先机，可是以后，鹿死谁手，还不一定呢！她甚至觉得，也许自己也是个适合游戏的人。

“不请我喝一杯？”她对他眨眨眼睛。

他伸手做邀请状：“当然，梦寐以求！”

怀臻坐到他身边，他殷勤地替她倒上一杯酒，再加两块冰，摇一摇，递到她手中。她接过来，轻轻呷一口。目光微微扫一下周围——全是艳羡的目光。怀臻不由自主将脊背挺得直一点。同外形这样出色的男人坐在一起，虚荣心自然泛滥到无以复加。

“若我今天不来，你还打算一直等下去？”

“不，今日是最后一日！”陆钦喝一口酒。

“啊！我就知道！再完美的女人，男人也不会等太久！”怀臻也抿一口酒。

“不，我愿意等你！可是，若过了这一周，恐怕你绝不会来了，我再等又有何意义？”陆钦从容地说。

“为何？”怀臻悄悄嘘一口气，差点就错过了。

“一个人的好奇心再强烈，也有个期限。一周后，你也许不再想知道，那个叫陆钦的男人，是怎么找上你的。”陆钦的语气有点无奈。

整整一个星期，每空等一天，失望便强烈过一天，他差点怀疑自己在女人面前无往不利的那一套，在她面前失灵了。可是，她终于还是来了。

在看到她淡淡的笑容时——他觉得周遭一切都安静下来，只余一股清新的风，拂面而过。

这个女人很奇异，身上有一种干净的力量。

“现在可以告诉我，你是怎么找到我的吗？”怀臻轻轻问。

多日来的好奇心，似一股暗流，一直不断寻找出口，好不容易撞出一个缺口，通通汹涌而出。

“还是那个条件，除非你当我女朋友！”陆钦望着怀臻。

他的目光，好似一个拥抱，深情地将人纳入怀中，让人无法，也不忍挣脱。怀臻没有说话，陷在他的眼波中。

“敢不敢？”他半是挑衅半是引诱。

“敢！”怀臻听见自己清清楚楚地回答。

声音干净清晰，似刚刚冒出头的笋尖，还沾着新鲜的晨露，带着一股生猛的冲劲。陆钦一下愣住了。

连怀臻都被自己吓了一跳——她没有想到自己的回答这样干脆有力，仿佛已经在心里酝酿了无数次，只等着对方来问。

陆钦沉吟了一下：“怀臻——我可以这样叫你吗？”

“你说呢？”怀臻微笑着迎向他的目光。

“怀臻，你真的愿意做我的女朋友，不后悔吗？”他的目光里忽然添了一层小心翼翼的东西。

怀臻有点捉摸不透他，这不是他想要的答案吗？

“后悔？谁知道呢？那是以后的事情！”怀臻想一想回答。

“是！那是以后的事情了！”陆钦深吸一口气，“其实，我知道，你答应当我女友，不过是想要个答案！”

怀臻侧过头，想一想。不，并非单纯为了满足好奇心。倘若陆钦又丑又蠢，她才不在乎他是怎么找到她的呢！可是，她并不想同他说实话。

“当然！”她说。

她不想他知道，她已经被他深深吸引。

爱情游戏的潜规则不外是，谁先付出感情，谁便受制于对方。

“你是怎么找到我的？你连我是谁都不知道啊！”怀臻专注地看着陆钦。

她实在太好奇了，他是怎么将一个连姓甚名谁都不知道的人从人海中淘出来的。

“现在可以告诉你了！我亲爱的女朋友！”陆钦像忽然卸下重负一般。

他自裤兜里掏出东西，递到怀臻手中。

然后怀臻尖叫起来："啊——"

那是一张薄薄的、再普通不过的票券——音乐剧的门票。门票的背面写着：赠"鼎峰"建筑设计事务所谢怀臻小姐！

"就这么简单？"怀臻反复看着门票的背后，她怎么就忘记了，被陆钦顺手抽走的门票背后写着这些字呢？

"就这么简单！"陆钦忽然坏坏地笑起来，"我只是上网查了你们公司的地址。"

"可是，我的邮箱地址你是怎么搞到的？"怀臻又想到新问题。

"这个也很简单啊，我到你们公司总台，偷看了公司内部联络簿，你们每个设计师的 E-mail 都在上面啊！"陆钦笑得异常得意。

"啊？那你怎么知道我什么时候加班？"怀臻继续问。

"打电话到总台，你们公司的前台小姐告诉我的啊！她话可多了！"陆钦笑出声。

"你怎么知道我不会一个人到星巴克？"怀臻问。

"我并不知道你是不是一个人到星巴克，我只是让你一个人去东篱园啊！"陆钦喝一口酒，一副促狭的样子。

啊？中了他文字游戏的圈套！她一度以为有另一双眼睛在看着自己，以为这个神秘的送花人神通广大，原来真相却如此简单！

"这样简单？"怀臻忍不住感叹。

"对啊！所有伎俩拆穿了都简单透顶！"陆钦笑着回答，"可是，人心却是复杂的！"

"是我们的心，把所有一目了然的东西复杂化了。"怀臻也笑起来。

这个陆钦原来不过是个普通人啊，差点以为他是外星来客。

"那些礼物——"怀臻忍不住问。

"不过是取巧，说穿了，就没意思了。你就不要多问了！知道得越多，越无趣！"陆钦伸手揉了揉怀臻的短发。

怀臻的面孔一下涨红了。他的动作那样随意熟稔，仿佛与怀臻早是亲密无间的情侣。

而怀臻却觉得有一阵酥麻的电流，自发根一直传到心尖，连手心都湿濡濡的。

奇怪，自己年纪已经不轻了，一颗心却还是如此经不起诱惑。

为了打消紧张的情绪，她一口接一口，喝着杯中的酒。绷紧的神经渐渐缓下来，整个人软软的，像泡在温热的水中。

她不禁细细看着陆钦——他那样英俊，两道浓眉下，是一双典型的桃花眼。他的眼睛总是半眯着，有种特别的、说不出的味道，有两分慵懒、一分邪气、三分暧昧，还有一点点叛逆不羁……太复杂了。

怀臻觉得自己看不透他。他仿佛天生就是一块巨大的磁石，他的魅力是源源不断不住扩大的磁场，不知道吸引了多少异性的目光。

陆钦也看着谢怀臻——奇怪，她的目光为何有点涣散？每一次，他看到她，她总是那么漫不经心，低着头，似乎有无穷心事要想。

“在想什么？”陆钦轻轻靠近她。

他的呼吸就在她耳畔，呵出的气，暖暖的，酥酥的，似一根极柔软的羽毛，一下一下轻轻拂过，不经意地撩拨起人心底最深处的欲望。怀臻自耳根处开始红成一片。

“想什么？”他又轻轻问，像在念一个咒语，一个让人心神荡漾的咒语。

“在想你……”怀臻还是望着他，一直望到他的眼底去——那里面，藏着什么呢？

“想我什么？”他好奇起来，唇边细疤画出一道笑意，“我在你身边，你还想我？”

怀臻扑哧笑出声：“我在想，你不知道伤过多少女人的心啊！”

“为何？”

“因为，你看起来像个捕鼠器，总有老鼠经不住诱惑，要主动送上门。能全身而退的，恐怕没有几个吧！”怀臻一本正经地看着陆钦。

“谢怀臻，你能不能换个东西来打比方啊……”陆钦嚷起来，“你怎么能把我和老鼠夹子当作一类啊！”

“哈哈哈，本来就很像嘛！”怀臻忍不住放声大笑，看他忽然像个孩子一样较真，她觉得，他也不过是个普通的男人。

所有的男人，在自己喜欢的人面前，总有掩饰不住的孩子气！

“他可是——真的喜欢上我了。”怀臻悄悄地想。

“谢怀臻，你这只老鼠，我是不会放过了！”陆钦非常自然地伸手揽过怀臻。

怀臻半陷进他的怀抱，那种熟悉的感觉又涌了上来——那个茫茫人海中，只为她虚位以待的怀抱，就此属于她了吗？他会认真地、全情投入地玩一场游戏吗？

她想也不想，抬起头：“It's just a game？”

陆钦低下头看着怀臻。她的面孔只有巴掌大，眉目间却有着寻常女子没有的执拗与认真。

“不，不是游戏！”他将手贴在她面颊上。她的面颊很烫，像发着高烧。可是，他知道她很清醒、很理智。

“感情怎么可以儿戏？我所做的一切，不过是情不自禁！情不自禁想用与众不同的方式来讨好你！”他的目光温柔得好似一张绵密的网，可以将人融化的网。

“真的？”她微微皱了皱眉头。

他伸手替她抚平：“真与假，以后你自己体会！”

怀臻点点头——她想，我还是当它是一场游戏好了！可是，一抬头，接触到他专注认真的神色，她的心又软了。即便是游戏，若不认真，也会索然无味吧？

其实做任何事，不认真，不投入，又怎么体会其中极致的乐趣呢？简直左右为难！敢不敢，再投入一点？

陆钦看着怀臻游移变幻的眼神——他突然低头，出其不意地在她裸露的肩膀上，轻轻印下一个吻。

浅浅的一触，柔软的唇，烙铁一般，烧烫了她的皮肤。怀臻仿佛被电击中，心脏差点停止跳动。她没有想到他会吻她，虽然吻的部位并不敏感，吻的方式更像赞美。可是，她的心，还是猛地被拉进情绪的旋涡中……根本——由不得她不投入……

谢怀臻一直在想，自己肯定醉了，否则怎么可能与一个陌生人如此亲昵呢？

整个晚上，陆钦的手都贴在谢怀臻腰部，片刻也没有放下。这奇异的小动作，像是具有某种神奇的亲和力，让两人忽然间亲近了许多，原本的生分都荡然无存，似乎两人原本就这样亲密无间。

陆钦的手看似不经意地贴在怀臻的腰间，那样自然，仿佛这手天生就是放在这里的，因为他的自然，怀臻也觉得这似乎理所当然。他的掌心很烫，有源源不断的温度自掌心渗透进怀臻的皮肤，极具侵略性。

可是怀臻觉得十分享受——有多久没有这样接近一个异性了？她只觉得整个人轻飘飘，像踩在软绵绵的云端，浑身无力，膝头发软，心跳异常，然而又有说不出的愉悦。

怀臻忍不住半闭上眼睛——

“唉——”她在心里叹口气！不，不是哀伤，不是无奈——是为这一刻的满足。渐渐地，气氛已经不同。

虽然音乐房子还是那么吵闹嘈杂，音浪依然一波高过一波，可是，怀臻觉得周遭已经静下来，整个世界忽然浓缩了，浓缩至她的眼中，只剩下陆钦一人。

不知为何，他们都没有说话。他望着她，她也望着他，似乎只这样凝视，就已经够了。

怀臻望进他的眼眸深处，灯光下那双眸子竟然不是单一的黑，浅褐、深蓝、暗紫……随着眼波闪烁而变化。

她觉得，心忽然和他靠得很近——她忍不住，一遍又一遍仔细看他的模样。眉毛又浓又黑，眼睛漆黑发亮，睫毛浓密纤长，大概可以放好几根火柴吧。他的鼻子，又挺又直，让人觉得他是骄傲而不可侵犯的，嘴唇线条优雅，嘴角微微上扬，随时都挂着一抹恍惚的笑意，下巴略微有些方，显出几分倔强。

他多好看啊！他属于我了吗？怀臻觉得他好似一个梦中人，一觉醒来便不可再触摸到。怀臻忍不住轻轻地伸出手，沿着他的轮廓，轻轻地抚摸。她轻轻抚摸他的眉毛、眼睛、鼻子、嘴唇——感受他轮廓的每一道起伏。

陆钦没有阻止她，安静地看着她，任凭她触摸自己。

她像个小女孩，新拆开一份礼物，忍不住千百次地触摸，以确定它的真实性。她扬着脸，嘴唇微微张开，眼睛里是没有遮掩的情绪——有一点贪婪，有一点惊喜，有一点意外，有一点难以置信，还有一点点天真的娇憨。

他笑了，望着她——他的目光那样温柔、那样浓烈，仿佛陈年的白兰地，芬芳而浓郁。

怀臻觉得她有点醉了，不知道是因为杯中的酒，还是他的目光。

等陆钦提醒怀臻要离开时，怀臻才发现已经是午夜十二点了。

“咦？时间过得真快！”怀臻忍不住笑。

莫非有人暗中拨快了时钟？怀臻有点不想离开——才刚开始，竟然已经不舍。多可怕！

怀臻赶紧提醒自己不要太过沉迷，她果断地站起身，向外走。

陆钦也站起来，走到她身边，非常自然地拢住她肩头。很自然地，她也将头轻轻靠向他——他真高！

怀臻忍不住向四周望了望——果然看到羡慕的目光，怀臻忍不住低下头笑。

看！女人不管多大年纪，何种素质、学历、出身，容貌出色与否，都拥有相同的虚荣心。

这小小的虚荣心，强大到无处不在。自衣服首饰鞋袜、学历容貌金钱、汽车房子伴侣……她们通通都要拿出来与别的女人一较高低，非分出个胜负不可。只要其中一样是别人羡慕的，她们便可以自得其乐一整日。

谢怀臻今日，居然也会靠男人来满足这荒谬的虚荣心。原来她也有这肤浅的一面！怀臻咬咬唇，自这个男人身上，她看到自己鲜为人知的另一面。可是，她又觉得这肤浅也有些喜不自胜。有的炫耀，总比没有强吧！

她紧紧牵住陆钦的手，自酒吧里各色女人羡慕的目光中走过。

到了楼下，陆钦说：“我送你回家！”

“可是，我自己有开车来！何况喝了酒，我打车回家好了。”怀臻说。

陆钦松开怀臻的手，那温暖的感觉也一下被带走。

这一刻，怀臻懊恼到极点——为何要买车？白白丧失了被男伴接送的乐趣。

女人最享受的莫过于这一接一送的娇宠和矜持。可如今，经济独立的代价是，连这最简单的享受也失去了。

有些男人甚至会说：“怀臻，你有车，请绕路送我一程。”

多无趣，娇小姐即时变作女司机。

怀臻叹口气：“我们回家吧！”

陆钦伸手揉揉怀臻的头发：“我送你！”

“你怎么送我啊？”怀臻抬起头，失落感顿时消失。

“开车送你啊！”

“酒驾不好吧。”怀臻皱皱眉头。

“我酒劲早过了。”陆钦微笑望着怀臻，“一直喝酒的是你。”

怀臻想起方琦说过：“在男人对你有兴趣的时候，应尽量使唤他们！这种优渥待遇会随男人对你兴趣的递减而变得稀缺。”

当下她点点头对陆钦说：“那就请你当一回司机吧！”

陆钦接过怀臻递过来的车钥匙，由怀臻带路，走到她的车前。

“咦？开这么大车子？”陆钦有些意外。

怀臻好笑地看着他：“怎么，不可以？”

陆钦摇摇头：“不是！小女人爱开大车子，证明你骨子里是个爱冒险、渴望激情与浪漫的女人！”

“何以见得？”怀臻坐到副驾驶座上。

陆钦一边发动车子，一边解释：“娇小的女人，喜欢驾驭庞大的车子，当然是个征服欲望强烈的女人，骨子里就不服输。”

怀臻侧过头：“是，不然怎么敢牵你的手。”

陆钦踩一下油门：“牵我的手算什么？敢不敢坐我开的车？”

怀臻摊开手：“敢不敢？什么意思？”

陆钦挑衅地笑了一下：“马上你就知道了！”

“有什么本事使出来吧！”怀臻一点也不怕，“为何还不开车？”

“小姐，你还没告诉我你家住在哪里。”陆钦叹口气。

“怎么，你不知道吗？你不是已经对我了如指掌？”怀臻惊异地看向他。

“喂！拜托，我不是私家侦探！”陆钦伸手揉揉怀臻头发，一脸无奈。

“拜托，下次不要弄乱我发型！”怀臻学着陆钦的口气抗议。

怀臻说了住址，话音刚落——车子已经如离弦之箭般射了出去。怀臻防不胜防，身子不由得向后倾，紧紧贴在椅背上。几乎没有加速的过程，只听见耳边呼呼风声。时速直接飙到一百四十码。

深夜，街上的车子速度都很快，却还是一眨眼，被他们抛到身后。好几次，路口有车开出来，眼看要撞上去，都快速冲过。整个过程，陆钦没有减过一次速。风倒灌进来，几乎令人窒息。

怀臻紧紧拽住扶手，吓得眼睛都不敢闭上，一颗心高高悬在嗓子眼，随时准备尖叫——

奇怪，一向爱惜生命，严格遵守交通规则的怀臻，这一刻却并不害怕。她只觉得非常非常地刺激。原来市中心，也可以开这么快的车。

见怀臻沉默不语，陆钦问："还敢不敢继续？"

"当然——"怀臻清清嗓子大声说，"已经上了贼船，还下得了吗？"

"怕了，我就减速！"陆钦微微侧过头看了看怀臻。

她的脸色有些发白，头发被风吹得凌乱，竭力深呼吸，手紧紧拽住把手，太过用力，指关节有些发青。

因为怕叫出声，她一直死命咬住下嘴唇，已经咬出一道深深的牙印。可是，她的眼睛却闪闪发亮。她甚至说："还能再快点吗？"

陆钦没说话，车速直接飙到一百五十码——风灌进车内，隐隐地，居然有淡淡的玫瑰香。

也许这风刚刚经过了一处玫瑰园，将那些游离的芬芳带了进来。

空气有点潮，吹到皮肤上，微微有些润——这闷热的夏末，似乎因速度，起了秋风，有点清爽的凉意。

怀臻深深吸气——她的心里也涨得鼓鼓的，为着不知名的情愫。已经很多年，她没有过这种感觉了，仿佛自己随时可以飞起来——所有烦恼都被快速流动的空气带走。

和曹彻分手后，她几乎以为自己已经老了、枯萎了、沉寂了，是夏末蔫耷耷的玫瑰，没了生气。

连得大奖，都不能令她的血液循环加速了。可是，这一刻，她觉得她又活过来了，重新焕发出神采，每一片花瓣都簇新。

她看了陆钦一眼，他正专注望着前方。他专注的神情忽然让她感动——

她扬声对他说："陆钦，无论如何，谢谢你！"

“什么？”他诧异地望她一眼。

“我说谢谢你！”

“为何？”

“谢谢你让我这样快乐！”她笑出声，整个人轻松无比，连害怕都忘记了。

是啊，她感激他。感激他自茫茫人海中，挑了她来玩这场游戏。他让她兴奋、激动、快乐、得意忘形、心跳加速……

这一刻，她忽然下定决心——要好好投入地，享受一次爱情。

在乏善可陈的生活、永远做不完的工作和冷酷无情的时间，令她萎谢之前，她要全情投入地爱一次——爱这个让她血液沸腾的男人！哪怕，他不过是同她玩一场游戏！有什么关系呢？

爱情不过是一场彻头彻尾的私人感受。对方再爱你，你若对他毫无感觉，你也体会不到爱情的乐趣。即便他不爱你，可是你爱他，你也能享受到爱情的甜蜜与煎熬。

谢怀臻豁出去了——正如此刻，她将她的生命交付到他的手中！

第七章
# 不可预知的诱惑

幸亏，陆钦不负重托。他将怀臻安全地送到家门口。

车停下来，风也消失了。那些因速度而产生的快感与幻觉都消失了。一切都平静下来。

“下次还敢不敢坐我开的车？”他握住她的手。

她的手那样小，非常柔软纤细，难以想象，那些高楼大厦，就是自这双小小的手中，设计出来的。是她赋予了那些冰凉粗陋的钢筋水泥，生命与美丽。

“当然敢，不过，我会系上安全带！”怀臻指了指一直没来得及扣上的安全带。

“怀臻，你是个令人捉摸不透的女人！”陆钦静下来，看着怀臻。

怀臻望着他，他的眼睛里充满了探究：“那岂不是很好，男人喜欢有神秘感的女人！”

“不，你不是神秘——是特别，而且出人意料！”陆钦努力寻找较为准确的形容词。

“是吗？有多出人意料？”怀臻偏过头问他。

原本宽大的空间忽然变得局促起来，空气里充满了荷尔蒙含混不清的味道。他靠怀臻那样近，连呼吸的声音都清晰可辨。

“我以为你不敢的，你都敢！”陆钦轻轻说，呼出的气息碰触到怀臻的面颊，痒痒的，酥酥的，似一串微麻的电流。

怀臻稍稍抬起下巴：“是吗？仅此而已？”

陆钦凑近她，他的唇几乎贴到她耳垂：“你还想我觉得你怎样？你已经让我做了很多疯狂的事情了！”

他轻轻地耳语，像极了粗糙的大手，轻轻摩挲着细滑脆弱的丝绸，无端地撩人心扉。

怀臻的呼吸急促起来，鼻息也变得紊乱，她努力克制，可是身体内好像忽然有一股热流在四肢百骸中流窜，由不得她自控。

“你为我做了很多疯狂的事情？我怎么不觉得？还以为这些事情你天天做，乐此不疲！”怀臻不由自主地将声音放得极轻，甚至微微有些喑哑。

她真怕这声音泄露自己太多欲望、太多秘密。她握住了陆钦的手，否则她的身体会因绷得太紧而有些抖。

“小姐，你以为我钱多无处花，精力无法消耗，时间没地儿打发吗？”陆钦轻笑出声。

怀臻心中一震：“那为何为我做这些？”

“你相信一见钟情、二见倾心吗？”陆钦低声问。

“不相信！”怀臻摇摇头。

不，其实她相信，她对他，不就如此吗？可是，她不愿意承认。

他叹口气：“那我说什么，你都不会明白！”

“那算了！”她故意低下头，避开他的目光。

他的目光太过灼热烫人，黑暗中，像野兽的欲望一般原始而赤裸，不断逼近它的猎物。

怀臻并非没有谈过恋爱，她知道，有时候女人的含蓄低调、回避躲闪，看在男人眼中，有一种欲说还休、欲迎还拒、欲擒故纵的美。

果然，陆钦伸手，轻轻抬起她的下颌。怀臻的脸向上仰起，他的脸则有些下俯。然后他贴近她，他的鼻息已经与她的交融在一起。他的唇，距离她的唇，那样近——她喉咙有些发干，刚才还绷直的身体，已经软成一摊春水——他可是要吻她？

“时间不早了，你早点休息——”他说！

然后，他轻轻拂了拂她额前的发丝。啊——怀臻有些失望，望着他性感的嘴唇，有些不甘心——他竟然没有吻她！她差点自作多情地闭上眼睛，差点出丑！好险！怀臻长吁一口气：“是啊，睡个好觉！”

车里的旖旎风光顿时烟消云散。

陆钦替怀臻将车停好，目送她上楼。

“明天——”怀臻说。

“明天，我会来找你的！”陆钦不等怀臻说完便开口。

“可是，你怎么找我？”怀臻问。

“到你公司楼下接你下班啊！”陆钦理所当然地说。

“可是，我若想找你怎么办？到目前为止，我仍然对你一无所知！”怀臻摊开手。

整个晚上，怀臻都陷在陆钦的眼波中，浑然失去了理智。可是，不知道是吹了风，还是没有得到那个吻，她现在终于有一点点清醒了。

“恋爱就是相互了解的过程，你肯定会越来越了解我，直到有一天了如指掌！”陆钦又揉揉她的头发——这个动作充满宠溺与怜爱，怀臻觉得很熟悉很窝心。

“你保证？”怀臻问。

“我保证！”他举起右手，做发誓状。

怀臻笑了：“好吧，我就等着你明天来接我！”

“做个好梦！”陆钦将食指和中指并在一起，轻轻在唇上一吻，隔空点向怀臻，好似那吻，便轻飘飘飞到了怀臻唇上。

怀臻面上一热，转身上楼。

“怀臻——”他忽然唤住她。

“什么？”怀臻赶紧转过身。

“你会不会梦到我？”他忽然很郑重地问她。

“嗯——不知道呢！”怀臻故意想一想说，“这要看你会不会梦到我！”

“那就梦里见了！”陆钦用两个大拇指做了个碰头的姿势。

怀臻笑嘻嘻说：“等你梦到我的时候，别忘了问我有没有梦到你！”

然后她飞快地转身上楼。怀臻一进门，灯也没开，便冲到窗边，躲在窗帘后面偷偷往下望——他果然在楼下，正仰头望着她的窗户。一种甜丝丝的情愫一点一点爬上她的心房——

她一直在暗处看着他，而他不知道她在看他，于是她有种技高一筹的优越感。

陆钦站了片刻，然后转身离开，很快融入夜色中。他招手叫了辆出租车，上车后，他掏出手机，拨了电话号码。电话接通，他的声音竟完全似变了一个人，有些得意，有些自负，还有一点不以为意：“今天晚上她来了，鱼儿已经咬钩。明天我会去公司接她。”

“不能让她掌握主动权。”电话那头的人嘱咐，“你必须严格按我们订好的计划走，不可冒进。谢怀臻警觉得很，可不好糊弄！”

听着对方的嘱咐，陆钦有些不耐烦地回道：“对女人，我比你知道分寸！到时候，你别忘了你答应我的事情就好！”

“管好你的裤裆，别让她太快得手！慢火细炖，才能煲一出好戏！”对方的声音渺渺地从手机那头传出来。

“你放心，我知道怎么让她快乐！”陆钦自信满满。

“对一个活得四平八稳、顺风顺水的女人来说，她最想要的，无非是她一直无法拥有的激情、刺激，甚至危险。”对方笃定地说，“你给她她想要的，她就能任你予取予求。”

陆钦沉默了，他已经意识到，这是谢怀臻最大的软肋。

怀臻独自在黑暗中坐了一会儿，心情久久无法平静下来。无端端，她的嘴角不受控制地上扬，胸中充盈着一种轻飘飘的、不真实的喜悦。这喜悦泛滥到全身，整个人好像在梦境中一般，亢奋却又浑身无力。整个晚上，她好似梦游一般，恍惚而缥缈。

她打开灯，走到浴室沐浴，温热的水包裹着她，烟雾氤氲间，仿佛是他的目光温暖而湿润。怀臻看着镜子里的自己，双颊潮红，好似发着高烧，眼睛亮得吓人，胸部不受控制地起伏着，像中了曼陀罗的毒，连神志都不清晰了。

她擦干身体，换上背心短裤，走出浴室。她走到书桌前，拿起那幅画——

她忍不住拾起地上摔断了芯子的笔，重新削好，仔细把陆钦的画勾勒完整。然后，他的面孔更加清晰，似笑非笑地静静看着她。怀臻也出神地看着他——他的唇微微张着，似乎在诱惑一个吻。情不自禁，怀臻轻轻地在他的唇上印上一个吻。然后，怀臻自己也忍不住扑哧笑起来。只是一幅画，竟然也能轻易地摄走人的魂魄。这个陆钦到底对自己下了什么蛊，这样厉害？要是被方琦看见了，一定会尖叫，骂自己是花痴。

怀臻转过身，床对面的墙上，还挂着那幅曹彻送她的玫瑰。镜框略微有些反光，怀臻走过去一点——里面的纸巾平整而完好，画上的玫瑰颜色亮丽如新，可是，那段感情已经褪色，淡得徒留一个影子！

怀臻轻轻取下镜框，将纸巾取出来，把画着陆钦的图纸放进去。她重新把镜框挂到墙壁上。然后，她又退后一步，欣赏了一下——躺在床上，只要一睁开眼睛，便能看见他！她满意地笑了笑，然后将手中的纸巾收起来，放进抽屉里，塞到最深处，锁上。

当一段新恋情，代替一段旧恋情，过往的一切，只会更加灰败褪色。这一刻，怀臻想起与曹彻分手时，痛哭流涕的她伏在父亲膝头，父亲轻轻对她说："时间会治愈一切！"

是的，一切伤痛果然都已经过去。时间最是残酷无情，可也最美丽神奇。

曾经亲密的爱人，可以沦为陌路人。可是，陌生人也可以忽然擦出炽热的火花。青春的身体转眼便佝偻，青丝转为白发。可是，皱巴巴的新生儿也瞬间长成了如花美眷。

人类的智慧与文明在时间面前，显得那样粗浅无力。在时间的长河里，我们不过都只是朝生暮死的蝼蚁。留得住一刻是一刻，若不及时行乐，趁肉身还能承受欢愉，还等什么？

谢怀臻倒上床，她总是不肯闭上眼睛，总想再多看看他的样子。辗转反侧，谢怀臻失眠了！看看时间，已经凌晨三点。可是，她一点睡意都没有，她只是反复回味着与他相处的每个瞬间。终于，她坐起来，抓过床头的电话。

她忍不住了，再也忍不住了，想告诉方琦，她恋爱了！哪怕会被方琦笑话或是痛骂一顿！

谢怀臻急需老友分享她此刻的情绪——那澎湃的、压抑不住、按捺不下的情感。

"喂——"电话接通了，方琦慵懒的、睡意昏沉的声音传过来。

"方琦，我是怀臻！"怀臻鼓起勇气。

"什么事？"方琦有点不耐烦。任何人被人自好梦中拖出来，都会不耐烦。

“我恋爱了！”怀臻兴奋地低喊。

“哦——”方琦漫不经心地应了一声，然后是静默的，电波流动的声音。

“什么——你说什么？你恋爱了？”周方琦终于被吓醒了，怪叫道。

怀臻得意地，然而又有些小心翼翼地重复：“是的，我恋爱了！”

“等等——”

怀臻听到电话那头窸窸窣窣的声音，然后听到方琦说：“啊，怀臻，现在半夜三点，你做什么梦了啊？”

“不，不是做梦！”可怀臻的声音听起来的确像在梦呓。

周方琦彻底清醒了过来：“怀臻，你怎么了？发生什么事情了？”

怀臻清清嗓子，兴奋地将晚上发生的一切，事无巨细、毫无保留地告诉方琦。

方琦一直没有说话，直到怀臻绘声绘色地描述陆钦在市中心飙车，而她连安全带都没有系的时候，方琦终于忍不住了：“谢怀臻，你太荒谬了，你怎么可以拿生命当儿戏？要是出事了怎么办？”

“就那样死了也好啊，没有烦恼，多么刺激多么幸福——”怀臻梦游一般。

“神经病，不知道陆钦给你吃了什么药，迷了你心窍！”方琦不满道。

“不！你不知道，我已经很久很久没有这种心动的、快乐的感觉了！”怀臻轻轻说。

“可是，那个陆钦来路不明！”方琦提醒她。

“不！”怀臻把门票的事情告诉方琦。

“什么？竟然这样简单？”方琦惊呼。

“是啊，其实他并没有我们想象的神秘！不过是个普通人，略微费了点心思来讨好我！”怀臻笑嘻嘻地说。

“啊——还好！”方琦好似有点放心。

“方琦，我想我是真的喜欢上他了，怎么办呢？”怀臻忍不住问方琦。

方琦一直是她的良师益友，不管发生什么事情，总有方琦替她出头。

“怀臻，我知道，我拦不住你了！说实话，如果我是你，面对这样英俊而聪明的男人，恐怕也会情不自禁，不一定做得比你更好！可是，作为你的朋友，我还是要提醒你，先了解清楚对方是什么样的人，对你是否认真，然后再付出感情也不迟。”方琦仔细叮嘱。

她知道，怀臻已经甘愿做扑火的飞蛾。

“方琦，老实说，我有些怕，怕把握不住他，也把握不好自己。可是，似乎冥冥中又有一种力量，推动我不断向他扑过去，奋不顾身！”怀臻放低声音，在好友面前，她不想掩饰自己的脆弱、胆怯和担忧。

“然而那种恋爱的感觉，又不断吸引我，鼓起勇气，勇敢接受。”

“是的，我知道！”方琦回答她。

“方琦，你恋爱经验最为丰富，你要帮助我！”怀臻向老友求助。

“我？我都是游戏而已，当不得真的！但是，我愿意为你提供一对耳朵，以及一双眼睛！”方琦笑了，“我可以听你倾诉，帮你分析，可是我不能代替你的感受。都说旁观者清，可是感情这回事，却唯有当事人才能理解，旁人看得再多，也不过是皮毛。其中的滋味，只有当事人自己知道。”

是啊，爱情是场极度私密的饕餮盛宴，除了当事人，没有任何人可以分享。

这个晚上，周方琦一直陪着怀臻，听她絮絮叨叨地诉说自己的担忧与憧憬。直到天空泛起鱼肚白，两人才各自躺下睡觉。这一觉，怀臻睡到大天亮，居然一点梦都没有做，睡得异常踏实。

这是个再普通不过的清晨，可是对于谢怀臻来说，却又那样与众不同。这个早晨，她自睁开眼睛的那一瞬，心中便充满了希冀、憧憬与期待。

她飞快地起身，只睡了几个钟头，可是照样活力充沛、精力旺盛，仿佛有挥霍不完的力气。她轻盈地踮着脚走路，恨不能跳一支最欢快的芭蕾。然后，她沐浴，换了干净的衣服，喷了喜欢的香水，轻轻松松，带着几分雀跃的心情出门。可是，她并没有刻意打扮自己！

怀臻真正明白——男人其实从头到尾都不介意女人穿什么。当一个男人爱你的时候，不论你穿什么，他都会觉得美丽，为之着迷。可是，当他不爱你的时候，不论你如何盛装，也是徒然。所以，自始至终，在意穿着打扮的，不过是女人自己。

到了办公室，怀臻心情好得出奇。看到桌上灰绿色的仙人球，她忍不住笑起来，仔细替仙人球浇上水。

“小姐，浇太多水，会死的！”方琦伸过头打趣。

怀臻撇过脸不理她，偷偷忍住笑。结果这一整天，怀臻都在笑，打字在笑，画图在笑，吃饭在笑，喝水在笑，与人说话也笑眯眯，眼睛弯得似月牙。

每个人受到怀臻情绪感染，整个办公室的氛围都轻松起来。

“怀臻，中彩票了？”人人都忍不住问她。

她低下头不回答，还是偷偷笑。可是，也有人看到她的笑容，觉得分外刺眼。

冯凉走到她身边，冷冷说：“谢怀臻，小心乐极生悲。”

怀臻背过身不理他。

冯凉的目光凝成复杂的一张网，将她单薄的背影笼在其中。直到怀臻消失在他视野，他走到茶水间，观察了一下，确定周围没有人，才拨通电话。他小心翼翼地跟电话那头的人，说了约莫十分钟。

“好，我下班来取！”说完这句话，他挂了电话，抬起头，瞥见窗户映着的自己——眼睛发红，面部扭曲，带有几分狰狞。可是，他自己好像很满意这表情，咧开嘴笑了笑。

他听见心里的声音：“谢怀臻，欠我的，总要还给我！”

可是，怀臻仍然懵懂无知，沉浸在自己的小小幸福里。她只觉得时间过得很慢很慢。等待最是折磨人，每一秒都那样漫长。

到了下午，怀臻连工作都提不起兴趣，每隔十分钟，便偷偷看一下时间。

可是，时针像裹了小脚的老太婆，每一步都慢吞吞。连最有活力的秒针，也好似崴了脚脖子，走一步顿一下，让人看了着急。好不容易熬到下班时间，怀臻的心都已经飞到了楼下。她飞快地收拾桌子，关好电脑。

“怀臻——”方琦唤她。

“嗯？”她回过身看着方琦。

方琦冲她挤挤眼睛：“随时汇报战果！还有要小心！”

“遵命！”怀臻冲她挥挥手，头也不回地朝电梯间冲过去。

方琦皱眉看着心急火燎的怀臻，直到她在视线里消失良久，才忍不住摇着头笑了起来。

进了电梯，怀臻忽然又觉得有些不安。会不会他没有来呢？那她岂不是白白兴致高昂地等了一整日——怀臻的心情忽然又低落下来，她怕他让她失望，她甚至想重新回到办公室躲起来——怀臻觉得此刻的自己是一只怯懦的鸵鸟，只想把脑袋埋进沙地里，不去面对真相。

可是，电梯却不懂得怀臻在想什么，它尽忠职守地将怀臻送到了目的地。

怀臻犹疑着，心里打着鼓，走到门口——她四处张望一下，真的没有人——他真的没来！怀臻顿时沮丧地低下头。

"怀臻！"她的肩头被轻轻拍了一下。她迅速转过头，陆钦站在身后，微笑望着她，一只手依旧斜斜插在裤兜里，牛仔裤裹着的两条腿，修长挺拔，结实得让人忍不住想要摸一摸。

怀臻跌到谷底的心情一下又升回到空中！真可怕，长期这样大惊大喜，情绪起落，是要得心脏病的吧。

"怀臻，你眼睛怎么红了？"陆钦惊讶地走到怀臻面前。

"看见同事数钱！"怀臻笑了，心情好得似万里无云的碧空。

"哦，所以眼红啦？"

"对！"怀臻猛力点头，眼里的一抹失望的红色，立即消失了。

"你等了很久了吗？"怀臻问。

"是！"

"为何不打电话给我？我可以提前下班的！"怀臻说。

"我不想骚扰你工作。"陆钦笑着，再自然不过地牵过怀臻的手。

"我不信！你不会是不知道我手机号吧？"怀臻的眼睛都瞪圆了。

"你又没有告诉过我，前台小姐不肯透露你私人电话，通讯录上又只有E-mail。"陆钦揽过怀臻的腰肢。

"是啊！"怀臻忍不住笑了——

他真的只不过是个普通人，自己与方琦一直误会他是个高人！也不过是个子比较高吧！

"我现在告诉你！"怀臻仰起头，望着他。

"好啊！"他掏出手机。

怀臻告诉他手机号码，然后他拨了电话号码，这样怀臻也知道了他的联系方式！怀臻小心地将号码存起来——奇怪，不过是一串无序的数字，可是竟然让人那样安心。怀臻宝贝地将手机收好，似吞下一颗安神平喘的定心丸。

这下，可以随时找到他，像风筝飞得再高再远，都有尾巴被牢牢拽在手中，她笑眯眯望着他——怀臻第一次发现，可以随时随地找到一个人的感觉是多么好啊！以后，还会更加了解他。不过不急，了解一个人的过程，本来就是一种乐趣，充满了探索和未知的惊喜。

“去哪里？”怀臻扬起头问他。

他用力握一握怀臻的手：“走路到处逛逛？”

怀臻想一想：“车呢？”

“不开了好吗？”他低下头，替怀臻将额前的一缕发丝理到后面。

“好吧！”不知为何，怀臻愿意配合他、顺从他。

谁要在这个时候有主见？这一刻，她愿意被喜欢的人牵引着前行，向着那个神秘的方向。

然后，陆钦牵着谢怀臻的手，闲闲沿着马路向前溜达。怀臻仰起头，那阳光还有一点刺眼，故此她半眯着眼睛，陆钦的样子反而更加清晰。他的侧面线条在夕阳下，显得分外柔和，唇边细疤一挑，露出一抹若隐若现的笑容。

这好看的男人，属于我了吗？怀臻仍然有些不敢相信，仿佛一切都在梦中，那样不真实。

就是他了吗？自茫茫人海中来与我相会。怀臻将他的手握紧一点。他感觉到了，也把怀臻的手握紧一点！

两个人紧紧握住对方的手，看看路边的行道树，对路人评头论足一番，遇到小店，走进去看一看，也颇有一番趣味。

下班时来来往往的人特别多，川流不息，潮水泛滥一般，在城市中心一波一浪地漫过。

行走在行色匆匆的人群中，怀臻与陆钦，似沉淀在暗涌下面的卵石，悠然地体会着，置身事外、闹中取静的安逸自在。

就这样，一条街一条街走过去，也不知道走了多久——远处的建筑物都渐渐融入夜色当中，只显出一个模糊的轮廓，若隐若现着。

各色霓虹灿烂起来，似一个个璀璨华丽的梦境。它们会发光，却也见不得光，只有等太阳落下去，天光都泯灭了，才敢出来招摇一下。如同那些只属于夜晚的女人，只敢在黑暗中抛头露面。

怀臻自心里抵触着黑夜。夜，是遮丑的，极具欺骗性的。很多女人靠浓妆撑三分场面，仗着朦胧夜色、幻变灯光，长七分颜色，也可演绎一夜的光鲜。可是此刻，怀臻觉得夜晚是那样静谧美好，充满不可预知的诱惑。

爱情，有时候可以改变一切。喜欢朗朗白日的人，忽然会迷上深深长夜。

路过一家装修别致的小店，怀臻忍不住往里面多看了两眼。

陆钦鼓动她："进去看看吧。"

这是一家单卖水晶装饰品的小店，店里有亮若白昼的灯光，水晶做的苹果、天鹅、鞋子、钢琴、小人儿……都闪着熠熠的光彩，看得人眼花缭乱。

怀臻挨个看过去，兴致勃勃。走到最里面，陆钦忽然停下来，指着一件很小的水晶饰品，让怀臻看。怀臻凑上前——那东西立即吸引住她全部注意力。

那是一只纤柔的女人的手，翘着好看的兰花指，晶莹剔透，大拇指和中指捏着一颗小小的玲珑的心，像一个女人漫不经心地拈起情人的一颗心，皱着眉头想：是真心，还是假意呢？

最难得，整个物件只有拇指大小，精致得吓人。

怀臻看仔细一点，原来这拈心的兰花指，是一枚项链的吊坠。

"喜欢吗？"

"嗯！"怀臻点点头。她抬起头——

"我送给你！"陆钦揉揉怀臻的头发。

怀臻看看标价，并不贵，接受起来毫无心理负担。于是，她满心欢喜地应下。不管多么有钱有地位的女人，收到情人的礼物都会特别开心。

不等怀臻说话，陆钦已经将那小小的手取了下来，握在掌心。忽然，陆钦压低声音对怀臻说："敢不敢不付钱就走？"

"什么？"怀臻没有听明白。

"敢不敢？"他重复。

"啊——"电光石火间，怀臻明白过来，他是要偷那枚吊坠。

他望着怀臻，一脸兴奋。

怀臻愣在那里——偷东西？要是被逮到了怎么办？怀臻低下头，看见自己脚上的球鞋。

“还等什么？”陆钦催她。

怀臻鬼使神差地点点头。敢！天，我一定疯了！怀臻脑袋里一团乱麻，她知道自己在做多么荒唐愚蠢的一件事情。可是，看着他英俊的面孔，他的要求她便无法拒绝。

他一脸的期待，急于玩这场游戏。她怎能让他失望？她不愿她的不敢，让他明亮的眸子黯淡下来。她点头了！天，他给我吃了什么药？不、不、不，偷东西万万不可！怀臻立刻后悔了。可是，来不及了，陆钦已经神态自若地牵起怀臻往门口走。

走到收银台前，怀臻不由自主地想停下来付钱。可是，陆钦却自顾自用力拽着怀臻往门口走。怀臻身不由己地被推到门外。

那店员居然还冲他们微笑：“欢迎下次再来。”

一出店门，陆钦便发疯了一般，拖住怀臻往前狂奔……

怀臻吓坏了，跟着陆钦跑起来，她从来没有跑得这样快过，耳边只听到呼呼风声——

她脑袋一片空白，只知道盲目地、拼命地、机械地往前跑。千万不能被逮到！她不敢回头看，怕有人追上来。她拼命地跑！为了这个男人，她成了人人可以喊打的小偷。多么荒唐！怀臻后悔莫及。

也不知道跑了多久，陆钦拉她停下来：“别跑了，没人追过来。”

怀臻站定，胸部剧烈起伏，呼吸急促，喉咙干得发紧。

“第一次偷东西？刺激吗？好玩吗？”陆钦将坠子递到怀臻面前。

“你真的什么都敢做！”他赞赏地看着怀臻。

怀臻望着他：“不，陆钦！我一点也不觉得刺激好玩！”

“可你为什么要说‘敢’？”他望着她的眼睛。

“因为你想玩，我就陪你！”怀臻老老实实地说。

他的神色忽然变得柔软，那温柔的目光似丝丝缕缕的棉线，可以伸手便触摸到。怀臻心软了，忽然觉得，为他做一次冒险的、违背自己道德观念的事情，也未尝不可。可是，她听见自己这样说：“你很喜欢偷东西吗？”

“不。我以为你会喜欢！”陆钦震了一下。

“为了我才偷的吗！”怀臻忽然笑起来，“不是因为你喜欢？”

他点点头：“我以为你会觉得刺激！”

“傻瓜！”怀臻用力拍他的肩膀。

“你也是！”陆钦揉揉她头发，又替她理好。

“我们去把钱付了吧，就说忘记给钱就出门了。别人不会怪我们的！”怀臻说。

“不太好吧？”他皱皱眉，“这个是我第一次偷给你的礼物呢！”

“偷的，始终不安心！看着它，我有犯罪感！”怀臻游说他。

“可是——”

“别犹豫了！否则我会生气！”怀臻使出撒手锏。

“好吧——可是……”他吞吞吐吐。

“还可是什么啊？”怀臻急了！

他慢吞吞自口袋里掏出一张纸片塞到怀臻手中：“可是我已经付过钱了啊！”

怀臻狐疑地接过纸片——是一张收银条，上面写着“水晶吊坠：700 元”，时间正好是今天下午。

“啊！”怀臻不明白，“你什么时候付的钱？”

“下午来接你之前。”他忍住笑。

“可是——人家怎么会让你把东西放在那里不拿走？”怀臻还是一头雾水。

“因为是我朋友开的店啊！”陆钦冲她挤挤眼睛。

“啊！你一早设计好了来戏弄我！”怀臻忍不住叫出声，然后，她用力一跺脚，故意撇过脸不理他。

“别生气啊！”陆钦慌了，“我是想让你肾上腺素飙升一次，可是呢，我又不能真让你涉这个险，总得先保护好你，再来玩这个游戏吧！”

怀臻还是紧闭着嘴不理他。

“你看，我们不能真犯法吧！偷东西是犯法的，游戏也要安全对吧！”陆钦着急地扳过怀臻的身体，“别不理我好吗？”

“我错了还不行吗？”他看着她绷得紧紧的脸，有些慌神了。

“你下次还敢不敢这样了？”怀臻终于开口。

“不敢了！”陆钦赶紧说。

“你输了！”怀臻忽然欢呼一声，跳起来用力拍他，“你说了不敢！不敢！你输了！”

陆钦愣了一下，反应过来：“你算计我啊！”

“就你聪明啊？”怀臻得意地笑起来。

陆钦有刹那失神——那得意忘形的笑容，似夜色里一朵毫不设防的花，随时会被人摘去。

“你输了，要怎么惩罚啊？”怀臻问。

“请客吃饭好不好？”陆钦故意叹口气，“愿赌服输啊！”

“也好！”怀臻摸摸肚子，“五脏庙早空了，也该安慰一下了！”

其实，怀臻并不饿，整个人充实得很，体内被欢愉充盈，神采奕奕呢。

“可是，不知道你敢不敢吃！”陆钦忽然放声大笑。

怀臻瞥他一眼：“谁怕谁啊！”

“走着瞧！”陆钦不怀好意地嘿嘿笑起来。

“你又要搞什么鬼啊？”怀臻向后退一步，做出很害怕的样子。

“你等着见招拆招吧！”陆钦跨前一步，一把握住怀臻的腰，故作神秘地眨眨眼睛。

两个人一路亲亲热热地笑着，穿过马路……任何人看到他们，都能感觉到空气里，浓得化不开的蜜意，甜得发腻。

至少，曹彻能够深刻地体会到这幸福和甜蜜。这甜蜜的氛围，对于他来说却带着浓浓的酸涩，似忽然打翻的一缸老陈醋，经久不散，末尾还有点苦。

虽然隔了重重暮色，可是曹彻仿佛连怀臻脸上醉人的酒窝也看得真真切切。

这个世界，有时候很小。曹彻刚巧开车自路口经过，看到一对嬉戏的情侣，不由得想到他和怀臻牵手的画面，便稍微瞥了一眼。

自与怀臻分手后，看到别人谈情说爱他都不敢回头，可是今日这情不自禁的一瞥，让他更加失落。

只一眼，他的心仿佛被巨大的车轱辘碾过，连“啪”的一声都来不及发出便裂开了。那痛无声而剧烈，牵动肺腑。又如同一只巨大的巴掌，凌空甩了他一个大耳光，打得他眼冒金星——要到这一刻，他才知道自己还爱着她。

他以为自己已经放下了。他以为可以当她是知己好友，可以如自己跟她讲的那样，希望她幸福。可是，现在心脏裂开，层层包裹的伪装也粉碎，赤裸裸的真相跌出来——原来，私底下，他还是希望，给她幸福的始终是他。多可怕，居然自欺了如此长时间。

曹彻努力控制自己不再回头看，可是已经晚了，那一幕深深刻在脑子里，闭上眼睛，也那样清晰。

跟怀臻分手，他也曾经痛苦了很长时间，可是因是他主动提出，也没觉得不能接受。最重要的是，虽然分手，但是两个人始终维持好友关系，日日见面。天天看到她的笑靥，他觉得，她始终在身边，并没有失去，仿佛一伸手，还可以揽她进怀抱。是，她还在那里，还是能够每日见到。

可是，揽她入怀的已经是另外一双手臂。曹彻只觉一阵迷雾挡住了视线……夜似乎更加浓黑，我丢失了什么？他茫然地、无措地、机械地开着车——

第八章
# 爱情微微甜

怀臻与陆钦上了出租车，他说了城南一个怀臻从来没有听过的地名。车子向陌生的地方驶去。

“吃什么？”怀臻忍不住问。

“去了就知道了！”陆钦凑到她耳边，“怕啦？”

“才不！”怀臻不示弱地挑眉毛。

“到了，你可别不敢吃啊！”陆钦故意压低声音。

怀臻忽然有点心虚，懦懦地问一句：“不会是生吃猴脑吧？”

陆钦意味深长地笑一笑，并不答话。

怀臻的脑袋里闪过血淋淋的画面，不觉有些恶心，瞪了陆钦一眼。

陆钦哈哈笑起来：“不敢了？”

怀臻撇过脸不去看他。

很快，车子七拐八弯进了一条小巷。巷子很繁华，有不少餐馆聚集，而且都还门庭若市。怀臻一向喜欢安静，吃饭也挑人少的饭馆。可是不知为何，牵着陆钦的手，她能感受到那种世俗的、充满熙熙攘攘烟火味的喜气。

“走吧！”陆钦带怀臻走到巷子深处一家毫不起眼的小店门口。

怀臻吓了一跳，店外停满了车，从奔驰、宝马到奇瑞、比亚迪，各式各样，可见这里的菜，受到不同阶层的人欢迎。怀臻有点放心了，大众都能接受的，自己也能接受。她鼓起勇气走进小店。

没想到店里别有洞天，小小店面里，藏着一个很大的四合院，院子上空是葡萄架，居然还有晶莹饱满的葡萄挂在碧绿色藤蔓上，葡萄架下便是一张张桌子。怀臻一看便喜欢上了。

她快步走到其中一桌前，咦？怀臻终于知道他们是来吃什么的了——桌上的餐盘中，全是各种各样张牙舞爪的虫子。有的通体碧绿，有的灰蒙蒙，有的金灿灿，有的面目狰狞，有的软趴趴，有怀臻叫得上名的，也有怀臻从来没见过的。哇——好恐怖！

“百虫宴，敢不敢吃啊？”陆钦一副看好戏的表情。

怀臻倒吸一口冷气，看着那些古怪莫名的虫子，又看看陆钦得意的表情，硬着头皮逞能：“敢！别人都敢，我也敢！”

“真的？”陆钦一副难以置信的样子。

“当然！”怀臻撇过脸，不去看那些古怪的虫子。

“好！”陆钦笑起来。

他知道很多女人看到蟑螂就吓得面如土色、惨叫连天。他不相信谢怀臻有勇气把这些面目可憎的虫子吞下肚子。

两人坐下来，陆钦便开始点菜：香酥九香虫、红烧蚂蟥、椒盐爬沙虫、孜然笋壳虫、油炸蚕蛹、凉拌蜈蚣、炭烧蜘蛛……听得怀臻心惊肉跳，真不知道这些东西能不能吞下肚子。

当老板将这些模样古怪的虫子端上桌子，怀臻还在强作镇定，可是面上的笑容已经凝固，僵硬无比。

“不敢吃啊？”陆钦笑得贼兮兮。

怀臻看着桌上摆得满满当当的各种虫子，心里直打鼓。说实话，怀臻其实并不怕那些虫子，她一向胆子奇大，凡是能被她一脚踩死的，她都心无畏惧。

法国大餐里的焗蜗牛，就是她十分喜欢的一道菜。可是，如今让她把这些古怪狰狞的虫子嚼烂了吞下肚，她还是觉得有些恶心，浑身发毛。

“不敢啊？”陆钦伸筷子，夹了一只爬沙虫送到嘴里，然后津津有味地嚼起来。

看着他挑衅的表情，怀臻决定豁出去了——何况，那些虫子看起来样子丑陋，可是闻起来味道还是挺诱人的。虽然有些心虚，可是怀臻还是大着胆子，也夹了一只爬沙虫，送到嘴巴里，她闭上眼睛，用力嚼着这看起来令人毛骨悚然的怪虫，企图囫囵吞下去——

可是，慢着——这模样粗丑的虫子，味道居然不坏，鲜酥可口，满口生香。

怀臻眼睛一亮，她一鼓作气，又夹了一条蚂蟥放到嘴里。怀臻想最可怕的就是这个东西了，如果克服了心理障碍，连滑腻腻的蚂蟥也吃了，肯定其他的虫子吃起来就不在话下了。

非常意外，怀臻以为的腥臭滑腻似鼻涕的蚂蟥，竟然十分鲜嫩，吃起来颇有点法国蜗牛的感觉，甚至比蜗牛更细滑柔软。

怀臻越吃眼睛越亮，她放开胆子，将桌上的怪虫一一尝了个遍，居然味道都还能入口。虽然不是什么特别美味的食物，可是胜在别致。尤其克服心中的恐惧，成功将这些虫子吃下去，有种挑战自我的成就感。

怀臻笑眯眯地望着陆钦："我敢不敢？"

陆钦佩服地竖起大拇指："小生佩服！这道红烧蚂蟥，我至今不敢吃！"

"那你还点给我吃？"

"当然。我觉得你真是比章子怡还厉害，她号称：别人不敢穿的她敢穿，别人不敢说的她敢说，别人不敢做的她敢做！"

"是，她浑身上下透着一股子狠劲儿！"怀臻点点头，她一向欣赏大胆有性格的女人。

"你也很有勇气！"陆钦望着怀臻，他觉得她娇小的身体内，也蕴藏着巨大的能量。

"当然，不然怎么敢爱上陌生人？"怀臻将身体向前倾一点。

"是吗？你爱上我这个陌生人？"陆钦顺势握住怀臻放在桌上的手。

"你说呢？"怀臻反问。

"肉体，还是灵魂？"陆钦开玩笑。

"你知道金城武为什么不能得金像奖吗？"怀臻忽然岔开话题。

"为什么？"

"因为他太帅了，没有人相信他有灵魂！"怀臻饶有深意地说。

"你是夸我帅，还是贬我没有灵魂？"陆钦终于明白怀臻的意思。

"自己猜！"怀臻笑着抽出手。

然后她问："你还没告诉我，你做什么工作呢？"

陆钦望着怀臻眼睛："你觉得这个重要吗？"

“不重要！”

“为何还问？”

“因为你清楚我的底细，公平起见，你也该告诉我你的职业！”怀臻说。

“真想知道？”

“嗯！”怀臻点点头，她需要更多地了解他，那样她才觉得这份感情安全，可以掌控。

“你会后悔的！”陆钦叹口气，“失去了神秘感，再浓烈的情感都会趋于平淡！”

“我不怕平淡。任何事情都不可能始终维持高潮时刻！人要学会享受激情，也要懂得忍受平淡！”怀臻认真道。

“好吧！我是唯尚广告公司的创意总监兼合伙人。”陆钦皱皱眉头，十分不情愿地说。

“哦！”怀臻恍然大悟地点点头，她隐约听人说起过这家广告公司，好像有点小名气。

可是隔行如隔山，怀臻知道得并不多。

“看，一点趣味都没有了！这样平凡的工作！广告人多如牛毛！”陆钦又叹口气。

“本来我以为你是007！”怀臻笑起来，难怪他那么多怪花样，广告创意人总有奇思妙想。

他身上神秘的光彩忽然淡去，怀臻有一点点失望，鼓足莫大勇气接受的男人，竟然只是身边一个普通人。但压在心头的一块大石头也放下了，毕竟与普通人谈恋爱，更让人踏实。

“失望了？”陆钦仿佛看透她的心事。

“有一点！”怀臻老老实实说，“我一直以为你有三头六臂，神通广大，生人勿近……”

“都说让你不要问了！”陆钦无奈地说。

“可是，真相迟早要知道！我始终会发现，你并非天外来客！”怀臻笑起来。

“我宁可我是外星使者，带你到紫微星定居，做外星新娘！”陆钦发挥想象。

“异星球不能通婚，我们会被整个银河系所不容，最后被全宇宙通缉追杀！”怀臻配合他。

“地球人崇尚自由恋爱，当然鼎力相助，星球大战由此爆发！”陆钦神色自若，“挑起星球战乱，你还敢不敢同我在一起呢？”

“敢！”怀臻响亮地回答。

凡事没有真正临到自己头上，人人都觉得自己有勇气承担一切。若真发生这种惨烈事件，恐怕爱好和平的谢怀臻第一个与陆钦割袍断义。

这顿饭，怀臻与陆钦相谈甚欢。怀臻发现，陆钦是个真正特别的男人，他的想象力无穷无尽，反应敏捷，且充满童心。就在闲散的言谈间，她越陷越深。

有的人，自身魅力就是一种巨大的磁场，旁人一旦进入磁场范围，便再也无法挣脱。无力抗拒是一方面，心甘情愿是另一方面，直到无法自拔。一个英俊又有灵魂的男人，哪个女人能拒绝呢？

饭后，陆钦送怀臻回家。

怀臻家背着街，门口是条十分静谧的林荫小道，昏黄路灯将两个人影子拖得长长的。

站在怀臻家楼下，抬头可见紫蓝色天幕上挂着一轮淡黄明月，晕出毛茸茸的光晕。路边的绿化带刚割过青草，有淡淡清爽的香味弥漫在空气中。

怀臻抬起头看着陆钦，他的目光仿佛静夜里的海，暗涌深藏，让人忍不住探究。不知为何，那句“再见”始终说不出口，只觉得这双眼有神奇的吸附能力，让人不能轻易动弹，甚至不敢随意开口说话，只愿意安静地臣服在他的目光下。

陆钦低下头，拂一拂怀臻的发稍，自口袋中掏出那枚项链。他也不说话，只轻轻地替怀臻系在脖子上。他的手指有一点凉，不经意碰触到怀臻的皮肤，像雪花飘落在皮肤上、清凉而略微有些酥酥的痒，这痒十分温和，却直挠到怀臻心里去了。

她只觉膝头一阵发软，忽然似置身云端。陆钦的呼吸，就在她的耳畔，暖暖的，配合着她的心跳，一张一弛，忽然间怀臻乱了心神。那枚坠子贴在胸口，水晶的冰凉立刻传遍全身，却又激起另一种潮热。

“我的心交到你手中了，你可要握好，不要随意抛扔了！”陆钦用手点一点那拈着心的兰花手。

怀臻扑哧笑出声：“这坠子的手势可是漫不经心的，怕是随时准备将手中的心扔到一边。”

陆钦忽然用手抬起怀臻的下颌：“你敢扔了，看我不收拾你！”

“你能怎么收拾我？”怀臻顺着他手指的托力抬起头。

“你说呢？”他似笑非笑地望着她的唇，一把握住怀臻的腰，将她往胸前用力一揽。

怀臻一下慌了，他可是要吻他？他的唇逼近她。怀臻的目光落到他的唇上，那嘴唇的线条清晰而性感，唇瓣柔软得连唇纹都几乎看不见。仿佛这两片软糯的唇，专为了接吻而生，令人只看一看，便忍不住喉头发干。唇角浅细上勾的刀痕，又划出一道似是而非的笑，凭空又多惹出几分风流。

他的呼吸就在怀臻鼻端，有淡淡剃须水的清香，像美好的幻觉。不知道这样的唇吻起来滋味可好？怀臻心猿意马，忍不住嘴唇微启。

“该放你回家了！我要忍不住了！”陆钦叹口气将面孔挪开，与怀臻保持适当距离。

一阵失望涌上怀臻心头——为什么要忍呢？她轻轻在心底抱怨。

“好啊，再见！”怀臻略微转过脸，避开他的眼睛。

“再见！”陆钦松开握住怀臻腰的手。

怀臻腰上一松，空空荡荡，仿佛若有所失。

怀臻一向喜欢独处。可今日，她却觉得空荡荡的房间似有回声，白花花的墙壁特别碍眼。

她想打电话给陆钦，再听听他的声音。可又恼他关键时候忍住的那个吻。她心烦意乱，怎么都静不下来。

忽然间，电话铃声大作，怀臻兴奋地扑过去接电话——是方琦！怀臻有些失望——

“喂！”怀臻声音懒洋洋。

“约会不顺利？声音怎么没精打采的？”方琦听出怀臻语气里那丝微妙的不畅快。

“什么都逃不过你的法眼！”怀臻长长叹口气。

“谢怀臻，你是直肠子，七情六欲都摆在脸上，哪里掩饰得住。”方琦轻笑。

怀臻摇摇头——她可不是直肠思维的人，怀臻看起来糊涂，可是什么事情心中都有数。

平日里笑眯眯，所有情绪都掩饰得恰到好处。不过因为对象是方琦，她永远用最真最简单的一面待她，所以方琦心中，怀臻就是个简单而不懂得自我保护的人。

也难怪，方琦总是护着她，因为只有她看得到她的短处、弱点以及伤痛。

“是失望了，还是遇到麻烦了？或是他欺负你？”

“都不是！”怀臻低下头看到胸口那枚清冽晶莹的坠子。

“为何你声音听起来似有不满？”

怀臻不好意思对老友说“因为他不肯吻我”。她想一想说：“因为觉得男人的心，似天上的云，难以把握，我根本不知道他在想什么。”

“知道他想什么多没意思！爱情游戏的乐趣就是在揣测、猜度中获得的！什么都知道清楚了，神秘感就没有了！”方琦在电话那头说得眉飞色舞。

“可是不知道他想什么，我怎么知道他的心是否属于我？方琦，你知道的，从古至今女人贪图的，不过是男人的一颗心！”怀臻靠在床头。

“你要他的心做什么？”方琦轻慢地笑出声，“所有男人的心都一样，千疮百孔，内里不知多阴暗丑陋，真剖开了送到你手中，你可能还不敢要呢。”

怀臻忍不住也笑了，一点点不快也褪去，方琦的歪歪道理，总是那么容易让人开怀。

“那我和他在一起为了什么啊？”怀臻老老实实问。

“寻欢作乐啊，多刺激！人生苦短，及时行乐，让肉身欢愉才是上策！”方琦羡慕地说，“你好福气，找到肉身这么出色的男人！”

怀臻忍不住说：“方琦，说话不可太过赤裸！”

方琦不屑地说：“怀臻，你少装了。我就不信，你爱上的是这个男人的灵魂！若他不是有一副好皮囊，我保证你不会多看他一眼！”

“是、是、是！”怀臻被方琦的伶牙俐齿逼得毫无退路，“我承认，每次看到他俊朗的笑容、雪白的牙齿便理智全无！”

“所以，好色并非男人的专利！”方琦得意扬扬，“古人也云：食色性也！”

“我应该如何面对他？每次同他在一起，我都觉得很刺激，不知道下一步会发生什么。可是又觉得十分被动！”怀臻向老友讨教。

方琦男友无数，长袖善舞，左右逢源，不知应付得多好。

“被动哪里不好啊？主动才是真正的被动。主动的那个人，付出特别多，地位特别低，不知多惨！”方琦似乎深有所感。

“你又没主动过！”怀臻愤愤然，从来都是男人费尽心思讨好方琦。

“哈，你怎么知道我没主动过？”

“说来听听！”

“算了，惨痛历史不能细说。”方琦一副深有余悸的口吻，怀臻便不好追问了。

“那现在我该如何应对？”

“静观其变，以退为进，任他花尽心思，你只管享受就好！”方琦传授绝招。

“是！”怀臻如醍醐灌顶。

然后，在方琦的追问下，怀臻详细地向老友讲述了与陆钦约会的所有细节。奇怪，当时并不觉得多浪漫刺激，可是回忆起来，种种细节立即染上一层香艳的桃色。

方琦不住感叹道：“谢怀臻，你走狗屎运啦！”

怀臻也觉得无比幸运，握住胸口冰凉的坠子不住偷笑。但她仍然惋惜没有得到那个吻。

早上怀臻睁开眼睛，便看到床对面墙壁上，陆钦的画像。她对陆钦眨眨眼睛，调皮地说：“早上好！”然后她赤脚跳下床，冲着凉沁沁的相框，印上一个响亮而热情的吻。

刚到楼下，习惯性想去取车，才想起昨晚并未开车回家。糟糕，早高峰打车比三十五岁以后的女人嫁人还困难。怀臻皱皱眉头，好心情也略微打折扣。

正着急中，便听到两短一长的汽车喇叭声。

怀臻不由自主地转过脸去看——一辆深蓝色吉普车，停在旁边，车内坐着个男人，正自车窗处伸出手示意怀臻上前。怀臻条件反射地趋上前一看，竟然是陆钦。她顿时心跳加速——他怎么来了？怀臻快步走过去。

“上车啊！”陆钦笑着替她推开车门。

怀臻连忙上车：“你怎么来了？”

“你昨晚没有开车回家，早上打车很不方便，所以我特意来充当司机！”陆钦发动车子，向事务所开去。

怀臻心头立即一暖。细心周到的男人，让女人更加难以抗拒。怀臻明白，生活中有些男人，从来不替女伴考虑，粗心马虎不过是他们的借口，想不到不过是因为没有想，内里的真相，是他的心里没有她。

没有哪个男人天生便是细心体贴的，周到的服务不过是他特别看重她，时时刻刻想着她。

怀臻知道，此刻自己在陆钦心中，分量一定十分厚重。她满足道：“你不用上班吗？”

陆钦略微侧过头看怀臻一眼：“广告公司时间比较机动，通常晚上灵感比较多，通宵加班于我们是常事！”

“哦！”怀臻点点头，“夜深人静，最易摒弃杂念，思维自然特别清晰。”

陆钦微微颔首，然后专心开车。在十字路口排队等红灯时，他忽然转过脸，目不转睛地看着怀臻。怀臻被他专注的目光看得有些不好意思：“干吗看着我？”

“想看清这张面孔，有何非凡之处。不瞒你说，我并非没有恋爱经验的愣头小子，可是昨晚，心情特别澎湃，辗转难眠，非得见到你，这颗心才静得下来。送你上班不过是借口，其实是满足自己的私念。”

陆钦将声音放低，这番话说得极自然，甚至略带自嘲。可是听在怀臻耳中，却不知有多舒服受用。被牵挂、被思念，是一种比蜂蜜还要浓稠的甜，仿佛呼吸到的空气也充满蜜意。

“不怕你笑，我觉得自己好像又回到学生时代，在倾慕的女生家门外，偷偷等她一起上学，惴惴的，却又充满期盼……”陆钦笑起来，“真是越活越回去了！”

怀臻没有说话，只安静地听着，唇边挂着一抹了解的笑容。有些能力以为早已丧失，忽然间重新获得，一时难免唏嘘——怎么，这颗千疮百孔的心还可以怦然而动？

怀臻望着他，一颗心仿佛被千万缕柔软的丝线缠绕，密密地、细细地、轻轻地、一圈一圈缠起来，变成一枚紧实的茧，然后化作蝴蝶翩跹地飞出来……

到了设计所楼下，陆钦殷殷地望着她："若还有时间，一起喝杯咖啡再上班多好！"

怀臻立即神往："在国外读书的时候，每日早晨起来，喝杯热咖啡提神是头等大事。"

她向陆钦挥挥手，转身向设计所内走去。她没有再回头，可是她知道，他一定在望着自己的背影，她甚至能感觉到那目光的热度，滚烫而炽烈，充满不舍。

怀臻努力让背脊挺直，潇洒的背影才更能让对方遐想更多吧？她一步一步，走到设计所深处。直到拐弯处才借着转身，偷偷侧过一点头，向后面快速地瞥一眼——咦？车还在门口！

她满意了，脚步变得更加轻盈敏捷。

直到坐到办公桌前，她脸上的笑容还没有收敛起来。不经意间，自桌上明晃晃的镜子里，望见自己的一张脸。喜洋洋的春意，自眉梢眼角来，眼眸深处有一点亮闪闪的光，含着情——怀臻这张脸分外容光焕发，连带一向死气沉沉的镜子也生动起来。

"枯木逢春啦！"方琦打趣地探过头，冲怀臻挤挤眼睛。

怀臻立即唾她一口："你才枯木呢！"

方琦半个身子探过来："昨晚陪你聊天，今日我差点起不来了！"

怀臻赶紧也把身子凑前一点："小声点！开工啦！"

方琦坏坏笑一笑，坐下来开始工作。

今天，必须将图书馆的设计概念先想出来，各人手头都有一大堆资料需要消化。怀臻打开电脑，深吸一口气，准备工作。

刚要埋首数据，前台小姐忽然走过来：“怀臻，刚才有人替你送了一杯咖啡来！”

怀臻抬起头——她递过来超大一杯星巴克热咖啡。怀臻赶忙起身接过，冲她笑笑。

前台小姐羡慕地说：“送咖啡的是你男朋友吧？比金城武还好看！”

怀臻想起陆钦两道浓眉，笑容自心底涌上面颊：“谢谢你！”

怀臻低下头，打开杯盖，浓郁的咖啡香味立即扑面而来。怀臻觉得，单闻这味道，已经让她精神为之一振。怀臻贪婪地喝了一大口，咖啡十分新鲜烫口。先是一层厚厚的细腻的奶泡，然后便是混合了浓稠牛奶的咖啡，香浓无比，直热到人心里去。怀臻深吸一口气，这是她最喜欢的无糖原味拿铁。

拿铁最妙的地方，就是它恰到好处的奶，仿佛一个人用自己的思维方式，给生活这杯苦咖啡注入一缕温暖的奶香。

投入工作，时间过得特别快。等曹彻站在怀臻跟前唤她，怀臻才自电脑前抬起头来。

“下班了！”曹彻敲敲怀臻桌子。

“哦！中午了吗？”她笑着拂一下头发。

曹彻点点头：“所以才叫你一起吃饭啊！”

“怎么这么好？”怀臻笑嘻嘻站起来，收拾桌子。

“下午要开会讨论图书馆的设计概念，我想先听听你的想法！”曹彻帮怀臻将散落在桌上的资料归纳到一起。

“哦，果然是公事！”怀臻三下五除二地将东西收好。

两人一起到所里的饭堂吃饭。曹彻选了最靠窗的位置坐下。怀臻坐到曹彻对面。

阳光隔了那棵老槐树纷繁的枝叶，自窗外透进来，在桌面上投下斑斓的光影。

怀臻忽然有刹那恍惚——多年前，也在这里——她和曹彻恋情正浓，简直喝凉开水也有蜂蜜的味道。无数个这样的中午，沐浴着温暖的阳光，桌子下，两个人的手，十指紧扣，把一份滋味寡淡的饭菜吃得津津有味。不知羡煞多少旁人。

可如今，也只有公事，他才会邀她一起吃饭了吧！怀臻摇摇头，将回忆收好，贴上封条。

“最近如何？”曹彻用筷子在碗里扒拉两下，并没有直接谈工作。

“还行！”怀臻微笑着看着曹彻。

“听说——”曹彻犹豫了一下，“你谈恋爱了？”

自看见怀臻在别的男人的怀中笑得前俯后仰，曹彻心中就一直梗着一枚刺，细细的、尖利的，人前人后，夜深人静，狠狠刺下，用尖锐的痛提醒他，它的存在。终于，他再也按捺不住。于是，中午一到，他便找借口约她。

今非昔比，吃顿饭，还得事先找好理由。想当初，朝夕相处，吃饭约会是再正常不过的事情。曹彻忽然有些后悔当初的选择……

“咦？消息传得真快，一定是方琦这个大嘴巴。”怀臻好脾气地笑着，没有否认。

曹彻知道，怀臻温和的微笑，不知麻痹了多少人。骨子里，她倔强又执着，从不肯妥协。

此刻亲耳听见怀臻承认她恋爱了，曹彻更觉得心头那根刺，直插入心脏末端。

曹彻在心头叹口气，可是脸上还是硬撑着：“这真好！是那送稀奇古怪花给你的男人吗？”

“是！”怀臻坦然承认，“我也不知道，竟有勇气爱上一个陌生人！”

“来历不明，还是小心为好！”曹彻真心为怀臻担心。

“我已经把他的来龙去脉都摸清楚了，你大可放心！”怀臻听出曹彻语气里的担忧。一股暖意，自她心中荡漾开，虽然他的选择曾经伤害过她，但他毕竟是她深爱过的男人。

怀臻觉得，她选择原谅他，从来没有错过。曹彻，依然是那个光明磊落的男子。

她从来没有想过，有一日，她可以真正将这个男人放下！是谁说的，走出旧恋情最好的方法，是速速开始一段新恋情？真是再正确不过！

怀臻感激陆钦的出现，真正让她摆脱了旧日纠缠不清、辗转心间的那份感情。新的爱情簇新，散发着嫩白的芬芳，比陈旧褪色又伤人的旧恋情不知好多少倍。怀臻觉得十分满足。

“你觉得幸福吗？”曹彻轻轻问她。

“幸福？不知道，那是以后的事。至少我现在觉得快乐！”怀臻实话实说。刚开始的一段恋情，距离幸福尚且有老长一段距离。

“快乐就好！”曹彻情绪低落。他希望怀臻幸福，可又不想这幸福是旁人带给她的。

“他比我可好？”曹彻到底是个男人，总希望在曾经属于自己的女人心目中，他永远是最好的，是她心里永远无人可取代的。

“不好比！”怀臻忍不住笑了，男人总摆脱不了争强好胜的秉性。

“为何？”他愣愣地问。

“你们是截然不同的两种人，各有各的好，无法比较！”怀臻望着曹彻，觉得他有点反常。

“总有可以比的地方吧？”曹彻固执地追问。

“我认识他时日太短，不如了解你那么深，所以无从比较！”怀臻拍拍曹彻手背。

听了怀臻的这句话，曹彻心头又一宽。是，从来没有人似怀臻那样接近过自己的心灵。

可现在，她离开了，要去到别的男人的内心世界！那失落感，似湖面上的涟漪，一圈一圈在曹彻体内不断扩大，仿佛没了止尽一般……

“当初是我错了！”他忽然鼓足勇气说。他明白自己后悔了，后悔当时把面子、骨气这些虚无的东西看得比天大。现在他明白，什么都没有活生生的、会笑会呼吸的谢怀臻重要。

多年来，她一直占据着他的心。但因为日日都可以看见她，并没有觉得分手是多么可怕的事情。可今日劲敌出现，他才知道，他怕是要永远失去她了。不，他并不曾真的想离开她！此刻，他想挽回，但不知还来得及吗。

“曹彻，都已经过去了……”怀臻诧异地看着曹彻。

尽管怀臻曾经无数次，希望他会对她说“怀臻，我们从头来过”，可是回不去了！她已经奋不顾身扑向她的新恋情！

曹彻尴尬地笑一笑："真的都过去了吗？可我以为你还在我身边！"

"曹彻，我确实还在。我们是好友不是吗？"怀臻看着曹彻。

"是，我们只是好友！"曹彻长长叹口气，再无力掩饰自己的情绪。

两人又闲闲谈了一会儿，话题始终围绕怀臻与她的新男友，无论如何也扯不到工作上。怀臻终于明白，今日曹彻约她，并非为了公事。原来曹彻还是在意她的。看着曹彻落寞的表情，她的心竟隐隐牵扯着发痛。她心疼他，也心疼自己！

两个人都固执地不肯开口示弱，都认定了对方已经将自己放下，白白虚耗了这些光阴……

下午开会时，两个人已恢复如常。曹彻、怀臻、方琦、冯凉……这一组人又坐到一起。

"上周分析了大量的数据和资料，又去现场考察过了，你们各自谈一下自己的初步构想吧！"曹彻坐在长条桌的一端。今日，他的表情更加严肃。

"我觉得加入一些时尚元素比较好！"方琦率先说，"这座城市已经是个国际化的大都会，图书馆的设计如果太过保守，未免与整个城市的未来规划格格不入。"

"不！"冯凉跳出来反对，"图书馆还是要庄严、肃穆、安静大气，甚至复古一些，才显得有权威性。"

"冯凉，你以为我们这里是英国图书馆？你得考虑地域环境和历史文化背景。"方琦不满他与自己作对。

"中国上下五千年的历史，为什么就不能把图书馆建得有历史感、厚重一些？时尚就难免浮躁，毕竟是政府工程！"冯凉瞪方琦一眼。

"谁说时尚等同浮躁？"方琦激动得差点站起来。

"别吵！"曹彻皱皱眉头，"怀臻你怎么看？"

怀臻看看方琦，又看看冯凉。冯凉故意把脸转到一边，避开怀臻的目光。

"我觉得，首先我们要考虑到，市民需要什么样的图书馆。随着网络的发展，其实很多资料和书籍，大家都可以在网上就能直接阅读查找，而且更加方便快捷，以前的老图书馆早就乏人问津。”怀臻缓缓地说，“那么，什么样的图书馆才能再次吸引大家走进去呢？”

大家都被怀臻的话吸引住。

“首先，我们要设计的这座图书馆，已经不再是一个单纯地凭外观取胜的建筑，这座图书馆，必然不能再是以前功能单一的图书馆，它必须是多元化的，能满足大众各种需求的，是集休闲、娱乐、阅读等多种功能为一体的。它不能太肃穆，让人有距离感，而不愿意涉足。在这里人们可以舒舒服服，坐在松软沙发上，在最自然柔和的光线下，喝一杯咖啡或者清茶，享受阅读一本可以捧在手中的纸质书本的乐趣。”怀臻望着曹彻。

“阅读在大家心中已经与旧时不同，对于生活在高效率、高节奏的都市，读书已经变成一件奢侈的事情，我们要让大众觉得，到图书馆看书，是一种非常轻松愉悦、能放松精神的享受，甚至是一件时髦的事情。所以，它不能太严肃，那会显得沉重，会让人不由自主地抗拒它。可是，也不能太过时尚前卫，要有一点点书卷气息，闲适、雅致，有格调，且不落俗套！”怀臻轻轻说。

“对！”方琦连连点头，“我们得赋予这座图书馆更多人性化的功能，像安静的多功能阅读休闲中心！”

冯凉不作声，每次怀臻提了好的意见，他不屑承认，又想不出反对的话，便选择沉默。

“还有，我们再来想，生活在大都市的人，最向往的、最缺乏的是什么？”怀臻做足了准备功夫，“是绿色，是与大自然融为一体的愉悦。所以如果这座图书馆，能够将大自然融入其中，那么市民进入图书馆，就等于进入大自然。进来，也代表出去，逃出钢筋水泥的牢笼，所以……我有个想法……”

“我也觉得怀臻说得没错。那么我们现在来讨论一下，我们可以给这座图书馆添加哪些功能，然后再来商量它的整体风格，以及建筑主题和外形方案。”曹彻快刀斩乱麻。

大家七嘴八舌讨论开来……怀臻喜欢这样的氛围，所有人都向着同一个目标奋进，让她觉得振奋。整个过程，怀臻都全情投入，工作对于她来说，始终是最能让她安心的事情。

无意中，怀臻瞥了一眼墙壁上的挂钟，时针已经指向六点。前一秒她还在与同事心无旁骛地激烈争论，可后一秒，她忽然间乱了心神。

咦？下班时间到了！陆钦可是又在门口等我了？怀臻下意识握紧手机，可是会议还在进行，看样子非得加班不可。换了往日，怀臻是最最不怕加班的那个人。横竖她也一个人，加班还可以免去一个人吃饭的苦恼。

可是今时，已经不同往日。如今，也有人在等她。知道有个人在等自己，就像一阵风知道该吹向何处，一条河该流去何方，那种归宿感，让人觉得从容踏实。

她站起来，走到会议室外，拨了陆钦的号码。这是她第一次拨这个号码，竟然有些莫名的紧张。果然，他的声音在电话那头传出来——只闻其声，不见其人，可是又近在耳畔，连微弱的鼻息也清晰可辨。

“怀臻，要下班了？我已经在楼下。”陆钦轻轻说。

他的声音和说话的方式，仿佛精心设计过一般，通过电波传过来，尤为动人，这声音有种特别的味道，像小时候含在嘴里的一粒豌豆糖，淡淡的甜，微微的清爽，鼓鼓的圆润，还有点沙沙的酥，慢慢融化在唇齿间……让人不舍得将耳朵移开。

“对不起，我要加班，恐怕今天我们见不了面了！”怀臻第一次发现，自己痛恨加班。

“没关系，你先忙你的吧！我也回公司去加班。”陆钦笑了一下，“正好，有几个设计稿，设计师做得不理想，我可以回去监督他们重新返工！”

怀臻松一口气。挂了电话，怀臻坐回会议室，一大堆人，还在吵吵嚷嚷争执不休，冯凉与周方琦僵持不下，曹彻皱着眉头听着，几个绘图员已经听得有些打瞌睡……

忽然间，怀臻觉得有点烦腻了——这些人能陪着自己到老吗？那淡蓝色图纸，能开口叫自己妈妈吗？那冷冰冰的大楼，可会伸出手臂拥抱自己，给自己一个安心的吻？

怀臻叹口气——她有点厌倦了只埋首在蓝色图纸、台式电脑的生活。陆钦似夏日里一阵清凉的风，忽然间吹散了所有沉郁潮湿的阴霾。

怀臻耐着性子，继续开会。可是，她始终无法再投入，心思一直游离于会议室之外。她忍不住，趁人不注意，悄悄打开手机，翻到短信一项。下意识，她输入“我想你了”四个字。输完，她怔怔看了看手机屏幕，又觉得不妥，感情太过外泄、太赤裸。于是又删掉。

可是隔两分钟，她又忍不住重新输入这几个字。然而还是觉得唐突，又删掉，如此这般，输入、删除——怀臻一不小心，按下发送键——甜蜜蜜的短信便送出，怀臻手忙脚乱想取消，已经来不及。怀臻懊恼不已——

但几秒钟后，短信回过来。怀臻胆战心惊、怯怯懦懦地打开短信——“我也想你！”这短短四字，似一支利箭，命中怀臻心房。

一切犹豫、迟疑、顾虑都中箭粉碎。沉闷乏味的会议，忽然间旖旎起来。抛开一切繁文缛节，坦坦荡荡表达自己的感情，能够换来那么多甜言蜜语，为何还要畏首畏脚？

陆钦回过来的短信，似强心针，令怀臻抖擞精神，再次投入会议。只是，再专注，怀臻仍然控制不住自己的心与手。间或，仍然忍不住发一两条短信给陆钦。

看到他的回复，她的臀部才能与会议室的凳子稳稳贴合。

第九章

# 出乎意料的美妙

经过漫长的争论、决议，图书馆的功能和设计概念终于都暂时定了下来。接下来的工作，便是画草图、研究体量模型了。

怀臻知道，自己再也不能似往日那般，通宵在办公室加班绘图查资料。怀臻收拾完东西，看看手机，已经是午夜十二点。整个办公室空荡荡……

“听说午夜十二点这个时候最邪门！”一个声音自怀臻背后发出。

怀臻缓缓转过身：“方琦，你无不无聊啊？”

方琦耸耸肩：“你这个胆大的女人，什么都吓不到你！”

怀臻拍拍老友肩膀：“自大学时代开始，你便以吓我为乐趣，你还有什么花招能吓到我？”

方琦叹口气：“是啊！败给你了！”

怀臻觉得好笑，老友的淘气性格并没有随着年龄的增长而消退。

怀臻仍然清晰记得，大二那年，学校宿舍楼外，一名美国老太太精神分裂，坠楼身亡，头部被栏杆挂断，独独悬在空中。是夜，怀臻一个人在宿舍，睡至半夜，忽然电话铃大作。她接起电话，电话那头传来幽深的喑哑的古怪女声：“我的头在你那里吗？”

怀臻吓得浑身又一抖，汗毛通通竖起来，瞌睡立即消失……正要放声尖叫，转念一想，若是鬼怪何用打电话？于是她静下心，试探着叫一声：“方琦！”

“你怎么知道是我？”方琦的声音自电话那头传来。怀臻气结！三日未同方琦说话。

后来，方琦层出不穷的花招，一次也没吓到怀臻。有一次，她甚至将宿舍卫生间的水弄得满地都是，装作被水鬼附身。怀臻真正觉得，方琦空顶着一个成熟妩媚、风情万种的躯壳，内里仍然是个固执得不肯长大的孩子。

当下，她拍拍方绮肩膀催促："还不快走？"

刚走到院子门口，正要绕到后面停车场。

"怀臻——"一个熟悉的声音在身后响起。

怀臻一愣，随即转过身——陆钦正站在墙边略微偏着头，微笑看着怀臻。怀臻差点不能呼吸——她甚至怀疑，有那么一瞬，她的心脏停止了跳动。

"你怎么来了？"怀臻忘乎所以地迎上去。

"你说想我了，我就来让你见啊！"他笑嘻嘻的，一副不正经的样子。

"可是已经十二点了啊！"怀臻说。

"有什么关系呢？"陆钦走过来牵住怀臻的手，"你不介绍同事给我认识？"

怀臻这才想起，方琦同自己一起出来的。她赶紧替两个人介绍。

陆钦微笑地冲方琦点头："我们见过！"

方琦冲陆钦意味深长地一笑："一见难忘啊！"

怀臻有些不好意思，松开陆钦的手。

"她害臊了！"方琦忽然说，"我就不当灯泡了，先回家了！否则她连你的手都不敢牵！"

"方琦……"怀臻窘迫不已。

陆钦看着方琦潇洒远去的背影，低下头看着怀臻："你同事和你关系好吗？"

怀臻叹口气，笑道："就喜欢整我！"

"听你这口气，那就是感情很好咯！"陆钦笑一下，重新握住怀臻的手。

"是，十年老友，情同姐妹！"怀臻点点头，"可是她有时候特别可恶！"

"因为你纵容她捉弄你！"陆钦中肯地说。

怀臻惊讶地望着他，发觉他洞察力这样惊人！她轻轻咳嗽一声，转开话题，她可不想整晚话题都围绕另外一个女人，就算这个女人是她闺中密友也不行。

"可是坐我的车回家？"她望着他。

“不！”他伸手揽住她的腰。

“你有开车吗？”怀臻四处张望一下，可是四下空空。

“散步？”陆钦低头看着怀臻。

“走路回家？”怀臻瞪圆眼睛，“好远啊！”

“走不动，我背你！”陆钦用手轻轻推了推怀臻的腰。

怀臻不由自主地向前迈了两步：“那我赚到了！”

陆钦一手握住怀臻细腰，一手牵着怀臻的手，两个人一下子变得亲密无比。

“怀臻，如果开车送你回家，我最多只能和你待十分钟！”陆钦轻轻附到怀臻耳边解释。

这一刻，她的疲乏顿消。热恋中的人朝夕相对也不会腻。等恋情尘埃落定，那时候反倒要同对方要空间、讨自由。

“你不想和我散散步，多说说话吗？”陆钦握紧怀臻的手反问。

“想！”怀臻大大方方承认。

有什么好掩饰呢？他不也是非常直接地说出内心渴望吗？怀臻任由陆钦牵着手，沿着马路，往回家的方向缓缓走着。

夏末的午夜，仍然有残存的潮热，皮肤上汗浸浸的，偶尔风轻轻吹过，似一双温柔的手，逐寸抚过裸露的肌肤，带来丝丝凉意。空气里有淡淡蔷薇的香味，不知是谁的香水，经久不散，还是不远处藏匿了一架蔷薇花墙？

两个人都没有说话，路灯将他们的影子拖得长长的。懂得适时沉默的男人，总有魅力。很少有男人懂得静默的趣致，总以为恋爱一定是谈出来的，总是在某些紧要关头滔滔不绝，大煞风景。怀臻感激陆钦的静默。

她贪婪地享受这静谧而又亲昵的时刻，她觉得只要她的手握住他的手，他的心就已经能够靠近她的心。有那么一刻，她甚至能感觉，两人的心跳频率都已经一致。

怀臻专心地走着，她悄悄打量她和他的影子——贴得那样紧，仿佛一双巧手，把他同她的影子密密缝合，连为一体。

这影子，随着灯光的变幻而不断挪移，一会儿在身前招摇着它们的亲密，一会儿在身后默默地跟随，一会儿投映到路边的花墙上……怀臻欣喜地看着这亲密如一体的影子，只愿这路无限延伸，没有尽头……

有好几次，他转过头来看着她，暗夜中，眸子灼灼生光，有隐藏不住的渴望，令人心猿意马，乱了阵脚。他靠她那样近，强烈的男性气息几乎将她溺毙，不断撩拨着她的心、她的身、她压抑已久的欲望……可是，他始终没有吻她。

到了最后，怀臻几乎觉得这得不到的吻，是一种煎熬和惩罚，她想立即得到解脱，速速返回家中，淋一场冷水浴，好浇灭那已经从她身体里张牙舞爪盘旋而出的欲念。可是，她又深深眷恋他，不舍得这路一下走到尽头。

“怀臻——”他轻轻唤她。

“嗯？”她抬起头看着她。她努力控制自己，怕欲望自眼底泄露。

“到家了！”他的声音依旧轻若未闻，仿佛怕惊散那连在一起的影子。

“啊？这么快？”怀臻惊异地看着前方，果然已经到了自己家楼下。

“是！”他笑着望她。

怀臻自心底长长吁出一口气……热恋中的人，总是嫌路途太短，时间太快，恨不能一夜之间白了头发，就这样厮守到老！她扬起头，看着他。他的目光中满含情意——可是那满得已经溢出来的情意，仍旧不能让他低下头来吻她。

“明天见！”陆钦非常绅士地对她轻轻躬一躬身子，“早上我来接你！”

然后，他捧起她的手，轻轻地在她白皙的手背上，印下一个礼貌的晚安吻。

怀臻对他笑一笑，满心都是失望——不，她不要这样矜持含蓄的吻。她要的是岩浆般滚烫炙热的吻，可以令她身与心、从发丝到灵魂都燃烧融化……她转过身，轻轻走开。

开始的时候，女人都渴望男人的尊重，可是稍后，他若还彬彬有礼，她便会嫌弃他木讷，不解风情，甚至进而怀疑自己的魅力。

第二天下了楼，果然陆钦的车已经停在门口。自这一天开始，怀臻的座驾闲置在车库几乎被人遗忘。早出晚归，都有陆钦亲自开了车接接送送。

怀臻的生活陡地鲜活起来，节目也异常丰富，通通是挑战心理极限的项目！他带她到游乐园坐过山车，上了过山车，扣上安全带，他坏坏地对她说：“听说，游乐园的设施已经年久失修！”顿时，原本气定神闲的怀臻脸色变得铁青，直嚷着上了贼船。

当列车翻滚起来，急速上行，扑面而来的劲风，几乎让怀臻窒息。当过山车下冲时，整个人都翻转过来，头朝下，脚朝上，悬于高空，那失重的、急速下落的感觉，让怀臻闭紧眼睛，不断尖叫……

可是，当过山车停下来，陆钦坏笑着问："感觉如何？"

五脏六腑都颠倒了位置的怀臻，却拂一拂凌乱不堪的短发，微笑着说："再来一次！"

"我正好买了两次的票！"陆钦笑得更坏！

话音刚落，过山车已经再次启动，怀臻闭上眼睛，迎着强劲的风，放声尖叫……那身不由己、舍命豁出去的感觉，那歇斯底里放声大叫、彻底放肆的感觉，让她觉得，原来做人还可以这么畅快淋漓……

他带她看恐怖电影。漆黑的影院，毛骨悚然的音乐似冰凉蛇影，顺着怀臻脊背不住攀延。那诡异氛围，像有一张嘴，不住对牢怀臻脑后呵气，令她不寒而栗。

陆钦不断将目光自屏幕上移到怀臻面部，她惊恐紧张的表情似乎比电影更吸引人。可是，看到恐怖血腥的场面，陆钦又会伸出胳膊，将她轻轻搂在怀中，用空出来的手，替她捂住眼睛。每次怀臻害怕得握紧他的手，他也会用力捏捏怀臻的手，示意她放松。

虽然，怀臻一向不喜欢看恐怖惊悚的电影，可是靠在陆钦的怀中，又是另一回事。那一刻，一向争强好胜的怀臻，觉得自己根本不是什么知名建筑师，不过是一个躲在爱人怀中，寻求安全感的怯懦小女人。

再强势的女人，都渴望在自己爱的男人面前，能够有小鸟依人的柔弱。这柔弱不是软弱，是恃宠而骄的金贵。女人还未醉在男人怀中，先醉在自己这娇柔的姿态里。

怀臻知道，其实男人也分三六九等。不，不是凭经济实力，也不拼智慧学识，是只靠原始的、本色的男性魅力。在这种男人面前，哪怕最强悍的女人，也会忽然间发现，自己原来是个女人！对，是女人！不是女性、女子、女孩、女同志、女同事、女同学、女建筑师……

只是单纯的女人！

陆钦就是这种男人，在他面前，怀臻只觉得自己是个女人。只是个女人，最最纯粹的女人。有他在旁边，怀臻愿意将作为女人的一切天性，都淋漓尽致地发挥出来！

她第一次发现，做女人是那样美妙的一件事！可恨的是陆钦唤起了怀臻作为女人的一切渴望之后，竟然迟迟没有吻她。这个吻，成为她的心病，天长日久，沉甸甸地揣在心中——

即便最意气风发的时候，她依然觉得惘然若失……怀臻觉得，她同陆钦就像——天雷勾动地火，却在最关键时刻，被人喊了一声“cut”。

这天，吃过晚饭，天光琉璃。陆钦牵着怀臻的手，在怀臻家附近闲逛。

不远的地方有一座活水公园，周围的人都喜欢饭后到这里散散步。

怀臻第一次来，走进这钢筋水泥中的城市花园，她不禁有些诧异。

这公园小巧而繁茂，到处是葳蕤的植物，生长得十分恣意。连水生植物也有半人高，丛丛芦苇也拼尽力气张扬着……小小池塘中，是密密的浮萍和俏生生的睡莲，整个公园私密而静谧。树木繁多，枝叶浓密，到处是半遮半掩的暧昧空间，倒是个谈情说爱的好地方。

两人踱到园中最热闹的一片空地，圆形的舞台，被半圆形的木质长条椅围拢，密密坐了不少人，竟然有几分人声鼎沸的感觉。

怀臻看仔细一点，原来是一群老人，围坐一起，表演唱歌，一人在场中唱，其余人拍手附和，颇有点小型演唱会的感觉。

陆钦握住怀臻手，看着园中热闹的场景，低下头对怀臻说：“但愿我们老了，也可以这般惬意，就着夕阳，唱一支老歌！”

那一刻，怀臻忽然觉得自己同陆钦已经是老夫老妻，亲密无间地度过了半生。

她回头看一看他，他也正好侧过脸在看着她。四目相接，怀臻的心顿时一暖——就是这个男人了吧！若能握住他的手至耄耋之年，不知多幸福。怀臻低下头抿抿嘴笑了。

陆钦找了个空位，领怀臻走过去，坐下，拍着手，小声配合着老人们唱了起来。

怀臻受到感染，也禁不住靠在陆钦肩头，轻轻哼唱。老情歌特别动人——

“那南风吹来清凉，那夜莺啼声凄怆，月下的花儿都入梦……”

陆钦温柔地将怀臻环在怀中，这怀抱似一个天长地久的承诺，在古老的歌曲中，缓缓释放出让人安心的力量。怀臻沉醉其中……

谁说爱情是个神话？她抬眼看着陆钦，他低下头，将下颌顶在她头顶，轻轻厮磨。怀臻忍不住满足地叹气。她忽然间奢望得到更多，希望她的爱情能够如老情歌般源远流长……

夜色无声地降临，唱歌的老人也纷纷散去。忽然间，小小公园又恢复宁静，森森树木散发一波又一波凉意。这凉意清幽幽的，似谁不小心打翻了一大杯薄荷冰激凌，连暖昧都多了几分沁人。陆钦牵着怀臻，在园中四处探秘。

月亮自天空一角探出半张脸，偷偷洒落几许清辉，为整座园子镀上一层朦胧的银光……

怀臻忽然闻到一阵淡淡花香——那花香若隐若现，似一阵游丝，慢慢沁入人脾肺。怀臻被这花香牵引，忍不住亦步亦趋寻了过去。

渐渐走到园子深处，那花香也愈加浓烈，怀臻觉得，身体里似乎有一把小小的火焰，被这香味撩拨起来，那香味如同来自太虚幻境，如一张密密织就的网，将人拢在其中，简直可以魅惑人的心智……

“怀臻——”陆钦指了指前方水塘。

怀臻抬眼望去——那郁郁葱葱的树木中，居然静静栖伏了一树白鸽——不，不是白鸽！

怀臻认出，那是神秘的曼陀罗，夜色中，倒垂的如钟的花朵雪白迷人、纤尘不染，令人一时间以为错踏了空间。她仿佛被摄去了魂魄，不由自主走到花的跟前。

那令人沉溺的香味更加浓烈，受这花香诱惑，怀臻的每个毛孔都舒展开，贪婪捕捉着这飘忽不定的香味。周遭的一切都朦胧起来，那样不真切，仿佛虚影里的幻光。

她抬起头，一脸迷惘：“这是哪里？”

陆钦看着她，月光落在她微微扬起的面孔上，那面颊光滑细腻，似白瓷般净洁，泛着清冷的薄光。她的大眼睛茫然失措，噙住一个迷离的梦。饶是定力过人，陆钦也有刹那失神。

怀臻望着他，他的眸子似寒潭清冷冷深不可测，倒映着这一天一地的月光，可是——

现在，这潭水似乎已经沸腾，透出滚烫的温度。怀臻有些心慌——

他的脸猛地逼近她，连鼻息也粗重起来。猝不及防——他的唇吻住了她的！这个吻来势汹汹，势不可当，志在必得。

怀臻只觉得一阵眩晕，忽然间似置身云端，大脑一片空白，全身软绵绵，似被人把所有力气同精魂通通吸走。

这个吻她已经等得太久，她陷进他的气息里，太多的渴望一触即发。这个吻，由充满攻击性的吮吸开始，肆意掠夺，令她四肢瘫软，手足无措。

她下意识紧紧贴着他，她已经丧失支撑自己站立的力量。她喘着气，迎合他的唇舌，任由他控制了她的心神。这一刻，她浑然忘我——

在她几乎窒息的时候，陆钦忽然放松力道，转而用嘴唇轻轻地碰触，软软地厮磨，温存地撩拨——

这欲攻还守的吻，令她静下来，仔细品味这吻绵长的滋味。唇的轻磨、舌的纠缠、齿的啃噬，细密而深入，充满诱惑……

怀臻从来没有想过，一个吻可以拥有这样震撼的力量，几乎可以摧毁她的所有神志。谢怀臻的嘴唇，像春天樱花刚刚展开的花瓣，带着昂扬的生机与不可言说的欲望。她的唇在他舌尖撩拨下，绽放出的春意与浓烈到化不开的情感，令他差点忘记这只是一场交易。

陆钦失控了！作为始作俑者，他自己也被这个故意拖延到现在才引爆的吻点燃了。有时候，演戏太投入，会忘了初衷，会疯魔，会分不清什么是真、什么是假。他不由得把假戏做了真。他的手绕开那单薄的衬衫，牢牢地钳住她的腰，紧贴着她的皮肤，力道那样猛，几乎将她拦腰折断。

可是怀臻一点也不觉得疼！她只觉得身体里，有熊熊火苗越烧越烈，她浑身都被这火焰烧得滚烫。她忍不住呻吟出声——那喉音含混不清，喑哑低徊，充满欲望，似发情的母兽——怀臻惊讶于自己的投入，可是又身不由己。

那些绵密的吻，混合着曼陀罗的香味，令她意乱情迷、忘乎所以，获得极大满足——

也许每个女人都渴望有个男人能唤起自己心里最放浪形骸的一面。谁耐烦永远做淑女？

那个矜持的姿势摆久了，自己也觉得空洞、苍白，乏味到极点。

是，她喜欢这一刻的自己。她将自己的肉身与灵魂都交付给他，一丝一毫也不隐瞒，赤裸裸横陈于他面前，半点都不觉得羞耻。她坦坦荡荡，享受由他激发的情欲。没有什么比这一刻肉身的欢愉更令人销魂……她只愿时间就此停住——

也不知过了多久，陆钦发现自己过度投入，导致真情流露，有些慌乱地终于松开了怀臻！

怀臻轻轻舔舔自己被吻得有些发麻肿胀的嘴唇——理智兼同羞耻心在这一刻复苏——

她有些不好意思地将面孔埋在他的胸前，轻轻喘着气。

他温柔地抚摸着她的背脊，轻轻拍着，让她安静下来，也让自己的理智归位。她贴着他，一动也不动。她能感觉到，他的欲望同她的一样炙烈。

她觉得满足——她终于等来了这个吻，而且，是那样出乎意料的美妙！

他轻轻抬捻起她的下颌，抬起来。她望着他——千种柔情、万般蜜意通通涌上心头。

陆钦心中忽然一窒，这女人完全不知道真相。她的投入是真投入，与那些逢场作戏的女人全然相反。她的感情，像阿拉斯加漂浮在蓝色海面的冰川一般干净、纯粹、不容亵渎，照得他自惭形秽，这种毫无保留的情感交付，像冰山一般，压得他喘不过气来。

怀臻可不知道陆钦心中正翻起巨浪。她只觉得面前这张脸，有足够的魅力，让自己倾尽全力去爱、去占有。

只是一个吻，她同他的关系又进了一步。亲密到能彼此交换唇齿间的气息。她傻傻看着他——他的轮廓在月光下，英俊得不似真人。

她忍不住，伸出手，一遍一遍触摸他的脸庞：“这是一个梦吗？我真不愿醒来！”

他并没有回答她，只低下头，找到她的唇，温柔地、细致地、不厌其烦地吻她。

她清晰地辨别出，这些吻不同于刚才那些。这些吻，不带丝毫情欲，充满感情，更像一个承诺、一句答案、一个安慰。

整个晚上，他同她都站在曼陀罗下，不断拥吻。怀臻觉得，她这一生的吻，加起来，也没有今天晚上多。那得不到吻的不畅快、猜疑、自我否定，通通烟消云散。

她只觉得，这个世界上，他是与她最亲密的人。她永远也不想同他分开！

这当然不是她的初吻，但因来得太迟、太过渴望，竟然比初吻来得更为汹涌。怀臻生怕这幸福的感觉似氢气球，越胀越大，只需一点小小的刺激，便会爆炸。

离开公园的时候，整个公园已经空无一人。夜深露重，院子里飘散着潮湿的青雾，恨不能把人的皮肤都染出荫绿的苔藓。

怀臻整个人轻飘飘的，若不是陆钦紧紧拥着她，她一定轻得可以飘到空中。到了家门口，怀臻仍然不舍得离开。

若不是陆钦的手机突然响起来，公司催他回去加班，两人可以拥抱接吻，直到天明。

目送怀臻上楼，陆钦独自开车离开。他一手扶住方向盘，一手拿起手机，快速回拨，电话一接通，他不等对方说话，便不耐烦地蹙眉道："你最好不要再打我的电话，下一次，我不知道还能不能找到合适的借口。如果事情被她拆穿了，我想你和我都不知道该如何收场。"

对方不知道说了些什么，陆钦忽然沉默了，过了好久，他才说："我不是傻瓜。你要求我做的一切根本不像你说的那么简单。这样下去，事情会失控！她迟早会知道真相，到时候，我们都会有麻烦！现在，我搞不懂你到底要做什么，我不想继续了，尾款你也不用付了！"

对方还想再说什么，可是陆钦已经果断地挂了电话，将手机关机。

躺到床上，怀臻依然心潮起伏，久久无法平静。她的皮肤吸饱了曼陀罗的香味，这时候散发出来，自每个毛孔之间……诱惑也如影随形，贴服而上……

她的身与心都在想念他。她将面孔深深埋在枕头里，不住轻笑。她没有想到，他那样会接吻，简直是个专家。每个女人都渴望得到一个懂得接吻的男伴，没想到自己这样幸运。这一切简直是一场至善至美的幻觉。

怀臻睡着了，唇边仍然挂着一抹满足的笑。

早上起来，怀臻对着镜子左顾右盼。虽然只睡了不足五个钟头，可是镜子里的怀臻却依然神采奕奕。她的皮肤雪白，似揉了莹粉一般，充满晶亮光泽。她的眼睛盈盈含情，似荡漾的一池春水。她的唇饱满而红润，此刻微微开启着，仿佛随时准备诱惑一个吻。

是！一场称心如意、顺风顺水的恋爱，是女人最好的美容圣品，无物可出其右。恋爱中的女人最美。难怪所有的化妆品，都是模仿女人动情时刻的姿容而制造出来的。

没有恋情的女人，只得靠一盒胭脂、一管唇膏、一支睫毛膏来充场面，粉饰出恋爱时，红粉绯绯、眼波柔曼的样子。可是卸了妆，仍然是一副得不到爱情、憔悴不已的苍白模样。

不知多颓败！

难怪每个女人都渴望轰轰烈烈、缠绵悱恻的爱情！谁不想自己一直美到老？

自与曹彻分手以后，怀臻几乎以为自己不会再爱上任何人了。可是没想到，这一次更投入、更痴迷。

也许，每个女人都是一块海绵，而爱情就是水。吸饱了爱情时，海绵胀得满满的，以为再也吸纳不下除他之外的任何人。可是，一旦对旧恋情毫无眷顾，海绵内的水分自然排挤得干干净净。等到再次遇到新的恋情，干涸的海绵，也许可以吸收更多的水分！

为了让自己看上去更加明媚动人，一向对化妆嗤之以鼻的怀臻，忍不住将那管一向被她束之高阁的樱桃色唇膏取出来，在嘴唇上薄薄涂上一层。整张脸都生动起来，唇色红得似刚刚结束了一个漫长的吻。

怀臻满意地换了衣服下楼。可是——陆钦的车，并没有停在楼下。怀臻左顾右盼了好一阵——看看手机，上班时间已经快到。怀臻有些着急，她想自己走开，又怕他突然赶到。于是，怀臻拿起手机，拨打了陆钦的电话。

“对不起，你所拨打的用户已经关机！”怀臻皱皱眉头。

她知道，有些人睡觉习惯关闭手机，不受人打扰。整个上午，怀臻不断拨打陆钦的手机，可是，电话那头传来的始终是那冷冰冰的女声。

一开始，怀臻还能强迫自己埋头工作当中。可是，中午一过，她便开始坐立不安，每隔十分钟拨一次他的号码。到下班时间，怀臻已经完全没有任何心思做任何事情。

难道之前的一切不过是一场旖梦，今日，梦醒不留痕？怀臻满脑子都充斥着疑问，工作只让她更加烦躁。

下班时间一到，怀臻更是无心留恋，立即收拾东西，速速离开。到了楼下，她四处张望，可是并没有陆钦的影子，他没有给她惊喜。她深深感到失落。

路上，心神恍惚，好几次差点撞了人。被人接送惯了，竟然连开车都生疏了！怀臻觉得骇然。回到家，往沙发上一躺，怀臻便再也无法坐起来。她双手抱住自己肩膀，平日这个时候，他应该拥住自己，在街头闲散漫步了吧。若他在，不知道已经又讲了多少笑话，哄她笑了多少回。

怀臻望着墙壁上陆钦的肖像发呆，渐渐地，视线中的画像开始模糊。等怀臻从纷乱的思绪中回过神来，才发现夜已悄然袭来。整个房间里漆黑一片，路灯从窗口透出一点昏黄的光影。

怀臻茫然地看着空荡荡的房间——她一向喜欢简约的装修风格，房间里家具摆设都尽可能地少，可此刻，偌大的房间，只让她觉得空洞、冷清，似一张寂寞的、无情的嘴巴，张得大大的，随时可以将她吞没。

她连忙把房间里的灯全都打开——可是她还是觉得冷——发自骨髓的寒意，在八月的盛夏，令她手足冰凉！难道习惯了一个人的体温，一旦失去，便会让人无所凭依？

怀臻觉得心慌——这该死的陆钦，到底跑到哪里去了，他究竟想做什么？难道，他就这样消失了？她连连摇头，摆脱这念头。可是，目光一接触到墙上，陆钦的画像，看到他似笑非笑的眼睛，昨晚的甜蜜场面，与此刻的冷清萧瑟，形成鲜明对比。

怀臻心头一酸，眼泪差点夺眶而出——她吓了一跳！有多久没有为一个人、一件事流过眼泪了？怀臻捂住嘴巴，硬生生将眼泪逼回去。自与曹彻分手后，谢怀臻曾经发过誓，不再为任何人或事流眼泪。

要到这一刻，谢怀臻才发现，自己真的如方琦所言，不是一个好的游戏玩家！

原来，所有的爱情都一样，有多甜蜜，就有多伤人！

这是一场勇敢者的游戏，没有足够强大的自信和不顾一切、勇往直前、不计得失的勇气，以及随时能够镇定出局的心态，是无法将游戏进行到底的。

谢怀臻，是不是该退出了呢？若他足够重视她，认真同她相爱，是不会让她此刻备受折磨的。也许，从头至尾，这不是一场她该玩的游戏！

谢怀臻站起来，同一个姿势坐太久，手脚都有些麻木。她略微活动一下——决定将自己自这困境中解救出来。

她拨通方琦的电话："方琦，你在哪里？"

"我在家！"方琦懒洋洋的。

"我立即过来找你！"听到老友声音，怀臻像抓住救命稻草。

"恋爱中的女人，今天怎么会有空搭理我？"方琦调侃道。

怀臻不知该如何说起，只得沉默。

方琦察觉到怀臻的情绪，赶忙说："好吧，你先过来吧！我在家等你！"

怀臻立即点头如捣蒜："我马上到！"

挂了电话，怀臻迫不及待飞扑出门。若再在这死寂的房间中来回折腾、胡思乱想，恐怕就要精神失常了。

到了方琦家，怀臻大力敲门。方琦打开门，看到方琦微笑的面孔，怀臻心中略微一宽。

她坐到那张熟悉的大红色丝绒沙发上，接过老友递上的冰镇酸梅汤，猛喝了一大口，身心才放松下来，整个人镇定不少。

方琦斜斜地靠在门柱边，抱住双手："说吧，你来找我，可是有什么事情？"

“没事我就不能找你啦？”怀臻有些心虚。

“少废话！谢大小姐，最近恋爱谈得风生水起，娱乐项目应接不暇，怎么有空找我？你自己算算，除去工作时，偶尔说说话，你有多久没有跟我通过电话、吃过一顿饭、喝过一次茶了？如今，我家也成了三宝殿，无事你是不会来的！”方琦慢条斯理地看着怀臻说，末了唇边还故意挂着一抹冷笑。

怀臻羞愧地低下头：“是、是、是，是我重色轻友，不可饶恕。”

谢怀臻一向不耻那些一谈恋爱六亲不认，同朋友疏远，只和男人厮混在一起的女人。一旦失恋，痛哭流涕，环顾四周，连个安慰自己的朋友都没有。如今，一时不察，她也犯了相同的错误。难怪方琦生气。怀臻闭上嘴巴，不敢再诉苦，怕招来方琦的白眼。

“你也知道你重色轻友？”方琦走到怀臻面前。

怀臻点点头，不敢说话，怕招来方琦更尖刻的嘲笑。方琦的嘴刀可不是等闲之人敢招惹的。

方琦扑哧笑出声：“可是怀臻，若陆钦是我男人，我也会奋不顾身扑上去，把其他人忘个干干净净——谢怀臻是谁啊？不认识！为了陆钦这种男人，插朋友两刀都可以！”

怀臻听得冷汗直冒，一时不知老友是在说真心话，还是在讥讽自己。

“说吧，到底发生什么事情了？”方琦坐到怀臻身边。

“没事！”怀臻笑笑，彻底打消了向方琦诉苦的念头。

若方琦知道，现在她连陆钦人在哪里也不知道，定会嘲笑自己至死。她决定咬紧牙关，打死也不说。

“好吧，随便你，你若说，我便听，你不说，我乐得耳根清净！”方琦往沙发上一靠，半躺半坐，玲珑曲线，令人遐想。

怀臻一向羡慕方琦，长得那样高挑，身段纤细玲珑，偏生老天特别厚爱她，连面孔也替她造得比别人精致。

这时，方琦电话响起来，她信手接过。

“你好，我是方琦！”非常地温和有礼，一听便是训练有素的职业女性。可是，很快，她的声音放软，软成形状莫名的果冻，“是你啊！”

怀臻太熟悉方琦，一听便知，是跟她关系极亲密的男人，否则她的语气不会这样娇嗔。

果然，方琦与对方暧昧地调笑起来。她的眼波也渐渐变得柔媚。很多女人，上了年纪，青春开始消退，容貌便不堪起来。可是，方琦就不。

她是真美人，特别受时光眷顾，每一寸肌肤，每一个表情，一举手，一抬足，对男人都是一种诱惑。随着年纪的增长，她的美貌不但丝毫没有受损，反而更添从容风韵。她的心更玲珑，可谓刀枪不入。

对方不知说了什么，方琦低低笑了起来，那笑声似一只玉手，不住撩拨对方的心，让人心痒难耐。

可是她却说："今天不行，我家里有客人！"

大概对方是想让她把朋友赶走，她狡黠地笑出声："我这个朋友，你可得罪不起。"

对方大概猜到了什么，方琦承认道："对，所以连你也得靠边站。"

那人果断挂了电话，方琦脸上有些悻悻的。

怀臻饶有兴趣地看着方琦："新的追求者？关系很亲密？"

方琦满不在乎地点点头。她从不当怀臻是外人，与人谈情说爱、打情骂俏、嬉笑怒骂，也从不避开怀臻。

"可有机会走到那一步？"怀臻关心地问。

"不知道！"方琦眉毛一挑。

"为何？"怀臻问。

"人心难测！况且男人说的话，都算不得数。"方琦坐直身体。

"这么多男人爱你，为你憔悴，你还不知足？"怀臻笑。

"爱？这年头，没有人愿意爱人！人人都太过懂得自爱！"方琦叹口气。

"你这么漂亮，还担心没人爱你？"怀臻骇然。

"越美的女人越难得到爱，否则，唐朝美女鱼玄机也不会到死都哀叹——易求无价宝，难得有情郎！"方琦不屑地说。

"可是，那些对你鞍前马后、小心翼翼、殷勤备至的男人，难道都没有真心？"怀臻迷惘地望着老友。

"鞍前马后、小心翼翼、殷勤备至不过是另有所图！"方琦拍拍怀臻手背，

“他们所图的不过是一具会不断衰老的肉身，多恐怖！一旦红颜残败、肉身枯竭，立即被弃如敝屣。”

原来方琦，挑挑拣拣，为的是找一个欣赏她灵魂的男人。

怀臻大惊，想不到老友这样天真：“男人不爱你的外表，爱什么？难道你以为他会欣赏你的灵魂？”

方琦也笑起来：“是啊，我早就过了相信一个男人会说‘与你年轻时的面貌相比，我更爱你现在备受摧残的容颜’这句天字第一号谎话的年纪！”

怀臻松一口气：“知道就好！有男人肯迷恋你的外表，像苍蝇一样黏着你，总好过有些女人，拼尽一生力气，全身披挂各种奇异布条，涂满各色古怪油彩，恨不能挂上铃铛从街头响至街尾，也没有男人愿意多看她一眼来得好！”

方琦笑起来：“想不到谢怀臻也有这样刻薄的嘴巴！”

转瞬她的目光又黯淡下来：“可是我仍希望，有一个人爱我的灵魂，胜过爱我的肉体！我厌恶那些一看到我，脑中就条件反射地出现一张大床的男人！”方琦气馁地弯下嘴角。

“方琦，你太贪心了！”怀臻摇摇头。

“当然，我不贪男人的心，贪他们什么？钱？我自己也有！”方琦丧气地说，“可是，现在的男人都没有心！”

怀臻望着老友，原来长得太美，也有这样多烦恼。就像太有钱的男人，总担心别人爱的是他的钱，而不是他这个人。而太美的女人，又担心男人看不到她的灵魂。条件越好的人，期望越高，失望越深，得到再多也觉得不满足。怀臻明白，残酷的现实最消磨人的情感。

很多时候，我们的问题已经不在于爱不爱，而是敢不敢。

你爱他，可是他风流不羁、用情不专，你敢不敢赌浪子会回头？你爱他，可是他家徒四壁，连自己也养不活，你敢不敢同他一辈子吃苦受穷？你爱他，可是他嗜赌如命，坐上牌桌，倾家荡产也不在乎，你敢不敢拿全部家当陪他豪赌？

爱不爱不是问题，敢不敢才最让人进退两难。

## 第十章
# 戏假情真

正想安慰老友几句，方琦的手机又响起来。方琦神情恹恹地接过电话。原来是另一名追求者想约方琦看电影。

老友此刻情绪不佳，怀臻真替电话那头的追求者担心。

果然，方琦没好气地说："你以为我方琦没有人约吗？专守在家中等你随时传唤。"可是，偏偏方琦连生气时声音也半怒半嗔。

对方犹自不死心，觍着脸说："是不是要预约啊？我排队呀，现在约你，你挑个良辰吉时。"说完还嘿嘿笑几声，似乎很欣赏自己的幽默感。

方琦恶向胆边生，柔声细语道："好啊！七十五天后，你再打电话来！"

看着方琦气呼呼的模样，怀臻好奇道："若他真在那天约你，你怎么办？"

方琦笑起来："放心好了，再优秀的女人，男人都不会为她等待太久！男人是世上最没有耐心的动物！"

受到方琦情绪的影响，怀臻的情绪也不自觉地低落起来。

周方琦多么玲珑剔透的一个人，怀臻有什么情绪能瞒过她的眼睛？

果然，她沉吟一下问道："怀臻，今日可有什么烦心事？"

怀臻摇摇头，老友那样看轻男人，当初又那样反对自己同陆钦来往，自己一意孤行，硬要自投罗网，如今连对方人都找不到了，这样糗的事情，怎么说得出口。

可是方琦这样说："别瞒我了！你今天上班就魂不守舍。既然来了，为何欲言又止？我跟你之间，还有什么需要顾忌的吗？"

怀臻被老友说中心事，只得点点头，然后又叹口气。她老老实实将事情向老友全盘托出。

方琦皱着眉头听完，冷笑一声："谢怀臻，当初苦劝，你不听，自讨苦吃。"

怀臻羞愧地低下头："是我咎由自取！"

方琦见怀臻神情落寞，不觉也心软，放低声音劝道："不如就这样结束了，你也不要再联系他。也许他不过是想跟你玩玩，你就当做了一场春梦！至少这一个多月来，你也开心过，又没有任何损失！"

怀臻一惊，茫然道："就这样结束了吗？可我才尝到一点甜头！"

方琦无奈地摇摇头："你简直冥顽不灵！爱情有多甜，便有多苦。你只想尝甜头，可有做过吃苦的准备？"

怀臻悻悻道："非得吃苦吗？"

方琦大力拍老友脑门儿："清醒点，谢怀臻，你以为谈恋爱，像在糖盒中选糖果，专挑合你口味的？"

怀臻叹口气："是啊，我已经开始尝到苦头！"

"所以，趁还没有更苦，赶紧放手！"方琦握住怀臻双手，想帮她下决心。

"不会有苦尽甘来这种事吗？"怀臻还是不甘心。

"有！王宝钏苦守寒窑十八载，薛平贵终于接她，与公主共侍一夫。"方琦不屑地说。

"啊！就得到这样一个虚的名分，十八天后她还得病死了！"怀臻黯然，"这样的甘，等来有何用？"

"知道就好！哪有苦尽甘来这回事，不过爱情的道路太苦、太黑，稍微这苦淡一点、这黑浅一些，当事人便误以为是甜，是云开后的月明！"方琦语重心长，静静坐在旁边陪伴怀臻。

怀臻坐在方琦身边，低着头，看着脚尖。她的心早已经不在这纤弱躯壳中，她的心，一遍一遍拨打着陆钦的手机号码。是的，她的肉身与灵魂早已经脱离。她的身体，听命于理智，一动不动，想结束这段感情。可是她的感情，却垂死挣扎，驱使她的心，不甘心地拨着那也许永远无法再接通的电话。终于，感情战胜了理智，逃出生天……

她坐不住便说："方琦，我累了，想回家睡觉了！"

"好！"方琦站起来送客，可是又有些不放心，"你真的没事了？"

"是！我不想吃苦！"怀臻点点头，可是她言不由衷，一跨出方琦家大门，怀臻便迫不及待取出手机，拨出已经烂熟于心的号码。可是，仍然是那生硬的女声，冷漠而充满嘲讽。

躺在床上，她却失眠了，望着雪白的天花板发呆。心里有一个小小的声音，在反复对她说：谢怀臻，打他手机，说不定，已经开机。可是还有一个声音，又冷笑着反驳：一切已经结束！再打电话，不过徒增失望！两个声音，互不相让，反复交锋，怀臻觉得再这样下去，自己就快人格分裂了。

黑暗中，她握住手机，一动不动伏在床上，浑浑噩噩，在睡与醒之间游离。仿佛一直有另一个自己，正悬浮在空中，冷眼旁观。

迷迷糊糊中，房内光影静静迁移，一抹粉色映照在怀臻眼皮上。她乏力地睁开眼睛——太阳快要出来了，又是新的一天！

怀臻有些唏嘘——不知道这新的一日又要如何才能挨过。可是，手机竟突然响了。怀臻难以置信，猛地从床上跳起来，来电显示正是陆钦。她将手机死死贴在耳朵上，全神贯注聆听，生怕是自己太过渴望而出现的幻觉！真真切切是电话接通了！

她忽然觉得喉头发干，肾上腺素激增，一颗心扑腾扑腾地跳起来。她从来不知道，接通一个电话，可以让人如此兴奋、雀跃，像突然注入强心剂，奄奄一息的她又活过来了！

该怎么面对他呢？要不要理睬他？生气？恼怒？听他解释？或是装作什么也没发生？

怀臻心绪纷乱，像夏天的杂草。

“怀臻？起床了？”他的声音平静无波，仿佛什么都没有发生过。陆钦妥协了！他又回到谢怀臻的身边。尽管对于这一次的妥协，他自己都有些看不起自己，可是听到她的声音，他还是没来由地松了口气。这一刹那，他几乎以为自己不是为了那人开出的更诱人的条件、更丰厚的酬金，而只是为了听到她温和的声音。

可是，他怎么可能爱上她？他忍不住在心里嘲讽自己：待她认识了真正的他，恐怕会躲到撒哈拉沙漠去吧。他同谢怀臻的关系，不过是他同另一个人做的交易而已。内心里，他十分鄙夷这种关系。可是，事情发展到现在，他已经欲罢不能。

她一见到他，她瞳孔里自然流露的愉悦便深深感染着他。有个人时刻惦念他，令他寂寞依旧的心变得温暖。

他竟然也开始渴望，每天看见她时，她像只活泼的小鸟，一头飞进他怀里时，那种轻松与亲密，是正常恋人之间的亲密！他这一生，几乎从未享受过如此正常、自由、平等的爱。

尽管，对于他来说，这份爱是假的。

可有时候，他自己都有些分不清楚，什么是真实的，什么是在演戏。也许戏假情真这件事，是真的。听到怀臻声音的这一刻，他不由自主放柔自己的声音。又听到他的声音，怀臻觉得简直似一支神曲，专门接人上天堂。

她努力克制自己的情绪："昨天，整日都没有联系到你！"

"是！"他的声音里略微添一丝歉意，熟稔地念着剧本台词，"这几天公司接了一个大单，我们创意部所有人都在赶工，忙得焦头烂额。可我仍然每日抽时间与你见面，在同事面前，很觉惭愧。所以前晚送你回家后，我又折返回公司，与同事们通宵加班。昨日搭乘最早一班飞机，到厦门提案，因为要与另外几家公司比稿，需打起十二万分精神，全力以赴，为怕分心所以关机了！然后又整晚与客户沟通，一直没找到时间联系你。谈完事情已经很晚了，心中牵挂你，又赶着搭乘最晚一班飞机回来，到家已经深夜，不想再吵醒你！"

怀臻沉默，她不清楚他具体在说什么，她也搞不懂广告公司的作风，她心中只有那句"心中牵挂你"，她的心温柔地抽紧，昨日的煎熬，通通都被这句话打消。

她只觉心中大石头砰然落地。事情竟这么简单，她觉得有些好笑，为她对他的不信任。

原来，真的爱一个人，就会变得特别紧张、多疑、患得患失，一有风吹草动，便惊惶不安，生怕错失了！

她忽然决定，不告诉他，她曾经为了这一整日的无法联系，如何猜忌、焦躁、绝望、坐立难安、食无滋味……她不愿他知道，她有多在意他，多怕失去他。她怕他知道了，便不会那样珍惜她。她只淡淡地、故作轻描淡写地"哦"了一声，然后问："你在哪儿？"

"你家楼下！"他声音里有笑意。

“什么？我家楼下？”怀臻有些难以置信，天才蒙蒙亮。

“想早点见到你！”他似乎有些不好意思，“其实，天还没亮我就来了。”

“你怎么不早点打电话给我？”怀臻惊异。

“不想吵你睡觉！”他温和地说。

“那为什么不等天亮了再来？”

“虽然看不到，可是能距离你近一点，也觉安慰！”他忽然笑起来，“很傻是不是？”

她忽然鼻头发酸。过了良久，她才说：“其实我也想你！”终于，她放开自己，将心的一角袒露给他看。其实，一直以来，在他面前，她始终有所保留。这一刻，她忽然被他打动。

“你再睡一会儿？”他体贴地问。

“不用了！”此刻她哪里还有心思睡觉，她恨不能立即飞身下去见他。

“可是，现在距离你上班还早。”他皱着眉头，想一想又说，“你吃过早餐再下来，不用急，我等你！”

“干脆你上来一起吃早餐？”她不忍心让他等，她渴望立即见到他。

“皇恩浩荡，上天眷顾我！”他笑。

怀臻一直没有请他进入过她的领地。而今天，她几乎以为失去了他，此刻失而复得，所有的矜持、顾忌、遮掩都放下了。直到挂了电话，她才发现，自己尚横躺在床上，蓬头垢面，衣无遮拦。她赶紧飞扑下床，冲进浴室，将自己放到莲蓬下，大力冲洗。

门铃一声接一声，催得她手忙脚乱，差点在浴室滑倒。她恨不能长出八只手来，一只手涂抹沐浴液，一只手洗头发，另一只手好扯过浴巾，随时擦干，最好还余一只手去应门……

草草冲洗，然后胡乱找件衬衫套上，她一边快速擦头发，一边奔到客厅开门。

走到门边，她顿一顿，深深呼吸，努力让自己的喘息平静下来，然后拉开门。

他站在门口，一只手斜插在裤兜里，另一只手轻轻撑着门框，样子轻松得似她的某位邻居过来借半瓶酱油。

“不好意思，我刚洗过澡！”她胡乱在空中比画了一下，有些窘迫，似乎怕他看出她的狼狈。

陆钦的眼睛往她身上随意一扫，便挪不开了。

她不知道此刻的她有着不经意的、自然流露的性感。她的手里甚至还捏着一条湿漉漉的毛巾。大概沐浴得太过匆忙，直到开了门，她还有些慌乱，头发还在滴水，胸口略微起伏，有些喘，面色潮红，皮肤有着异样细洁的光泽。连那一丝慌乱和局促，也显得分外动人。

他情不自禁深吸一口气。

“还以为你又睡着了！”他开玩笑。

“怎么会？”她听出他想缓和她紧张的情绪，然后自己也笑了。

虽然在美国读书多年，作风也大大咧咧，可是她仍旧没有习惯到，可以在异性面前沐浴更衣，表演贵妃出浴。她一边拘谨着，一边又太恼自己不够大方。在她懊恼时，陆钦已经非常自然地走进房间，关上了门。

“可以四处看看吗？”他礼貌地问。

“随便参观！”她微笑望着他。

他好奇地站在房间的中间，往四处看了看。他以为建筑师的房间，一定装修得美丽又精致，没想到这样简约，简直一目了然。

一百多平方米的房子，除去厨房与卫生间，其余通通打通。正中是一张偌大的书桌，上面堆满各种图纸、画笔、工具、书籍、电脑，一只水晶花瓶中，冷清地开着几枝白色的马蹄莲。

三面墙全是书架，从天花板落下来，密密麻麻摆满了书，书架前，有把木质三角梯，方便上下取书。其中一面墙的角落，有一个内嵌的衣柜，并不大，可见她并无太多衣物。然后是一张米色的沙发。再然后便是一张床，床单、被子通通是一种极浅的灰色，素净到了极致。

“没有其他家具了？”他惊异。他不是没到过单身女人的家，也不认为香闺必须有粉红色罗帐、各种柔软的毛绒玩具，或者精致的收藏品。但这样空荡荡的房间，他还是第一次看到，与其说是香闺，不如说是工作室来得贴切。

“没有了！”她耸耸肩膀，“不过是身外物，能用得了多少？能免则免！”

物质要求如此低下？可见精神上的要求一定比常人高！他暗自叹口气。忽然，他的目光被烫到——床对面的墙壁上，有个精致的相框，相框内，有张熟悉的面孔。不是他，是谁？

陆钦的心不由得一动，忍不住走到墙跟前仔细端详。粗粗几笔，可是人物轮廓却清晰传神，似笑非笑的神情，唇边的刀疤一挑，眉宇间的不羁，通通活灵活现。可见画者要么功力深厚，要么对所画之人感情深厚。

陆钦的注视，让怀臻一张脸顿时涨得通红。怎么忘记将这幅画收起来了呢？赤裸裸将对方的眉目描绘出来，挂在床对面，日夜相对，简直是个笑柄。分明是花痴的最佳写照！怀臻不知该如何解释，讪讪地站在陆钦身边，双手放在背后，窘迫不已。

“画得真好！”陆钦吸一口气，“比照片还传神，拍照也未必能抓住这瞬间的神情！”

“不过是随手涂鸦！”怀臻讪讪地解释。

“随手已有这般效果，若用心又会如何？”陆钦转过头，望向怀臻。

怀臻低下头，不敢看他的眼睛，只紧紧盯住自己脚尖。她只觉眼前人影晃动，紧接着，整个人被一个温暖的怀抱拥住。

他用下巴抵在她头顶，轻轻摩挲道：“可否送一张你的肖像画给我？好让我想你的时候也可以看到你，否则有欠公平！”

她咬住唇不说话。他身上的味道清爽而温暖，且带一点摩卡咖啡的味道，令人沉迷，闻久了，似迷香一般让人丧失力气，浑身发软、发烫。

她偎在他怀中，贪恋这失而复得的气息。他拥着她，目光依旧落在墙壁上，那张自己的画像上。看着自己的脸，被人一笔一画勾勒出来，栩栩如生，连神情都与自己一模一样，他的心微微有些抽动，看画像与看照片是截然不同的两种感觉。

只有一个人的样子，已经深深刻在另一个人的脑海中，才能这样凭空就描绘出来吧。对于陆钦来说，这种感觉是从来没有过的体验。他望着镜框中的自己——画像也望着他，用相同的眼睛、相同的神态。

他目光中流露出一抹温柔，但随即，唇角又轻轻牵动，牵扯出一抹淡淡自嘲的冷笑。她画的他，其实根本不是他！他不动声色地轻轻推开她：“不是要请我吃早餐吗？”

“呀！一看到你就什么都忘记了！”她抬起头，他太高了，需要仰视才能看见他的眼睛。

怀臻兴冲冲到厨房去冲咖啡、煎鸡蛋。

他随意坐下来。她的沙发很松软、很宽大，一坐下整个人便陷进去，像极了一个宽厚的怀抱。许是贪恋那一点点拥抱的温存，再强悍的女人，选择沙发时，也要挑一张够包容、有安全感一些的。

沙发旁边散放着几本书。他顺手拿起来，一本《巴特农神庙》、一本《米诺斯王朝的兴衰》、一本《希腊随影》……他翻一翻，都是有关建筑的。连看闲书都这样投入。是谁说她是天才？

他的目光又落到那张宽大的书桌上，这书桌用来打乒乓球也都还嫌大了些，却堆得满满的。

他站起来，走过去。桌上堆满了东西，凌乱而繁杂，却有一种沉静的美。他仿佛看见，夜深人静，她依然伏在桌上不住写画、演算，那纤弱的背脊，可会觉得累？

桌上有一只笔筒，笔筒内插了满满一大蓬铅笔，旁边还散放着不少已经短得握不住的残笔。厚厚的淡蓝色图纸，堆了足有两尺高，上面都是草图。他再次皱皱眉头——谁说她是天才？正四处打量，厨房已经飘来浓郁咖啡香。他坐回到沙发前。

她端了咖啡走出来，四处张望一下，抱歉地说：“不好意思，我没有买餐桌。”

她把咖啡递到他手中：“帮忙拿一下！”

她腾出手，把桌上散乱的书籍、图纸简单理一理，推到一边。然后，她从厨房里端出两份煎鸡蛋，放在书桌上：“委屈一下，你将就坐这里吃！”

陆钦站起来，走到书桌前坐下，把两杯咖啡放到桌上。他望着她：“那么你坐哪里呢？”

她端起咖啡喝一口：“我站着就好！”

他忽然用力将她往身前一扯，她就势坐在了他腿上。他喝一口她杯中的咖啡："这样，我们就都有位子坐了！"

怀臻觉得嘴巴里的咖啡都突然变成浓得化不开的蜂蜜，从舌尖一直甜到心尖。她斜坐在他腿上，一边喝咖啡，一边看他聚精会神地吃两只金灿灿的煎蛋，幸福的感觉，就在他一口一口咽下鸡蛋的同时，也填满了她的心。

"你平时都不在家做饭的吗？"

怀臻想一想，老老实实回答："很少，大半时间会在公司食堂吃，或者与朋友下馆子。不过也有心血来潮的时候，会做很多复杂的菜式，费时费力，但不知为何，吃完之后，总会觉得有些失望，下足功夫花尽心思做的饭菜，没人欣赏，也没人夸奖！"怀臻叹口气。

陆钦指指已经被他吃得干干净净的空盘子，然后竖起大拇指："色泽、形状、味道都一流，有幸福的滋味！"

怀臻扑哧笑出声："你用不用表演得这么卖力？"

"肯定要卖力，我还指望你做费时费力的大餐请我吃呢！"陆钦将怀臻搂得紧一点。

所有寂寞的女人，都渴望一个可以排遣寂寞的拥抱。

"以后，你再也不会觉得失望了！"他将脸贴在她面颊上，"我会和你一起，把你做的东西都吃光！"

怀臻用力点点头——不知道，这算不算承诺呢？眼看上班时间快要到了，可是怀臻的心与身都赖在陆钦怀中，不舍得离开。她搂住他脖子："你今天用不用上班呢？"

"不用，昨天才出差完成一个重要的提案，可以休息两天。"陆钦吻一吻怀臻的唇角。

"我也不去所里了！"她犹豫一下，从来没有为私事请过假。

"会不会不太好？"陆钦又吻吻她耳垂。暖暖的气息，呵在耳后，又酥又痒，微微发麻。

怀臻知道，今日如果到了所里，也会心不在焉，人在"曹"营，心在"陆"。她挣扎一下，站起来，温暖的感觉一下失去。她更加坚定请假的决心。

她拿过手机，走到窗边打给曹彻："曹彻吗？"

听到怀臻的声音，曹彻有些诧异，她已经很久不曾打电话给他了。记得当初恋爱之时，怀臻喜欢通宵与他在电话里聊天，舍不得睡觉。

"有什么事吗？"曹彻轻轻问。

"我想请一天假！"怀臻犹豫一下说。

"请假？"要过三秒钟，曹彻才反应过来谢怀臻在说什么。

自曹彻与怀臻做同事以来，从未见她请过一天假。就连当初，他一意孤行与怀臻分手，那样难过、尴尬，怀臻也没有找借口请过半天假。平时即使生病，她也咬牙坚持下来。她一向将这份工作视作生命。

"可是生病了？严重吗？需要我陪你去看医生吗？"曹彻关切地问。

怀臻摇摇头，犹豫一下说："我有点私事需要处理！"她不想欺骗曹彻，可是她又拉不下脸对他说，她渴望陪男友一整天，腻在他怀中，什么也不干！

"好吧！"怀臻从来不曾开口请假，曹彻不想为难她，尽管图书馆的设计迫在眉睫。

他很想知道怀臻遇到什么事情，需要请假来处理，可是她不主动说，他也不好追问："若你需要帮助，随时告诉我！"

"谢谢！"怀臻松口气，由衷感激。

陆钦察言观色一流，见她眼底情绪微妙，忙走过去，从身后环住她。

怀臻向后仰一点，靠在陆钦胸前，幸福的感觉又回到她体内。她赶忙挂了电话，就这样静静靠着他，双手交叉抱住他抱着她的手臂，享受这一刻难得的松弛。

整个上午，怀臻都与陆钦待在房间里，不是他抱着她，就是她抱着他，两个人似连体婴儿，一刻也没有分开过。

怀臻庆幸，昨日短暂的失去联系，更拉近了彼此的距离。有相思才会更渴望相守，有距离才更期待无间。

中午，两人牵了手，到附近的餐馆，美美吃了一顿。然后，捧着肚子，心满意足地返回怀臻的家。吃过饭，思维略微有些迟钝。放一张诺拉·琼斯的专辑，让舒缓的爵士乐在房间里流淌，时间也随之变得摇曳而充满情调。

怀臻靠在陆钦怀中，斜坐在沙发上同翻一本《国家地理》，这本杂志早已经被怀臻翻烂，可是今日与陆钦一起看，她又获得更多新的乐趣，甚至更加津津有味。

两人不断地谋划着，要去埃及看法老墓，到爱琴海散步，或者去看印度著名的泰姬陵，像两个孩子一样憧憬着。说到兴奋处，不是陆钦俯下身吻怀臻的面颊，就是怀臻仰起头吻陆钦的下颌。

翻过四五本杂志，怀臻打个哈欠。陆钦也忍不住伸个懒腰。都是一整夜没有睡好，现在都有些犯困。于是，陆钦拥着怀臻，半躺在沙发上睡一个甜美的午觉。他的肩膀很宽、胸膛很厚，枕在上面安心而踏实。他的手臂很长，将她整个人圈在怀中，拥得严严实实。她的面颊贴着他的颈部，甚至能清晰地感觉到他的脉动。

有多久没有枕着一个男人的手臂入睡了？她几乎已经忘记这种感觉。怀臻以为，在陆钦的怀中，她一定亢奋得难以入眠。

谁知，闻着他充满男性气息的味道，她很快就意识模糊起来……也不知在梦中沉浮了多久，迷迷糊糊中她感觉到，有一只手，在沿着她的五官轮廓，轻轻抚摸。她一下惊醒。

她知道是陆钦，趁她睡着了，偷偷地，用手指在感受她面部的每个细节。她舍不得睁开眼睛，怕失去这温存而充满柔情的一刻。她继续装作熟睡，可是心跳却不由自主加快。她真怕他识破她的伪装，将这不经意流露的感情收起来。

他的动作很轻柔，从她的皮肤上滑过，带出酥麻的痒。她忍住，竭力感受他指尖的情感。

他的手指滑过她的额头，她想，不知道我的额头够不够饱满光洁呢？他的手指抚过她的眼帘，她又想，不知道我的睫毛够不够长、够不够浓密卷翘呢？他的手指摩挲她的面颊，她开始担心，皮肤会不会不够细滑、紧致呢？他的手指滑过她的鼻梁，她立即抱怨，啊，鼻子不够挺直……

怀臻一向知道自己并不美，她也从来不在乎，不愿多花时间修饰。

她一向认为，父母把自己生成什么样子，就什么样子，何用遮掩修饰？

况且，她觉得女人长得漂亮，不如活得漂亮，内心的充实与平和，远胜外在的修为。

她很少刻意去打扮自己，穿衣尽量简洁大方，也从不描眉画目，同男人交往，她甚至从来不去想，我够不够好看，要不要修饰完美一些来取悦对方的眼睛。

可是今日，她深深体会到胭脂水粉为何那样畅销。若可以，她也愿意涂上纤长睫毛膏、玫瑰色的胭脂、光润丰盈的唇膏，只要能让陆钦深情凝视她的五官轮廓时，觉得她就是他心中最美丽的女人。

怀臻静静地感受陆钦手指的温度与质感，他暖暖的呼吸吹在她面颊上，撩拨得她每个毛孔都舒展开，整颗心微微发颤。她想，不知道他有没有从她颤抖的睫毛看破她的伪装呢?

但她知道，再装下去，她身体的自然反应也会将她出卖。于是，她假装刚刚睡醒，伸个懒腰，然后故作睡眼惺忪地看向陆钦。

他笑着，拍拍她面颊，然后温柔地吻吻她的唇角："醒了？"

"嗯！"她点点头。

"你真能睡！"他摇摇头，表示佩服。

她不解地睁大眼睛看着他。他扬起头看看窗外："天都黑了！"

怀臻这才发现，房间里已经光影朦胧，原来这一觉，太阳已经自天空落下了。

"你怎么不叫我？"怀臻撑起身子。

"我不忍心！"陆钦吻吻怀臻肩膀。

怀臻笑了，难怪那么多女人喜欢谈恋爱，被人宠爱、被人珍视的感觉，会令即使最普通、最平凡的女子，也不自觉地金贵起来。

晚饭时，方琦打电话给怀臻："今天怎么没来上班? 你从来不请假，可是病了？抑或心情不好？"

怀臻愣一愣，昨晚才到她处大吐苦水，此刻又怎好告诉她，自己正泡在蜜罐里? 如果方琦知道昨天的一切，都是自己太过紧张陆钦而过度猜忌担心，一定会成为方琦的笑柄。若再告诉方琦，她为了与陆钦在家中缠绵，所以没有去工作，一定会被方琦嗤笑。她只好在电话那头支支吾吾，顾左右而言他。

方琦多么精明剔透的一个人，怎么会不知道怀臻在遮遮掩掩，她立即识趣地挂了电话。

她知道，再亲密的朋友也有隐私，若朋友不想说的事情，千万别打听，再好奇也要忍着。否则朋友便做不长了！

晚上吃过饭，怀臻选了一张碟片，两人拥抱在一起，共同沦陷于光影幻变的世界。这本是部阴森恐怖的鬼片，可是由俊男美女演绎起来，自有一份难以言说的荡气回肠。其实说穿了，就是一段三角恋，不过其中一个女主角是女鬼罢了。

平时怀臻一向很怕看恐怖片，每次关了灯，总是听见水龙头滴滴答答的滴水声，或是冰箱嗡嗡作响，各种怪异的声音不知是幻觉，或是真实存在，只是平时被忽略了，总之这个时候都通通清晰起来、逼真起来……

不过躺在陆钦怀中看，又是另一种滋味，幸福与被人保护的安全感，将恐惧彻底驱散。

明知道婚姻也许前途黯淡，但每年仍然有那么多女性趋之若鹜地结婚。单是为了看了恐怖片的夜晚不用害怕，已经值回票价了。

这一天，陆钦一直待到午夜十二点，才反复拥抱、接吻，依依不舍地离开怀臻的家。

怀臻想，若结婚了，便不用这样难分难舍。敢不敢同他结婚呢？呀，她猛拍一下自己额头，感情的路那么漫长，他们才刚开始呢。

这天晚上睡觉，怀臻觉得特别舒服，仿佛陆钦修长的手臂，仍然还将她拥在怀中。

翌日，陆钦依然在怀臻家楼下等她，送她去公司。

看到他的车，出现在她家楼下，像一道温柔的风景，怀臻觉得安心极了。生活又回到正轨，那幸福的感觉也逼真起来。怀臻开始觉得，一切都不再是梦，都那样真实美好。

第十一章
# 背后的窥视者

到了办公室，怀臻开始细心地为仙人球浇水。心情愉悦的她轻轻哼起歌，她觉得那粗陋的仙人球也变得可爱起来。这是他送她的第一份礼物，她一定会细心照料，让它开出花来。

“心情不错嘛！”方琦坐在椅子上，一蹬脚，带滑轮的电脑椅自动滑到怀臻座位前。

怀臻收起笑容，看向老友，她知道一切都瞒不过好友的眼睛：“是，昨天他来我家找我了！”

“哦？”方琦皱起眉头，“过夜了？”

怀臻坐下，老老实实将一切告诉方琦。

方琦一直皱着眉听，当听到怀臻为了陆钦请假时，终于忍不住：“你真糊涂！没有哪个男人比你的事业更重要！”

怀臻点点头：“是，我自己也看不起自己！可是，仍然觉得快乐，并且值得！”

方琦摇摇头：“怀臻，你付出太多，会后悔的！”

“方琦，遇到一个好男人的概率太低，我不得不放手一搏！”怀臻坦诚道。

“好男人？”方琦冷笑，“谢怀臻，我承认这个世界也许有好男人，但是你永远遇不到，遇到了也未必能辨认出来，认出来，也一定抓不住！因为好男人，永远不会属于你，一旦属于你了，你就会发现，他其实还不够好！”

“是，我们期望越高，越容易失望。比如忠心的男人，难免有点乏味，可是会讨你欢心的，也必擅长讨别的女人欢心。世事古难全，一个完美的男人其实并不存在！”怀臻叹口气，“我不是不明白这个道理，可是我已经舍不得放弃了！”

“不舍得？”方琦拍拍怀臻肩膀，语重心长地说，“多花点时间做自己的事情，你就会发现，没有舍不得。你在什么事情上，费的精力特别多，耗的时间特别长，你就会舍不得什么。你投入工作，会舍不得你的职业。你投入去爱，自然会放不下感情。少付出一点，就少一点失望，少一份不舍得！”

“可是，不投入，又怎么有乐趣？爱情最诱惑人的地方，就是那种全情投入、不顾一切的感觉！”怀臻说，“何况我不爱他，他又怎肯来爱我？爱是世界上最最自私的事情，一定要用真心才能换真心。”

“谢怀臻，真心也未必能换来真心！”方琦觉得老友冥顽不灵，“这笔买卖不划算。何况爱情的寿命何其短暂，注定是笔赔本生意。”

“不，我渴望全身心都浸淫爱中，飘飘然然的感觉！”怀臻没有幼稚到奢望同某个男人白头偕老，可是谈一场轰轰烈烈、缠绵悱恻的恋爱，始终是她的渴望。

都市生活沉闷紧张，有闲情逸致来谈一场纯粹恋爱的人，已经不多了。

不知何时开始，人们恋爱只为结婚，结婚只为给社会一个交代。

怀臻觉得自己很幸运，陆钦与她一样，渴望在爱情的游戏中赌一次运气。

“方琦，不瞒你说，我以为我早就丧失爱人的能力了！没想到，陆钦能引导我重新爱人，以及被人爱。过去我在工作上已经消耗太多精力，现在我更愿意花时间来享受爱情！”怀臻热切地说。

方琦失望地望着老友：“怀臻，你已经丧失理智，你对陆钦寄托太大希望。要知道，无所谓希望，才能无所谓失望。无所谓，才能无所畏惧。你这样急于得到，反而容易失去。你要沉住气，冷静一点！爱情的事情，尤其要有一颗平常心，这样急功近利，反而弄巧成拙！”

“方琦，我知道你为我好，怕我受伤害！”怀臻握住方琦双手，“可是我真的已经陷下去了，拔不出来，也不愿意再拔出来，你就让我沉沦在里面吧！”

方琦叹口气，双手一摊：“罢了！其实我知道，无欲则刚这个道理人人都懂。可是谁让我们是女人呢，女人有太多爱的欲望，所以注定只能做个弱者！”

看着方琦担忧的神情，怀臻赶紧保证道：“你放心，如果有一天，这个男人不爱我了，我一定会潇洒地转身离去！”

“不！”方琦提高声音，“你必须在他不爱你之前就洞察先机，然后先一步走开，留个优雅的背影给他！”

“好！我保证！”怀臻赶紧承诺。

她看着方琦，方琦一向将自己保护得很好，认识她十年，从来没见她真正爱过什么人。

她谈的每一次恋爱，都当不得真，因为每一次都拿得起、放得下。

怀臻知道，不过是因为她找不到一个合适的男人来好好爱，她只能自爱。可是因为太过自爱，又渐渐不肯爱人了！

她们轻声交谈，都没有注意到，隐藏在后面的一双耳朵。

冯凉坐在后面，紧紧盯住方琦跟怀臻，他努力地分辨她们的声音，偷听方琦跟怀臻交谈的每一个字。

没有人知道，这些年来，他每一天是如何度过的。每天，他的眼睛、鼻子、耳朵……所有的感观都是为谢怀臻而存在着。爱一个人有多用力，恨的时候力量还会加倍。

每天，他都偷偷地观察怀臻，她的情绪、她的工作、她同什么人交往，她的每个动作，她的每个电话，甚至每条短信，他都要想办法偷听、偷看、偷偷了解！他偷偷跟踪过她，偷偷翻看过她的手机，偷偷听过她讲话。

他比爱她的人，还关注她的一举一动。他就是谢怀臻身后一双永远都不会闭上的眼睛，永远在暗处窥视着她。可是，怀臻的背后没有长眼睛。

中午，怀臻正要关电脑，同方琦到楼下食堂吃午餐。可是，屏幕上新邮件不断闪动。是一个陌生的邮件地址，一个陌生的用户名。

“谢怀臻，你好！”

怀臻不知道是谁，故此也赶忙客气地回应：“你好！”

“最近工作可顺利？”

怀臻不知对方是谁，当然不敢吐真言，但又怕是久未谋面的旧友，故此模棱两可地回答：“同往日一样！”

“实在不好意思，请问你是哪位？”

“丁善儒。”对话栏出现令怀臻厌恶的名字。

“对不起，我同你没有什么好说的！”听过太多丁善儒的卑鄙行径，怀臻打心底看不起这个人。

“谢怀臻，你还是不愿意到我这里来吗？我们的条件保证比‘鼎峰’好许多。”

“不！‘鼎峰’对我有知遇之恩！”怀臻斩钉截铁。

“谢怀臻，若当年你父亲介绍你到我所里，我一定照顾你比周易峰更好！”

“周易峰是我良师！”怀臻已经不想继续交谈下去。

“你的良师是你父亲，周易峰算什么？不过也是沾你的光！”

“我老板光明磊落，君子之风！”怀臻由衷欣赏周易峰儒雅磊落的性格。

她知道丁善儒做事不择手段，黑白两道的人都有深交。他的许多单子都是通过不正当手段得来的。有些桌下交易，很是见不得人。也有人说他做事不择手段、心狠手辣。

“你言下之意说我是小人，卑鄙无耻？”他居然好意思将怀臻的言下之意挑明了说，可见他也知道外界对他的评价。

怀臻真觉得这个人言行卑劣，反诘道：“是你自己说的！”

“谢怀臻，识时务者为俊杰你可知道？”

“我是最不识时务的人！”怀臻冷笑。

“敬酒不吃，接下来的那杯酒，滋味就没那么好受了！”丁善儒威胁之意尽露。

“抱歉，我向来滴酒不沾！”怀臻有些恼了，但仍努力维持风度，不与小人一般见识。

可是，对方并不肯下台阶：“反正你也说我卑鄙，那么到时候别怪我手段太用力了！”

“无论无何我都不会与你同流合污！”怀臻终于恼了。

“谢怀臻，我给你父亲面子，才三番五次低声下气来求你，好礼好利相待。从今天开始，我不会对你再客气半分！”

“没关系，我也没有客气待你！”怀臻冷笑一声，断然关掉邮件。

与这种人品低下，且不知道礼仪廉耻的人还有什么可说。

可是，直到吃过午饭，怀臻的心情仍然十分糟糕！

她坐在座位上，托着腮，呆呆看着电脑屏幕。

“小姐，要不要为了这一点点事情，就学林黛玉啊？”方琦走到怀臻身后，拍拍她肩膀。

怀臻担心地垂下头：“你说，我怎么会招惹上这种无耻之徒，听说他手段超级卑劣，会怎么对付我呢？”

周方琦蹲下身子，看着怀臻眼睛：“谢怀臻，你怎么了？你还怕了他不成？我就不信光天化日之下，他敢把你怎么样！何况还有你老爸替你撑腰，谁敢招惹你啊？放心好了，他不过是逞口舌之快罢了！”

“但愿如此！”听了方琦的话，怀臻觉得好过多了。

“放心，我会保护你！”方琦豪气干云地拍拍胸部，似个女侠。

怀臻心中一暖，她的人生若无方琦这样一个朋友，不知道多寂寥、多乏味。

记得刚刚到美国读大学，整个建筑系似个联合国，各种肤色的人一应俱全，可偏偏只有谢怀臻一张黄色面孔。她觉得孤单无比，文化的差异，让她与同学之间始终存有隔膜。

怀臻永远也忘不了那一天——怀臻在学校附近，被两个人高马大的小混混缠住，逼她买大麻，怀臻慌乱无比。她一向是被家人呵护备至，从小学到高中，无不是在重点学校读重点班级，同学老师朋友，人人都对她无比亲厚。

一时间十八岁的怀臻慌乱无比，她不住向后退。她的怯懦让那两个混混更加气焰嚣张，他们甚至开始对怀臻动手动脚。怀臻吓得面无人色，想高声呼救，却似忽然被谁卡住了喉咙，声音无论无何也发不出来。

眼看，其中一个当胸向怀臻袭来——一个大棍子突然从空中劈了下来，那混混结结实实挨了一棍子，一个女孩冲过来，气势勇猛，一边对着空中乱挥棍子，一边用英语冲怀臻大叫：“别怕，我已经报警，警察马上就来……”

两个男孩，竟然被女孩的气势唬住，想攻击她们，可是又担心警察立即就到，对看一眼，居然跑了……

那女孩走到怀臻面前，将一包纸巾递给怀臻，用中文说：“擦擦汗！”

惊魂未定的怀臻接过纸巾，她已经吓得满头大汗，背脊发麻了。

她抬起头向女孩道谢，那女孩居然也有一张黄色面孔，她才反应过来，那女孩刚才说的是中文。

怀臻意外极了，连声道谢："警察呢？怎么还不来？"

"哦！我不过是虚张声势，骗骗他们，我一见你被欺负，立即捡了棍子冲上来，哪里来得及报警。"少女狡黠地大笑起来。

两个少女攀谈起来，原来这女孩居然是她同乡，谢怀臻激动得差点拥抱她。

再然后，怀臻惊喜地发现，这名叫方琦的美少女，居然是刚到怀臻班里报到的新同学。

两个女孩，兴奋地抱在一起……

从此，周方琦与谢怀臻形影不离。

方琦身形高挑，站在那群美国人中间，也气势不减，于是她随时处处保护怀臻，照顾怀臻。她是个个性率直、勇敢坚强的少女，一张嘴十分厉害，很多同学知道方琦同怀臻特别亲厚，再也不敢欺负怀臻。

方琦家境一般，需要到快餐店洗碗赚取学费。可是谢怀臻，成绩斐然，就是在这个小联合国——精英汇集的学校，依然是佼佼者，年年都拿奖学金。不过，怀臻知道方琦生活清苦，也年年将奖学金转让给好友。家中寄来的衣服、食物、资料，她通通都替方琦多要一份。

怀臻向来有过目不忘的本领，故此读书也特别轻松。加之，谢常意一向认为女儿的手，天生是用来画画的，从来不让她做任何事情。怀臻自小到大，连碗也没洗过一只。对外头的一切，她都充满好奇，她主动替方琦到快餐店打工，让方琦将更多时间用来温习功课。

方琦照顾怀臻，怀臻帮助方琦，两人情同姐妹。每年放假，怀臻都同方琦到周边各国游历，一起画画写生，一起在古旧的残垣断壁间留恋……

读完四年大学，方琦回国工作，而怀臻则继续留下来读取硕士学位。

方琦走后的两年，怀臻简直度日如年，幸亏方琦时时有邮件发来，慰藉怀臻寂寞的心。

回国后，怀臻靠父亲的关系到"鼎峰"担任设计师。

彼时方琦尚在一家小小的丙级事务所里工作。后来，在怀臻的引荐下，方琦也顺利来到"鼎峰"，成为怀臻同事。

怀臻真正觉得自己幸运，周方琦也特别珍惜这位常常雪中送炭的好友。两人友谊堪比金坚。

快下班时，天色忽然突变，黑压压的乌云遮蔽了整个天空。空气中蓄满了沉甸甸的水分，闷得人喘不过气，只觉汗水不住从毛孔内冒出来。

怀臻最怕这样的天气——风雨欲来！她总是下意识觉得这是不好的征兆。直到看见陆钦停在楼下的车，怀臻悬着的心才放下来。

才不过下午六时许，可是整片天空被乌云覆盖，遮得密密实实，仿佛夜幕已经提前来临。

待吃过晚饭，天真正黑下来，又开始狂风大作。风着了魔般，吹得路边的行道树舞得张牙舞爪，似一个一个被妖魔附身的魅影。轰隆隆，巨大的雷声，在头顶炸开，紧接着，豆大的雨点，密密地落下来，打在车顶，啪啪作响。

“天气这么坏，不如找地方坐坐？”怀臻耸耸肩膀。

雨刮器似两只手，忙碌地撇开落在车窗玻璃上的雨水。

“天气这样好——不如找地方坐坐？”陆钦学着怀臻的口吻笑起来。

怀臻斜他一眼，任凭他将车开进雨幕中。她甚至没有问他要去哪里。也许，只要他带她去的地方，哪怕是地狱，她也心甘情愿，她相信，即便是地狱，他也能让地狱盛放鲜花。

车被开到郊区一所废弃的中学操场上。操场四周也并无特别高大的建筑，车子停在中间，显得尤其突兀。整个操场上，积满了水，并不深，坐在车里，看着雨点落在水面，漾起点点涟漪，却也有点水面泛舟的感觉。整所学校空无一人，若没有雨点哗啦啦落下来，黑洞洞的，简直静得有些吓人。

怀臻不解地望着陆钦：“莫非这是你的母校？你不会选这个时候来怀旧吧？”

陆钦意味深长地笑一笑。

忽然，一道雪白的闪电划破长空，瞬间将紫蓝色的天幕撕成碎片。那闪电妖艳诡异，蕴藏无穷的神秘力量，似乎可以将这个世界撕裂。漆黑的夜空，忽然亮如白昼，那些从天幕中坠落下来的雨珠仿佛刹那被镜头定格、放大，似一粒粒剔透的水晶一般，连接成铺天盖地的晶莹珠帘，仿佛只要撩开这珠帘，就可以进入另一个世界。

怀臻从来不知道，一道闪电可以这样冷艳瑰丽、妖异夺目。很快，天色又漆黑一片，隆隆的雷声也立即滚落耳边。

陆钦握住怀臻的手："不到这样开阔的地方，又怎么能欣赏如此壮丽的闪电？"

怀臻瞬间明白：原来，他带她来欣赏暴风骤雨、雷鸣电闪。一道道炫目的闪电一次又一次劈空而来。天空不断地亮起来，又暗下去，隆隆的雷声，声声不息，怀臻觉得自己仿佛置身一个巨大的光影剧场。

怀臻被眼前的景象深深震撼，她觉得灵魂都在随着每一道闪电战栗。狂风、暴雨、惊雷、闪电，将车子团团围住……任凭外面雷雨肆虐，车内却始终安稳而平静，而且更使得这狭小空间让人依赖。一道耀目的白光闪过，天空顿时被撕得四分五裂，车内亮如白昼，紧接着，巨大的雷声在车顶上炸响……

怀臻没料到雷声距离自己那样近，不由得向陆钦怀中一偏。陆钦一把将怀臻揽在怀中，搂了个结结实实。

等雷声过了，怀臻立即仰起头，她有些不好意思道："其实我明白，等我听到雷声的时候，其实闪电早已经结束了，可是，声音仍然让人惊悚！"

陆钦点点头："是明知这里有那样高的铁旗杆，可以起到避雷的作用，可是坐在车里，仍旧觉得那雷随时会在我们身边炸开，这些不过是人的自我保护意识在作怪罢了！"

怀臻想一想，是的，人总是对外在骇人的事物，充满恐惧，下意识想要保护自己。

所以，真正要人命的，却往往是那些披上了甜蜜外套，给人以假象的事物。比如爱情，它先用甜蜜和激情麻痹你，让你毫无戒心，放松警惕，待它撕下华丽外表，露出丑陋的内里，那一击才真正致命，因为你毫无抵抗的准备！

所以，最亲密的人最能伤害你，因为你不会提防。

当一道青冷的闪电将车内照得雪白透亮时，陆钦吻住了怀臻的唇。他的唇柔软而细腻，那些吻也绵密而纠缠，似有酥麻的电流在怀臻体内不断流窜，她深深沉醉。

她紧紧闭上眼睛，车外巨大的雷声、不断明灭的光影都不再能影响到她。

她一心一意，享受着陆钦的拥抱与亲吻。

她的耳朵只能听到他粗重的喘息，她的眼睛也只看得到他深情的眸子，她的鼻子也只捕捉得到他诱人的气息，她的嘴唇只能感触到他唇的柔软，她的手指只能触摸到他皮肤的温度，她的所有感观这一刻都向着他，向着他，只为了全心全意感受他的存在而存在着……

怀臻觉得外面的狂风暴雨，不过是为了突显车内的无限旖旎罢了。

整个晚上，他们不厌其烦地亲吻对方，全情投入。他们抱得那样紧，身体与身体之间几乎没有多余的缝隙可以插入，似一对连体的婴儿一般，仿佛自出生便一刻也没有离开过对方。

也不知过了多久……怀臻蜷缩在陆钦的怀中，一动也不动，他抱着她，静静地抚摸着她的面庞、头发，任时间一点点从指尖流逝。渐渐地，怀臻觉得意识都开始模糊了，眼皮开始变得沉重……有那么一刻，她甚至觉得灵魂已经与肉身脱离，去到另一个世界。

他轻轻问："怀臻，要不要回去呢？"

"不！"她轻轻反抗。

是的，她倦了、困了、累了……可是，她仍然贪恋着他怀中的温暖与舒适，不舍得离去。

又不知道过了多久，风和雨、雷与电也都停了。

他又问："怀臻，我送你回家可好？"

她还是轻轻说："不！"

"睡太晚，会有黑眼圈的！"陆钦笑。

"你可介意？"怀臻梦游一般问。

"不！假使你又老又丑，在我心中也是名仙子！"陆钦吻了吻怀臻裸露的肩膀。

怀臻满足地伸个懒腰："你说假话！"

陆钦将怀臻搂紧一点："如假包换！"

怀臻闭上眼睛笑了："相信你一次！"

其实，怀臻知道自己并非美女，可是若真的又老又丑，皮肤上满是褶子，陆钦还不早躲到爪哇国去了？可是，有什么关系呢？真相那样丑陋，谁愿意看清呢?

何况情话那样甜蜜，谁不愿意只拣好的听呢？全世界的男人都知道，甜言蜜语是对付女人最有效的武器。全世界的女人也心知肚明，甜言蜜语通通作不得数，可是只要耳朵受用，心里欢喜，被哄一哄又有什么关系呢?

只有在乎自己的男人，才愿意浪费唇舌，说这些肉麻到起鸡皮疙瘩的话，来讨自己开心。

所以，越肉麻的情话，杀伤力越大。

接连下了好几天的雨，彻底浇灭了整整一季的炎热，汗浸浸的夏季终于过去。天气渐渐转凉，秋的气息就那样，一转身便到了跟前。

快下班的时候，天空中又开始淅淅沥沥下起雨来……怀臻抱紧双臂，已经可以感觉到恻恻轻寒。她打了个喷嚏，然后动作麻利地收拾好桌上的物品，离开办公室。

每天这个时候，陆钦都风雨无阻地等在楼下，怀臻已经习惯有个人等着自己。知道有一扇窗的灯，为自己而亮的那种感觉，是最可靠、最温暖的。

走到大厅门口，怀臻扬起脸看了看天，鼓起勇气冲进雨幕……咦？怎么没有冰凉的雨滴落在身上？原来一把伞及时遮住了怀臻头上的那片天。她转过身，陆钦正微笑望着她。

“怎么不在车里等？”她幸福地笑了。

“知道你没带伞！”他一边说，一边递过一件米色的外套，轻轻搭在怀臻肩头，“也知道你没有穿够衣服！”

那厚实的外套搭在怀臻肩头，温暖的感觉立即自皮肤渗透到怀臻的心底。她的每个细胞都温暖起来。太多太多的幸福藏不住、装不下，自她的眼睛里满溢而出，她整个人都被镀上一层亮晶晶的光彩。

那段一开始令人感觉不安而充满刺激的爱情，已经变得那样安全而可靠，点点滴滴都是温馨与浪漫。

怀臻深深庆幸自己，在这场爱情冒险里，选择了“敢”！有谁会想到，这个潇洒不羁、英俊得不似真人的男人，居然这样体贴细致呢?

陆钦伸出手，将娇小的怀臻，整个人揽进怀抱中，撑着伞，走向他的车。

在他宽阔的怀抱中，怀臻忽然觉得自己变得好小、好小，几乎回到少女时代。她发现自己居然童心未泯——她顽皮地向左靠一点，他不疑有他，立即将伞移动到左边。她又向后退一点，他赶紧减慢速度，用伞遮住她。她向前快跑几步，他也加快步伐紧跟在她身边。

怀臻撒开腿，跑起来，雨水飞溅，湿了她的裤脚。有什么关系呢？什么都不能破坏她的好心情。她跑，他追，那伞始终不离她头顶。怀臻笑起来，笑声肆无忌惮，张扬着幸福。

他抓住她，死死将她钳住，低下头，狠狠吻她的唇角。她笑得前俯后仰，那样畅快，若生命在此刻停止，她也没有遗憾……

可是，对于曹彻来说，这一幕却似忽然飞溅入眼睛里的火星，烫得他几乎睁不开眼来。

下班前，他经过怀臻办公室，看到她抱着肩头，站在窗边，大眼睛茫然地看着外面淅沥的雨雾。

她在想什么呢？可还会偶尔想到我？她那样瘦，不知道那个男人有没有把她照顾妥当。天已经转凉，她还穿那样单薄的衣衫。曹彻不由得心疼起来，折返回办公室，拿了外套出来，想给怀臻披上。

待他出来，怀臻刚走，曹彻忙携了衣服追出去——只一眼，他的心深深地被刺痛了。

许多已经尘封的往事，突然又挣脱封印，脱缰野马一般，迅猛地奔驰在他的脑海中。那也是一个雨季，他跟怀臻正在热恋，甜蜜的爱情腻得似化不开的炼乳，那幸福的质感，浓稠黏密，仿佛伸手一摸，便是一大把。

那一天，也是这样下着雨，天与地都笼罩在一层白雾中，一切都似自动被调到最柔和的光线。加完夜班，空气清冷，呵气都有白雾了。曹彻送怀臻回家，刚走到楼下，怀臻便打了个寒战。曹彻立即心疼地脱下外套，要盖在怀臻肩头。

可是，怀臻心疼曹彻，担心曹彻着凉，故此死活不肯穿上，硬要曹彻把衣服穿回去。两个人拽着一件衣服，你推我让，谁也不肯穿上。

最后，曹彻将衣服顶在头上，充当雨伞，遮住从天空纷扬而下的雨点，怀臻紧紧拽着他的衣角，依偎在他身边，两人慢慢走在雨中，只听见雨滴溅落在树叶上，春蚕啃桑般悦耳动人。那一刻，天地忽然浓缩到只有一件衣服大小。

这细小的一幕，曹彻早已经将它深深埋藏起来，深到他自己都找不到，深到他自己都以为根本没有发生过……

可是今天，因为另一个男人的外套，他又想了起来。曹彻的心紧紧地揪成一团……他抬起头，远处雨雾茫茫，跟当年一模一样……只是，他已经遗失了，他最珍贵的东西……

翌日，闹钟响的时候，怀臻只觉得眼皮似有千金重，怎么也睁不开。好不容易挣扎下床，浑身似被人抽了筋骨一般，软绵绵的。

自认识陆钦以后，怀臻已经很久没有觉得起床是这样痛苦的一件事情了。她勉强支撑着自己洗漱完毕，抓了一件薄外套，便下楼。她知道自己今日有些不对劲，两条腿似灌满了铅，每走一步都费偌大的劲。好像忽然之间，长重了好几百斤似的。

上了车，陆钦望着怀臻一脸倦容："昨日可是没有睡好？"

怀臻苦笑："睡得死沉，可仍旧觉得没睡够！"

陆钦皱皱眉头，伸手摸摸怀臻额头："咦？你有点发烧！"

怀臻恹恹地说："也许吧！"

"要不，我送你去医院？"陆钦发动车子。

"不用了，可能是一点点小感冒。"怀臻说，"我办公室有退烧药，吃两片下午就好了！"

"好！如果不行，就打电话给我！我送你去医院！"陆钦吻吻怀臻额角。

怀臻想回吻他，可是实在没有力气。

到了公司楼下，陆钦叮嘱怀臻："记得多喝水，多穿一点衣服，下午还发烧，便打电话给我！"

怀臻强打精神点点头道："好，放心！"

她不想让他担心，她知道他坐在车里一直望着自己，故此她走路的时候努力表现得轻松自如。待进了大厅，她才松一口气。整个人立即垮下来，仿佛一时间老了好几岁。刚到办公室，手机便响起来，她接起来，是陆钦的声音："记得吃药！"这样啰唆，关切之情流露无疑。

怀臻笑了："好、好、好！"然后她倒了开水，从抽屉里找出感冒药，大口吞下。

图书馆的设计稿，已经进入最后阶段，怀臻立即同整组人投入工作。尚有许多细节需要商榷。

会开到一半，怀臻接到短信："现在好点了吗？"又是陆钦发过来的。

怀臻笑着，将手机拿到桌下，回复："好很多！"

其实，她全身燥热难安，浑身乏力，脑袋昏沉沉，只看见同事们一张张嘴，似金鱼嘴巴一开一合，却不知道他们究竟在说什么。

中午吃饭的时候，怀臻一点胃口都没有。

方琦不住伸手摸她额头："怀臻，还在发烧，我送你去医院吧！"

怀臻倔强地摇头："不过是低烧，哪用上医院这样兴师动众，未免太小题大做了吧。"

"怀臻，切莫讳疾忌医！"方琦拍拍怀臻手背。

怀臻挥挥手："我又不是什么千金小姐，哪用得着一点伤风感冒便往医院跑？"

方琦扑哧笑出声："谢常意的女儿不是千金小姐，还有什么人可以称得上千金小姐？"

怀臻撇过头不理方琦。

到了下午，怀臻开始觉得浑身发痒。她趁人不注意，偷偷用手挠一挠，稍微得到缓解。

可是很快，被手指挠过的地方便火烧火燎一般，她控制不住，又用手挠一挠，火便在全身蔓延开来。怀臻只觉全身奇痒无比，皮肤又烫又烧，仿佛无数蚂蚁在身上噬咬。

终于，实在熬不住——她偷偷自会议室溜出去，到洗手间，脱下衣服——

镜子里，怀臻的手臂上、腰腹上、背上全是一个一个拇指大小、玫瑰色的疹子，又红又肿。怀臻呆住了——

正巧，陆钦的电话打过来："怀臻，还在发烧吗？"

怀臻苦笑："岂止发烧？现在全身长了很多红色疹子，痒得我快疯掉了！"

电话那头，陆钦沉吟一下：“我立即来接你，必须到医院看看！”

怀臻望着腹部拇指大的红疹，只得点头：“好！”

穿好衣服，怀臻走回会议室，一群人仍旧讨论得热火朝天。

怀臻走到曹彻身边，俯下身，小声说：“曹彻，我想请一下假！”

会议室立即静下来。所有眼睛齐齐望向谢怀臻。

怀臻有些窘迫，她是主设计师，可是这节骨眼儿上，偏偏她要请假。怀臻看到冯凉眼中充满讥讽的不屑。她故意视而不见。

怀臻挽起袖子，露出手臂上的红疹：“曹彻，我发烧了，刚才身上莫名其妙又长了这许多疹子，我想我得去医院检查一下！”

所有人都看到怀臻手臂上，触目惊心的红色疹子。有好几个人都下意识闪到一边，不由自主要离怀臻远一点，仿佛她得的是麻风病。

倒是方琦立即站起来：“怀臻，我送你去医院！”

曹彻也赶紧说：“你快去医院吧，不能开车，我送你！”

“没关系，你们继续开会，我自己能行！”怀臻挤出一丝笑容。

“可你在发烧，怎么能开车？”曹彻不放心。

“人家有护花使者，老曹你就少操心了！”冯凉阴阳怪气地从嗓子里挤出一句话。

原本想站起来送怀臻到医院的曹彻，立即被这句话重新粘回椅子上。

怀臻尴尬地笑一笑，迅速离开会议室。难怪别人都说千万别搞办公室恋情，一旦失败，立即成为众人口中的笑柄。

到了楼下，陆钦已经到了。速度真快，仿佛他根本没有离开过。

第十二章

# 身不由己

到了医院，陆钦一直小心呵护在怀臻身边，挂号、排队、验血，鞍前马后，体贴入微。

看到陆钦殷勤的样子，怀臻头一次觉得自己是这样金贵、娇柔，连医院也不那么可憎了。

怀臻一向不喜欢医院。她觉得单是消毒药水的味道就可以令人窒息，何况那些面色蜡黄、神情愁苦的人，在身边往来穿梭，简直就似人间炼狱。

医院是个很特殊的地方，人的出生与死亡，往往都在这里发生。怀臻珍惜生命的过程，故此特别不喜欢医院。这里虽然代表开始，可也代表结束。

排了很久的队，才轮到怀臻。看病的医生，是名中年妇女，有十分和蔼的笑容。她笑眯眯告诉怀臻："不用着急。你得的是玫瑰疹。是一种病毒引起的皮疹，发烧也是因为这种病毒引起的。"

"玫瑰疹？"怀臻愕然，这样风雅娇俏的名字。

"是啊，这些疹子是玫瑰色，像一朵朵小玫瑰开在你皮肤上，所以叫玫瑰疹！"女医生解释得更加浪漫。

"名字好听，可是十分瘙痒难受！"怀臻无奈地笑笑。

"别担心，我给你开点抗过敏的药，再配点退烧药，然后给你一支软膏，涂在皮肤上冰凉舒服，很快就会好！但是千万别用手挠，一挠会长得更多，肿得更厉害。最近一段时间，最好吃清淡的食物，海鲜和辛辣食物就要忌口了。"

怀臻连连点头。陆钦则拿了药单，为怀臻取药。

刚取到药，陆钦的手机又响起来。他皱皱眉头，十分不情愿地接起电话。他仔细听着对方的话，脸上的表情越来越阴沉，渐渐带出一点戾气："我们的合约，好似没有要我出卖肉体这一项吧？"

“难道你还有灵魂可出卖？”对方讥讽地笑起来，“我可以加价，演戏最好演全套，反正你又不会吃亏。她现在肉身受难，正好需要你替她排解一下。”

“不，我不想！”陆钦冷冷地说。

“你又不是没做过！何必装得正儿八经。这游戏马上就要结束了，你也可以得到你想得到的一切，从此你的人生将会彻底改变！想一想，另一个国度，全新的人生！”对方笑起来。

“你保证签证一定能通过？”陆钦压着心头涌起的恶心小心翼翼地问。

“放心吧，钱、签证、学校都会给你准备好！”那人声音带出一点轻佻。

陆钦心底长松口气，不想对方听到他轻轻的吁声，又叮嘱了一句。

“这最后几出戏，你可要发挥所长，把她给伺候好了！把今天该做的做了，明天，我再付你二十万。还有四十万尾款，就看你表现了！”

陆钦没吭声，厌恶地挂断电话。他一回头，怀臻正站在不远处看着他。他有些心虚，她听到了吗？

“公司让你回去上班？”怀臻仰起脸问他，因为发烧，她的面颊通红，大眼睛里好似燃着一把火。

“是，不过有什么关系呢？”他松了口气，“我请假了。”

望着她漆黑的眸子，他忽然觉得，也许对方的建议不是那么糟糕。

出了医院大门，怀臻说：“送我回公司吧，病得不严重，就得回去继续开会。”

陆钦摇摇头：“不行，你在发烧，最好在家休息一天。你这样昏昏沉沉的，浑身又痒又难受，怎么能静下心工作？去了也帮不上任何忙，不如赶快把烧退下来，再打起精神工作！”

怀臻想一想，觉得陆钦说得也很有道理，况且现在也快要到下班时间了。她耸耸肩膀：“好吧，请送我回家！”

陆钦笑笑不说话，直接发动车子。

怀臻觉得虚弱无力，干脆闭上眼睛休息。等车停下来，怀臻睁开眼睛，发现身在一个非常陌生的地方。

“这是哪里？”怀臻惊异。她今天可没有体力陪他坐在咖啡馆喝咖啡聊人生。

“我家！”陆钦笑一笑。

“你家？”怀臻有点茫然。

“谢大小姐，你在发高烧，可否请你移驾到我家，好方便我照顾你呢？”陆钦搂一搂怀臻肩膀。

怀臻精神一震：“那就劳烦陆先生了！”她其实早想到陆钦家中坐坐，她一直好奇他的家是什么样子。可是，他一直不开口邀请她，她也不好意思主动提起。没想到生一场病，居然有如此多好处。她打起精神，由他搂着，上了楼。

这是一个中等住宅小区，楼房有些旧，胜在小区环境安静雅致，有掩映的竹林，虽然人工痕迹很重，但也还不失清幽。陆钦家在七楼，怀臻停停走走，休息了好几次，才到了门口。

陆钦打开门，怀臻几乎迫不及待地走进去。她知道，对于很多人来说，邀请对方到自己家去，代表两个人关系又进一步。

陆钦的房间，果然没有让怀臻失望。房间不大，可是干净、整洁、简约，没有过多的家具同装饰，清爽异常。不过，仍旧充满了生活气息。书桌上，摆满了各种广告年鉴，几个奖杯，一看就知道主人在业界也颇有一些成绩。窗台上，还有一只水晶鱼缸，两尾大红袍正悠闲自在地游来游去。几盆热带植物，错落在花架上，房间立即生动许多。

怀臻满意地点点头：“我以为单身男子的家一定杂乱无章、五毒俱全。”

“五毒俱全？”陆钦皱起眉头。

“苍蝇、蚊子、老鼠、蟑螂、蜘蛛……”怀臻笑起来。

“有精神开玩笑了？可是病好很多？”陆钦捏捏怀臻鼻子。

怀臻赶紧偏过头躲开：“你一提又不舒服了。”怀臻坐到沙发上，果然注意力一回来，皮肤又瘙痒难忍。她忍不住用手挠那些玫瑰疹。

陆钦一把握住她的手：“医生交代，不能挠，否则会长得更多！”

无奈手被握住，怀臻只得咬牙忍住。

“喝杯果汁可好？”陆钦站起来，“补充一点维生素，对皮肤恢复有好处。”

怀臻点点头，接过陆钦兑好的果汁，大口喝起来。

“晚上想吃什么？”陆钦坐到怀臻身边，伸手揽住她。

怀臻就喜欢陆钦这些小动作——他总是会搂住她、揽紧她、拥牢她，或是轻轻吻吻她肩膀，伸手摸摸她面颊……令她觉得：他需要她，他愿意呵护她，他离不开她。

“没有胃口！”怀臻叹口气。

此刻，她只觉得嘴巴里寡淡无味，浑身乏力，一点食欲都没有。

“没胃口也得吃东西！”陆钦将药递给怀臻，“不过，先把药吃了，休息一会儿。”

怀臻乖乖接过陆钦递到手里的药，就着果汁喝下去。

“我出门买点东西，你先休息一下。”陆钦帮助怀臻躺下，又细心地给她盖上一张十分柔软的薄毯子，将房间里的窗帘拉上，整个房间的光线，一下就暗淡下来。

然后，他又倒了一杯果汁，放在怀臻触手可及的地方：“水我放在你旁边了，你一伸手就可以拿到！”

怀臻从来没有被人照顾得这样细致过，只觉心中阵阵暖意流动。怀臻闭上眼睛，陆钦轻轻吻吻她的额角，又用手量量她的温度，然后才轻轻开门离去。

房间顿时静下来，静得只听得见谢怀臻的呼吸。

她握紧身上的毛毯，这张毛毯一定陪伴陆钦度过了无数夜晚。怀臻将面孔埋进毯子里，陆钦的味道立即将她淹没——她深深沉醉其中……她第一次觉得，原来生病也可以这样温暖、这样幸福、这样舒服……

怀臻一向最害怕生病。因为没有人照顾，每次感冒，怀臻一定会尽量先买好药、食物、水、纸巾，通通放在床边，确定需要的时候伸手就可以摸到，然后她才敢放心地躺下来休息。

怀臻偷偷挠了挠身上的疹子，然后闭上眼睛，放松精神。

不知是生病倦乏，还是药物起了镇定作用，怀臻的眼皮越来越沉……睡到一半，怀臻觉得浑身发烫、大汗淋漓、全身燥热、口舌发干，可是眼睛却无论如何也睁不开。

她强撑起身子，闭着眼睛想摸索旁边的杯子。杯子却被人递到了她嘴边，一只手，有力地撑起了她的后背。怀臻放心地喝了一大口水。甜蜜的果汁，立即从口滋润到她的心。

她睁开眼睛，陆钦正坐在她身边，一手撑在她背后，一手端着水杯。

“你回来了？”怀臻清清嗓子。

“是！”他微笑望着她，“好些了吗？”

“我睡着了，你怎么不叫醒我？”她有些不好意思。

“发烧时睡一觉，出身汗，会好许多！”他将她的身体放平在沙发上，找了个垫子，垫在她背上，好让她躺得舒服些。

“确实出了一身汗！”怀臻有些虚弱。

“洗个澡，然后喝点粥好吗？”陆钦体贴地问。

怀臻觉得身上汗浸浸、黏乎乎的，确实需要在温水里泡一泡。

“你在发烧，刚出了汗，一定浑身无力，我替你放一缸水，躺下来洗，没有那么累！”他温柔地替她盖好毛毯，然后走进浴室。

听到浴缸里哗哗的水声，怀臻想，这大概就是幸福了吧。她没想到自己竟然这样好运，恋人愿意如此无微不至地照顾她。

之前与曹彻谈恋爱，虽然曹彻对她也十分体贴，可是毕竟没有这样细致周到。陆钦仿佛与她心有灵犀，他的每个举动，都是她喜欢的。

她从来没有想过，会有一个男人这么懂得自己，与自己配合这么默契。她眨眨眼睛，他立即知道她要做什么。最重要的是——他十分重视她，她说过的每句话他都记在心头。

她无意中说喜欢晚香玉的味道，他便偷偷买一束放在她车上。他的车上永远放她喜欢听的音乐，吃西餐他会替她将牛排切开，在馆子吃饭，他会体贴地让厨师不放葱……总之，他留心她的每一句话，记下她的每个喜好。单是这份心思，已经让怀臻觉得无以为报。

怀臻突然想到陆钦前女友。这样好的男友，不知她如何舍得分开，又为何要分开。

正胡思乱想，陆钦已经放好热水。他走过来，小心地将她自沙发上扶起来，送到浴室门口，又将毛巾、沐浴液都放在怀臻伸手就可以拿到的地方。

“你小心一点，如果人不舒服，立即叫我！”他站在门口。

“好了，我知道了。”怀臻比画一下，示意陆钦可以出去了。

“难道我不能欣赏贵妃出浴？”他靠在门边，不肯离开。

怀臻忍不住笑：“请坐时空穿梭机到唐朝！”

陆钦叹口气，暧昧地说：“浴室里春光无限，我却须在门口守着！”

怀臻用力推他一把：“出去吧！”

陆钦被怀臻推出门外，怀臻用力将门关上，并小心上锁。

“谢小姐，我有钥匙！”他在外面喊。

怀臻忍不住笑。浴室整洁干净，怀臻放心地脱下衣服。

“可需我帮忙？”陆钦在外面故作暧昧地问。

怀臻泡进浴缸里，每个毛孔都在氤氲的热水中舒展开来……

“不，不需要！”她轻轻笑。

她就喜欢他偶尔表现出来的风流不羁，那亦正亦邪的气质最最迷人。她知道，若换了老好人曹彻，他一定将她送进浴室，亲自替她关上门，反锁上，绝无半句唐突的言语。可是，又有什么意思呢？多么无趣。让她怀疑自己已经丧失吸引异性的魅力。

陆钦就不，他处处表现得似君子，可是关键时刻，又从不掩饰对她的渴望。和他在一起，她时刻能感觉到，自己是个充满魅力的女人。他需要她！多好，她就是需要他需要她！

从浴缸出来，怀臻果然觉得四肢都舒坦了，整个人清爽许多，连精神也好些了。她擦干身子，穿上陆钦宽大的白衬衫。他的衬衫又长又大，穿在她身上，似一件袍子。

她望着镜子，镜子里的她，双颊红粉绯绯，鬓角有细微水珠，眼睛里似含着一池桃花水，潋滟无比。光洁的腿露在衬衫外面，是不是也是一种诱惑呢？

谢怀臻，你在发烧！怀臻猛力摇头，不让自己继续心猿意马地胡思乱想。

她打开门，他立即迎上去，给她一个深深的拥抱。她陷在他的怀中，差点窒息。过了好久，他才松开她，将她领到餐桌前。

怀臻坐下来，桌上放着一锅香浓黏稠的糯米粥、一道西芹炒百合、一道番茄炖豆腐。单看，已经觉得清淡可口。

“我买的！”陆钦坐下来，替怀臻盛了满满一碗粥。

怀臻立即埋头大吃，一口气喝了两碗粥，心满意足地捧着肚子：“舒服多了！”

“还担心你吃不下，没想到胃口那样好！”陆钦笑着收拾桌子。

“证明我已经好很多！”

陆钦摸摸怀臻额头：“可是仍然在发烧！不可掉以轻心，等一下，需要继续吃药。”

“遵命！一切都听你的！”怀臻仰起脸，望着陆钦。

“真的什么都听我的？”他忽然放下碗筷走到怀臻跟前。

“你想做什么？”怀臻顿觉呼吸急促。

他一把将她抱起来，她好轻，轻得似一片羽毛：“你说我想做什么？”他目光灼灼，有无限渴望充盈其中。怀臻喉头发干，紧张地看着他的眼睛。

他抱起她，走到卧室，将怀臻放到床上，俯下身，深深地吻怀臻——一直吻到怀臻喘不过气来，他才站起来：“我想做什么？我不过想你躺下来好好休息！”

怀臻立即一张脸羞得通红。

陆钦哈哈大笑，摸摸怀臻面颊：“谢大小姐，怎么脸红了？莫非烧得更厉害了？”

怀臻咬住下唇不说话，知道又被他戏弄了。可是心情十分轻松愉悦。体力恢复一点，怀臻又开始觉得浑身发痒，她忍不住对着那些风雅的玫瑰疹挠了又挠。

怀臻自己也知道不好，可是自制力在这些玫瑰疹面前，显得那样薄弱无力。

就像面对一个自己深爱的男人，要控制住自己，不去拥抱他，不去凝视他，让理智完全控制住情感，是根本不现实的。

陆钦在一旁看得直皱眉头。他取出软膏：“怀臻，擦点药吧。”

“好！”怀臻赶紧点头。

“我帮你！”陆钦晃晃手里的药膏。

“我自己来！”

“你自己怎么擦背上的疹子？”陆钦叹口气，“谢怀臻，别以小人之心度君子之腹！”

怀臻立即羞愧地低下头。她乖乖趴在床上，一动也不敢动。陆钦轻轻撩开怀臻身上的衬衫——他小心地将软膏擦在怀臻后背的疹子上，怀臻只觉得，薄荷般清凉的感觉一点一点散落在背上。他的手指温柔而多情，指尖所到之处，撩拨起一串串酥麻的电流。

怀臻不由得呼吸急促。她按捺住，生怕被他发现了，又被取笑。可是，很快她发现背部有种异样柔软的感觉——是他的舌尖，在轻轻地撩动她背部的皮肤——怀臻忍不住一颤——

那熊熊的火焰，自小腹处，凶猛地蹿出，不顾一切地蔓延而上，疯狂地燃烧起来……

怀臻翻身搂他，不顾一切地吻住他……由他带领她进入另一个世界……

她想象过无数次同他做爱的场景。可是，她怎么也没有想到，会是这样一种情况。她也没有想到，会这样美妙，她恨不能在那一刻死去。

她并非没有经历过男女之事，可是她从来不知道，可以这样抵死缠绵，肉体可以这样放纵、享受，连灵魂都在战栗……他那样懂得照顾女伴，他让她体会到什么叫极乐。

之前她也听过许多人沉溺肉欲，纵情声色，甘愿放弃一切。每每她都觉得难以置信，不敢苟同。今日，她觉得，她也愿意放弃一切，享受这欢愉。

他搂着她，轻轻抚摸她的背脊，让她平静下来。他一直拥抱着她，跟她低声细语……

刚才太过投入，在他温柔的耳语中，她渐渐困乏起来。也不知道睡了多久，她听见他轻轻唤她：“怀臻，起来吃药！”

怀臻乏力地点点头，眼皮也不肯抬一下，由他喂她喝水服药，然后又昏沉沉躺下去睡了。她知道，其实他也累了。可是，他仍旧牵挂她的身体，睡到半夜也不忘起来，喂她吃药。

她安心地缩在他怀中，枕着他的臂膀，舒舒服服睡过去。迷迷糊糊，她想——这个怀抱，该是值得依靠的吧！

陆钦搂住怀臻，他忽然有些神情恍惚，刚才那一刻，他是在履行合约，还是，他也渴望她呢？此刻，他再也分不清楚自己到底是在作戏，还是已经投入真情。他慌乱起来，紧紧搂住熟睡的怀臻。

黑暗中，他手机的荧光屏忽然亮起来。他小心地取过手机，尽量不惊动怀臻。他看到那个人发给他的短信："考虑得如何？"陆钦叹口气，这个人永远能够牵制他的行动和思想，仿佛一切早在他计算当中。

他无奈地回复："如你所愿！"然后狠狠地关掉手机。

他厌恶有个人时刻提醒他，他跟怀臻之间，不过是一个交易。他不敢想象，如果她知道真相，会受到怎样的伤害。他该怎么办？

他没想到，一场交易而已，却令他早已沦丧的道德底线又反弹了。他整颗心，被一种久违的甜蜜又苦涩的液体浸泡着，左右为难。

其实——戏到如今，他早已身不由己。

夜已经很深了——可是，还有人没有睡。谢怀臻楼下，一个黑暗的角落里，有双眼睛，仍然没有闭上。

冯淙坐在车里，定定望着谢怀臻的窗口——自下班后，他便一直将车停在这角落里。可是，怀臻家的灯一直没有亮起来。不知有多少个夜晚，冯淙这样静静地坐在怀臻家楼下，呆呆看着怀臻的窗口。

偶尔他能看到她窈窕的影子，自窗边一闪而过。他闭着眼，想象她在房间里的一举一动。

他常常冷冷地躲在暗处，这样不动声色地看着怀臻跟陆钦，在楼下拥抱接吻，难分难舍。

每每这时，他满腔的恨意便化为火焰，将他整颗心反复焚烧。

曾经，他将这颗心，谦卑地捧在她面前，可是她却随意地玩弄，然后不屑地扔在一边，再也不看一眼。她不过当他是一个跳板，用过便拆掉，从来没投入过半分感情。那一刻，他的心便已经成为灰烬。

如今，不管如何卖力地生活、工作，他的心也始终都燃不起余火。他懈怠了工作，生活也黯淡，丧失动力，连参加比赛也拿不出像样的作品，他跟自己说——他一定要她付出代价！

此刻，已经是凌晨两点，谢怀臻窗前，仍旧黑漆漆一片。冯凉咬咬牙——他知道，今天晚上，她不会回家了。

他自车内，走出来——坐太久，腿脚都麻木了。他活动活动略显僵硬的手脚，走到怀臻楼前，然后，他一步一步走上楼梯。黑暗中，他的脚步声，单调、孤单、冷漠……

走到怀臻家门口，他自口袋里掏出一串钥匙，对准锁孔，轻轻一拧——门开了！这就是冯凉趁怀臻中午出去吃饭时偷配的钥匙。

有时趁怀臻不在家，他也会偷偷进到她的房间里。像此刻一般。一切都在黑暗中进行——就着窗外清冷的月光——他走进浴室，用怀臻的沐浴液洗澡，这是怀臻身上的味道。

曾经他最喜欢，坐在她身边，与她一起手绘一张图纸，闻着她身上清淡的香气，他会觉得加班也是一种享受。

然后，他用怀臻的浴巾，擦干身体，这浴巾也擦拭、包裹过赤裸的谢怀臻。他无数次想象过，她的皮肤多么娇嫩细洁，光润滑腻。然后，他走到书桌前，翻翻怀臻桌上的稿纸——

她桌上几乎没有新的画作——看来新恋情，令她懈怠了工作。

他轻蔑地笑起来，嘴巴咧开，原本端正平实的五官也扭曲，像一个诡异的小丑。

他打开她的衣柜，将她贴身的衣物捧到唇边，他将怀臻的内衣按在脸上，用嘴唇感受内衣柔软的质地，不知道吻怀臻的滋味会不会更美妙呢？

怀臻的内衣都是保守的白色，样式也简单平实，看起来清纯干净。可是，谁会知道，这个看起来天使一样单纯的女人，心机深不可测呢？谢怀臻的心不知多丑陋！冯凉愤愤地想。

他想到那些与怀臻缠绵的男人，是由他们亲手褪下过这些单薄的衣物吧？想到这里，他的手不由得狠狠地握紧，想把这些内衣揉成碎片。然后，他走到她的床边，直直地躺下去，将面孔埋在她的枕头上——幽幽香气萦绕着他。他贪婪地闻着，用手来回抚摸着怀臻的床单。

然后，他用手机定时，舒舒服服睡了一觉。半小时后，手机铃声将他唤醒。他站起来，环顾一下房间，将他弄乱的东西一一归位。然后又细心地收拾好怀臻的浴室。最后，他留恋地又看了看怀臻的房间，轻轻关上门。房间重新恢复寂静，仿佛从来没有别的人进入过。

冯凉一步一步走下楼梯，他的影子在狭长的走廊上，一晃而过。

一直睡到天边泛起鱼肚白，怀臻才醒过来。有多久没有躺在异性的怀中安睡了？怀臻觉得上一次躺在曹彻怀中香甜入睡，仿佛已经是上个世纪的事情了。

她轻轻动了动，在他怀中找到一个更舒服的姿势。她不由得闭上眼睛，仔细体会被人紧紧拥抱的感觉。那感觉，舒适、自然、温暖，又充满安全。

片刻后，她又忍不住偷偷打量他——她多怕一切都只是她的一场梦，她没有想到，这个偶然碰到的陌生男子，会这样轻易地走进她的生活，侵占她的感情，融入她的生命。

她总听人说，如果一切好得不似真的，那么它多半不是真的。她伸手摸摸陆钦——他的皮肤紧绷而细腻、身体温暖结实——真实得不能再真实了。

怀臻不由得将陆钦搂得更紧一点。迷迷糊糊，怀臻又睡过去，直到，她被一个绵长而细密的吻唤醒——然后这个吻，自温存和缓，变得极具侵略性——

怀臻的身体，立即变得充满渴望，不由自主地迎向他，迎向他……她的身体在他的身下舒展开，似一朵花，终于找到合适的时机，绽放出最绚烂的姿容。

吃过早饭，陆钦又开车送怀臻回家换衣服。怀臻说：“若我还穿昨天那身衣服到办公室，等于告诉所有人，我昨晚没回家过夜。”

“多好！人人都会猜谢大建筑师在何处度过香艳一晚！”陆钦牵牵嘴角笑。

“我可没有娱乐大众的精神。”怀臻伸伸胳膊，走下车。

回到家，怀臻从衣柜拿出衣物，在浴室换上。镜子里，怀臻眉梢眼角都荡漾着春意。浴室内的水渍已经干了，浴巾叠放整齐，一切井然有序。谢怀臻并没有发现，同往日有何不同。

她永远也想不到，她的浴室、毛巾、牙刷、被单、床、衣物……通通被另一个人动过、碰过、用过。有一个人，用全部的精力来恨她。爱已经很费劲，而恨比爱花费的心力更庞大。

这样吃力不讨好的事情，已经不大有人愿意去做。只有极端自私的爱，才能转化为恨。

只有为爱情盲了双目、丧失心智的人，才愿付出如此大代价，去恨一个人。

当年曹彻那样毅然地同怀臻分手，她也没有怨他、恨他，还肯和他做朋友。怀臻明白，恨的毁灭性，是当事人自己所控制不了的。

她从来没有想过要恨什么人，也没想过会有人恨她！用比爱还强烈的感情，恨着她！

昨日怀臻手机电池用光，一直无法和大家取得联系。出门前，怀臻取过充电器，顺手查看了电话留言。

“怀臻？不在家！在哪里风流快活？当心身体，你在生病！”是方琦的声音。

“怀臻——没什么事，就是想看看你病好些了吗。”声音有些犹疑，是曹彻。

怀臻忍不住微笑——看，仍然有这么多人关心她。她觉得，本来还有些虚弱的身体，似乎又被注入许多力量，这力量温暖安全，明亮而光洁。

无论多么强烈的爱情，始终都无法替代那些纯粹而毫无功利的友情吧！怀臻感激上天，如此厚爱自己。

自从与陆钦有了最亲密的接触后，怀臻与陆钦的感情更加突飞猛进，一日千里。

怀臻像忽然发现自己身体的秘密，深深沉醉于这种感官刺激中。因为他的缘故，她第一次迷恋上自己的肉身。这终有一日会化为灰烬的皮囊，让她如此愉悦。

她对他的身体着迷，她不知道为何他的身体，能让她如此享受放纵。她觉得皮肤间的厮磨，是世界上最美妙的感受。

她喜欢在他的气息中沉醉，他粗重的呼吸是最酣畅的音乐。只要想到他，她便渴望他。

只要看到他，她便从身到心都满足。

床上、地上、车上、沙发上、浴缸里……处处都是欢爱的场所。他们不厌其烦地享受对方的身体，通过一次次身体的接触，一次次拉近彼此心灵的距离。她甚至能感觉到，每一次欢爱，陆钦都特别动情，好似每一次都是最后一次。

她第一次发现，原来有时候太爱一个人，会不知道如何表达，所有言语变得空洞匮乏，只有身体与身体的交流，才能够倾吐出所有情感。

陆钦、陆钦，让我拥有你，知道你有多么爱我！

情欲在这个时候，扮演的是格外感性的角色。感情最浓烈、最无法抑制的时候——最赤裸的表现方式，最直接；最本能的欲望，最纯洁。

谢怀臻觉得，此生她都无法再像这样，强烈地想拥有一个人。哪怕他鸡皮鹤发、肉身衰弱，她也依然想拥有他……天荒地老，她愿同他厮守一生！

## 第十三章
# 低到尘埃里

转眼已经是深秋——一片片树叶，被清冽的空气一层层涂染。淡淡的黄，明亮的橙，艳丽的红，那单调了一夏的绿色，一夜焕发新生，拥有了新的姿容与色彩。风一吹，那些美到尽头的树叶，便一片片漫卷空中，似翩跹的蝶，飞舞于天地间。

一到秋天，怀臻就有些感时伤怀——可今年，她觉得收获了整个秋天丰艳的色彩。恋人眼中的世界，没有悲伤，没有厌倦，没有疲惫，甚至没有灰色，是一抹从头亮到尾的高调蓝……

最近怀臻一直背着陆钦在做一件事。这是属于她的小秘密，因为这个秘密，她觉得异常甜蜜。陆钦的生日就要到了，怀臻悄悄为他准备着生日礼物。什么样的礼物才能表达心意呢？

像陆钦这样的男人，收到什么样的东西，才能打动他？怀臻不知道，他送她的礼物，都是那样别致，而她思来想去，都想不出特别的。

恰好那一日，怀臻提到自己的父亲谢常意，讲述着父亲如何手把手教她画画，如何风度儒雅、气质不凡，以至高中以后，她同父亲走在一起，别人都疑心那是她的男朋友。

陆钦一向好风度，怀臻讲话的时候，他总是全神贯注地认真聆听。可是这一日，他却显得情绪异常低落。

“怎么心情不好？”怀臻忍不住关心恋人的情绪。

“不……不过是想到我父母。”陆钦深吸一口气。

“你父母怎么了？”怀臻隐隐觉得有些不对劲。

“高一的时候，我父母出去旅行，死于同一场车祸……”他的声音有些哽。

“对不起！”怀臻立即握住陆钦的手。

她懊恼不已，不该在陆钦面前大肆炫耀父母如何同自己亲厚。她从来没有想过，陆钦会父母早亡，他看起来那样风流不羁，姿势那样阳光洒脱，一副天塌下来也无所谓的样子。

不知道，他早年吃过多少苦，流过多少泪，经历过多少磨难，才成长为今天的他。想到少年时代的陆钦，怀臻仿佛看见一个少年孤单倔强的背影，她的心都被牵扯得痛起来。她忍不住紧紧抱住他。

“傻丫头，艰难的日子早就过去了！”陆钦摸摸怀臻的头，他自己也觉得有些失态，立即调整情绪，“幸亏我有一位好姨妈，不但支持我读完大学，也在生活上对我照顾有加！”

怀臻的眼泪都快落下来：“以后，我们一定好好报答你的姨妈！”

“傻怀臻！”陆钦捧起怀臻的脸，她的眼泪便啪嗒地落到他的掌心。滚烫的眼泪，自他的掌心一直渗透进他的心。他冰凉的心，仿佛瞬间被这热腾腾的泪，融化包围……

他的眼眶忽然红了，他努力吸口气：“怀臻，我所缺的不过是一个家，我想以后你会给我一个幸福的家，是吗？”

看到陆钦眼睛里的泪意，怀臻顿觉柔肠百结，她拼命点头：“让我来照顾你！”

陆钦一把将怀臻搂在怀里，紧紧、紧紧地将她拥住，仿佛他所抱着的，是唯一可以救他脱离孤单苦海的一根稻草。

但他心里清楚，这根稻草看清他的真面目后，也会将他弃之如敝屣。也因此，他更加珍惜和怀臻在一起的每分每秒。他拼尽全力，想要对她好，尽一个男人所能。而他所拥有的，不过就是一副皮囊。她要，他就倾尽所有地给。

自那以后，怀臻知道，这个看起来桀骜不驯的男人，其实内心深处仍然是个孤单的少年，所有渴望不过是一个温暖的家。

也许，再强大的男人，在爱他的女人面前，都不过是一个需要很多爱的少年。于是，她决定给他的生日礼物便是一个家。

每晚同陆钦约会回家，不管多晚，她都会花时间设计她同陆钦的家。渐渐地，那个小小的家，自一张草图，已经变成一具颇具规模的沙盘。这是怀臻第一次，从头至尾独立完成的沙盘。工作时，她只需要用电脑绘出设计稿，其余具体事项都交由其他部门的同事完成。

尽管已经是赫赫有名的设计师了，可亲自动手将设计稿变成模型，还是做小朋友时候的事情了，手艺早生疏了。

为了将这小小的家做得惟妙惟肖，怀臻不知花了多少心思。她专门买了蛋糕、咖啡、糖果到模型制作部去拜师。遇到不懂的地方，不断请教，比在美国读书的时候还要用心百倍。做得不够精致的地方，立即推翻重做，丝毫不肯懈怠。

这个小小的家，不知凝聚了怀臻对陆钦多少的爱与怜惜。她希望他一看到，立即能感受到一个家的温暖。

终于，等来了他的生日。她惴惴不安而又充满期待地盼望着可以快点结束一天的工作。

"怀臻——"前台小姐，又笑眯眯站在她面前，"你的花！"

"我的花？"怀臻一头雾水，谁又会送花给她呢？

她接过那一大束法国玫瑰，这可是活生生的、沉甸甸的、会枯萎、有生命的玫瑰。

方琦立即好奇地趋上前："谁？谁又送你花？"

怀臻也狐疑地自花束中取下卡片，急急地打开——"怀臻，我不知道送什么花才能代表我今天的心情。我感谢上天赐予我生命，让我遇到你，你是我最美好丰盛的礼物！你知道，红玫瑰唯一能表达的是什么，对吗？这是我唯一能给你的！"

怀臻忽然泪盈于睫。他的生日，他却先送了礼物给她。是的，也许她真的是他生命中的一份礼物。而他则是她生命中的奇迹。他让她寂寞的生命，忽然鲜亮起来。谢怀臻不再是一个活在工作中的女人，她也盛开在爱情里。

方琦看见怀臻表情怪异，自她手中抽过卡片，然后她羡慕地大叫："哇，你好运气！"

怀臻忽然掩住面孔，眼泪自她指缝中渗落："方琦，我真幸运！"

原来，最美满的爱情，是会让人落泪的——幸福，距离你太近，近到贴身而行的时候，你的泪腺会被它牵引。因为你不太相信这是真的。一旦你能确定这是真的，有谁能不喜极而泣呢？谢怀臻，在众目睽睽之下落下幸福的眼泪。

下班的时候，陆钦准时在怀臻的公司楼下等她。怀臻急急忙忙收拾了东西奔下楼。远远地，怀臻看见陆钦站在车边等着她。

看见怀臻，他立即张开双臂。怀臻幸福地跑过去，不顾一切冲向他，扑进他的怀中。

他一把抱住怀臻："傻丫头，今天怎么这么高兴？"

他从来不觉得她是别人口中大名鼎鼎、神憎鬼厌、靠裙带关系上位的建筑师。不管她有什么头衔，有如何成熟的外表，自他第一次看见她开始，他便觉得她不过是个小女孩，睁着无辜而好奇的大眼睛，傻傻地望着他，莫名其妙地微笑，笑容温暖而干净。

她可以为一点点事情，便满足得无以复加。她怎么会争名夺利？还是她尚有另外阴暗的一面，他还没来得及看见？

怀臻贪婪地闻闻他身上熟悉的味道："高兴？一点也不高兴！"

怀臻努力板起面孔："你害我在众人面前出丑！"

陆钦难以置信地看着怀臻："怎么会？"

"不是吗？你的生日，你却跑来送我花，害我当众感动得猛掉眼泪，还不是让我出糗吗？"怀臻仰起脸，忍不住的笑意自眼角飞溅而出。

陆钦一把将怀臻搂紧，用力挠她痒："竟然敢戏弄我！"

怀臻被他挠得差点笑倒在地，整个人挂在他身上，连叫"饶命"。她觉得，同他在一起，是人世间最精彩的节目。

"有什么安排？"吃过晚饭，怀臻问陆钦。

"我的同事和一些朋友，在酒吧替我订了位置，要替我庆祝一下，我想隆重向我的朋友介绍你跟他们认识，你觉得可好？"他笑嘻嘻地搂住她肩头。

她有些感动，他什么事情都替她考虑得那样周到。他正一步步，带领她走进他的生活。

她觉得，他不再是那个风一样、让人抓不住的男人了。

尽管很不喜欢酒吧的喧哗嘈杂，可是今天怀臻倒觉得是个好去处。没有哪里比酒吧更热闹，更能让大家兴致昂然、放肆地快乐了。怀臻果然被陆钦在一大帮朋友面前隆重推出。他们有的是陆钦的同事，有的是他的同学，有一位甚至就是这家酒吧的经理，难怪能够订到这里最大的包间。

怀臻无数次想象过，俊朗如陆钦，朋友不知道又会出色到何种地步呢？结果，只是一群面目和善的普通人。看到陆钦站在一群平凡的人当中，她觉得非常幸运，她选中了他们中最出色的那个。虽然看到怀臻，其中几个人都表现得比较拘谨，可是很快经过短暂接触，在酒吧那样放松的氛围中，大家都渐渐熟悉起来。

整个晚上，简直如同谢怀臻的生日一般。每个人都对怀臻说着祝福的话。酒吧经理更是拉着怀臻便说："老陆是个好人，你不知道他有多重视你，你要珍惜他！"

怀臻微笑点头。她想，没有人会比她更珍惜他了。

稍晚些，众人纷纷散了，都是知情识趣的人，知道要为这对热恋中的男女，留些属于他们的私密空间。

"有礼物送给你！"怀臻眼睛亮得发光。

"我知道！"陆钦吻吻怀臻的耳畔。

"你知道？"怀臻一惊。

"我生日，你一直没有做任何表示，我想一定有惊喜等着我。"

"你真沉得住气！"

"其实，我整晚都在猜你会送什么给我！"

"是吗？猜了些什么？"

"什么都猜了！"

"能猜中吗？"

"不能，猜人心最难！"陆钦笑。

"若我真忘记了呢？"

"其实礼物只是形式！你已经是上天赐我的最好的礼物！但我知道你不会忘记！你心里有我！心里有我，就不会忘记！"

“看来我不得不送了！”怀臻故意叹口气，“否则心里就没你！”

忘记，不过是因为心中没有！这感情已死，又怎么会记得？这道理，人人都懂。

当怀臻将她花了整整一个月时间，精雕细琢的模型放在陆钦跟前的时候，他还是呆住了。

猜了一万次，他也没猜中她的心。他以为是一条 LV 的皮带，或者其他什么贴身之物。女人多半爱送男人这些，表示她跟他有多么亲密。

他收过很多这种宣告亲密关系的礼物，所以并不期待。他没有想到是这个差不多有半人高的庞然大物。

“看，这是卧室，宽敞明亮，有向着花园的落地长窗。

“这是浴室，浴缸旁边是沙发，你洗澡的时候，我会削苹果给你吃！

“这是花园，很多很多玫瑰、樱花树，还有苹果树，最要紧的是有曼陀罗。”怀臻对着沙盘指指点点。

“这是厨房，够宽敞吧，我做饭的时候，你也要来帮忙！

“这是卧室，一整面墙都是书，失眠的晚上，我看书，你睡觉，两相静好。

“以后，我要为你设计一栋一模一样的房子！这就是我们的家，我们住在里面，直到儿孙满堂！”怀臻从身后环住陆钦，将脸贴在他背上。

她极喜欢这样抱着他。一个人肯把背对着你，是因为他对你不设防。怀臻喜欢这种感觉。

她说了一个男人对一个女人常说的誓言！

陆钦心底涌起一阵战栗，好似骨头都被人从内部改造了，变得软烂，几乎站不稳。他不由自主抱住怀臻环在他胸前的双臂——这个女人，轻易看破他最脆弱最迫切最隐秘的需要。

她想给他的，是他最需要的……她的体温熨帖着他的后背，传到他全身，可是他还是觉得手足冰凉！她越温暖，他越不寒而栗。他猛地转身抱紧她，疯狂地吻她，吻到他自己也透不过气来。也许，最猛烈原始的方式，才能暖回他冰凉的身体——可是心呢？心要什么才能温暖？另一颗心的温度吗？她已经给了他最炙热的感情！

他将她拥得更紧一点，好让她的心，靠他的心更近一些。扑腾、扑腾、扑腾，一颗心温暖另一颗心，重要的不是距离，而是敞开心扉。可是，他做不到！

距离图书馆项目提案的日子越来越近了。尽管一千一万个不愿意，怀臻也只得全身心投入到图书馆的设计草案当中。

在很多人看来，建筑设计师做到谢怀臻这个地步，已经名利双收。单在一个事务所挂名就能分到不少钱。加上每个月不菲的薪水，每参与一个项目还能得到可观的项目提成。

现在怀臻亲自参与的设计项目提成已经高出业界平均水平。一年下来，最少也有一两百万的进账。只是，怀臻为此所付出的却非常人所能想象。整天埋首电脑，画不完的草图，脖子僵硬到无法抬起来。手指敲击键盘到关节抽筋，右边肩膀肌肉麻木到石化的地步。

方便面一箱一箱放在桌下，吃到味蕾全部罢工。所有娱乐时间全部牺牲掉。常常是在办公室做工到天亮，回家补一觉，下午又得继续出现在电脑前苦干。一个项目还未做完，又有新的项目接下来。一年一年做下去，人生一点趣味也没有。

以前同曹彻约会，大部分时间也不过是一起加班，偶尔抬起头，接触到对方的视线，相视一笑已经算是放松。除去薪水可观，怀臻从来不觉得做的是一份风光体面的工作。怀臻常自嘲，累得似一头蛮驴，干来干去，不过是围着同一个石磨。生活那样枯燥乏味，如果不是怀臻多年养成看书的好习惯，那些灵感更加不知道该从何得来。

在遇到陆钦之前，怀臻从未想过自己的生活有一日也能过得跌宕起伏、精彩刺激，如同一部浪漫惊险的电影。她愿意为这快乐付出一切。可是此刻再不想坐到电脑前，怀臻也只得妥协。她叹口气，与同事们分工而做。一贯良好的工作素养，令她很快投入其中。

早上九点，自坐在电脑前，怀臻的手便再没有离开过鼠标，到黄昏时分，右边肩膀肌肉便开始抽搐。盯牢屏幕的双眼，也开始不断流泪。

等她再抬起头来，已经是凌晨五点。办公室里的几位同事都在泡方便面，整间办公室都是那种奇怪的香味，闷得人心头发虚。

每次赶项目都是这样——头两天吃方便面还觉得香，吃到后来闻到味道已经想吐。她上一次吃方便面，已经吃到反胃作呕。可是腹中空空，加班也觉得分外疲累。

怀臻胡乱接过方琦递给她的一碗红烧牛肉面，大口大口吞下肚子。吃完面，血液涌向胃部，怀臻开始打瞌睡。

想到还有整整一星期需要耗在办公室，不知如何才能熬过去。最可怕的是，一周都不能见到陆钦。她嘘口气，决定今日便做到这里。她站起来，收拾好东西，把资料存好，关机。

没有密码，任何人都不能打开她的电脑。

怀臻浑浑噩噩走出大楼。夜风一吹，怀臻不禁打个冷战，意识稍微清醒一点，她深深吸口气，准备打车回家。

“怀臻——”她听到熟悉的声音自身后响起。她转过头，陆钦开着怀臻的车停在她身后。

她惊喜地奔过去：“你怎么在这儿？”

“接你下班啊！”陆钦微笑地替怀臻推开车门。

怀臻坐上去：“不是告诉你今天要加班，不用接我吗？”

“习惯了！”陆钦启动车子。

“明天不要来等我了！”怀臻心疼地说，“不然我无法安心工作！”

“好好好！”陆钦笑着一边开车，一边说，“明天我在家一边睡觉一边等你！”

“千万不要等我，明天我可能会更晚下班！这一周恐怕都得日日加班到天明！”怀臻故意文艺腔地说。

“这样辛苦为了什么？”陆钦不解地看着怀臻。

“不工作谁养我？”怀臻笑，“谁不是靠自己一双手吃饭？人人如此，为何我要例外？”

陆钦转过头看到怀臻布满血丝的眼睛。大眼睛在暗夜里特别生动，像极了会发光的宝石。

“如果可以，我愿意养你！”他轻轻说。

怀臻笑了：“好，等我加完这七天班，就让你养我！”

车子里十分温暖，她舒服地伸个懒腰，轻轻闭上眼睛。原来有人愿意养自己，这种感觉真的很奇妙，从脚趾到脊背都暖透了——可是，谁天生是宠物，需要别人来养?

她永远记得父亲的教诲——一个女人真正可以托付终身的不外是自己的健康与才干。有人可以依靠是一件幸福的事情，尽管她永远不会依靠任何人。

陆钦叹口气——他可养得活她？是，怀臻并非物质女郎，也不热衷身外物。可他陪她买过衣衫，一千块一件的白衬衫，一买便是一打。

他皱皱眉头，转过脸——怀臻竟然已经睡着，唇角还挂着一丝笑意。她梦到什么了？他猜测，也许他永远也无法走进她的内心世界……

第二天，怀臻又在办公室和同事们并肩奋战。整组人为了做一个稍微精细一点的效果图，绞尽脑汁。

可是到了十二点，怀臻仍然没有忘记发短信给陆钦，叮嘱他不要等自己。得到他肯定的答复后，她才能继续安心工作。

客户常常对建筑一窍不通，因此每次提案都十分艰难。光是让客户看懂那些复杂的草图和效果演示就是一件极痛苦的事情。那样复杂专业的理论知识，得用对小学生讲话的口吻一一道出来，否则完全可能是对牛弹琴。有时候，不得不收集大量的资料，来向客户说明。

为了准备得更充分，整组人一直工作到天亮，怀臻才拖着疲惫不堪的身体回家。

她轻轻打开门，蹑手蹑脚走进去，生怕吵醒陆钦。一进门便看到厨房里的灯亮着。她走过去，餐桌上放着一个保温盒，盒子下压着一张字条。她抽出来：“怀臻，我先睡了。”

她打开保温盒，一阵热气扑出来，香味扑鼻。原来是一盒杏仁鸡丝粥，她立即食指大动，动手舀了一大勺送到嘴里——浓滑鲜香，还十分烫口，死去的味蕾又全部活了过来。

怀臻贪婪地吃了两大碗，满足地打了个大大的饱嗝。然后，她将浴室门关得死死的，轻手轻脚沐浴，生怕吵醒陆钦。最后，她钻进被窝。

还没来得及躺好，他已经翻过身一把抱住她。躺进他温暖的怀中，怀臻觉得这么多年来，数这一次加班最愉快！很快睡意将她包围，她幸福地“晕”了过去。

接下来几天，怀臻天天通宵加班。可是她已经不再憎恶加班，她知道回到家，有更温暖幸福的事情在等着她。再疲累也会立即得到安慰。

七日后，市图书馆的初稿终于完成了。曹彻带领谢怀臻、周方琦、冯凉几位主创人员到市政府提案。

“鼎峰”这一组人，特别得天独厚，单是外形已经胜过很多人，齐整整地站在人前，光气势便占有压倒性优势。

走进市政府大厅，怀臻一行人在会议室外等候。

秘书告诉曹彻：“现在‘寰宇’的设计师，还在里面同负责人提他们的方案，需要等一等。”

曹彻点点头：“没关系，我们等！”

等秘书转身，方琦靠到曹彻身边：“‘寰宇’哪次靠实力取胜？有他们参加，铁定有欠公平！”

“既然这次市政府公开招标，证明他们比较的是实力，不是关系！”曹彻安慰方琦。

“可是，丁善儒的手段，难道你没听说过？”方琦跺跺脚。

“其实，‘寰宇’也有几名非常不错的设计师！”曹彻示意方琦安静，“今年得‘华意’奖第二名的，就是他们公司的设计师！”

“都是他们用卑鄙手段，把别人逼到他公司的！”方琦十分不屑，“听说为了拿‘华意’奖，他们不择手段挖了不少设计师到公司，花了大本钱，没想到还是花落我家！”

“卑鄙？有人比谢大设计师更卑鄙吗？连得个奖都是靠关系。‘鼎峰’的名声都被败坏了！”冯凉讥讽地说。

“不要人身攻击！”曹彻立即阻止道。

“我不过是说实话！”冯凉将脸转到一边，毕竟曹彻是上司，他不便当面顶撞。

“怀臻得过那么多奖，难道都是靠关系？”方琦上前替怀臻撑腰。

“难道不是？”冯凉反唇相讥。

“好了，别吵了，别让人看笑话！”怀臻走上前，走到冯凉跟前，目光澄静坦然，“我靠什么得奖，大家都知道，不用你来胡说。”

冯凉冷笑：“当然大家都知道！”

曹彻走到怀臻与冯凉中间：“一人少说一句！”

冯凉还要反驳，会议室的门开了。一群人立即噤声！

负责图书馆项目的市领导走出来，与曹彻握手：“久等了！”

“没关系，我们也刚到！”曹彻笑着与对方一边说，一边向会议室走去。

紧接着，一行人自会议室走出来。

为首一名面容和善，始终带笑的中年男子与曹彻擦身而过。怀臻厌恶地将脸撇到一边。这便是建筑界臭名昭著的丁善儒。可是，这个人也颇为长袖善舞，尤其擅长搞关系，他总能抓住对方的弱点，威逼利诱，一击即中。

说来他本人也颇有些背景，尽管招同行厌恶，可是仗着有黑社会背景，人人都忌他三分，加上身后的政府资源，人人又都愿意卖三分面子给他。

听说，他手下专职养了一批人，负责打听各个事务所、设计院的内部情况，人员关系。怀臻也不知道是传闻还是真有其事。但她记得，父亲曾对她说过，最好不要得罪这个人。

小人，最难缠，也最难对付。但是，怀臻已经得罪他了，不知道他会用什么手段对付她。

当下，怀臻等人走进会议室。冯凉走在最后，丁善儒特意走到他身边。

“小冯，什么时候来我们公司啊？”他笑眯眯问，“还没考虑好吗？”

“该来的时候自然来！”冯凉也笑眯眯地回应道。

“我开的条件还不够吗？你还在等什么？”丁善儒毫不在乎别人听见。

“谢怀臻在哪里，我就在哪里！”冯凉慢悠悠回答。

“她很快会来我这里！”丁善儒冲他挤挤眼睛。

“恐怕没那么简单！”

“就这么简单！”丁善儒拍拍他肩膀，“你要抓紧时间考虑，她来了，你未必就能来！”

“我拭目以待！”冯凉冷冷地说，“她在的地方，一定会有我在！”

“希望我们合作愉快！”丁善儒将身子倾前一点，“他们看见你跟我说话了，你不怕？”

“怕？”冯凉笑，“我又没答应你，我怕什么！”

丁善儒耸耸肩膀：“走着瞧！”

冯凉缓缓走开，看也不看丁善儒一眼。丁善儒暗自咬咬牙——不知为何，“鼎峰”的设计师，个个都是难啃的骨头。但他，有他的方法！

冯凉走到曹彻跟前，扬声说：“丁善儒让我去‘寰宇’！我拒绝了！”

曹彻点点头：“好！”

方琦斜眼看冯凉一眼，走到冯凉身边，微笑着冲他耳语：“看来，‘寰宇’已经手下无人了，连你也肯收罗过去！”

冯凉不便发作，只回瞪周方琦一眼。

方琦得意地走到怀臻跟前，小声说：“我替你报仇了！”

“别闹了！”怀臻示意方琦坐下。

曹彻清清嗓子，众人立即安静下来。虽然，这组人各自不服，矛盾多多，可是工作起来，立即将私人恩怨放在一边。专业素养仍然出色。

会议室的窗帘拉上，灯也灭了。曹彻打开电脑，只余下投影仪的光柱，照在雪白的屏幕上。随着幻灯片的流转，房间里光影明灭，只听见曹彻沉稳而清朗的声音，徐徐地，回响在房间里……

“我们将图书馆的外形设计成一颗水晶心脏，整个图书馆晶莹剔透，可以从外面一览无余。它喻示这里是城市的核心，向整个城市输送文化的血液。站在外面就能直接看到内部的陈设和读书的人，最直观地感受到图书馆内部散发出来的宁静与专注、活力与书香气。晚上亮灯的时候，它更是璀璨夺目，是整个城市醒目的地标。

“我们在玻璃幕墙上，种植各种绿色植物和大树，让其在室内自由生长，墙上的植物与图书馆外面的绿化结合，内外葱郁的绿色巧妙地融为一体，成为心脏内丰富的绿色血管，构成城市里的一片文化绿洲。也便于大家放松休息眼睛，缓解视疲劳。

“以上是功能分区，每个区域的连接处，都是螺旋状的台阶，可供人随时坐下阅读。有种在家的随性和自在感……

“我们在一楼大厅，保留之前遗留下来的十八株古老的梧桐树，令这些树木直接生长在大楼里，沐浴阳光的同时，也能令人感受到最直观的四季变化。树下有散坐的阶梯，可以供人休憩、吃午餐。梧桐树的旁边，开辟一块进餐品茶的休闲区域，与食堂的功能做区分……”

整个设计方案大胆创新，简直是这座城市灰色建筑里一抹亮丽的风景。

可是，提案结束后，他们却只收获了稀稀拉拉礼貌性的掌声。这还是第一次，“鼎峰”的设计师们，没有被赞许的目光和惊艳的表情包围。

出了会议室，他们不由得面面相觑，这次的设计案难道被比下去了？

接下来的几天，整组人都在等结果，手上没事，都显得十分清闲。

怀臻则忙着打电话约高中同学吃晚饭。怀臻之前一直觉得，同陆钦的关系，就像在伸手不见五指的黑暗中上楼梯，深一脚浅一脚，小心翼翼，怕一脚踏空，摔回原地。

也许，是从游戏开始的感情，他一直令她没有安全感。可是，自从见过陆钦的同事朋友以后，她开始明白，他同她是认真的。他存心来陪伴她，愿意将他的生活与她分享。那漆黑一片的爱情道路，也逐渐明朗、清晰，看得见美好前景。

虽然对这段感情，她抱着孤注一掷的态度，可是仍然不敢在众人面前公开。可是现在，她觉得这感情到了瓜熟蒂落可以同人分享的时候了。她也要让陆钦走进她的生活。

到了用餐的时候，气氛好一些，不至于那么拘谨，怀臻在一家韩国烧烤店订了位子。

当陆钦跟在怀臻身后，走到座位前，怀臻亲眼看到四个女人的眼睛同时一亮。

所有身怀至宝的人，都想在人前炫耀自己的宝物。那一刻，怀臻的虚荣心得到空前满足。

整顿饭气氛好极了。陆钦话题丰富、言辞生动，很快便与众人熟稔起来。她们自怀臻读书时的趣闻开始讲起，又讲到现在热门的电影、流行的音乐、主持人的绯闻……整个过程笑声不断，十分和谐。更重要的是，他把一桌女人都照顾得妥妥帖帖，没有让任何一个人受到冷落。

他并没有跟怀臻有过于亲昵的动作，让朋友尴尬，但是怀臻说话时，他一定凝视怀臻的眼睛。

怀臻放下筷子，他会轻轻握住她的手。怀臻的碗碟空了，他也会立即填补上新烤熟的食物。

他对所有女人都极具绅士风度，但是对怀臻又特别体贴细心。怀臻的话很少，她一直微笑望着陆钦。

陆钦离席去洗手间的时候，同学立即压低声音跟怀臻交换意见。

王馨宁羡慕之情溢于言表："怀臻，你家世显赫、事业有成，连男友都比别人的帅！"

周韵也点点头："怀臻前世不知做过多少好事，今生福气惊人！"

"那是因为我失恋的时候，你们没有看见我躺在地上号哭啊！"怀臻谦虚地笑。

"你EX（前男友）实在普通，不提也罢！"王馨宁立即说，"他没有眼光！"

"对，这一个又帅又体贴。怀臻，你到底从哪里淘到这样好的男人？"吴洁好奇地问。

"说来话长……"怀臻笑。

"我们愿意听……"众女异口同声。

怀臻清清嗓子，开始讲她同陆钦传奇似的相遇——

这顿饭，在热烈的气氛中结束。宾主皆欢。

饭后，陆钦把车停在怀臻家楼下，牵着她的手，沿着林荫小道散步。

"觉得我同学如何？"怀臻闲闲地问。

"人挺好，不过和你差距挺大。"陆钦搂过怀臻肩头，"我很幸运，找了你们中最出色的一个。"怀臻忍不住轻笑，怎么同她见到他的朋友时，有相同的感慨。

“你笑什么？”

“没什么。方琦也很出色，你不觉得？她比我不知美多少倍。”怀臻赶紧谦虚。

“她跟你怎么比？她是人间的美女，你是天上的仙女！”陆钦冲怀臻挤眉弄眼。

怀臻忍不住轻轻捶他手臂：“讨厌！”

“喂，我都牺牲自我，说这么肉麻的话了，你还打我！”陆钦反抗，一把抓住怀臻的手。

然后，他轻轻在她面颊上印一个吻，叹口气说：“你自己不知道你有多好！”

怀臻莞尔——谁不愿做爱人心头的巫山云呢？她把他的甜言蜜语，通通照单全收。

走过一个十字路口，怀臻忽然看到一名白发苍苍的老妪，穿着破烂的单衫，趴在地上，磕头如捣蒜地乞讨。怀臻见不得老人吃苦，赶紧走过去。

老妪目光已经十分呆滞，只是麻木地不断磕头。

怀臻靠近她，只觉酸馊之气扑面而来。老妪的面孔，已经皱成一团，看不出年轻时的模样。她当初也是粉嫩的婴儿，也曾有过饱满的青春，一转眼，落魄到离乡背井，沿街乞讨。

苟延残喘的生命，让人扼腕。

怀臻不由自主自口袋中，掏出大把零钱，想放到老人面前的盘子里。可是——一只手自身后拉住怀臻的手。怀臻回头，是陆钦！

他轻轻将怀臻拉开：“不要给她钱！”

“为何？”怀臻问。

“你这样会害了更多人！”他跟她说。

怀臻固执地拨开陆钦的手，将钱放在老妪跟前。老妪头也不抬，继续磕头。怀臻觉得无限心酸。

“谢怀臻，你知道你这样滥用同情心的后果吗？”陆钦忽然提高声音。

“有什么后果？我只知道，今日我不给她钱，她也许就不知道下顿饭在哪里吃！”怀臻也有些恼了。

“谢怀臻，你果然是生活在完美世界的公主，从来看不到这社会的阴暗面，你跟这个社会严重脱节！”陆钦语带讥讽。

怀臻呆住，她想不到他会这样看她。她以为她在他心中完美无缺。她难以置信地看着他，退后一步，再退后一步。她在他心中，居然是个单纯到蠢的女人。

“怀臻——”他也觉得自己话说得过头了。

“陆钦，你真这样看我？”怀臻只觉得刚才还火热的心，一点点变凉。

“难道不是？你可知道，这些老妇人都是被一些用心险恶的人，从外地拐骗而来的？她们是这群无耻之徒赚钱的工具，利用的就是你们这些人不理智、不知情、泛滥的同情心！你这样做，只会让这些人更加觉得有利可图，会有更多老人流离失所，落入凄凉的境地……”陆钦越说越激动。

怀臻其实隐约也听说一点，只是知道得没有陆钦详细罢了。她听见自己说：“你以为我不知道吗？但是，这老婆婆如果今天讨不到钱，那伙人是不会给她饭吃的！”

“谢怀臻，你妇人之仁。你这是在纵容恶行的发生。”陆钦走上前，“这老人如果饿死了，谁替他们赚钱？你太单纯了！”

谢怀臻生平最恨人说她单纯，一把年纪了，单纯与蠢有什么区别？

她觉得自尊心严重受到伤害，但她的修养告诉她，不要同任何人争执吵架。

“我们各自冷静一下！”她转过身大步走开，然后努力挺直背脊，负气地往前走。她以为他会追过来，同她道歉！可是十分钟过去了，还是只有她一个人。

深秋的风，从脖子里灌进去，直凉到背心，没有他搂住她的臂膀，冻得她汗毛都竖起来。

她更加懊恼，情绪突然复杂起来。

他不过是说出了事情的真相，有什么错？反倒是她冲动任性地拂袖而去，太幼稚了！

也许，换了旁人这样说怀臻，她会大度地笑笑。可是，陆钦不同，他一向宠着她、顺着她，对她千般好万般爱，这话由他说出来，特别刺耳。她恨陆钦不给她一个台阶下。

彼时她同曹彻吵架，可以几天不说话，她固执得非要他来哄她才肯罢休。而他也颇要面子，她不主动示好，他也不主动与她说话。两人常僵持不下，吵得身心疲惫。可是仍然相爱。

年轻气盛，相互折磨也成了爱的一部分，不过是另一种表现形式。

不知不觉，她走到楼下。想到每次同陆钦在这里吻别，她便觉得鼻头发酸。她头一次想主动妥协！

有时太爱一个人，会不由自主将自己放到被动的境地，卑微地去表达自己的每一寸感情。

也许，只有将身段放得很低很低，低到尘埃里，这份感情才够刻骨铭心。难道越强大的爱情下面，寄居的灵魂越卑微?

她心酸地想，这次是真的爱上，无药可救了吧。她抬起头——楼门口站着一个人，身段颀长，是陆钦，手插在裤兜里的姿势还是那样潇洒。

他说：“对不起！”

原来，他不过是早一步在这里等她！怀臻泪盈于睫，她快步走过去，将面孔埋进他怀中。

他紧紧拥着她，低下头吻她的眼睛。他怀中的温度立即包裹至她全身，她冰凉的手脚也逐渐温暖起来。她决定将他说过的那些难听的话，通通自记忆里抹掉。

第十四章

# 雪山遇险

晚上，躺在床上，怀臻忍不住问："终于像普通情侣那样吵架了！我以为这一辈子我们都不会发生意见分歧！我真怕以后，我们会像别的情侣一样，争执、抱怨、相互猜忌、反感、厌恶……"

"也许吧！"陆钦搂紧怀臻，"可是有什么不好呢？所有平凡夫妻，都在吵闹争执中白头偕老，养儿育女，完成人生最重要的经历。"

"我们会翻脸吗？"

"不会！因为我永远都会抢在你前头向你道歉！如果我做错了事情，肯向你道歉，你会原谅我吗？"陆钦轻轻吻吻怀臻耳垂。

"如果你背着我爱上其他女人，我就不能原谅！"怀臻偷偷笑，"其他的，打三十大板，就赦免你死罪啦！"

"记住你今天说的话！"陆钦将头埋进怀臻胸前，声音闷闷地穿出来。

"你的意思是，你以后还要常犯错误，常让我生气啦？"怀臻故作生气道。

"怎么敢？"陆钦举手投降。怀臻满足地抱紧他。

也许，不伤大雅的吵嘴，只是调味品，反而会让热恋中的情侣变得更甜蜜。

不知怎的，在怀臻看来，这偶然的争执，让这段浪漫得犹如飘在空中的感情，逐渐开始落地生根……

等她从陆钦怀中醒来，昨晚的一切不愉快都已经烟消云散。缠绵片刻，她下床洗漱。

陆钦在卫生间沐浴，哗哗的水声，听在怀臻耳朵里，简直妙不可言。再独立的女人也必须承认，多个人的呼吸，整个房间都鲜活过来。

正要出门，怀臻接到电话。

“怀臻快来所里，出事了！”方琦的声音要多急有多急。

“什么事？”怀臻笑。

“我也不知道，总之你快来！”方琦压低声音，似乎不方便再多说。

怀臻心中一凉，她知道方琦不是一个爱大惊小怪的人，她一向做事看似不经意，可是事事在她掌控中，今日她声音里有掩饰不住的慌乱。

怀臻立即赶往办公室。下车时，陆钦握住她的手：“不管什么事，切记不可慌张！”

怀臻点点头，快步奔向办公楼。

高层领导全部在，会议室座无虚席，设计师则站在一旁，围成一圈。

方琦见怀臻赶来，立即向里挤一挤，给怀臻让出位置。

怀臻想问方琦究竟出了什么大事，可是人那样多，那样安静，她反而不方便开口。

“好了，所有人都到齐！”周易峰清清嗓子，“我们所里出了一件事。”

“我权衡了很久，决定还是告诉大家，前天，我们去市政府提图书馆项目的设计案，我们的方案，与‘寰宇’的方案，几乎如出一辙，甚至可以说一模一样，除了他们提出的概念是城市的大脑，我们是城市的心脏。也就是说，我们的设计图被人偷走，泄露给了‘寰宇’！他们提案在先，我们在后，感觉就似我们偷窃了他们的案子。”周易峰面无表情地看着大家。

“不可能！”好几个设计师都惊异地叫出声。

“他们当时怎么没说？”

“是我让他们暂时不要说出来。”周易峰说，“你们案子还没提完，市政府的人便发短信给我，我嘱咐他们不要表现出来，我想看看究竟是怎么回事！”

“弄清楚了吗？”方琦忍不住问。

周易峰没有说话。

“一定是丁善儒搞的鬼！”怀臻差点跳起来。

周易峰看着怀臻：“设计图一直由谁保管？”

“我！”怀臻有些激动，“你的意思是，我将设计图泄露了出去？”

方琦赶紧握紧怀臻的手：“别激动！”

方琦的手冰凉，怀臻一下冷静下来：“不是我！”

“可是，从头到尾，设计图都由你保管！”周易峰淡淡地说。

“不是我！”怀臻固执地看着他，大眼睛澄明坦荡。

“那么你告诉我是谁。”周易峰忽然笑了，“业界都知道丁善儒要挖你过去！薪水都快出到天价了！”

怀臻没想到一向和蔼的老周，忽然翻脸不认人。所有人都睁大眼睛看着怀臻。

“冯凉——”方琦转过身看着冯凉，“丁善儒不是也准备挖你过去吗？”

“可是我拒绝了！”冯凉摊开手，“况且，我也拿不到图！”

“你也参与了设计！”方琦咬住他不放。

“你也参与了！”冯凉讥讽地说，“怎知不是你同谢怀臻联手？”

“若我去了，他还需要大费周章，偷这份图吗？”怀臻冷笑，“老周，你真怀疑我。”

周易峰不置可否：“曹彻也承认，从头到尾只有你一个人能毫不费力将整份方案拿走。”

“是！”曹彻站起来，“怀臻，对不起，我不能偏向你！最近你因为谈恋爱，已经懈怠很多工作，我都为你担待着。可是，这种事情，我不能帮你！”

“曹彻，你也不相信怀臻？”方琦难以置信地看着曹彻，“没想到你是这种人！”

“我并没说是怀臻做的，但只有她一个人能拿到全套方案！”曹彻说，“这是事实！”

“老周，若是怀臻做的，她今天不会还在这里！你也知道，丁善儒想高薪挖怀臻过去，可是她还是老老实实待在‘鼎峰’，并且连薪水也没有让你加过！”方琦着急了。

“也许是为了掩人耳目！”冯凉阴着脸，“这样，她可以将图书馆和艺术中心的设计稿都卖给‘寰宇’，两家都给她钱，多好，足可以弥补任何损失！”

“我为何要这样做？”怀臻气急反笑。

“我又不是你，我怎知道？”冯凉瘪瘪嘴角，“也许你担心你的运气不会一直这样好下去，也许你怕你父亲下台了，你便无权可靠，不如一次赚够本！”

“老周，你也这样想？”怀臻转过脸，看着周易峰。

“怀臻，我信不信你没用！事实才能说明一切。我必须给大家一个交代。”周易峰淡淡说，“现在，‘寰宇’的人，都说设计图是你给的！”

“分明是丁善儒陷害怀臻！”方琦拳头都握紧了。

“方琦，怀臻有没有做过，她自己最清楚！”曹彻说，“不用你替她辩白。”

怀臻没想到，这样紧要的关头，曹彻会忙不迭与她撇清关系。

她只觉得心口隐隐作痛。

要沉吟片刻，她才能开口，她听见自己这样说：“好！老周，我辞职！”

“不能这样便宜她，辞职分明是做贼心虚！”冯凉落井下石。

“算了，她肯辞职，我也就不再追究！”周易峰轻轻说，“我卖她父亲一个面子。”

“不，怀臻，你不要妥协！”方琦大力拍老友肩头，“别做糊涂事！”

“清者自清！”怀臻微微一笑，“我走了，你们自然会看清真相！”

方琦的眼圈都红了：“怀臻，我与你共进退！”

她忽然内心一片澄明。要到这样关键的时刻，她才能分清，谁待她是真心。

“方琦，你留下来，替我看清楚，是谁陷害我！”怀臻说，“不是我做的，就没有人可以冤枉我！”

她紧紧握住方琦的手。方琦也用力回握她。

“别以为你们做出一副无辜的样子，我们就会上当，谁不知道谢怀臻最会演戏！”冯凉只觉心中恶气大出。

“冯凉，我们这里每个人都有嫌疑！”怀臻轻轻说，“你不要把话说得太满，以免水落石出的时候，自己打自己耳光！”

“好了，怀臻，你先回去休息一段时间，然后回来办手续！”周易峰站起来，表示不愿意再继续说下去。

怀臻失望地望着他，她不想再辩白。所有人都用怪异的目光看着怀臻，怀臻装作没看见。

曹彻走过来，想跟怀臻说话。怀臻撇过脸，不去理他。

方琦送她到电梯口：“怀臻，我不会让人冤枉你！”

“方琦，谢谢你信任我！”怀臻感动地看着老友。

“你不用谢我！”眼泪在方琦眼眶打转，“我不过是实在太了解，单靠你父亲的钱，你花十辈子也花不完，根本不需做这样的龌龊小事！”

“仅仅如此？”怀臻惊异，她以为方琦会说，因为她是她好友，她信任她。没想到，她这样坦白，这样可爱。是，谢怀臻做这样苦且累的工作，并非为钱，不过是因为喜欢。

“这些，曹彻也应该想到，我觉得他言行反常，你替我多留意！”怀臻嘱咐方琦。

方琦点点头：“你放心回家休息，有消息，我立即通知你！”

怀臻擦去方琦面颊上的眼泪：“我都没哭，你掉什么眼泪？失恋也没看你哭过！”

方琦吸一口气：“你这种千金小姐，哪里受过半分委屈？我怕你受不了！”

“怎么会？”怀臻笑了，“我没做过，我内心坦荡，不会难过！”

“单为曹彻的表现，你就会难过！”方琦叹口气。

怀臻走进电梯，挤给方琦一个笑容：“放心吧，我真没事！”

电梯门合上——怀臻以为自己会立即落下泪来。可是，竟然没有。她只是立即掏出手机，拨电话给陆钦：“我辞职了！”

“啊？”电话那头陆钦也没有问为什么，只是说，“你等我，我立即过来！”

“好！”怀臻说。

挂了电话，怀臻深深吸一口气，发现适才难过的情绪已经平复许多。

她站在楼下等陆钦，忍不住静静想，为何出了这样的大事，竟然还能保持镇定，连难过，都显得那样淡薄？

其实她早预感到丁善儒会用卑劣手段对付自己，所以她并未觉得有多意外、多难过，反倒心中一块大石放下了。原来他的诡计在这里等着她。她还以为是多高明的手段，不过如此。

他想利用这件事情，坏了怀臻在业内的名声。丁善儒以为她离开“鼎峰”就非得去“寰宇”吗？怀臻忍不住笑，不，她不急着工作，她现在有大把的时间享受生活。

很快，陆钦便到了。她一看到他英俊的面孔，便觉得安心，整个人都舒服了。所有的情绪都抛到脑后。她上了车，三言两语说清事情来龙去脉。

“真辞职了？”

“是！”她点点头。

“那更好！”他笑。

“为何？”怀臻狐疑地望着他，“你怎么笑得那样古怪？”

“月底公司安排我参加登大雪山的活动，让我体验一下，好替登山协会做一条公益广告。我正不知道该怎么办。去了，又舍不得留下你一个人；不去，这样好的机会，放过又太可惜。”他得意地说，“现在好了，你有大把的时间陪我一起去，有兴趣吗？敢不敢啊？”

“登雪山？”怀臻立即来劲了，兴奋地说，“去，当然去！我早就想去，一直没时间！”

“你真敢？可是有危险的！”陆钦吻吻怀臻唇角。

“你都敢，我为什么不敢？”怀臻顿觉浑身充满力量，恨不能现在就站在雪山之巅。

“是不是珠峰？”怀臻激动地挥一挥拳头，“8848！嘿嘿！”

“傻丫头，你一点登山经验都没有，怎么可能去登珠峰？是四川境内的雪宝顶。”

怀臻有些失望：“不太高嘛！”

“你去了就知道已经高得你肯定爬不上去了！”

“陆钦，你小看我！”

“我怎么敢。”

两个人孩子似的一路不停斗嘴。

途中，陆钦打电话给一个叫四哥的人，替怀臻报了名。

怀臻激动地搂住陆钦，用力吻他：“我们现在就去买装备！”

“你也太心急了！”

“我要开始度过我的悠长假期了……”怀臻说，“没想到辞职竟然这样好，多年来，我从没有休息过，这次我可要休息够本儿！”

晚上，方琦打电话，试图安慰怀臻。

谁知怀臻竟然这样同她说：“我要同陆钦去登雪山了。真没想到，这个假期一开头，就这样刺激，让人振奋！”

“怀臻，你真不难过？你丢了工作啊！”方琦惊异无比。

“工作？什么时候都可以做！”怀臻爽快地笑。

“你不想洗清冤屈了？”

“想！不过交给你去办！”怀臻还是一味地笑。

方琦不知道刚被人陷害，还丢了工作，业内名声都坏了，谢怀臻为何还能笑得这样爽朗、毫无心机。

“怀臻，你认真点！这可不是儿戏！”方琦想跟怀臻一起分析，谁出卖了怀臻。

可是——陆钦附到怀臻耳边，轻轻吻她耳垂。又酥又麻，怀臻立即心猿意马，她不想再同方琦多说，草草敷衍方琦两句，便挂了电话。她反手钩住陆钦的头，迎上去吻他。

突兀地被挂了电话，方琦愣了一下，摇着头轻笑出声。

接下来的两周，陆钦陪着怀臻进行体能训练，负重爬楼梯。一开始怀臻还觉得好玩，背着硕大的背包，在楼梯上往返。来回几次，便大呼体力跟不上了。

也难怪，成日在书桌边、电脑前写写画画，隔条街买东西，都以车代步，怎么可能吃得消？

可登山随时面临体力与环境的挑战，并非儿戏。

为着怀臻的安全，陆钦每日黑着面孔，监督怀臻爬楼，随时紧跟其后，不断鼓励她。

六天后，怀臻开始觉得，爬楼梯时，气息平和很多，腿脚也开始有力。

出发前一天，怀臻停止训练，休养生息，等待翌日出发。晚上，她久久无法入睡，极度兴奋，雀跃地盼望着天早点亮起来。她渴望呼吸到钢筋水泥之外的新鲜空气。

直到天边隐隐透出玫瑰色，怀臻才合上眼睛。

正迷迷蒙蒙，陆钦已经到了楼下。

怀臻赶紧带上所有装备下楼，羽绒睡袋、冲锋衣、抓绒裤、快干衣、雪地靴、冰镐、雪杖、防护镜、头套、雪套……都是头天晚上，陆钦替她检查好，仔细放在背包里的。

其实，冬天并非登雪山的好季节，可是正因为这样，反而更具挑战性。有一些人，天生喜欢捕捉危险的味道。越危险，越刺激。

早上七点，大部队准时出发。三十名来自五湖四海的登山爱好者聚集在同一辆车上，原本还素不相识，现在是同一条绳子上的蚱蜢了。

怀臻自小便到美国读书，整个欧洲都跑遍，可是对这次的旅行，她却似小学生第一次春游一般兴奋。

怀臻由头至尾都牢牢跟着陆钦，仿佛回到怯生生的少女时代，什么世面都没有见过。

怀臻喜欢被他精心呵护的感觉，她愿意在他面前扮演一名弱不禁风的娇小姐。

第一天不过只到松蟠，怀臻已经觉得整个旅程妙不可言。就连成日坐在大巴车上，坐得双腿麻木，像灌了铅一般，她也觉得别有一番滋味。

她有时候同他轻声细语聊天，又或是用相机捕捉车窗外一闪而过的风景。偶尔，她会掏出 MP3 听几首歌。累了，她便靠在陆钦肩头，浅浅眯一会儿。

她说话，他便微笑听；她拍照，他在旁边帮忙固定她的手；她听音乐，他将她搂得舒舒服服；她睡觉，他坐得直直的，怕她靠着他不够舒服。最重要的是，不管她睡着还是醒着，他都轻轻握住她的手。

这些都是极普通的事情，可是怀臻觉得已经如置身天堂般美妙。再普通的事情由相爱的两个人一起做，也会分外甜蜜。

第二天，几辆破破烂烂、零件掉得七七八八的面包车，将怀臻一行人送到纳米村村口。

尽管一路颠簸，车内拥挤，还透着一股难闻的怪味，怀臻仍然保持着极高的兴致。空气十分清冽，呼出来的气白得似起了一层雪雾。

当把装备都放在马背上，登山队开始徒步向大本营进发。

山路崎岖，下过雨之后，泥泞小道被马队踩出大大小小的凹坑，每走一步，湿漉漉的泥巴便齐拢到小腿处。

一开始怀臻想同大部队一起步行，陆钦不断揶揄她。果然，才走了不到十分之一，怀臻便已经觉得举步维艰。

“还是骑马吧，保持体力才能登山！不然没到大本营你就倒下了！”陆钦笑着劝她上马。

怀臻见有不少人都妥协，选择骑马，她也不想再勉强自己。虽然说这次登雪山的目的是挑战自我，可是她并不打算太为难自己。对于怀臻来说，能来看看，呼吸一下纯净的空气已经很不错了，她真正的目的不过是同陆钦一起旅行，过一段甜蜜的二人世界。

可是没想到骑马也并不轻松，马深一脚浅一脚，不断颠簸，怀臻好几次觉得自己差点从马背上跌下来。陆钦的马走在前面，他不时回头看看怀臻。他们一前一后，轻轻交谈，怀臻觉得又是另外一种味道。

渐渐地，能够看见雪山。翻过一座又一座山，雪也越积越厚。怀臻的睫毛上都结了细细一层冰。可是她并不觉得冷，心中始终有一团火焰在小小地煨着。最后，连走惯山路的马也累得走两步歇一歇，才终于到达目的地。

其实大本营不过就是山腰的一块平地，但因为有着玛尼堆、彩色的经幡、马群、藏獒和木屋搭的小卖部，还是一下子使这个普通的地方充满别样风情。

尤其是地上到处是大大小小的帐篷，更使原本空旷冷寂的地方，变得热闹，充满生机。

当地人告诉怀臻，如果不是因为现在是登山的淡季，这里还会更热闹。

由于行李还没运到，无法搭起帐篷，怀臻便和陆钦跑到小卖部里取暖。靠在陆钦身边，烤着火，火光映着陆钦英俊的面孔，怀臻觉得那寡淡的食物都变得可口起来。

小卖部里的藏族人，热情地接待怀臻与陆钦，坐下来跟他们聊天，告诉他们登山的各种禁忌和看不见的危险。怀臻和陆钦都细细聆听、默默记下。大本营海拔并不特别高，可是仍然有队员出现高原反应，嘴唇变成青紫色。

怀臻庆幸她同陆钦都没有任何不适，他们带的双人帐篷，在几名队员的协助下，终于搭好了。钻进去，呼呼的寒风便被遮挡在外，成为独立而又隐秘的小空间，十分具有私密性。

睡袋也十分保暖，怀臻与陆钦并肩躺着，轻声交谈。

登山队分为两组，体力好、技术过关的A组明日便向C1营地进发。怀臻与陆钦分到B组，第二天有足够的时间休息，且不用太早起。

当下，两人都不舍得睡，躺在帐篷里，低声交谈，直到睡意袭来。半夜，忽然风声加急，帐篷开始晃动起来，帐篷顶上噗噗有声，是雪密密麻麻飘落下来。但因为一路颠簸，十分疲倦，二人都没有睁开眼睛起来看。

直到第二天钻出帐篷，两人才知道昨晚那场雪有多大。整个大本营白茫茫一片，所有帐篷都半埋在雪里，需要用手将雪扒开，才能钻出去。

这一天，时间似乎特别漫长，因为冷的缘故，怀臻不大肯从帐篷里出来，可是待在帐篷里又闷得发慌。也许是有轻微的高原反应，怀臻精神有些不太好。陆钦不断鼓励怀臻从帐篷里出来。

“怀臻，来堆雪人！”他冲帐篷里的怀臻喊。

本来还精神恹恹、昏昏欲睡的怀臻，立即来了精神。她冲出帐篷，与陆钦携手滚雪球堆起雪人来。没想到雪人越堆越大，体积完全超标，变成一个圆滚滚的大胖子，憨笨无比。

“陆钦，这就是你二十年后的样子！”怀臻叉着腰，望着陆钦直笑。

“哇，看来你的私房菜确实养人！”陆钦故意叹口气，“我的形象被你毁于一旦啊！”

“哈哈哈哈，那你要讨好我，否则我会嫌弃你！”

“不要啊……”陆钦做怨妇状。

怀臻笑得直不起腰。她望着裹在厚重衣服里的陆钦，她敢肯定，即便至耄耋之年，他仍然会一如既往地风度翩翩、器宇不凡。

有一种男人，特别得天独厚，陆钦便是这种宠儿。

这天晚上，又是一夜大雪。

怀臻开始觉得缺氧，有轻微恶心的感觉，并且觉得冷。尽管睡袋十分厚，但她仍然觉得连脚指头都是冰凉的，想要蜷曲都十分困难。她缩成一团，努力让自己温暖一点。

帐篷被封得密密实实，怀臻即使张大口呼吸，也捕捉不到足够氧气。渐渐地，她的眼皮开始打架，终于连黑暗里陆钦模糊的轮廓也看不清楚……这一觉睡得死沉，梦里她坠入一个温暖的地方，处处鲜花盛开，她喜滋滋地摘了满怀芬芳的花朵。

“怀臻——”有人轻轻将她自梦中唤醒。

怀臻睁开眼睛，帐篷内，依然漆黑一片，只有陆钦的头灯发出温暖的光芒。她揉揉眼睛，清醒过来。要到这一刻，她才明白，缘何她一夜好梦。

原来陆钦将自己睡袋外面的衣服、毯子全都盖在了她的身上。她有些感动，伸出手欲握住他的手。可是他却猛地将手缩回：“怀臻，我的手很凉！”

怀臻微笑，依然固执地用手握住他的手，果然凉浸浸的。可是她却将他的手拿到嘴边，呵口气，暖一暖，贴在面颊上：“我的手是热的！”

“好，快起来了！”他吻吻她额角。

怀臻实在舍不得温暖的被窝，将整个头埋进睡袋里，好好体验了一下温暖的感觉，才磨磨蹭蹭起来穿衣。

陆钦好笑地看着她，没想到她有这样幼稚可爱的一面。

拉开帐篷，天已经大亮。可是雪比前日更厚了一层。

很多人都认为，这样的天气已经不适合继续登山，全部沮丧地坐在帐篷外。

可是，接近十点钟的时候，太阳忽然跃出，碧空中立即万里无云，晴朗得似一张新打印出来的彩色照片。雪山、碧空交相辉映，令人心旷神怡，仿佛置身仙境。

虽然队长说，下大雪要三天后登山才最安全，因为雪才压得最紧，可是众人情绪十分高涨，每个人都深深渴望那更接近蓝天的地方。队长思量再三，加上山上传来的消息，也是晴朗无风，终于同意怀臻这一组人向 C1 进发。

大本营到 C1 的垂直海拔只有一千米左右，但怀臻这组的队员年龄偏大，有三位五十岁以上的，还有四位女生，所以速度较慢。预计会步行六七个小时。

一路上，并不像怀臻想象的那样困难，虽然走几步便会喘气，可是她依然觉得体力能够应付。当然，前提是，她大部分的物品都由陆钦分担了去。虽然走走停停，停停走走，但是目标仍旧一步步逼近。

每个人都很亢奋，下午四点左右，怀臻整组人，居然一个没落下，全部登上了C1。

怀臻兴奋地振臂高呼。陆钦一把捂住她嘴巴："你想雪崩啊？"

怀臻赶紧收声，使劲挥舞一下拳头，表示心中的激动。

到了C1怀臻终于体会到什么叫一览众山小，一低头，脚下便是群山的山尖，与翻滚的沉沉阴云。

怀臻脚下踩着奇怪的山脊，分外嶙峋，很难站稳。窄窄的悬崖边，居然扎着四顶帐篷，里面的人出来，最多只能转个身。真是动作大一点，都会跌下万丈深渊。

C1是没有水的，只能抓些积雪烧化了喝。一满锅的雪只能化一小半锅的水。气压低、温度低、缺氧，打火打不着、烧水半天烧不开，到了这里，喝一口开水也成了奢侈的事情。

其实，水、空气、健康……都是最最寻常的事物，因为寻常，所以也容易被人忽略。非到快失去，才会发现，原来越寻常的事物越珍贵，越离不开。

怀臻望着陆钦，她想，他也似水、似空气一般，让她无法离开。怀臻不是不明白，人依赖的东西越多，越脆弱。可是，理智怎么战胜得了情感？

虽然晚餐难吃得令人作呕，可是为了保持体力，怀臻还是被陆钦强迫吃了不少东西下肚。

吃过饭，怀臻更加觉得困乏。可是，领队再三吩咐，不能太早睡觉，否则晚上睡不着，第二天体力会跟不上。好在有陆钦陪伴。即便任何事情也不做，什么话也不说，只要望着他，她也感到身心愉悦。

好不容易，天黑下来，怀臻准备收拾东西睡觉。

"怀臻，带你去看样东西！"陆钦走到怀臻跟前，小声说。

"冰天雪地，黑灯瞎火看什么？"怀臻狐疑地看着陆钦。

"跟我走！"他冲她挤挤眼睛，"自然知道！"

怀臻猫腰钻出帐篷。她信任他，他带她去天涯海角，她也愿意跟从。

因为天气特别寒冷，高原上的夜风吹在面颊上，似最锋利的小刀，辣辣地刮在皮肤上。

因为太冷，所有人都已经躲进帐篷里，四周漆黑一片，寂静得出奇。山风凛冽，呼呼地吹过，似有山魈发出凄厉的叫声，反而将一切衬托得更加万籁俱寂。

怀臻跟着陆钦向前走，四周空旷单调，只有茫茫白雪，反射着清冷的寒光。在雪山上，每走一步，怀臻都觉得呼吸变得困难，每次喘气都似乎拼了全身的力气。

静默的山谷间，只有怀臻与陆钦的呼吸交相呼应。这一刻，怀臻觉得，万物忽然浓缩成这窄窄的一片天，这天下唯一活着，会呼吸的人便是她与他。

她下意识握紧他的手。她想，若能这样同他手牵手，肩并肩走一生一世，哪怕走到时间的尽头，也未尝不是一件浪漫温馨的美事。可是，她又按捺不住内心的好奇，她有点兴奋，渴望快点到达目的地，好看看他会带她看什么奇特的景致。唉，不是不矛盾的。

约莫走了半个钟头，陆钦站定。怀臻四周打量一下，并未觉得有何特别之处，而且能见度极低，除去头灯照到的一小片雪地，什么也看不见。可是她对他有信心，知道他不会做让她失望的事情。

“就是这里吗？”她轻轻说。

陆钦点点头：“闭上眼睛！”

她配合地合上双眼，心跳不由自主加快。只听“砰”的一声响，他说：“好了！”

怀臻睁开眼睛——雪地上，一片耀目的火光，熊熊火焰在风里摇曳跳动。怀臻有点呼吸困难——那些火焰蜿绕燃烧成两个巨大的心形，一把箭头自两颗心中穿过。心的中间，还写着怀臻与陆钦的名字缩写！最最特别的是，火光将方圆百米都照得亮堂堂。

怀臻看到周围晶莹剔透、仿若雕塑的冰川，在火光的照耀下，似一个华丽玲珑的琉璃世界，熠熠生辉。怀臻仿佛置身另一个空间，这空间美得仿佛不是人间。她屏住呼吸，眼睛一眨不眨地盯着这璀璨的一刻。过了很久，她才能再开口说话：“你什么时候来准备的？”

“你在帐篷内休息时！”他轻轻笑。

“何必费这些工夫！”她满足地叹息，将面孔贴在他胸前。

他低下头含住她的唇，过一刻，他说：“想让你永远记住！”

“我永生难忘！”她梦呓般地说。

“我也是！”他拥紧她。

隔了重重衣服，她也能感觉到他的温暖与诱惑。她偎在他胸前，渐渐意识开始模糊，甚至游离起来。她仿佛在做一个蒙昧不清又舒服惬意的梦。

就这样拥抱着站了不知多久，怀臻几乎以为她同他已经成为化石，永恒以一个拥抱的姿势，立在冰川中。

他说：“回去吧，明天还要登顶！”

怀臻心神恍惚，还分不清楚真实与幻境，只迷糊地点点头，带头转身向前走。刚走了两步，意识尚未清醒，只听“咔嚓”一声脆响。怀臻还没反应过来发生什么事情，便觉得一脚踏空。

“怀臻——”她只听见陆钦急迫地唤她。她正要回头，想看清到底发生了什么事情，可是双脚突然下陷，紧接着失去重心，整个身体飞速下落。

电光石火之间，陆钦扑过来抓住她的手，但已经来不及。

怀臻只觉得地面忽然裂开，她整个身体飞速跌下，身体下坠的力量与速度惊人地可怕，他根本拉不住她。前后不过五秒钟，她只觉得他突然一下抱住了她，与她一起跌落下深渊。

她的身体重重撞在坚硬的冰壁上，然后又继续下坠，又狠狠撞在更坚硬的东西上。怀臻明白自己落入了可怕的冰裂缝中，不知多少人葬身于此。

她闭上眼睛，内心一片澄明。大概要长眠在此了，下意识地她将他抱得更紧。幸运的是，下坠忽然停止，她并没有跌到无底深渊，也并没有粉身碎骨。

“怀臻——”她听见他轻轻唤她，他声音中的焦急、关切多过恐惧。

在这生死未明的时刻，他仍然以她为重。怀臻觉得欣慰，反而忘了害怕：“我还好！”

两人同时沉默。

这时，怀臻才看清楚，原来这裂缝突然收紧，将两人卡在了中间，此刻二人仍旧双脚悬空。

若只有怀臻一个人落下来，一定会滑落下去，立即魂飞天国。

“怀臻，你踩到冰裂缝了！”陆钦的声音有些慌乱，但听得出，他正努力调整自己的情绪，镇定下来。

怀臻甚至能感到他在深深呼吸，竭力地控制自己。

“对不起，我害了你！”怀臻声音有些抖，是她连累了他，他为了救她，才落入险境。

“现在不是说这些的时候！”他已经调整好自己，“我们必须想办法移动到更安全的地方，否则一旦裂缝承受不住我们的体重，会再度扩张，我们会继续下落。”

怀臻赶紧配合他，抬起头用头灯照亮周围的情况。

灯光虽然不强，但是足够看清。幸运的是，就在距离他们不远的地方，凸出一块小小的平台，足够两人移动过去躺下。更幸运的是，两人挂在身上的冰镐都没有遗失。

于是，他们使用冰镐，一点点带动身体，同时往前移动，动作稍不统一，其中一人就可能滑落下去，跌进死亡深渊。

怀臻全神贯注，抛开一切杂念配合陆钦的动作，两人逐寸挪动，终于移到平台上。

要到这一刻，怀臻绷紧的神经才松弛下来。接着，剧烈的疼痛自她大腿处传来，低下头一看，腿上一片殷红的血渍，血正源源不断渗透出来。

陆钦也看见了，他惊异地俯下身。原来，刚才跌落到半空的时候，怀臻撞到冰壁上，左大腿被锋利的冰凌刺破，连厚重的裤子也被刺穿了。

大概伤到动脉，故此鲜血源源不断流出。但适才情况危机，加之怀臻心神慌乱、极度恐惧、神经紧绷到极致，所以才浑然不觉已经受伤。直到松懈下来，她才知道痛。

“怀臻别动！”陆钦立即嘱咐她。他用力撕开怀臻的裤子，果然，怀臻大腿内侧被刺穿一个血窟窿，鲜血正汩汩冒出。陆钦倒抽一口冷气，只见他一咬牙，将手套的挂绳扯下，用力绑在怀臻大腿根部，阻断血液外涌。

怀臻鼻子一酸。在极度寒冷的情况下，血液不流通，她的腿很快就会冻伤，并且废掉。

可若不立即止住血，她会失血过多死去。要到这一刻，她才真正知道害怕，眼泪汹涌而出。

陆钦一把搂紧怀臻："怀臻，别怕，有我在！"可是他的声音也在发抖。

怀臻知道自己也许活不过今晚，忍不住失声痛哭："陆钦，我不想死，我也不想失去我的腿！"

"放心，我不会让你死，也不会让你没有腿！"他咬着牙承诺。然后，他飞速地将外套脱下，包裹在怀臻的腿上，又撩开衣服，将怀臻的腿焐在怀中。

怀臻惊呆了，连哭都忘记了。

他脱掉厚的防风外套，他一定会被冻伤，更不用说，他连衣服也撩起来，替她暖腿。

"陆钦，你不要命啦？穿上衣服，你快穿上衣服！"怀臻顾不得自己，浑然忘记他不这样做，她轻则腿被锯掉，重则丢掉小命。

"不怕，这里没有风，不算特别冷！"他镇定地微笑，并轻拍怀臻背部，让她镇定下来。

可是，怀臻已经看到他的嘴唇开始泛青。

她忽然觉得，她是不是活着，腿会不会残，已经没有那么重要了。

至少，有个男人，将她的生命看得比自己的重要。

怀臻的眼泪汹涌而出，这眼泪不是因为害怕，也不是因为疼痛，而是因为幸福。

"别哭，保存体力！"陆钦努力想让她安静下来，用整个身体抱住她的腿。他也尝试用对讲机与队友联系，可是除了滋滋的电磁波声，什么反应也没有。他们不敢大声呼救，怕引发雪崩，将他们掩埋在缝隙中。

怀臻有些绝望了："我们会不会永远出不去？"

"别怕，不会等太久，会有人来救我们，他们会发现的！"陆钦轻轻跟怀臻说。

怀臻点点头，她想，若活不到天亮，她也没有遗憾。

时间一点点流逝，不知道是惊吓过度，还是失血过多，怀臻开始觉得力气正慢慢消失，可她仍紧紧抱着陆钦，她试图用她的体温给他取暖。

陆钦抱着怀臻，不时用手替怀臻按摩腿部，好让她的腿保持热度。一开始怀臻不住流泪，渐渐地，转为轻轻饮泣，再后来，她连流泪的力气也没有了。失血过多，怀臻的嘴唇同脸色都苍白得似一张白卡纸。

“对不起——”陆钦将脸埋在她怀中，“若我不带你来这里，不自作聪明地制造那些该死的浪漫，你就不会弄成这样。”

“没关系，我觉得很好，很幸福！真的！”怀臻伸出手，抚摸陆钦的面孔。

他的脸色也很难看，泛着青光，似希腊神话中的一尊神像。

不知道死神有没有他英俊。等一下死神来接她的时候，她想她一定要仔细看清楚。

“怀臻——”他的声音哽咽了，“我想跟你讲一件事——”

“嗯？”可是怀臻已经分辨不清楚，她的意识开始模糊，“明天讲好不好，我现在要睡觉了！”她只觉得，他的怀抱好舒服，似软绵绵的云层包裹着她。

“不，怀臻，别睡！”他赶紧用力拍她面颊。可是她已经感觉不到，她微笑着闭上双眼。

他用手掰开她的眼睛，并再次用力拍她的面颊：“怀臻，别睡！”

“口渴！”蒙眬中，她唯一的感觉是嘴唇干裂，喉咙中像燃着一团火。

陆钦抓起地上的雪，塞进自己嘴里，暖化了，再对准怀臻的唇，喂她喝下。

冰凉清甜的雪水，缓缓流进她喉咙，她的意识略微清晰：“你说，我活得过今晚吗？”

“当然！除了今天，还有明天、后天、明年、后年——”他轻轻地说。

“你会陪着我吗？”

“会！”

“我们永不分开好吗？”

“好！”

渐渐地，她的声音又弱下去。他立即又唤醒她，同她说话。就这样不断反复……他丝毫也不给她睡着的机会，不是喂她喝水，就是跟她讲话，始终不让她彻底失去意识。

她整个人不停发抖，他也筋疲力尽，可他丝毫不敢懈怠半分，全部注意力都放在她身上。

他第一次觉得害怕，他怕这个女人，在他的怀中逐渐冷却……他甚至能感觉到，她的生命，正一点一点从她身体里抽离。

有生以来，他第一次觉得恐惧，第一次深深自责，内疚到心都快碎掉。他不应该受人摆布至此，将她带入险境。若可以，他愿意用他的生命换取她的。

但或者——他和她死在一起，也不错！至少，那些丑陋的真相，她永远不用去面对。而他也永远是她心中完美的爱人！

渐渐地，怀臻开始觉得四肢失去知觉，眼皮也越来越沉。她不断鼓励自己，一定要保持清醒，她还有很多美好的日子要同陆钦一起度过。可是，她的身体却完全背离理智的控制，一点点陷入漆黑的深渊。

也不知道过了多久，陆钦的四肢也开始变得麻木、僵硬，连动一动也要消耗极大的意志。

渐渐地，他的意识也开始游离，眼睛也不由自主合上。悲伤、自责仿佛都在冰寒的空气里凝结，变成无法消除的坚冰。可是下意识，他仍然紧紧抱住怀臻，不断付出他的体温。

天微亮时，他突然听到远处传来压抑的低喊：“陆钦、谢怀臻，你们在哪里……”开始的时候，他以为是一个蒙昧不清的梦。可是当声音逐渐清晰起来，并且由远及近时，已经处于半昏睡状态的陆钦，身体一震，立即醒过来。

他猛地摇摇怀中已经处于昏迷状态的怀臻：“怀臻，醒醒，醒醒，他们找我们来了！”

怀臻懵懂地睁开眼睛，仿佛不知身在何处，她极细微地牵牵嘴角，好像想对他笑，又好像想同他说话。但是，只一秒钟，她的眼睛又闭上，重新陷入昏迷。

陆钦的心紧紧揪成一团，他将她拥得更紧，然后努力克制自己的声音，回应正在找寻他们的队友，不让声音过大，而引起雪崩。

昏沉中，怀臻听到陆钦焦急而充满期望的喊声：“在这里，我们在这里！”

她身体一松，仿佛一块大石落地，整个人滑进一个深不可测的旋涡中。

再次睁开眼睛，怀臻心中一惊。

她的眼前仍然是雪白一片。她条件反射地想翻身撑起来，可是右手被什么东西牵扯着。她凝神一看，一只针头正插在她手腕上，鲜红的液体正源源不断输入她的体内。

她松口气，立即明白这是医院，她的命保住了。她动动脚，发现脚趾居然还可以活动，她立即放下心，原来腿也还在。

陆钦呢？他在哪里？这时，怀臻才想到他的安危，不禁有些汗颜。关键时刻他舍弃自己保全她，而她醒来第一件事情，想到的不过是自己。怀臻有些心虚，原来她最最爱的，仍然不过是自己。

她的目光略微放远，她的临床，躺着的正是陆钦，他闭着眼睛，不知是睡着，还是在养神。怀臻又松一口气。

“醒了？”队长站在怀臻身边，用极轻柔的声音问。

怀臻虚弱地点点头。

一名女队员走到怀臻身边，俯下身子，羡慕地说：“你运气真好！”

怀臻又点点头道：“是，死里逃生！”

“不，我说的是你有一名如此爱护你的男友，真幸运！”女队员侧过头看向陆钦，“你失血过多，这里是县医院，血库里没有合适你的血浆，我们每个人都化验过，只有你男友和你是一个血型。虽然他的腰腹都被冻伤，但仍然坚持要将血输给你！”

怀臻心中一动，顺着手中的针头望过去，那输血的管子，另一头连着的血袋里的血，原来带着陆钦的体温。

她亲眼看着他的血一滴滴没入她的体内。怀臻忽然热泪盈眶，一颗心柔肠百结，连呼吸都忘记了。亲眼看着另一个人的血液流入自己体内，那种震撼与感动，没有亲身经历过的人，是永远无法体会的。更何况，输血给她的人，是她深深爱着的，并且也深深爱着她的。

她知道，此生她与这个男人再也无法分开。即便分隔天涯海角，即便她到了另一颗星球，甚至阴阳两隔，她的血液中始终都流着他的血。她的心，每分每秒，都感受着他的生命与血液的冲击。从此以后，她的每一次心跳、每一个呼吸、每一个细胞的裂变都与他紧密不可分。

“你很幸福！”女队友小声说。

怀臻拼命点头，大颗大颗的眼泪滚落出来，顺着脸颊滚滚而下，烫得惊人。

但怀臻知道，这眼泪永远无法同陆钦的血液一样滚烫。

如果说之前，怀臻对陆钦还有所保留，那么这一刻，她把他的生命看得比自己重上一千倍、一万倍。她闭上眼，她的体内正发生着微妙的变化，这变化令她与他变得亲密无间。

“他怎么样？”她轻轻问。

“刚睡着！他一直没有休息，坚持要等你醒来，实在太累，支撑不住，才睡了！”队长轻声回答，生怕吵醒他。

“伤得严重吗？”她关切地问。

“是，如果再晚一点，整个腰腹部的皮肤肌肉都会永久性坏死。那样冷，他脱了外套，又撩开衣服替你暖腿，没把命丢了，已经是奇迹！”女队友告诉怀臻。

望着陆钦苍白的面孔，怀臻自责不已，她可以阻止他这样做，可是当时，她自私得只想保全自己。如果换了现在，她一定愿意用她的命，换他安然无恙。

这时，陆钦微微动了动，他睡得并不深，因牵挂着怀臻，立即醒来。

“她醒了吗？”还没睁开眼睛，他便问。

“我醒了！”怀臻赶紧抢着回答。

他睁开眼睛，看到怀臻含泪的眼睛：“傻瓜！怎么哭了？”

怀臻深深吸口气，眼泪汹涌，要清晰地发出声音，却十分困难：“你受伤了，肌肉差点永久性坏死，都是我太自私了！”

“没关系，医生总是喜欢往坏处说。实际上，冻坏的地方，很快会长出新的肌肤，我身强力壮，根本不碍事！”他冲她眨眨眼睛，安慰她。

她哭得更凶了：“你受伤了，不该输血给我！”

“没关系，我有很多血，很多很多！”她哭得那样伤心，陆钦几乎有些手足无措，胡乱地应答，只求她别再流泪。

他回答得那样滑稽怪异，她心中一酸，反而笑了。

他突然静下来，然后望着她：“你没事，我就放心了！我答应你的事情，终于做到了！”

怀臻点点头，他在冰缝中抱住她，不断承诺他会保护她，不让她死，不让她失去腿。

他做到了！

望着他微笑镇定的双眸，巨大的幸福感将她紧紧拥抱住，排山倒海般将她围得密不透风。她也望着他，眼睛一眨不眨。劫后余生，同生共死，现在他的血又流淌在她的体内……

两人就只是那样相互凝望着，目光交织在一起，似两双手十指相扣，紧紧相握。他们的眼中，除了彼此，再也看不到别人，世界忽然又缩小到那冰缝之中，只有她与他。

队长与几名队友，都轻轻退出病房，将门静静掩上。

病房中安静极了，只有两颗心怦怦跳动，它们频率一致，节奏重合。

怀臻想，这便是心心相印了吧。我真幸运！

## 第十五章
# 只想和你在一起

接下来几天，怀臻与陆钦在县医院休养，其余队友继续登山。

过了两日，有专车将怀臻与陆钦送回家。

幸亏被及时解救，等回到家，陆钦已经可以行动自如了。只是怀臻还不能下床，还需在医院多待几天。陆钦请了长假在医院陪她。

“公司没意见吗？广告公司没了创意总监，怎么办？”怀臻问。

“没关系，就当我还在登山好了！”陆钦笑道，“何况，公司有本事的人多了去了，我并不是最重要的那一个，我现在最重要的事情，是守住对我最重要的人！”

怀臻竟然点点头。她说：“世界何其大，我们每个人不过是一名匆匆过客，再辉煌的人生，对于整个世界来说，也只是萤火虫尾巴上的那点光。只有在我们的爱人心中，我们才是整个世界的中心，才是一颦一笑都牵动人心的重要人物。”

陆钦握住怀臻的手，他仔细看着她，刚认识她的时候，她雄心勃勃要干一番事业，她的生活只有工作，她的爱好、她的喜怒通通都围绕着工作。

可如今，是什么让她都放下了，一切在她眼中都不重要了？是他吗？是他让她改变如此巨大吗？他来不及思索，怀臻的手机响起来。

“怀臻，在哪里逍遥呢？有好消息告诉你！”电话那头传来方琦轻松的声音。

陆钦微微皱眉。

“我在医院！”怀臻如实回答。

“你不是去登雪山，度你的浪漫情侣假期去了吗？”方琦狐疑地问。

“去了，但是我同陆钦掉进冰裂缝了！”怀臻故意叹口气。

“啊？”方琦怪叫一声，“你没事吧？哪家医院，我立即来！”

怀臻将详细地址告诉方琦。

“方琦要来？”陆钦的眉头皱得更深，“我受不了她那张嘴巴，她肯定会怪我没照顾好你！”

怀臻笑道：“惹不起你还不躲？方琦在这里，你正好回去休息一下，帮我带些换洗衣服来！”

陆钦点点头道：“是，想到她揶揄我的那股厉害劲，我还是躲远一点的好，我晚点过来，给你带好吃的！”

“好！”怀臻仰起脸吻吻陆钦。

他几天没刮胡子，青色的胡楂在怀臻面颊上，微微有些刺痛。

半小时后，周方琦已经站在怀臻病床前。

“陆钦呢？”方琦张望一下。

“知道你要来，先躲了！”

“他怎么照顾你的？让你伤成这样！我非骂死他不可！”方琦气呼呼地坐下来。

“他有先见之明，知道会被你一张嘴说死，干脆面壁思过去了！”怀臻笑嘻嘻地说。

“怀臻，你们怎么会掉入冰裂缝的？”方琦望着怀臻略微苍白的面孔。

“说来话长！”怀臻故意卖关子，“你先说有什么好消息要告诉我！”

方琦想一想道：“也好，反正看你生龙活虎的，估计也不严重，先告诉你好消息。”

“是所里的事情吗？”怀臻问。

“是！”方琦坐到怀臻床前。

“怀臻，你可知道设计图是谁偷走的？”方琦故意问。

“谁？”

“你想都想不到！”方琦得意地说。

“谁是内奸？”怀臻的心都提到了嗓子眼。

“刘丽！”

“刘丽是谁？”怀臻一头雾水，这个名字非常陌生，但又好像在哪里听过。本市起码有数千名叫刘丽的女子。

“前台小姐！”方琦提醒她。

“啊？”怀臻简直难以置信，“是她？怎么会是她？！”

这个人，确实万万是她想不到的。

“为什么是她？”怀臻嘴巴都张大了，她宁可相信是曹彻，也不相信是刘丽。

“因为她最不容易被人发现，接触的人最多，最能了解所里每个设计师的动静，没有人对她有戒心，没有人防备她，就因为她太普通，她做任何事情都不会引起人注意，所以，丁善儒找到了她！”

“用什么收买她的？”怀臻好奇。

“刘丽男友在一家小事务所当绘图员，丁善儒承诺让他成为‘寰宇’的设计师。”

“这么简单？”怀臻简直不敢相信。

“简单？对于普通人来说，这足以改变命运！”方琦叹口气，“怀臻，你是千金小姐，你不知道贫家女孩的苦恼。自己资质有限，只能做一名前台，自然将希望寄托在男友身上，希望通过他来改变自己的生活。”

怀臻点点头：“我懂。可是，你怎么会想到是她？”

“不是我，是曹彻跟老周！”方琦笑起来，“原来，一切都是曹彻同老周布下的局，他们故意冤枉你，让对方奸计得逞，好让真正偷图的人掉以轻心，暗中把所里每个人的背景都调查了一遍，然后就抓住了刘丽露出的马脚。”

“然后呢？”

“没有然后！”方琦说，“老周心太软，只是将刘丽开除了，他和市领导已经重新沟通过，这个项目由我们来做！”

“也就是说——”怀臻顿一顿。

“也就是说，你腿伤一好，立即可以回来上班了！”方琦舒口气。

“啊？这么惨！”怀臻忍不住呻吟，“我的假期才开头，这么快就结束了？”

“怀臻，你可以选择不回来！”方琦没好气地白怀臻一眼。

“喂，女人没有工作像什么话？”怀臻嚷起来，“我只是想偷懒，过一个悠长的假期，哪知道你们动作那么快！”

方琦凝视怀臻五秒，她的眼睛里已经比适才多了几分神采。事业对怀臻来说，仍然是生活中不可或缺的。

方琦叹口气：“怀臻，工作仍然需要放在首位！”

“不，方琦，我找到比工作更重要的东西！”怀臻认真说。

方琦摇摇头：“怀臻，你会后悔你的选择！”

“永不！”怀臻坚定地望着方琦。

方琦岔开话题，不想同她再争论下去：“你开始以为是谁偷了设计图？”

“冯凉，或者——曹彻！”怀臻要想一想，才敢说出真心话。

“你怎么会怀疑曹彻？”方琦惊讶地睁大眼睛。

“谁叫他不站在我这边——何况，我觉得他很不高兴我和陆钦在一起！”怀臻犹豫一下说出真心话。

“你太小看曹彻了，他一直向着你，力争你是无辜的，并且想出替你澄清的方法。他并没有因为你和其他男人好了，便出卖你，或者挤对你！”方琦看着怀臻眼睛。

怀臻有些心虚道：“是，谁让他戏演得那样逼真，我完全看不出真假！”

“若你能看出来，其他人也能看出来！”方琦叹口气。

怀臻低下头，她没想到分手这样久，他仍然肯这样照顾她，宁可她误会。

“他没有来跟我解释！”怀臻低声说。

“你和其他男人那样亲密无间，他怎么好意思打电话骚扰你？”

怀臻不作声。

“怀臻，有时候人的眼睛也会欺骗你，谁对你真心，谁对你假意，你其实并不能看清楚！”方琦握住怀臻的手。

怀臻仰起脸，看着老友担忧的表情：“至少我能确定陆钦对我是真心的！”

方琦猛地抽回自己的手，故作失望道：“我以为你会说是我！”

怀臻要愣一下，才知道老友在同自己开玩笑。

她笑着捶了方琦一拳：“你不是想知道，我怎么掉进冰裂缝里的吗？来，我告诉你！”

方琦连忙将凳子再往前移一点，好听得更清楚一些。

怀臻微微闭上眼睛，时间仿佛一下便倒回那天晚上，那个连呼吸都会结冰的地方。

她努力地将那天的一切，仔细描述出来，好几次，她自己都感动得哽咽住。

方琦静静地听完怀臻的所有讲述。她深深吸了口气，竟然不知道该如何表达自己内心的感受，要过一刻她才说：“怀臻，你真幸运！我嫉妒你！”

“是！上天特别眷顾我！”怀臻摊开手，“所以，我能确定陆钦对我是真心的！”

方琦点点头：“谁也不能说那是假的！”

“方琦，你知道吗？自从我的身体里流着他的血液，我便觉得我的世界忽然不同了，任何人、任何事情，都不会比他更重要！我和他再也分不开了。”

“我最意外的是，他居然会和你一起跳下去，那是会送命的！”方琦有点失神。

怀臻点点头道：“是，死亡也没有将我们分开，所以我永远不会和他分开。”

“没有除非吗？”方琦问。

“没有！无论发生任何事情，我都不会和他分开！”怀臻斩钉截铁地回答方琦。

方琦意味深长地道：“怀臻，爱情之可怕便在于，这火焰越旺，越伤人！”

怀臻目光澄静地看着老友：“我不怕！因为我已经得到我想要的，就算付出再多，我也觉得值得！”

方琦忽然笑了：“如果陆钦敢欺负你，我第一个不放过他！”

“谁不放过我？”陆钦的声音自病房外传来。

方琦清楚地看到——怀臻的背脊一下挺直，眼睛立即明亮起来，似有小小火焰闪烁其间。

只听到陆钦的声音，已经让她如此振奋！

方琦在心中长吁一口气。她明白，自这一刻开始，怀臻不会再懂得如何保护自己，她的自我防卫系统，在这个男人面前已经自动缴械，完全失灵了！

在陆钦的细心照顾下，怀臻的身体很快复原。尽管身体颇吃了点苦头，可是这个假期对于怀臻来说，却是永生难忘的。再回到公司，怀臻整个人都精神焕发、神采奕奕。

人人都知道怀臻被小人暗算，受了莫大委屈，故此大家看到怀臻的时候都尽量表现得极其友善，好让怀臻安心。

怀臻自己却觉得好笑。这一群人，和自己都是老同事了，怀臻为人如何再清楚不过。可是，关键时刻，除去方琦，没有一个人肯站出来替她讲两句话。当然，还有曹彻！对曹彻，怀臻不是不感激的。但是又不只感激这么简单。

她犹豫好久，终于敲响曹彻办公室的门。

“谁？”

“我！”她扬声。

门开了，他亲自来替她开门。

怀臻鼻头忽然有点发酸。他重视她，她不是不知道。可是，那样珍视，他仍然和她分手。

她深吸口气，不让自己的情绪外露。她故意笑眯眯，轻松拍拍他肩头：“这次，多谢你了！”

曹彻替怀臻拉开椅子，倒杯茶：“你不怪我已经不错了。”

“当然怪你！谁让你演戏演得那样逼真，我还以为连你也不再相信我！害我伤心了好久！”怀臻嗔怪地看他一眼。

曹彻笑笑：“我怎么可能不相信你。”

怀臻笑笑：“多亏你，我才可以重新回来！”

曹彻：“你准备怎么报答？”

怀臻忽然想到若干年前，曹彻最爱同她这样开玩笑。

她每次都故意扭捏着说：“以心相许！”

可是现在，她再也不敢跟他开这样的玩笑。

她故意回避道：“请你吃饭可好？”

曹彻失望地望着她——她已经不再属于他，不会再和他开属于他们俩的亲密玩笑。

“他对你好吗？”曹彻忍不住问。

怀臻愣了一下：“很好！”

“我放心了！”曹彻掩不住惆怅。

怀臻不是笨人，也察觉出来了。怀臻忽然不知该如何面对曹彻。她胡乱说了三两句客套话，借口还有事情，立时离开。

出了门，怀臻才长松口气。真奇怪，分手多年，两人抬头不见低头见，却仍然相处得十分舒适惬意，怎么今日才待了不到十分钟，已经如坐针毡？

整个下午，怀臻都怔怔坐在电脑前思索。多年来，虽然已经分手，可是她和他都仍然残留了几分情意，都渴望同对方多说几句话，多见几回面，相处起来自然顺利通畅。

可是现在，她收回了她的心——于是，这平衡被打破。她不再渴望他关心她，她觉得他的感情是压力也是负担。她无力回报，只觉得尴尬！

接下来的好几天，怀臻都躲着曹彻，她怕再看到他殷殷的目光，她怕她让他伤心。

临近圣诞节，到处是喜庆的气氛，华丽的圣诞树将这个城市装扮得仿佛是另一个国度。

以前，怀臻最不喜欢过洋节，她总觉得中国人大可把春节过得热闹喜气便足够，何必跟着外国人瞎起哄。可现在，圣诞节变得国际化、商业化，仿佛就是一个单纯用来寻开心的日子。

怀臻也乐意让自己沉浸在艳俗而热闹的气氛中。那样轻松、欢腾、喜悦，没心没肺地热闹着，生活可以更简单更明朗。

这场恋情让怀臻改变许多，她习惯了每日由陆钦送她上班、接她回家；她习惯了每夜由这个男人拥着她直到睡着；她习惯了睁开眼睛便可以看见他；她习惯了和他在各种匪夷所思的地方亲热缠绵；她习惯了生活里有他。

他将她的身与心都照顾得那么好，一天看不到他，听不到他的声音、失去片刻联系，她都会坐立难安、心神恍惚。只有对着他英俊的面孔，她才会觉得踏实安心。

除去上班时间，他同她形影不离。她甚至疏远了一切朋友，只为了能够有更多时间和他相处。日日夜夜相对，她仍然觉得不够。

她私下同方琦讲："对着他，仿佛一生一世都变得短暂，恨不得来生的来生都同他厮守。"

她有时又会同方琦抱怨："简直像上了瘾一般，真可怕，一天看不到，便觉得这一天分外漫长，恨不能直接把时钟拨快一圈。"

有时看到方琦惊骇的表情，她自己也觉得肉麻，可是全部是肺腑之言，无半点夸张。

眼看新的一年即将来临，怀臻也着手于艺术中心的方案设计。她私下想，这个案子如果能够成功，再拿一两个大奖，便可退休与陆钦好好过几年二人世界。到时再生一两个粉嫩可爱的宝宝，生活不愁没有滋味，时间不愁没处打发。

她静下心上网翻阅资料。内部邮箱里，忽然收到新邮件。她随手点开。邮件链接了一个小小图形，提醒怀臻下载图片。怀臻好奇点击下载，几秒后图片下载到怀臻桌面。她轻轻点开。只一眼，怀臻像被开水烫到——她霍地站起来，手忙脚乱地将图片关掉。

然后她又难以置信地坐下，又点开图片。只匆匆一眼，她又立即关掉，生怕被人看见。

是、是、是——即便只看十分之一秒，怀臻也已经看清那张图。图片里是一男一女正在缠绵亲热，衣服几乎全部褪下，完全够得上限制级。

是、是、是——那一男一女不是谢怀臻和陆钦又是谁？

怀臻面孔火辣辣烧起来。是谁？是陆钦吗？他什么时候拍了这些图片？他又想做什么？

怀臻立即拨通陆钦手机，她走到茶水间，掩上门："你什么时候拍的照片？"

"什么照片？"

"我们亲热的照片！"

"我为何要拍这种照片？"

"不是你，难道还有别人能够拍下我们亲热的照片？"怀臻有点恼怒，他既然偷偷拍了，发给自己，为何又不承认？

"怀臻，我和你亲热又怎么可能拍照片？你到底在说什么，我听不懂！"陆钦一头雾水。

怀臻更慌了——不是他！是谁？

"怀臻——"陆钦察觉出怀臻有些不对劲。

“我挂了，晚点联系！”怀臻心慌意乱，挂了电话。

是谁，是谁拍了那样私密的照片？真的不是陆钦吗？

怀臻走到电脑前，她只觉得突然被人抽走了力气，四肢都变得软绵绵。她一眼瞥见新邮件图标在闪动。她点开，又有几张图片。怀臻不知该如何是好，此刻她仿佛已经灵魂出窍，手脚不听使唤。她的手颤巍巍点击下载，不知道又有什么惊骇的图片等着她。她点开图片，一张比一张刺眼，男女主角通通是陆钦和谢怀臻，而地点就是谢怀臻自己的家。她不敢多看，慌乱地关掉图片。

“你是谁？想要做什么？”她不断发邮件询问。可是，对方毫无应答。

怀臻颓然——当初陆钦向她送烟花的时候，也是用的这一招。这么多照片，又都在家里，不是陆钦，又有谁能拍到？他到底要做什么？拍这种照片纯是为了娱乐，抑或是他的恶作剧？或者，又是他一种特别的表达感情的方式？再或者拍艳照要挟她？

不，怀臻不敢相信这是真的。她宁可相信他是戏弄她，同她开玩笑，寻找刺激。可是，她心里仍旧觉得非常不舒服。

在没有意识的情况下，被人拍了照片，即便拍的这个人是你深爱的男人，仍旧会让人心里十分不安，仿佛被人玩弄于股掌。她忍不住再次打电话给陆钦：“你到我设计所楼下来，我有话和你说。”

“好！”陆钦听出怀臻的语气焦虑急躁。

怀臻将图片从电脑拷贝到移动硬盘内，并迅速将电脑内的图片删除。

她下了楼，站在公司楼外，一颗心惴惴不安。还好陆钦很快便到。

她上车，拉下面孔：“你拍那些照片做什么？”

“什么照片？”

“你现在承认，我不会生气。”

“我真不知道你在说什么。”陆钦一脸愕然。

怀臻面孔拉得老长，神情严肃愤怒。

“除了你，不会有别人能拍到这种照片。”怀臻将照片内容简单同陆钦描述一番。

“天，怀臻，不可能，不可能会有人拍这种照片！”陆钦张口结舌，难以置信，“你确定没有看错？”

“我怎么可能连你和我都认错！”怀臻也觉得陆钦神情惊愕，不像装出来的。

“怀臻，我发誓不是我！”陆钦着急地一把抓住怀臻的手，“哪有人拍这种照片，把自己也拍进去的！何况，我正和你亲热，怎么可能腾出手来拍照片？”

怀臻想一想，觉得陆钦说得很有道理。她更觉得惊恐——天啊，不是陆钦！是别人！什么人在窥视她，他要做什么？怀臻全身汗毛都竖起来，背脊一阵发凉。她惊慌失措地瞪圆眼睛，眼泪都快急出来。

“怎么办？是什么人，他要做什么？我该怎么办？”怀臻慌乱地拽住陆钦。

陆钦深深吸口气：“怀臻，镇定一点。对方既然发了照片给你，自然会告诉你他要做什么。你现在需要做的就是冷静，你回公司，等这个人再和你联系。我也好好想想，我们到底得罪什么人了，对方是怎么拍的照片。”

怀臻点点头——她知道此刻不是慌乱的时候，她深深吸口气：“好，我回办公室静观其变。有任何消息，我立即和你联系。”

陆钦松口气，怀臻一向理智，她没有让他失望。

怀臻转身下车，陆钦突然拉住她的手。怀臻回过身，陆钦一把将她搂住，紧紧拥进怀中，他轻轻在她耳边说：“怀臻，不管发生什么，请记得我爱你，我和你在一起！”

她慌乱的心，立即平静下来。有什么大不了的呢？她还有他，不管发生什么事情，他总会在她身边。他的血液在她体内流淌，总是与她在一起。她整个人突然变得轻松：“放心，我会处理好整件事情。”

他轻轻抚一抚她的鬓角：“自己小心！”

怀臻吸口气，转身离开——需要面对的总要面对，她必须清理一下思路，搞清楚到底发生了什么事情。

怀臻从陆钦的视线一离开，他立即掏出手机快速拨了一个号码。很快号码接通。他压低声音跟电话那头的人争执起来：“是你干的？”

“我干的什么？”对方纳闷。

陆钦的情绪立即激动起来，对着电话低吼道：“那些照片！”

“什么照片？”对方声音更讶异，还带着点幸灾乐祸。

陆钦情绪渐渐平静下来，整理好思路，和电话那头的人交涉。

电话那头的人抵死不承认这事跟他有关，他甚至说：“我怎么可能下这种狠手？我只是让你对谢怀臻好，可没让你做一件伤害她的事情！”

挂了电话，陆钦闷闷地坐在车里，好半天才开车离去。

怀臻在休息室坐了好一会儿，才返回办公室，可邮箱却再也没有新的留言。她走到茶水间，想倒一杯咖啡。没想到茶水间聚集了好几个人，都围在一起窃窃私语。

怀臻一走进去，他们立即噤声。不知道又在说谁的是非，怕被人听见。怀臻自顾自冲了咖啡离开。

走廊上她看见，好几个同事看她的眼神十分怪异。怀臻隐隐觉得不对劲。她重新走到座位上，发现手机上有未接电话，打开一看，全是方琦打来的。同一间办公室，有什么急事非得打手机？

怀臻探头望过去，方琦不在。她立即拨过去。电话一接通，方琦的声音便传过来：“大小姐，你跑哪里去了？我到处找你呢！”

“我在办公室啊！”怀臻觉得方琦总是大惊小怪。

“你坐在位置上别动，我立即过来找你！”方琦着急地命令怀臻。

怀臻哭笑不得，天大的事情她现在也不会觉得惊异，没有什么比她在自己家里被人偷拍了艳照更荒唐了。刚挂了方琦电话，座位上的电话又响起来。怀臻接起来，是曹彻。天，他不要这个时候来添乱了。

“怀臻，马上到我办公室来一趟！”曹彻沉着声音说。

“我就来！”怀臻挂了电话——怎么只出去一会儿，大家都在找她？正狐疑，方琦急匆匆走过来。

“有什么事情，等一下再说吧，曹彻找我有急事！”怀臻站起来同方琦说。

方琦皱起眉头：“怀臻，我陪你去见他。”

“可是，他只说要见我！”怀臻莫名其妙。

“怀臻，你知道吗？”方琦压低声音，“刚才有人给我们全公司同事的邮箱发了几张照片，你知道照片内容吗？”

怀臻张大口："我和陆钦？"

方琦点点头："是，你怎么搞的，怎么把照片弄到公司来了？"

"不是，不是我！"怀臻不知该如何解释。

难怪大家看她的眼神分外怪异，怀臻恨不能找个地缝立即钻进去。

"我知道肯定不是你，你谈恋爱，还没谈疯到脑袋不正常。是陆钦干的？你们吵架啦？一个女人不管和男人关系再亲密、再要好，也不能和对方拍这些亲密的照片，'艳照门'的教训还不够？"方琦恨铁不成钢地死命掐了一把怀臻胳膊，"你怎么就不懂呢？这下出事了，看你脸往哪里放！"

"也不是陆钦！"怀臻小声说。

"什么——"方琦急得差点喊起来。

"你小声点！"

"不是他？还有别人？你到底搞什么鬼？你们上床，让别人拍照片？你们变态啊？我怎么不知道你有这个嗜好？"方琦眼珠子都快掉下来了。

"也不是，一时说不清楚。曹彻找我准是这个事情，你陪我去吧！"怀臻央求。

她不知道，曹彻看见那些照片，会有何感想。她想立即拔足狂奔，逃离所有人。可是，理智硬生生拉住她，拖着她的腿，一步一步走向曹彻的办公室。

曹彻静静坐在电脑前。虽然那些照片已经被他关掉，但是画面却依旧清晰地浮现在他脑中。十分钟前，他突然收到邮件，惊异得差点跳起来。他不相信自己会收到这样的照片。

看到怀臻与别的男人缠绵，他只觉得心深深地刺痛，仿佛一把钢刀"噗"的一声插进去。曾经属于他的女人，伏在别的男人身下，表情那样销魂，仿佛已经去到另一个世界。

是谁？是谁发这些照片来刺激他？是陆钦吗？是怀臻吗？他们想用这种方式来提醒他，怀臻已经不再属于他了吗？

可是，几分钟后，立即有职员打电话告诉他，公司所有人都收到了这些照片。他脑子一下蒙了。不是怀臻，怀臻不会将这种照片四处散播。他的心立即揪起来，是谁？是谁要和怀臻过不去？刚才内心的疼痛不安立即被担心与关切代替。

不管她现在是谁的女友，和谁欢好，他都仍然爱着她，他要护着她，决计不让人伤害她。

他立即拨电话让怀臻来见他。

怀臻硬着头皮敲敲门，同方琦一起走进去。

“你知道了？”曹彻轻声问。

怀臻点点头，她低着头，不敢看曹彻的眼睛，她怕看了会忽然失去所有的勇气。看到自己喜欢的女人，和别的男人纵情声色，不晓得他心里会有多难受。

曹彻站起身，将怀臻与方琦引到沙发前坐下，倒一杯热水递到怀臻手中。他也坐下来，放柔声音：“怀臻，出什么事了？是陆钦干的吗？你们怎么了？”

怀臻需要深吸一口气，才能鼓起勇气开口说话。她看看曹彻，又看看方琦，两个人的脸上都是掩饰不住的关切，没有嘲笑、讥讽、揶揄……她放下心来，她知道他们是她唯一值得信赖的朋友。

“不是我拍的照片，也不是陆钦。我们根本不知道是什么人、用什么方式拍了我们这些照片。其实照片，我自己也没看清楚，我怕同事看见就删掉了。我现在也不知道，这个人为何要把这些照片发到公司同事的电脑上。”怀臻思绪也是一团混乱。

“这怎么可能？怀臻那是在你家中！”曹彻惊异地说。照片上显示是怀臻的家，他再熟悉不过。

“是，就因为是我家里，我才觉得特别不可思议。对方是怎么拍到的呢？”怀臻皱着眉头苦苦思索。

“你能确定不是陆钦？”曹彻问，“你们最近是不是关系不太好？”

“不，不是他。他和我在一起，怎么拍照片呢？”怀臻有些脸红。毕竟那些照片里，她和陆钦纠缠在一起，任何人看了都会不好意思。可是此刻，这两个人一个是她十年老友，一个是她旧日恋人，她也顾不上不好意思了。

她干脆态度大方地说：“我和陆钦感情十分要好，他为我可以连性命都不要，不可能会是他！”

方琦也点点头：“我看陆钦也不会干这种事情。”

曹彻想一想又问：“那么，你还得罪过谁？”

怀臻老老实实回答：“得罪的人数不清！谁没有说过一两句错话，谁没有做过一两件错事？有时候工作太出色了，也会遭人嫉恨。”

“可是，普通人不会费这么大心思来整你！不会做这种损人不利己的事情。”方琦说，“通常拍人裸照是用来要挟对方替自己做事情，或者勒索钱财。但对方好像并不是这样的，他一上来，就真刀真枪把照片公布了，根本没提任何条件，也无法再勒索威胁你了。看样子，这个人是恨你，就是想让你在人前颜面尽失、受人耻笑……”

怀臻眼睛一亮：“丁善儒！”

“是，一定是他，他手段最卑鄙！”方琦忍不住轻喊出声。

“也许真的是他，他上次陷害我不成，这次干脆想让我在这行混不下去！”怀臻咬着牙说，“想不到他为人如此龌龊。”

“他用什么方法拍到这些照片的？”曹彻仍旧想不通。

“有一种人，最擅长偷拍，防不胜防，也许他花钱雇这种人替他拍照！”方琦轻轻说。

“我该怎么办？现在也没有证据证明是丁善儒干的！”怀臻又愤怒，又觉得手足无措，恨不能立即冲到丁善儒公司，将他揪出来大卸八块。

“怀臻——”曹彻想安慰他，可是又不知该如何安慰。

“你们说，我今后还怎么在公司待下去？很快，整个业界都会传遍，这一行，我大概必须离开了！”怀臻掩住面孔，手脚冰凉。这屈辱岂是普通女人承受得住的？

过了好久，方琦忽然拍拍怀臻肩膀：“怀臻，事情未必有你想的糟糕——”

怀臻迷惘地抬起头：“事已至此，我难道能跟别人说，照片里的人不是我？”

“不，怀臻，对方已经把照片公布出来，你害怕担心已经没有用了，而且也来不及阻止了，你只能善后。其实，现在社会风气开明，许多年轻情侣也喜欢拍写真照片，因是情侣、夫妻，旁人看了也不过笑一笑，便算了。你又不是和有妇之夫偷情，被拍了照片，你不过是和你爱也爱你的男人在一起罢了。你们迟早会成为夫妻，任何人都不敢在背后说你是非！所以，这件事并不能让你在业内无法立足。”方琦慢慢说。

怀臻张大口："对啊，我怎么没想到？我和他光明正大！"她终于长舒口气，"是，我害怕、担心都没有用。事情已经发生，大不了，我和他结婚。"

"现在怎么办？"方琦问。

"报警！"曹彻说，"如果不借助警方的力量，我们根本无法查出是谁在背后捣鬼。上次我们放过他一马，他以为我们怕他，又欺上门来。这一次，我们一定要让他受到惩罚！"

"反正照片大家都看过了，你也没什么好顾忌的了，干脆破釜沉舟，报警！让警察来收拾这个恶人！"方琦站起来，"被他欺辱威胁过的同行不知有多少，也该让他受到惩罚！"

"报警？"事情发生得太过突然，怀臻甚至来不及产生恐慌、羞耻、着急、愤怒……

她只觉得脑袋里像被人拌进了糨糊，乱糟糟一团，理都理不清楚。

"我回家想想！"怀臻说，"我得和陆钦商量，毕竟照片里也有他，不知道他愿意吗！"

"好，你先回家，公司这边我们替你处理！"曹彻也站起来，"我会立即亲自去删除所有人电脑里的照片，并检查他们有没有备份！"

方琦说："我会想办法封住每个人的嘴巴，不让事情传出去。"

怀臻看着曹彻与方琦，力气又重新回到她身上："好，我立即回家和陆钦商量。"

怀臻拨了陆钦电话，她并没有约他到她家里。不知为何，她觉得她的家一点也不安全，会随时被人窥视。仿佛暗处有一双眼睛，正悄悄死盯着她。

他们在陆钦家见的面。

"事情有眉目了吗？"一进门，陆钦急急把怀臻拥在怀中。

"有一点！"怀臻靠在他怀中，她觉得安心许多，也没有那么惶恐不安了。

其实她也知道，担心也没有用，最坏的结果已经呈现在她面前。并且，她承担得起！

她可以和他结婚！她又觉得有点欣慰。反正她这一生都不可能再和他分开。

第十六章

# 幸福就是肥皂泡

怀臻将公司发生的事情仔细告诉陆钦。

陆钦边听边皱眉头，当听到照片已经传遍整个公司时，他狠狠一拳砸到茶几上："谁，谁这么可恶？"

怀臻心疼地抢过他的手，捂在怀中："别激动！"

她把方琦和曹彻的分析也转述给陆钦："他们建议我们报警！"

"报警？"陆钦犹豫了一下，"不太好吧？警察一介入，也许很快会被媒体知道，我不想成为社会版的一条花边新闻。"

怀臻没想到他会拒绝，她愣了一下："那怎么办？"

"让我看看照片，看看有没有什么线索可寻！"陆钦说，"也许，我们能够从照片拍摄的角度，找到这个人拍摄我们的地方，然后将他揪出来。"

怀臻想这也不失为一个办法，她也不想惊动警方。若事情闹大了，传到父亲那里，不知会有什么严重的后果。她把移动硬盘取出来，接到陆钦的电脑中。她将照片调出来放大。

这是她今日，第一次仔细看这些照片。奇怪，尽管两人都赤身裸体，肢体纠缠，可是怀臻并不觉得猥琐暴露。相反，像一张张拍得十分生动大胆的艺术照。因为两人十分投入、神态陶醉，又都是容貌出众，看起来只觉香艳，不觉色情。

"没想到你这么上镜！"怀臻忍不住称赞。

"你很漂亮……"陆钦深吸一口气，抱紧怀臻。

怀臻忽然感觉到他的生理反应，忍不住哑然失笑："拜托，你别想歪了！"

陆钦自己也有些不好意思："是，现在不是时候！"

他喝一大口凉开水，让自己镇定下来，却又忍不住说："可是，怀臻你真美！”

“也只有你这么想！”怀臻埋下头偷笑。

两人调笑一番，才又能集中精神看照片。可是，越看，两人越心惊——每一张照片，视觉都十分准确，仿佛在怀臻和陆钦亲热的时候，有另一个人，站在床边，不断按下快门。这个人拍照的地方就在房间内！可是没理由，这个人他们看不到。除非，这个人隐形了。

怀臻紧张地拽住陆钦的手：“我们还是报警吧！”

陆钦点点头：“是，怀臻今晚你也不要回家了！太不可思议了！我们明天就去报警！”

他们缠绵的时候，这个拍照的人，就在他们身边，睁大眼睛望着他们。

怀臻汗毛都竖起来：“不，我们现在就去报警！”

那种被窥视的感觉，又浮现出来。怀臻惊恐地将脸埋进陆钦怀中。

接到怀臻与陆钦的报案，警方十分慎重，立即派出专门负责这类案件的李探长。

李探长将怀臻提供的照片放大，仔细查看。

怀臻已经不觉得难为情，她只求能早点找到这偷窥者，所以十分配合警方的调查。

李探长跟怀臻说：“根据照片拍摄的角度来看，对方一定是在房间内。”

“不可能，房中如果有人，我们怎可能察觉不到？”怀臻立即叫起来。

“谢小姐，我们的技术人员经过分析发现，照片是自录像片断中截取下来的，也就是说，并非照相机拍摄而成。现在针孔摄像头只要稍微费点心思不难搞到，我们怀疑你房间里被人安装了高清摄像头，我们需要到你房间里搜查！”

“什么？摄像头？”怀臻惊异地抓紧陆钦的手，她浑身忍不住发抖。怎么可能会有人在自己房中安装了摄像头？

果然，警方在怀臻房间里发现两个针孔摄像头，都藏在极不容易发现的地方，其中一枚隐匿在书架上，正对着怀臻的床。如果不是专业人士，普通人根本察觉不到摄像头的存在。

怀臻目瞪口呆地望着指甲盖大小的摄像头。镜头小小的，却似两个看不到底的黑洞，森森的，冷冷的，似一双幽暗阴绿的猫眼。她居然浑然不知，自己的一举一动，都被这双诡异阴森的眼睛看在眼中。

怀臻忽然觉得自己被人剥光了衣服，赤裸地横陈在人前。是谁？窥视她的眼睛属于谁？他是如何进入她的房间，神不知鬼不觉，藏起这些鬼眼的？是谁这样戏弄她、侮辱她？

汗毛一根一根竖起来，怀臻只觉得这熟悉的房间，忽然变得陌生，危机四伏。怀臻手脚冰凉，整个人都蒙了。她不知道，会有谁这样关心自己的私生活。

“谢小姐，你放心交给警方，很快会有结果！”李探长向怀臻承诺，“我们会到你的公司做一些调查，因为安装摄像头的人，拥有你们公司所有员工的通信方式，应该是很熟悉你们公司，或者根本就是你们公司的人所为。”

怀臻点点头，目送李探长离去。

等所有人都走了，房间一下静下来。

尽管怀臻知道，那些窥视她的摄像头已经被取走，房间也经过警方精密的搜索，可是她仍旧觉得，暗处，在某个她不知道的地方，有一双诡异的眼睛，悄悄地监视着她。

她仍然觉得背脊一阵一阵发凉。到底是谁？丁善儒吗？或者另有其人？还有谁这么恨我？怀臻苦苦思索，可是半点眉目也没有。

为了安全起见，陆钦立即找人将房间里所有门锁全部更换掉。可是，怀臻仍旧不敢住在家中。她怕，怕半夜醒来，发现床头站着一个面目模糊、目光阴毒的怪物。

翌日，怀臻一早接到李探长电话：“谢小姐，我们已经找到骚扰你的人了。”

“什么？找到了？这样快？是谁？”怀臻霍地自床上跃起。

“你到我们警局来，立即可以知道真相！”李探长笑起来，“我们也没有想到会这样顺利！”

怀臻同陆钦立即套上衣服，便往外奔。到了审讯室外，怀臻的心忽然怦怦怦跳起来。她忽然有点怯意，她有些怕看到这个人。她有一点恐惧。不知道，等待她的会是谁。来不及犹豫，陆钦已经推着怀臻走进了审讯室。

竟然是他？！

怀臻惊异地张大嘴巴。她曾经怀疑过他，可是又觉得他不可能做出这样匪夷所思的事情。

然而，真的是他！冯凉。此刻他坐在审讯桌后，仰着头，怨毒地盯着怀臻。若眼睛可以杀人，谢怀臻已经被钉死在墙壁上，血肉模糊了。

“为什么是你？”怀臻难以置信。

冯凉将脸撇到一边，根本不屑回答怀臻的问题。

李探长走到怀臻身边：“昨天下午，我们便到你公司对所有电脑进行了检查，我们的信息专员发现，发送照片的 IP 地址，竟然在你们公司内部。我们逐台检查，发现这台电脑属于冯凉。然后我们恢复所有被消除的文件，果然在这台电脑上，有大量偷拍你的图片。我们立即申请搜查令，检查了冯凉的家，在他家中，发现大量偷拍你的视频资料，他在你房中安装摄像头，不是一天两天了。他没想到，你居然有勇气报警，所以掉以轻心，明目张胆在公司电脑里发送这些照片，他以为只要删除干净了，就没人会查到！”

怀臻听得不寒而栗。

李探长却还继续说：“物证说明一切。冯凉已经承认他私自偷配了你家的钥匙，通过非法渠道购买到针孔摄像头，趁你不在家的时候安装在你家中，随时偷窥摄录你的私生活。我们还在其中一些视频中，发现他曾经多次私自进入你的家中。”

李探长让旁边的探员将一张光碟播放给怀臻看。

怀臻屏住呼吸，画面非常清晰。怀臻的房门被推开，冯凉似午夜幽灵，一闪进入房间。

怀臻张大嘴巴，看着冯凉在她的房间沐浴，用她的浴巾擦身，玩弄她的内衣，又伏在她的床上睡觉……

陆钦立即抱紧怀臻——怀臻脸色铁青，像受到极大打击。

“他已经严重侵犯到你的隐私和生活，我们将按相关法律起诉他！”李探长关掉视频。

怀臻浑身发抖，嘴唇不住哆嗦。

“你为何要这样做？你到底想做什么？”怀臻不由自主逼近冯凉，厉声喝问。

冯凉抬起头——

“我要做什么？”他冷笑，“我什么都不做，我就是要让你在人前颜面扫地，我就是要大家看看，你是怎样下流放纵的一个女人。”

“我做了什么你这样侮辱我？”怀臻声音都在颤抖。

“谢怀臻是你侮辱我在先！”冯凉的声音嘶哑破败，似毒蛇在咝咝吐芯，“当初，你隐瞒你是谢常意女儿的身份，接近我、引诱我，利用我稳固你在‘鼎峰’的地位。你让我全心全意爱上你、信任你，无私地将一切传授给你，你利用完我，立即一脚将我踢开，难道不是你欺骗我的感情在先，侮辱我在先！”

“不，并非像你想的一样，我从来没有想过你会爱上我！”怀臻连连摇头——她隐隐约约知道冯凉爱慕她，但她以为只要当作自己不知道，一切就可以像没发生一样。她没想到他会扭曲事情的真相，更没想到，这种感情会转化成如此可怕的恨。她更没想到，这么多年过去了，这种恨在他心中越积越深，让他做出这么多可怕的事情来。

他进入她的房间。怀臻简直不敢想，这感情扭曲得多么可怕、多么变态，远比恨还丑陋。

“你若没有利用过我，不心虚，怎么我对你冷嘲热讽，你从来都不敢回应？”冯凉冷哼一声，“这么多年，我时时记得这耻辱，我夜夜不能入眠，看到你春风得意的样子，我的心每天都在炼狱中煎熬。”

“是你自己心魔作怪！”怀臻摇摇头，“我从来没有在意过你，更没想过要利用你。我不说我是谢常意的女儿，不过是不想太张扬。从头到尾，我只当你是一个普通的同事。你平日对我恶语相向，我一直隐忍，并非我做了亏心事心虚，是我一直记得你曾经对我的好，我尊重你曾经是我师父。”

“你少在我面前扮高尚！”冯凉歇斯底里，“我就是要毁了你，让你永远在这行干不下去，让大家都看清楚，你是个淫荡邪恶的女人，我要撕开你伪善的面具！”

“你这样做，就泄愤了？解恨了？报仇了？心里就舒坦了？”怀臻望着他的眼睛。

他瞪着怀臻，忽然有点颓丧：“是，我报仇了，解恨了，泄愤了，但是心里依然不舒服。”

“谢怀臻，如果不是你当初伪装成不谙世事的模样来接近我，我会上当吗？我会傻乎乎捧出一颗心，任凭你踩在脚下吗？因为你，我对爱情充满幻想，也因为你，我对感情，甚至人性都彻底绝望了！连你那么纯良的模样，都可以伪装出来，还有什么值得相信？还有什么感情是可靠的？”冯凉忽然有点哽咽。

“一切不过是你自己的心魔在作怪！”怀臻厌恶地说。

“你偷拍怀臻照片，公布给大家看，我可以理解为你想报复，想毁掉怀臻，可是你偷偷潜进她房间里做什么？”陆钦忍不住插嘴。

他想不到，怀臻有这样可怕的暗恋对象。真不知道，一开始是怎么样的一份感情，如今可以腐烂到这种地步。

冯凉低下头：“我恨她，可我也想得到她。我想靠近她，哪怕靠近她用过的东西……”

怀臻只觉得恶心，不想再听下去，她转过身准备离开。

“你等着坐牢吧！”怀臻压抑住翻涌而上的浊气。

冯凉愣了一愣，背忽然佝偻下去，他竟然放低声音：“谢怀臻，我所做的一切，不过是因为我爱你。看在一切都是我太爱你的分儿上，你放过我吧！”

他的声音忽然低到只有蚊子大小：“我不想坐牢！”

怀臻转过身，厌恶地看他一眼：“不，你爱你自己太多，恨我太多才是真！”

陆钦拉起怀臻的手，她的脸色白得像一张纸。

“谢怀臻，你没有良心……”冯凉浑身开始发抖，“你毁了我，你毁了我的生活，毁了我的一切！你没有权利这样做！”

“不，从头到尾都是你在自说自话，毁你的，不过是你自己！”怀臻连看也不想看他。

“谢怀臻，你会遭到报应的……”他声嘶力竭地喊着。

“自作孽不可活！”怀臻一分钟也不愿意再看到他，她头也不回地离开。

对这种人，她不会怜悯的。

她的生活因为他而变得难堪，她的隐私被他侵犯，她成为别人笑谈的话柄，她的生活因为他蒙上阴影，她不会原谅他。

因为案件过于涉及怀臻隐私，事后李探长将所有物证全部交还给怀臻本人。

她一眼都不想再看到这装满了个人隐私的硬盘。回到家，陆钦立即协助她，将硬盘砸成碎片，然后放火烧焦，冲进马桶尸骨不留。接着，怀臻将家中的衣服、床单、浴巾……所有的东西通通都收进口袋中，狠狠地扔到楼下垃圾桶。

做完一切，她只觉筋疲力尽，再也没有力量控制住情绪。她伏到马桶边，张大口，一边哭，一边疯狂地呕吐起来。

陆钦默默陪着她，他不知道该说什么来安慰她。但他知道，怀臻一定能调整好自己的情绪。她是个理智的女人，她不会用别人的错误来惩罚自己。

到了公司，整件事情已经炒得沸沸扬扬，大家都知道了冯凉与怀臻的恩怨。有人看笑话，有人同情怀臻，大家都觉得怀臻运歹。等过了好几周，大家都不再谈论此事，怀臻的情绪才渐渐平静下来。

可是，一个人的时候，她仍然觉得房间里，有一双绿幽幽的小眼睛在暗处窥视着她，夜深人静，即便在梦中，她也得不到安宁。

她晚晚梦见自己，赤身裸体出现在同事面前，被无数衣冠整齐的人围在中间，不停地指点嘲笑，她拼命想找个地方躲起来，可是无处可逃。她常常恐惧地自梦中惊醒。

从办公室走廊经过，她仍旧觉得有异样的目光在盯着她。在食堂吃饭，别人低声耳语，她也以为自己就是别人谈论的话题。

不管同事怎么装作事情没有发生过，不管方琦怎么安慰她，不管曹彻如何保证照片绝对没有外泄，怀臻始终觉得背脊上有一根刺。

这天，怀臻和陆钦在吃晚餐。她一直心不在焉，筷子在餐盘上挑挑拣拣，却始终落不下去。

吃了半天，身前的饭还是一口没动。

陆钦皱皱眉头，体贴地问：“怎么，没胃口？”

怀臻低下头：“是！”

“还在想那件事情？”

“是！”

“事情已经过去了！”

“不，终生都不会过去！”怀臻情绪十分低落。

“怀臻，任何新闻，三天后都不会再被人们谈论了！每个人都有自己的烦恼、自己的生活，他们不会一直把注意力放在你身上！”陆钦放下筷子，握住怀臻的手。

“不，我过不了自己这一关！”怀臻抬起头，“我总是听见背后有人对我指指点点。”

“怀臻，那是你的幻觉！”

“不，不是我的幻觉，我时时都能听到！”怀臻沮丧地说，“即便在梦里，他们也在我耳边絮絮低语。”

“怀臻——”陆钦犹豫了一下，“怀臻，你知道，我从小就没有父母，只有一个姨妈将我养大，我想找一天，介绍我姨妈跟你认识，你说可好？也许，我们结婚，能够让你走出这件事情带来的阴影！”

怀臻张大嘴巴：“结婚？”

“是！”陆钦温柔地说，“不过，不是要你现在就嫁我。只是我想，我们总要结婚的，所以先让家里人看看，好让他们有个准备！”

怀臻惊喜莫名，连连点头！头点了一半，又赶紧止住，生怕陆钦发现她喜出望外，知道她有多么想嫁他。可是，笑意仍旧掩饰不住地自她的眉梢眼角泄露出来。奇怪，连日来的阴霾，忽然被不知从哪里吹来的一阵风，驱散了。

嫁人这回事，对于女人来说，即使心里一千一万个愿意，即使火烧眉毛那样迫不及待，可还是会矜持地皱着眉头说：“我需要考虑一下。”

陆钦看着怀臻的笑容，心里的不安却仍旧无法消除。她沉默了好久，一直郁郁寡欢，现在这脸上终于有了笑容。这笑容真好看，似乌云里突然透出金光。令他有一点点的失神。要是她真的能和自己结婚就好了。

他心里越来越不安，越来越慌乱，好像有更加不好的事情马上就要发生。这一切已经渐渐脱离他的掌握，向着一个无法控制的方向走去。他知道自己正向着黑洞洞的深渊坠落。

他多希望，他就是陆钦，一个坦坦荡荡、清清白白的男人，能保护自己爱的女人，和她结婚生子，过最普通的生活。可惜谎话说再多，也成不了真。

他的幸福，就是个肥皂泡，轻飘飘越飞越高，随时会“啪”的一声粉身碎骨。这场戏已经穷途末路！他再不喊停，就会万劫不复了。可是，他已经舍不得停下来，舍不得失去她，舍不得让她恨他！

晚上，趁怀臻睡着，陆钦蹑手蹑脚下床。他拿起手机，走到卫生间，轻轻拨通电话：“能不能不这样做？”

“不行，如果你想让她知道真相，那么你可以选择拒绝！到时候别怪我把什么都告诉她！”对方不屑地说。

“会伤害到她，事情没法收场！”陆钦几乎在哀求。

“不行！”

“我可以什么都不要，全都放弃！”陆钦再次央求。

“那么由我来告诉她真相！”对方轻轻说。

“她是无辜的，若不是你一开始就欺骗我，我怎么会帮你骗她！”陆钦气急攻心。

“你还不是为了你自己！你不过是被她骗了，相信我，谢怀臻是最伪善的女人！”

“不，她并非你说的那样，我相信自己的眼睛！”

“相信我，把这次的事情做了，你就会得到你想得到的一切，到时候一切都会结束！去新西兰留学的签证资料，我已经帮你准备好了。”对方笑起来，似乎料定陆钦会妥协。

陆钦又羞又恼，可是又不得不妥协：“你得答应我，这是我为你做的最后一件事情！”

“你先做了再说！”

“这是最后一次！”陆钦坚定地说，“你保证不伤害到她！而且，必须按照我的方法结束！”

“放心，害不了她！到时候你别出了岔子！”

“还是算了吧！”陆钦还不死心，仍然企图说服对方，“你说过，谢常意最难对付，我怕他拆穿我！”

“你按我说的做，一定不能出错！”对方几乎咬牙切齿，“从头到尾，我要对付的只是谢常意，不会伤害谢怀臻，所以你一定要用心对付他，否则我把一切都告诉谢怀臻！”

“别伤害她！”陆钦哀求道。

“你以为你现在就不是在伤害她？你现在抽身，她一样伤心。你说呢？所以你最好不要轻举妄动！”

陆钦的心一下揪紧——从头到尾，他所做的每件事，都是在伤害她！对方不等他回答，便挂断。他怔怔对着电话发呆，然后深吸一口气。

一转头，拉开门便看见怀臻站在卫生间门口，正瞪大眼睛望着他。陆钦吓得心脏狂跳——她都听见了？

“你怎么起来了？”他试探着问，努力让自己的声音听起来自然。

“我醒了，看见你不在，找了过来。你在和谁打电话？怎么躲到厕所里？”怀臻问。

“公司设计师打来问点事情，怕吵醒你，所以……”他笑笑掩饰道。

怀臻向前一步，拉住他的手：“事情说完了，就回去睡觉吧。下次别躲厕所打电话了！”

她冲他毫无戒备地笑了。他搂过她，心里更加难过。他但愿从来不曾认识她，这样他便永无机会伤害到她！

一连几天，怀臻的心情好得出奇。想到很快要见到陆钦尊重无比、视为母亲的姨妈，她就忍不住兴奋。她甚至觉得，否极泰来。

这几个月来，他们感情发展迅猛，虽然认定彼此就是要牵手一生的对象，却都不好意思这么快就谈婚论嫁，没想到冯凉反而成全了他们，促成了这事。

周六，陆钦来接怀臻。

她站在镜子前发愁——第一次见家长，一定要留个好印象，穿什么好呢？牛仔裤老年人会觉得太随便。高跟鞋自己穿着又不自然。大冬天穿裙子，会不会太妖娆了？直到陆钦来了，她仍旧没有决定好穿什么。

陆钦好笑地看着怀臻将一柜子的衣服都铺开在床上：“你和我约会的时候

也没有这样大阵仗，也是穿条破牛仔裤、一件白 T 恤、一双白球鞋就跑来了，怎么现在会紧张成这样？”

怀臻朝他斜斜飞过一个白眼：“因为我重视你啊！”

陆钦笑着搂住她的腰，将下颌抵在怀臻头顶：“我知道！”

“你倒是给个建议啊，你姨妈喜欢什么类型的女生？”怀臻急得挣开他的手臂。

“你这样的！”

“正经点！”

“真的，就你这样的！我喜欢的女人，她一定喜欢！”陆钦抚摸着怀臻的发角。

“可我不够美，我要是有方琦那样美，她一定满意！”怀臻叹口气。

“在我心里你就是最美的女人。只要你爱我，我的家人就会觉得你是最美的女人！”

“你肉不肉麻？”怀臻装作起了一身鸡皮疙瘩。

“谁让你喜欢听？麻死我也值得！”陆钦拍拍胸脯，一副英勇就义的样子。

怀臻笑得差点岔了气。

“喂，我到底该打扮成什么样嘛，给点建议好不好？”怀臻跺脚，假装生气。

“做你自己就好了！”陆钦吻吻怀臻的面颊。

怀臻叹口气：“老太太要是对我印象不好，全怪你啊！”

最后，她穿了浅珍珠灰的毛衣，套一件深玫瑰灰的休闲外套，配一条米色的长裤，裸色羊皮的短靴子。整个人清爽大方极了。

到了陆钦家门口，怀臻有点踌躇，略显紧张。资金上亿的大楼她设计起来眼睛都不眨一下。可现在，要看到那平凡的老太太，她还是觉得喉头发干。太在乎一个人了，连带任何与他有关系的人，都看得异常重要。

陆钦轻轻叩门，怀臻紧张得头皮都发麻了。一名容貌清瘦、衣着整洁的老太太将门打开，十分热情地将怀臻与陆钦迎进门。怀臻没有想到她那么平凡、那么温和。怀臻真正佩服这个瘦小的老太太，能够培养出陆钦这样出色的男人。

她十分敬重她，对老太太谦和有礼、毕恭毕敬。

老太太也十分和善，她像一位最慈祥的母亲，一直温柔地看着陆钦和怀臻。

而且最令怀臻放心的是，老太太并不多话。并没有像一般老年人一样，问题多多，滔滔不绝地盘查怀臻。她一直微微笑着，十分和蔼地给怀臻夹菜，嘱咐她多吃点。还是怀臻自己，老老实实告诉老太太，自己多大年纪，做什么工作，父母如何。

整个过程，老太太都用一种温和的目光看着他们，听怀臻与陆钦说话。怀臻能够感觉到老太太的孤单。

听陆钦介绍，原来这位姨妈还有一个女儿，也就是陆钦还有一个表妹，一直在国外读书，平时都是老太太一个人在家，难免寂寞。

可是她从来不要求陆钦抽时间陪伴她，她一直觉得，年轻人有年轻人的世界，让年轻人把多姿多彩的时光，用来陪伴老人对年轻人是不公平的。

怀臻更加佩服姨妈的胸襟，她暗自决定，以后一定要抽空多陪陪她。所以她特意坐得靠老太太近一点，又故意谈一些工作中的趣事给她听。

一直到吃过晚饭，陆钦才开车送老太太回家。临出门的时候，怀臻听到老太太悄悄跟陆钦说："她真是个好姑娘，你一定要把握好！"

怀臻窃喜，看来老太太对她十分满意。她所有的担心都消除了，整个人顿时轻松起来。

连陆钦都感觉到了她情绪上的放松："看，我说姨妈一定会喜欢你！"

"她是个寂寞而友善的老人！"怀臻微笑道，"我也喜欢她。"

"你父亲会不会喜欢我呢？"陆钦开玩笑地说，"听说，岳父最喜欢为难未来女婿！"

怀臻愣了一下："我不知道！"

整个晚上，因为陆钦的一句玩笑话，怀臻的情绪十分低落。

躺在床上，怀臻久久无法入睡。她曾经以为一向对自己言听计从的父亲，会尊重自己的每一个决定。可是，没有想到，几年前，当她信心满满地将曹彻带回家，准备接受父亲的祝福时，却遭到了毁灭性的打击。

她没有想到，父亲会那样为难曹彻，令曹彻尊严扫地。怀臻没有想到，一向颇有大家风度的谢常意，态度会那么恶劣。

她清晰地记得，她和曹彻回到家里。她幸福地将曹彻领到父亲跟前，十分自豪地介绍男友给父亲认识。曹彻才华出众，为人沉稳内敛，一定会获得家人的好感。可是，谢常意不屑地抬抬眼皮：“你就是曹彻？”

“是的，伯父！”曹彻谦逊地微微颔首回答。

“很感谢你平日对怀臻的照顾。”谢常意微微笑了笑。

怀臻放下心来。

“可是，怀臻刚回国不久，事业才刚起步，我和她母亲都认为现在不是谈恋爱的时候，所以，你们还是保持普通的同事关系吧！”谢常意这么说。怀臻与曹彻都愣住了。

“伯父，我跟怀臻交往已经有两年，并没有影响到她工作啊！”曹彻诧异地辩解。

“我们认为不合适！”谢常意有些不高兴。

“伯父，我会好好珍惜怀臻，你放心吧！”曹彻说。

“放心？我怎么放心？”谢常意冷哼一声，“你有什么资格娶怀臻？你哪里配得上她？”

怀臻手足无措地看着父亲，前几天她和父亲说要介绍男友给他认识的时候，他还十分开心，说想早点看到未来女婿。他也听怀臻不止一次提起过曹彻，并没有表示出反感。可是为何，今日父亲如此反常？

曹彻也被谢常意的话弄蒙了，一向心高气傲的他，挺直脊背，脸上不由自主流露出羞愤之情。可是，看在怀臻的面子上，他努力压抑自己的情绪，不想和未来岳父搞僵关系。

“伯父，我会努力工作，不会令你失望！”他委曲求全。

“你不过是一个小小的设计师，你凭什么娶我谢常意的女儿？你想从我这里得到什么？”谢常意目光中尽是鄙夷之情，仿佛曹彻是来谢家偷宝物的窃贼，被他识破了马脚。

更让怀臻不能接受的是，谢常意扔下一句“我绝对不会让你和怀臻结婚”便拂袖而去。

曹彻愣在客厅里，脸色一阵青一阵白，无比屈辱。

怀臻不住向曹彻道歉："对不起、对不起，我父亲平时不是这样的，今日他不知道受到什么刺激，我仔细问问他。"

曹彻点点头，脸色难看到极点："你好好和你父亲沟通，他不欢迎我，我先走。"

曹彻自尊心空前受挫，扔下怀臻，头也不回地离开。

怀臻立即上楼找到父亲，谢常意冷着面孔，背对着怀臻。

"爸，你今天怎么了？不是你说想见曹彻的吗？"

"我永远不想再见到这个人！"谢常意从鼻子里冷冷哼了一声。

"他哪里得罪你了？"

"他什么都没有，拿什么娶你？"

"是，曹彻现在只是一名设计师，家境也很普通，可是他十分有才华，这么年轻，便在'鼎峰'担任主设计师，而且还是组长，他很有潜力！"怀臻苦苦向父亲解释。

"'鼎峰'算什么？你们老板想追求你，我都还嫌他没资格！"谢常意狂傲地说。

"爸爸，你平时不是这样世俗的人！"怀臻生气了，"你一向认为年轻人只要有理想，够努力，就会给他机会！"

"可我只有一个女儿，怀臻你是爸爸的掌上明珠！不是人人都能得到成为我谢常意女婿的机会！"谢常意转过身，抚摸怀臻头顶，"他不是一个理想的结婚对象。他和你交往一定另有目的。怀臻你和别的女孩子不同，爸爸的一切都是你的。你在这一行有权力、有地位，你有三辈子都花不完的钱，你有天赋，你有才华，只要你愿意，我可以帮你开一家设计事务所，你自己当老板。这男人接近你，目的并不单纯。"

"爸爸，难道你以为每个男人接近我，都是因为你的钱、你的地位吗？难道你不相信，会有一个男人爱上我，只因为我是谢怀臻，而不是你的女儿？"怀臻难以置信地望着父亲。

"怀臻，人心叵测，你年纪太小，还不能分辨！"

"爸爸——"

“不要再多说了，我不会同意你和他在一起的。除非，你和我断绝父女关系！”谢常意斩钉截铁地说。

怀臻不知道该如何面对曹彻。她找到曹彻商量对策，曹彻一脸苦笑：“怀臻，我没想到这个年代还有你父亲这么思想守旧的人。”

“我会尽一切力量改变他的想法！”怀臻承诺。

“他认准我是个觊觎他财产地位的穷小子，你怎么让他改变？”曹彻无奈，“怀臻，你和你父亲完全不一样。”

怀臻沉默。谢常意在她心中，一直是好父亲的形象。

在她连画笔都抓不稳的时候，是他手把手教她画画，他的大手握住她的小手：“怀臻，需吸一口气，屏住呼吸，线条才画得直！”

四岁的时候，她把一面墙壁画得乱七八糟，他开心地抱着她哈哈大笑，逢人便说女儿是天才，在家中，手绘了一面艺术墙，甚至召开盛大的派对，请人来参观。

他请了专人到家中，教她画画，常常坐在客厅中间，一动不动地做她的素描模特。

她七岁那年为他画的肖像，他至今保存完好，放在办公室里向人炫耀。害得第一次认识他的人，都以为他女儿才七岁。他送她进最好的私立学校，逢周末便带她到郊外写生，风雨无阻。

怀臻记得，有好几次下大雨，为了让怀臻捕捉雨中的景象，他撑着伞，站在她身后，为女儿遮风挡雨，自己浑身尽湿也毫不在乎。

她少女时代，父亲更是亲自陪同她到欧亚两地的建筑圣地游览，父女俩坐在一起写生，度过许多快乐时光。

高中毕业，他直接送她到美国最好的建筑系读书，读完大学，又读研究生，如果不是怀臻坚持回国，他会一直让她读到博士后。她回国，他立即替她张罗一切。她不愿意在他的公司任职，他便替她找了最好的设计事务所安排她工作，找老部下照顾她。

他把她照顾得像温室里的花朵。可是她自己，却倔强得生长成一棵大树。连车子、房子都是靠自己一张图一张图绘出来赚的。这令他更加喜出望外。

他以她为荣，他无数次对人说，怀臻是他的生命、他的一切，是上天赐他的最好的礼物。

连怀臻的母亲都嫉妒地对怀臻说：“因为生了你，我在这个家中，地位也提高不少！”怀臻总是看着母亲傻笑。

人人都说她是天才。其实，她身上浓缩的是谢常意的心血，能不是天才吗？有多少少女能得到这样精心的栽培？

为了不让父亲失望，怀臻从来不敢松懈，花费较常人更多的力气学习、工作。她没有让他失望，她是他的骄傲。可是现在，他却让她失望。她没有想到，他会这样狭隘地爱自己，他会狭隘到认为曹彻接近她，是别有用心。怀臻难过极了。

接下来，为了反抗谢常意，怀臻度过了一生中最艰难的时刻。她许久不同父亲说一句话，什么办法都用尽。她绝食过、哭闹过，甚至要同谢常意断绝父女关系。但是，更令她没有想到的是——最后关头，曹彻竟然放弃了。

他跟她说：“怀臻，我配不上你。我们分手吧。和你在一起压力太大。我不愿意永远生活在你父亲的盛名下！”

怀臻惊愕、伤心，对他说的话难以置信。她为了他，可以同深爱她的父亲断绝关系，他却不肯为了她承受压力。她想号哭，想求他留下，求他坚持。可是，最后的尊严留住了她的理智，她只是机械地点点头：“那我们做朋友吧！”

接下来，她度过了生命中最痛苦难熬的三个月。她夜夜失眠，瘦得只剩一把骨头。她终于和他从情侣变成了朋友。

渐渐地，她也恢复了和谢常意说话。可是，她和父亲之间的裂痕却一直无法弥补，她永远记得他伤过她的心。她甚至不太肯回家。她不再是父亲听话的乖女儿，她不再肯伏在他膝头，把心事都对他诉说。她仍然敬重他，可是感情却日渐疏离……

第十七章
# 我想嫁给你

怀臻忧心忡忡，她不知道这一次，陆钦会不会又让父亲极力反对。她想，这一次，她一定不会再妥协，一定不会再让步。

第二天，她便主动打电话给谢常意，她要当面和他谈谈她的新男友。她约他在咖啡馆见面，替他叫了一杯手冲咖啡，不加糖，不加奶。

谢常意一向喜欢咖啡的涩与酸，他喜欢原汁原味的苦，以及收尾那一点点自然的甘。怀臻记得他的喜好。

她先到，在靠窗的位置等他。只等了一会儿，他便到了。怀臻已经很久没有看见父亲，她抬起头，仔细打量他。

他很高，人到中年却依然保养得体，身材似年轻人，只略微有一点点松，没有一般中年男人可笑的肚腩。他风度翩翩，作风西化，有地位，却待人亲和，教授课程也生动有趣，不少女学生都暗自爱慕他。

怀臻常常同父亲开玩笑："你的崇拜者，年纪还没我大哦！"

谢常意总是一本正经地对她说："别让你妈妈听见了！"

父女俩笑得滚倒在一起。有多久没有同父亲亲近过了？怀臻忍不住唏嘘。

谢常意拉开椅子："美丽的小姐，等人吗？我可以和你一起拼个桌吗？"

"你平时都这样同美女搭讪吗？"怀臻笑起来，父亲还是那样幽默。真想不到，当初他会那样坚决，甚至心狠地反对她的恋情。

他坐下来："许久不见，气色好了很多。"

怀臻见谢常意鬓角新添了几缕白发，忍不住伸出手轻轻抚摸："爸，你又长白头发了！"

谢常意微微一笑："你那样让人操心，我能不长白头发吗？"

"爸爸——"怀臻一时感慨，想起年幼时，她不肯上幼儿园，晚上闹情绪，她非得伏在他背上才肯睡觉。他便驮着她，直到她睡着了才放下。

看到怀臻眼眶湿了，谢常意赶紧说：“大家都说我添了白发，更有李查·基尔的味道了。”

怀臻忍不住笑了，是，时光在这个男人身上好像特别缓慢。上帝优待他，只赋予他时光最美好的一面，它令他成熟、稳重、智慧、幽默、理智、有风度、有情趣……

即便是白发，也只是令人觉得他从容而性感，它并没有令他老。也许事业是男人最好的保养品，令时间都忌惮他三分吧。怀臻放心了。

“你好久没有约我，可是有重要事情跟我说？”谢常意宠爱地望着女儿。

“你怎么知道？”

“你是我女儿，你眉毛动一动，我也知道你在想什么！”

“哦，那你猜猜我想告诉你什么？”怀臻故意挑挑眉毛。

“让我想一想……”谢常意做出一副冥思苦想的样子，“可是有了新男友？”

怀臻怪叫：“爸，你太可怕了！”

谢常意得意地笑：“那当然！”

“你怎么猜到的？”

“还有什么大事情，能够让许久都不回家的你，亲自约我出来见面？”谢常意故意叹口气，“女儿大了，怎么也留不住！”

怀臻丰腴了许多，面颊红粉绯绯，眼睛顾盼生辉，谁会看不出，她正处于热恋中呢？

“这小子是谁？能够捕获我女儿的芳心？”谢常意故意皱起眉头。

可是他的语气十分轻松，他当然不会忘记，因为反对怀臻与曹彻的恋情，致使女儿跟他疏远隔膜了许多。也许，这一次，有望跟女儿修复关系。不管他事业多么有成，有多少人敬重他、仰望他，他最大的渴望，仍然是她能够时时回家吃饭，伏在他腿上，倾诉心事。

“你不会反对吧？”怀臻问。

“不知道。”谢常意故意说，“这要看他能不能令你开心！”

怀臻松口气：“除了他，再也没有人可以令我这样开心。”

“他是做什么的？知道我是你父亲吗？”谢常意略略迟疑一下。

“不，他是做另一行的。从来没有听闻过你的大名！你不会失望吧？”怀臻故意糗他。

“这可好了！”谢常意说，“我放心了！”

“为人如何？”他接着问，“能令我女儿垂青，一定有过人之处！”

“是，他非常出色！”怀臻毫不掩饰自己的感情，“但最重要的，是他将我看得比他的生命更重要。”

她将自己与陆钦登雪山，跌入冰裂缝的事情详细告诉谢常意。

谢常意听着怀臻的叙述，紧张得不得了，当听到怀臻跌进冰裂缝的时候，拳头已经握紧：“不，怀臻，你不能跟这个人在一起，他根本不懂得保护你！”他浑然忘记，怀臻正安然无恙地坐在他面前。

“不，爸爸！”怀臻坚定地继续诉说。

当听到陆钦奋不顾身抱着怀臻一起跳下裂缝时，他有些动容。待怀臻告诉她，陆钦不顾个人安危，在冻伤的情况下，坚持输血给怀臻，他沉默了。

怀臻看着父亲：“爸爸，虽然我的身体里流着你的血液，可是现在，我的身体里也流着他的血液！我不能离开他，你反对无效！我希望你祝福我！”

过了好久，谢常意抬起头，看着怀臻：“谁说我要反对了？”

怀臻立即松一口气：“爸爸谢谢你！”

“什么时候，带他来见我？我要看看他到底有多出色！”谢常意拍拍女儿的手，“他把我女儿的心夺走了，让我都吃醋了！”

“明天，爸爸，明天行吗？”怀臻急切地说。

“好，我和妈妈在家等你回来吃晚饭！”谢常意说。

怀臻忍不住凑过去用力亲吻父亲面颊：“爸爸，我爱你！”

“不，你不爱我，你已经爱上别人了！”谢常意故意酸溜溜地说。

有多久，没有跟女儿这样亲近了？久到他以为今生都失去了她。也许这次，能够让一切改变。但愿陆钦像怀臻描述的那样好，不要令他失望。他并不想反对她！不想再让她伤心。

翌日黄昏。怀臻与陆钦站在谢宅门口。

陆钦惊异地看着眼前的独栋别墅——怀臻的家说："你从来没有告诉我，你家这么大？"

怀臻转过脸望着他："事实上，这样的别墅，我家在北京、上海、深圳、三亚各有一栋！"

"你家这么有钱？"陆钦眼睛都瞪圆了。

"不是我，是我父亲，同我没有关系。我所有的，不过是你见过的那套小房子！"怀臻说。

"这就好！"陆钦松口气，"自食其力是美德！"

怀臻笑起来，她喜欢陆钦这一点，谢常意也会喜欢。但她不知道，陆钦心里正忍不住在哀叹，怀臻那套"小房子"，一般工薪阶层可买不起。

她轻轻推开门——庄静宜立即迎上去。

"妈妈——"怀臻轻轻唤母亲。

她一向贤惠温柔，从来不发表任何意见，安静得像个影子，是活泼的怀臻给这个家注入活力。丈夫总不在家，在家的时候，也尽量把所有时间都留给女儿。可是，她从来没有任何怨言，她默默爱着丈夫与女儿，给他们所有她能给予的。

她轻轻走到女儿身边，上下打量陆钦，然后嘴角露出温和的微笑："你好，我是怀臻的妈妈！"

"伯母！"陆钦欠欠身子，"我是陆钦！"

陆钦从口袋里掏出一个小盒子，送到庄静宜手边："伯母，我挑了一份小礼物，不知道你可喜欢？"

怀臻意外地问："是什么？"

陆钦微笑不语。

庄静宜小心地打开精美的小盒子——一枚黑珍珠镶碎钻的胸针。

"你太客气了！"她惊喜，许久没有人送她这样精巧的礼物了。来家里给丈夫送礼的人很多，可她从来是被遗忘的对象。

"伯母，您太客气了！我虽然没有见过您，可是看到怀臻，我也能猜到伯母一定气质静娴，所以，看到这枚胸针，便忍不住买了下来。"一句话，把母女二人都讨巧地称赞了一番。

“怀臻，帮妈妈戴上！”庄静宜忍不住笑了，女儿的男友体贴细心，这么会说话，可见是个心思玲珑的人，也能看出对女儿十分用心。

怀臻笑嘻嘻地帮母亲戴上。圆润的黑珍珠在玉兰色的毛衣上，相得益彰，十分般配。

她偷偷凑到陆钦耳边：“你要什么花招啊？”

“知道你父亲难对付，先走伯母路线！”陆钦冲她挤挤眼睛。

怀臻故意白他一眼：“我妈可不吃这一套。”

陆钦压低声音：“千穿万穿，马屁不穿！伯母一定喜欢我！”

“嘴巴太油，我爸爸可不喜欢！”怀臻提醒他。

陆钦点点头，表示明白。他随同怀臻母亲一起穿过花园，进入客厅。谢常意背着手站在落地的玻璃幕墙前。他看着他们从大门处走过来——

看到陆钦的时候，一向自命不凡的谢常意也忍不住在心里喝一声彩，他没想到女儿会找个如此帅气的男朋友。他以为他最多跟曹彻一样，五官端正。可是不，他太过出色。他英俊、挺拔，眉宇间桀骜不逊，甚至有几分邪气。这样的男人，对任何女人都是个诱惑。

他知道，怀臻并非一名真正的美女，她只是胜在气质文雅，五官最多干净、清爽，笑起来有几分赤子之心。他爱她什么？像他这样的男人，不乏女人追求。

谢常意转过身，陆钦跟着怀臻走上前。

他不等谢常意发话，先欠一欠身：“伯父，我是陆钦。”

谢常意点点头，仍然忍不住上下打量他。

陆钦不卑不亢，不躲不闪，也微笑注视着谢常意。

过了好久，谢常意皱一皱眉头：“我们可是在哪里见过？我觉得你有几分面熟！”

“是吗？我第一次见到伯父！”陆钦十分自然地回答。

“我觉得见过你，可是又想不起来在哪里见过！”谢常意略略想一想。

怀臻紧张地看着父亲。

谢常意忽然笑了：“怀臻，那个总得不到金像奖的男演员叫什么名字？”

“金城武？”怀臻接口。

“对！我说这么眼熟！”谢常意说。

“多谢伯父夸奖，我可不敢跟他比！”陆钦赶紧说。

怀臻母女都笑起来！

“怀臻，伯父真幽默，一点也不像你说的那样严肃！”陆钦微笑。

这句话，立即将谢常意捧起来。谢常意微笑点头，这男人反应敏捷，比曹彻懂得人情事故多了。他不禁再次对他刮目相看。

吃饭的时候，谢常意一直跟陆钦聊天：“小陆，在何处高就？”

“一家广告公司！”陆钦很随意。

“是蓉城最好的广告公司，他是这家公司的创意总监！”怀臻赶紧接话，生怕谢常意将陆钦看低了。

“年轻有为！”谢常意笑起来，“你对建筑行业可了解？”

陆钦故意挠挠头：“完全是个门外汉！”

谢常意故意问：“你如何看待这个行业？”

陆钦想一想：“都说建筑是凝固的音乐，我虽然不懂得谱曲，但也愿意做一名欣赏者。建筑跟音乐一样，是一门极高深的艺术。可是真正好的音乐与真正好的建筑一样，它们的美，就是连像我这种普通人，也会受到震撼和感染的！”

谢常意点点头，表示认同。

“你怎么看待怀臻的工作？”谢常意继续发问，他想考考他，看他的外表与内在是否统一。太过英俊的男人通常没有灵魂。

“其实，我觉得我的工作与怀臻的工作有许多相似之处。”陆钦顿一顿，“我们的工作都需要创意，可是创意的来源却需要有丰富的阅历、庞杂的知识结构，以及对生活、对人、对社会、对整个世界的洞察力！在这样的基础上，创意的灵感才能够闪现！”

谢常意再次满意地点点头——

他的外表、谈吐、气度、待人接物都那样出色，好得不像个真人。

“你可爱怀臻？”

“爱！”

“爸爸——”怀臻忍不住抗议，“你不要问这样令人难为情的问题。”

“这有什么难为情的？”谢常意拍拍怀臻手背。

“是，其实男女相爱，最坦荡自然不过！没有必要掩饰。”陆钦替怀臻夹了她爱吃的菜。

“你喜欢臻臻哪一点？”

陆钦认真想了想：“她自然、率真，对生活充满热情。她是个矛盾的发光体。她理性又不失感性，她有成熟的一面，可也有十分天真的时候，她的优点太多，我说不完……可是，最重要的是，她很爱我，如果她不爱我，她所有的优点对于我来说都没有用！”

“你很坦诚！”他一直在观察陆钦注视怀臻的目光与表情。

那是一个热恋中的男人才有的目光。他落落大方，毫不掩饰对怀臻的关注与呵护。他所有的担心都放下了！结果，谢常意整晚都在满意地点头。庄静宜更是毫不掩饰对陆钦的欣赏。

怀臻一顿饭吃得心花怒放。

回家的路上，怀臻挽住陆钦的手臂：“没想到，我爸爸和你这么投缘！你表现得真好！”

“我不过是强作镇定，你爸爸果然难对付，我生怕回答错了，每个问题都想了又想才回答，冷汗出了一身又一身！”陆钦拥紧怀臻。

“我不信，你表现得很自然大方！”怀臻猛摇头。

“不信，你摸我的背！”

怀臻伸手探进陆钦的衣服，果然背脊上全是汗。

“哇，大冬天，你也出这么多汗？你真的好紧张啊！”怀臻惊讶极了。

“没办法，你见我姨妈不是一样紧张？”

怀臻甜蜜地笑了，他也重视她，所以特别怕出错，以至紧张到冷汗直冒。

回到家，怀臻忍不住打电话给父亲。

“爸爸，觉得你的未来女婿如何？”怀臻调皮地问。

“你说呢？我头都快点断了！”谢常意没想到这样晚，女儿还打电话给他。

“我可配得上他？”怀臻问。

“他是很出色，可是你也不差，你是谢常意的女儿，怎么可以没有自信！”

“爸爸，妈妈可喜欢他？”

“当然，你妈妈整晚戴着那枚胸针，不住地问我是否好看！”

“可是爸爸，他是孤儿！”

“那多好，不用伺候公公，又不用看婆婆脸色！”

“他家里也没有什么钱！”

“我也是白手起家！”

“哇，爸爸，他很合你心意啊——”

整个晚上，怀臻都同父亲絮絮聊天。

电话那头的谢常意差点热泪盈眶，有多久没有跟女儿这样亲昵地说过话了？仿佛时光倒流，他从来没有和女儿的感情出现过裂痕。他忍不住感谢陆钦——幸亏他够优秀！

中午，怀臻与方琦到食堂吃饭，她忍不住将带陆钦回家见父母的事情告诉了方琦。

方琦不住惊叹：“你爸爸那样挑剔，陆钦也过关啦？他没有说陆钦是个穷小子，觊觎你们家家产？”

怀臻伸手猛打方琦：“不要再说以前的事情了！”

她们笑闹起来。她们没有察觉到，她们的谈话，深深刺痛了坐在她们身后的，曹彻的心。

曹彻的心仿佛被一个巨大的车轱辘反复碾轧。

这是他心里永远的一道伤疤，至今仍然没有愈合，还被血淋淋地撕裂开。他永生都不会忘记——他兴冲冲到怀臻家见家长所受到的侮辱。那样屈辱，他也忍了下来。他和怀臻一起抗争，企图证明他是真的爱怀臻，不是另有企图。可是，他没有想到谢常意会私下约他。

那一日，怀臻表示要同谢常意断绝父女关系，谢常意打电话来找曹彻。曹彻跟他在附近的咖啡馆见面。他没有想到在这一行以扶持后辈出名的谢常意，那样看不起他。

谢常意这样跟他说：“你根本配不上我女儿。我苦心栽培她，不是为了让她找一个像你一样人品低劣的男人。”

“你凭什么说我人品低劣？”一开始，曹彻压住火气，妄图同他沟通。

“你不就是想娶到怀臻，可以少奋斗二十年吗？你不要以为我是傻瓜，怀臻年轻，容易被你骗，我可不会上当！”谢常意的话十分难听。

“我并不是这样想的！”曹彻努力辩解。

“你可以花言巧语骗怀臻，可是我是绝对不会让你跟怀臻在一起的。”谢常意态度坚决。

“你今天来找我，就是为了说这些？”曹彻也火了，站起身，准备一走了之。

“不，我想告诉你，怀臻要跟我断绝父女关系。我知道，现在婚姻自由，我没有办法阻止她。可是我要告诉你，如果怀臻同我决裂，她一分钱也不会得到。”

“我从来不是贪图你的钱，我跟怀臻都靠自己的一双手赚钱！照样可以衣食无忧！”曹彻仰着头，不屑地说。

“如果你还有一点良心，你就该明白。怀臻很爱我，如果她为了你跟我断绝关系，心里也不会好受。你忍心让她有家不能回吗？你忍心看她受折磨？”谢常意继续说，“而且，我根本不会给你任何机会，我会把怀臻送出国，让她永远都不回来，永远都不再看到你！”

“怀臻是个大人了，没有人能禁锢她！”曹彻轻轻地说。

可是曹彻低下头，他知道怀臻一向敬重自己的父亲，如果他逼她走，她也许不能反抗。如果她真的跟他断绝父女关系，她余生都会活在痛苦和矛盾中。他动摇了。

谢常意察觉到曹彻刹那的犹疑。

“曹彻，如果你是个男人，你真的爱怀臻，你就证明给我看，你自己打拼一番事业出来，再重新追求怀臻。我就相信你！”

曹彻沉默良久——是，他受不了这种侮辱，他也不想怀臻为难。怀臻已经绝食三天了，那是真的绝食，滴水不进，大眼睛凹陷下去，十分骇人，再这样下去，怀臻的身体也受不了。

他不想怀臻被送走，他也不想怀臻因为他而与家人决裂。他要向谢常意证明，曹彻爱的是谢怀臻这个人，曹彻有能力给怀臻幸福。他站直身子，逼视着谢常意："好！我跟怀臻分手！可是，如果有一天，我能证明我有能力照顾怀臻，你不能再反对！"

"一言为定！"谢常意郑重地点点头。

他下定决心，要给怀臻一个受到家人祝福的婚姻。他果断地跟怀臻分手，努力工作，一年有两百天都在加班。看到深爱的人就在身边，可是他却不能触摸，不能对她表示爱意，一切关怀都只能默默埋在心底。

可是想到有一天，可以堂堂正正获得怀臻家人的认可，他又觉得一切折磨都值得。也许真相大白，怀臻会更加爱他。

终于他升了职，加了薪，特别受老板青睐。周易峰甚至承诺，今年年底，他就可以升为"鼎峰"的合伙人。他一直想，到这一天，他一定会重新追求怀臻。谢常意再也不能为难他。

可是，没想到，上天根本不再给他机会等到这一天。他懊恼地低下头——多年来的努力，在这一刻，化为乌有……

人生有无数的选择，每一次选择，都会将人的命运导向不同的方向，结局也会迥然不同。

曹彻心灰意冷——他在彼时，做了最最错误的选择，从此人生一片黑暗。他只觉前路茫茫，不知何时才是尽头。

怀臻并不知道事情的真相，她沉浸爱河，幸福得随时可以飞起来。

结婚成为她最最向往的事情。

路过婚庆公司，她拉陆钦进去看："看，这糖果盒精致吗？"

路过酒店她会问："你说，在这里摆酒席可气派？"

看到同事的结婚请柬，她也会说："我们结婚的时候，你替我亲自设计喜帖好不好？"

路过婚纱影楼，她会忍不住进入看了又看："你说，我穿婚纱会不会也很美丽？"……

她无数次地暗示他，可是他都无动于衷。他并没有进一步的表示。她时时渴望他能向她求婚。每一天，她都想：今天，他会不会向我求婚呢？

有时候她也忍不住向方琦抱怨："父母也见过了，他为何迟迟不肯向我求婚？”

方琦有时嘲笑她：“没见过你这样恨嫁的！”

有时也忍不住安慰她：“也许，他觉得你们认识的时间还不够久！”

“有人认识三天就已经结婚了。”

“也许，他想给你一个惊喜！你知道他最浪漫，最喜欢制造意外惊喜！”方琦已经不耐烦怀臻每天在她耳边唠叨。

冬夜的风特别残忍，所有希望和温暖都会在黑暗、潮湿、雾霾的重重包裹下，一点点冻结，然后粉碎。

陆钦站在掉光了叶子的梧桐树下，枯枝张牙舞爪的暗影，将他英俊的脸切割得七零八落。

若此刻谢怀臻看见他，会无法把那个一切尽在掌握中的陆钦，与眼下这个带着点混不吝的小混混模样的男人联系在一起的。

灰蒙蒙的雾霾在他身周浮动，他挺拔的身形紧绷着，手指一曲，弹飞闪着红光的一截烟头，他哑着嗓子，对那个躲在树影深处的人说：“怎么，想要说话不算话？”

“只要再演最后一场戏！”对方的声音很松弛，一点也不像陆钦这样紧绷着。

“你让我拿什么和她登记！我的身份证吗？”陆钦讥讽出声。

“我连你出国读书的资料都可以造假，何况让你顶着陆钦的名字去领个证！”对方胸有成竹地化解陆钦的话。

“不行！我们说好的，只要谢常意认可了我，就必须按我的剧本演了。”陆钦上前一步，妄图利用自己的身高优势，给对方制造一点压力。

“你以为你这个单薄的借口，能够骗过谢怀臻？”那人讪笑，“你太天真了。”

“总比和她结婚来得妥当！别以为，到这一步我还不明白你想做什么！”陆钦厉声呵斥，他一退再退，已经退无可退，再退他的怀臻就要粉身碎骨了。

“你明白得也太晚了吧！”

“是你一步一步诱骗我——”

“难道不是你贪图那八十万，外加新西兰的留学签证？”那人冷笑，“你是聪明人，你早就明白我想做什么，可这么鲜美的饵，你怎么可能不吞下去呢？就算事情被揭穿，对你又没有伤害，反正那时候，你已经远在国外，没有任何人知道你是谁！你大可脱胎换骨，重新做人！总比一辈子跪舔女人来得容易——何况，你知道的，皮相这东西最不经老！你也不年轻了！别傻了，你以为你还有资本意气用事？”

那人轻慢的话如碎冰机一样，把陆钦的一颗心搅拌得血肉横飞。

突然间，他不再是那个一切尽在掌握的陆钦，而是在生活的泥沼里中狼狈不堪的乞丐。

“是，你说得都对！”陆钦狠狠唾了一口，“那样我是可以全身而退，可是我的心会永远在地狱里！”

“别把自己说得那么高贵！好像你真有良心似的，你骗过的女人还少吗？”那人讥讽道。

“可谢怀臻，不应该被骗！”

“咦？那就告诉她真相吧！”那人更得意了，“我不介意你告诉她真相。”

“你若告诉她真相——我就把你的皮撕下来，给众人看！别以为我拿你没办法……”陆钦突然将手机打开，亮出一张照片。

那人呼吸一下就急促起来！

“你——居然——”那人的声音一下就哑了。

“你告诉怀臻真相，我就让你身败名裂！”陆钦嘴角一挑，他唇角月白色的刀疤，像见了血一般，变成一段蛇芯，咝咝吐着恶意，“我还有你每次打电话给我的录音，还有更多视频——真感谢那个偷窥狂，给了我这么鲜活的灵感！”

“你——”一向稳操胜券的对手慌了神。

“钱，我还你！签证我不要了！我按照我的剧本，演最后一场戏。我们两清！”

“视频还我！”

“不可能！我得永远捏着它，确保你不会伤害怀臻。”

“没钱、没签证，你一辈子就只能活在地狱里！”那人难以置信地嘶声低喊。

“地狱有我一个就够了！”陆钦惨然一笑。

陆钦的公司最近都在加班，怀臻好几天没有见到他。她简直觉得度日如年。

陆钦不住在电话里安慰她：“最忙就是这几天，你再忍耐一下！”

怀臻知道他工作重要，干他那一行，加班是家常便饭，时时在办公室熬至深夜。她尊重他的工作，从来不在他加班的时候打电话干扰他。她知道，为了她，他已经得罪了一大帮同事。

不过，陆钦总是安慰她：“没关系，大家都同情我这个单身汉，好不容易找到女朋友，不会介意我偶尔偷懒。”

这天下班，陆钦竟然提前等在了公司楼下。怀臻开心地飞扑过去，被陆钦一把握住了腰。

“晚上去哪儿吃饭？”她兴冲冲地问。

“去个安静的地方，我有点事要对你说。”陆钦有点心事重重，脸色不太好看。

怀臻心里咯噔一下，快乐突然就打了折扣。

晚饭是在一家毫无特色，但是很安静的西餐厅。灯光很暗，牛排很老，红酒太酸，但怀臻的心更酸。

陆钦居然告诉她，公司业务扩张，需要他这个合伙人，到新西兰去开办新公司。

虽然，怀臻觉得这是件好事，她深深为陆钦的事业能有新的局面开心，但是，这意味着——两个人会分隔两地。她不喜欢！

但陆钦还没等她表态，便说为了和怀臻在一起，他准备拒绝公司的安排。他事事把怀臻放在第一位，把自己乃至自己的事业都放到了她之后，这份珍视令怀臻无以为报。她突然汗颜自己的自私，她怎么可以要求他牺牲自己的事业，就为了和她耳鬓厮磨。

况且创业再艰辛，也不过几年。她凭什么为了几年的暂时分离，而毁了他后半辈子的奋斗目标？她太知道，一个人一生所追求的，并非只有爱情这唯一的奢侈品。一个人的价值，也不应该建立在另一个人的存在上。她轻轻握住陆钦的手。

“怀臻，我不想去，我舍不得你！”陆钦皱着眉头，“要我离开你，哪怕几天，我也觉得度日如年。我明天去回绝公司的安排，让他们再另外找人。”

“不！你放心去吧！你也说了你是公司的合伙人，又是创意部的负责人，由你去开拓新业务，再合适不过。只要我们结婚了，暂时的分离又算什么？”怀臻有点不好意思，但还是说出心里话，“两情若是久长时，又岂在朝朝暮暮。何况，我有好多假没有休，我随时可以飞过去看你啊！”

“怀臻，谢谢你支持我！”陆钦突然感动得眼圈都红了，他将脸埋进怀臻掌心，亲吻她掌心细密的纹路。

他抬起脸，专注地望着她：“怀臻，到陌生地方开疆扩土，特别艰难，到时候……你可别埋怨我没时间陪你！”

“在你眼里，我谢怀臻这么不懂事？”怀臻轻笑，但心里却已经涌上不舍。

“什么时候去？”

“过完年就走！”陆钦说。

“这么快？”怀臻捂住嘴，心突突跳起来。

陆钦一把拥住她，将脸埋在她颈窝，深深嗅她肌肤间的味道：“怀臻，对不起！”

他的声音，比怀臻还要难过，还要委屈，还要不舍。怀臻心软了，他温热的鼻息在她皮肤上打圈——她不能那么自私。

她深吸口气，用带笑的声音说：“到时候，我发脾气骂人，你得忍着！”

“怀臻，你就是打我也没关系！”陆钦软着嗓子，嗓音里的颤意，令怀臻莫名眼圈发红。

陆钦也舍不得她呢！她这样想着，心跳渐渐平静下来。

这晚，陆钦使了十二分的力气与她抵死缠绵，就好像这是两人之间最后一次水乳相融。

怀臻被折腾得浑身像被抽了骨头，软烂成一摊春水。

她想，这样也好，以后小别胜新婚，只有更激烈更畅快的亲热。她气还没喘匀，陆钦又将她揉进怀里，好像他的精力无穷无尽，好像他明天就要远行一般。怀臻来不及再想，便战栗着陷入更汹涌的柔情蜜意中。

这就是陆钦的剧本——他告诉怀臻，公司安排他到新西兰开疆拓土，婚事暂时搁置。很快，她会习惯没有他的生活，遥远的分离会让他俩渐行渐远，直到——彻底分手。这样，怀臻受到的伤害最低，她永远不用去面对那个丑陋的真相。这是他唯一能为她做的。

他捏着那个人的把柄，那个人便永远不敢伤害她。就算他消失得彻彻底底，他也有把握让那人不敢越雷池一步。

接下来的一周，陆钦依然很忙，忙到怀臻连他的面也见不到，只偶尔通个电话。

眼看就是平安夜了，怀臻还没想好要送陆钦什么礼物。

还有不到两个月，陆钦就要去新西兰了。可他太忙了，根本没有时间与她谈论结婚的事情。

也许，圣诞节那天他会有空，他会向自己求婚吗？怀臻又忐忑，又渴望。她心里对即将到来的短暂分离，有种深深的恐惧。

## 第十八章
# 消失的恋人

“鼎峰”一向作风西化，圣诞节自然会特别放松。

每年平安夜这一天，所里都会组织大家上午半天到医院体检，下午则安排放假。

周易峰多年来坚持这个习惯，他说：“平安夜，就是要送大家平安与健康。”

一边轮候各种检查，怀臻一边询问方琦，该送一份什么特别的礼物给陆钦。

妇科检查的时候，怀臻躺下来做子宫常规检查。她最厌烦做 B 超，冰凉的液体涂在小腹上，滑腻黏稠，说不出地难受。

医生一边替她检查，她一边同方琦说：“下午，你必须陪我去买礼物！”

医生忽然轻轻唤她：“谢怀臻！”

怀臻停下讲话，抬起头，看着医生。医生眼睛牢牢盯着 B 超仪的显示器。

“是不是我子宫里长了东西？”怀臻一下紧张了。

“是！”

怀臻顿时浑身冰凉！

“你怀孕了！”医生微笑道。

“什么？”怀臻差点叫出声，“你不会看错吧？”

“怎么可能看错？”医生指着屏幕上一个光亮的小圆点对怀臻说，“看，这是你的宝宝！”

方琦张大嘴巴趋上前，眼睛都差点贴到屏幕上：“怀臻，你真的怀孕了？”

“不可能！”怀臻结巴起来，她只觉得手足无措、嘴唇发干，“我都没感觉！怀孕不是会恶心、会吐吗？可我能吃能睡，健步如飞！”

“谢小姐，怀孕最初期，是不会有妊娠反应的，除非体质特别敏感的人！”医生笑起来。

“啊？我真的怀孕了？”怀臻还是不敢相信。

“你的生理期是不是没来？”医生问。

怀臻想一想：“是。可我一直不太准，有时早一点，有时晚一点！”

“仪器不会说谎！”医生说，“谢小姐，你要不要这个宝宝？如果是意外怀孕，而你不想要，等一下可以找医生，替你安排时间做手术。”

“不！”怀臻差点跳起来，“不！我要！”她条件反射般地回答道。

方琦在一旁捂着嘴巴笑：“这份圣诞礼物，对陆钦来说，一定最特别，他死都想不到！”

“嗯！”怀臻慌乱地站起来。

她拉着方琦走到走廊上，压低声音：“方琦我好怕！”

“怕什么？”

“我还没结婚便怀孕了！”

“那你马上结婚啊！”方琦喜滋滋地说，“我就快当阿姨了。”

“如果陆钦不想要孩子怎么办？他会不会以为我故意怀孕，逼他结婚啊？”怀臻说。

“他喜欢小孩吗？”

“喜欢，平时散步看到婴儿，他也会停下来逗逗！”怀臻肯定地说。

“那不就好了。也许今天晚上他就会向你求婚！”方琦说。

“可是，如果他没有向我求婚怎么办？”

“那你向他求婚啊！”

“我是女人！”

“谢怀臻，你死脑筋啊，现在男女平等了！”

“可是，方琦，我还没做好当妈妈的心理准备！”怀臻犹疑。

“你以为女人为什么要怀胎十月？就是为了让你有充足的心理准备！”方琦敲一下怀臻的头。

“不要敲我头，会伤到孩子的！”

“你有没有常识啊？我拍你的头，又不是肚子。”方琦白她一眼，“还说你没心理准备？这么快就维护他了！”

怀臻看着方琦傻笑。

"你说，我要不要现在打电话告诉他？"怀臻问。

"傻瓜，你不是没买礼物吗？晚上他送你礼物的时候，你把这张B超图送给他，保证给他惊喜。"方琦推着怀臻往医院外走。

怀臻捧着B超图，有些慌乱，又有一点甜蜜，不住感慨："我要当妈妈了？真不可思议！这是我宝宝的第一张照片！"她望着图片上的小点发呆。

她很想听陆钦的声音，忍不住掏出电话打给他，她一定要第一时间和他分享这喜悦。

"陆钦——"怀臻柔情蜜意，声音居然带点哽咽。

"怎么了，怀臻？你哭了？"

"陆钦，我……我怀孕了！你要当爸爸了！"怀臻的眼泪一下流下来，原来太开心，也会让泪腺失控。

她瞬间发现，尽管两人很快要面对两地分居，但是孩子可以代替陆钦陪伴她。

会有一个软软糯糯的小声音喊她"妈妈"。即便和陆钦分隔万里，他们之间也有了无法斩断的羁绊，这纽带令她分外安心。

"什么？你怀孕了？"陆钦的声音一下就颤抖起来，好像被一个炸弹扔到了头上。

"你……你不高兴？"怀臻听出了他话里的震荡。

"不！太……太高兴了！"陆钦连忙说，"有点突然，我脑袋有点乱……"

"嗯，我脑子也很乱！"怀臻理解道。

"我——我这会儿忙，我们见面再聊。怀臻，答应我，不管发生什么事情，先照顾好你自己！"陆钦的声音飘忽忽地从电话那头传过来，有些语无伦次。

怀臻挂了电话，对方琦笑说："陆钦被吓坏了！估计要冷静好一阵子才能缓过来。"

方琦在旁边笑话她："我就知道你忍不住会打电话给他。真没出息。"

怀臻有点兴奋："我等不及了。现在，我们干点别的，让我转移一下注意力。"

方琦挤挤眼睛："怀臻，我送宝宝一套小衣服吧，算是我送给他的圣诞礼物！"

“好啊！”怀臻开心极了。

到了商场，两人直奔婴儿用品专柜。那些衣服、裤子、鞋子都好小，好可爱，怀臻不断伸手抚摸。

她甚至开始不自觉地抚摸自己的肚子。她想，拥有一个自己和陆钦的宝宝，一定是很幸福的事情。她逐渐安心起来。

每个女人，从感觉自己即将成为母亲的那一刻开始，便与宝宝有了一种神秘的感情。

她自动自觉地与宝宝开始交流。

方琦买了一大堆小衣服小毯子。

怀臻抱着捧在面颊上磨蹭，她觉得好幸福。她甚至开始幻想晚上陆钦见到他后的反应。会不会像电视里演的那些准爸爸一样，惊喜地抱着她转一圈呢？她深信，陆钦对她的爱，她也相信，他会同她一样高兴。整个下午，她都同方琦在一起，幻想宝宝的未来。

“你说，他是男是女？长得像我还是像陆钦？他聪明吗？他知道我现在在想什么吗……

“要是长得像我就糟了！

“他会成为建筑设计师吗？

“他会爱我吗？”

怀臻一边说一边沉醉在幻想中，她想象同陆钦一起，陪伴宝宝成长的每个瞬间。

她梦呓一般地对方琦说：“早上我还感觉不到他的存在，可是现在，我却能清晰地感觉到他在我身体里不断长大……生命真奇妙！这个世界，将有一个新的生命诞生！”

晚些时候，方琦接了个男人打来的电话，便匆匆赶去赴约。每年圣诞节前后，方琦的约会排得比总统还要紧凑。

怀臻骂了她一阵重色轻友，便独自回家。她一边开车，一边听音乐，她想，很快要把车里的音乐通通换掉，换成有利于胎教的。

回到家，她仍然不住抚摸肚子微笑。再晚一点，她忍不住又发短信给陆钦，可是仍然没有回音。换了平时，怀臻会笑一笑，转身去做其他事情。可是今日不同，今日她渴望能够早点见到他。她有些沉不住气，拿起电话拨了他手机号码，却是关机。

陆钦每次开会都会关机，免得影响他投入工作。怀臻知道他这个习惯，便也没多想。

她坐到书桌前，不由自主拿起画笔，她开始画小小的幼儿，他长什么样子呢？怀臻想，一定不要长得像我，像我多平凡。最好每一样五官都长得像陆钦，长大外形会出色得不得了。

渐渐地，她的笔下出现小小陆钦，可是幼儿不会只长得像爸爸，她又为他画上自己的下颌。

她对着画像满意地看了好久。

这时，天色已经尽黑。窗外是狂欢的人群，举着充气棒，戴着圣诞帽，成群结队满街游走，追打嬉戏，不时爆发出狂热的呼喊。窗外热气腾腾的喧闹，更显得房间空荡荡、冷清清。

怀臻又拨打陆钦的手机，可是电话仍然关机。怀臻有些慌乱。想到自己并非一个人，还有肚子里的孩子在陪伴自己，她又觉得没有那么孤单。

她挑了本设计杂志看起来。可是，注意力始终无法集中，她不断打他手机，或者发短信给他留言。一切都石沉大海。

十一点，怀臻开始坐立不安。他不会过了平安夜还不回家吧？十二点，午夜钟声响起，怀臻仍然打不通陆钦的手机。她心神不宁，在房间里走来走去，不停向楼下张望。一点，陆钦的手机还是关机。两点，怀臻仍旧没有联系到他。难道他被她怀孕的消息吓退了？

怀臻坐在床边，焦躁不安。窗外喧闹的人群也散了，整条街安静下来，进入死寂。她想到有一次陆钦临时出差去向客户提案，她也是这样等他，以为他消失了，可是呢？一切不过是个误会。

他一向是个细心的人，将怀臻的身与心都照顾得那样好，如果不是特别重要的工作，他不会连个电话都不打给怀臻。

何况，这是他们一起度过的第一个圣诞节。而且他确实很忙，年底比稿特别多，要拍的宣传片都堆在一起，更何况还要准备去新西兰筹备新公司的相关事宜。

怀臻反复安慰自己，也许明日天一亮，他的手机便自动接通了。

第二天等怀臻睁开眼睛，天已经大亮。

怀臻和衣而睡，整个人手脚冰凉，可是她顾不得那么多，立即拨打陆钦手机。可是，等待怀臻的还是那个机械的女声：对不起，你所拨打的用户已关机。怀臻的心一下沉到谷底。

她自床上坐起来，简直不敢相信这是真的。她走进卫生间，她的面色苍白，面颊上全是被单的褶皱。她找不到他，非常非常地不踏实，心脏跳得特别快。

她终于再也沉不住气——她决定到他公司去见他，哪怕他觉得她搅扰了他的工作。

她不能独自承受这个秘密，她必须告诉他，她要同他结婚，必须给孩子一个合法的身份。

不管多重要的工作，也没有孩子更重要。陆钦会原谅自己的。想到这里，怀臻又觉得力气回到了自己身上。她仔细沐浴梳洗，重新把自己打扮得清爽妥帖，她希望他的同事对她贸然过去打扰他工作，不会太过介意。

也许，他还在开会，她不怕在接待室等。

怀臻在网上查到陆钦的公司地址。连早饭也没有吃，便开车前往。

她心里有一点忐忑，进了电梯，她还在想，他会不会不在公司。

前台是个大眼睛的女孩，看起来十分精灵活泼。

怀臻尽量保持笑容，轻轻问："请问，陆钦在吗？"

女孩抬起头看着怀臻："在！"

怀臻忽然松口气："他在开会吗？"

女孩说："是的！"

怀臻甚至想当即转身离开，不要搅扰他工作。可是，既然来了——怀臻听见自己说："能告诉他，我在找他吗？"

“没问题，请问你是哪位？”女孩继续礼貌地问。

“我是谢怀臻！”怀臻说。

女孩立即打电话，并带怀臻在接待室坐着等。

怀臻静静坐着，好奇地查看周围的一切，咦，平时他就在这样的环境里工作。看到门外不停有人忙碌得进进出出，隔壁办公室的电话不断响着。她能感受到这里工作的紧张与忙碌。

怀臻想，广告业既苦且累，她以后一定要多体谅他。

这时，一名男子跟着前台小姐走进来：“是你找我吗？”

怀臻愣住了，眼前是一名完全陌生的男人。

她赶紧说：“我找陆钦！”

“我就是！”男人微笑看着怀臻。

“我找这里的创意总监，陆钦！”怀臻以为对方没有听清楚。

“小姐，我就是这里的创意总监陆钦！”男人涵养很好，走到怀臻跟前，“你找我有事吗？”

怀臻忽然觉得事情有些不对，她努力解释道：“我是陆钦的女朋友！”

男人也愣住了：“我什么时候有女朋友了？”

怀臻张口结舌，好半天才问：“你们这里只有一名创意总监，只有一名陆钦吗？”

男人点点头：“是的，只有我一个创意总监，也只有我叫陆钦！”

怀臻的心开始不断下沉：“可是，他告诉我，他是这里的创意总监，我还看见过他的同事！”

男人忽然笑了：“也许，是公司的同事冒充我的名字和职务，出去哄女朋友！”

怀臻一下傻了，她不知道发生了什么事情，只觉得手脚冰凉。他为什么要骗她？他不是这里的创意总监，也不叫陆钦？她只觉得手脚冰凉，背脊开始直冒冷汗，心脏狂跳起来。

她拼命思索——也许，他只是小设计师，为了追求她，说了谎话，冒充别人的名字和职务来取悦她。后来，他又不敢解释，于是一直拖下去。她想，没关系，只要找到他，她可以原谅他。她不在乎他叫什么名字，也不在乎他是不是一名小职员。只要他爱她！

她努力站稳："陆钦——"

她觉得这个再熟悉无比的名字，变得十分绕口："你能不能，带我到办公室转一圈，我想找到他！"

真的陆钦点点头："好，我也想看看是谁冒充我的名字。"

他带着怀臻，将公司所有办公室都走了一遍。可是都不是"陆钦"，甚至连怀臻在他过生日时见过的那几位同事都没有。

陆钦又拿出公司的员工简历，翻出照片给怀臻辨认。可是，仍然找不到熟悉的面孔。怀臻彻底傻了，全身血液忽然上涌，脑袋"嗡"一声响。她眼前一黑，跌坐在地上，也不觉得疼。

陆钦赶紧将怀臻自地上扶起来，将她搀到沙发上坐下，又倒了开水喂她喝下。

怀臻什么知觉都没有，脑子里一片混乱。他是谁？他在哪里？这到底是怎么一回事？怀臻忽然陷入深深的恐惧当中——

陆钦看着怀臻，这秀丽的女子面色苍白得像一张纸，整个人失魂落魄。不是他公司的职员冒充他。是谁，是谁利用他的名字来欺骗这女子？她的大眼睛黯淡而充满疑惑，眼泪仿佛随时都要滴落下来。

过了好久，怀臻才缓过劲，她抬起头。她仔细望着眼前的陆钦——他样子敦厚温和，手足无措地站在她跟前——关切之情溢于言表。他一定是个好人。可是，他不是她的陆钦。她还是不要在这里打扰他，除去名字和工作，他对于她来说，不过是个陌生人。

怀臻强迫自己镇定："对不起，打扰了，我想一定是哪里出了问题，也许是我的朋友在同我开玩笑！"

她努力稳住自己的步伐，尽管她的双腿早就像被人抽了骨头，每走一步都软绵绵的。

陆钦将怀臻送到电梯口："不要太难过。也许你的男朋友会跟你解释清楚。"

怀臻点点头："谢谢！"她不知道他会怎么同她解释。她甚至连他人在哪里都找不到！

怀臻反复对自己说："不要慌，谢怀臻，不要慌！一定是有原因的。"

她将车子开得飞起来，直接开到陆钦家里。大门紧闭，怀臻不断敲门，可是房间里始终静悄悄的，没有人回应。

“陆钦，你在吗？你在里面吗？开门，我是怀臻！”她忍不住蹲下来哭泣。整整一天，怀臻都蜷缩在陆钦家门口。她不时敲门，她总觉得陆钦在家中，只是不肯开门。

“你开门，我知道你不叫陆钦，也不是创意总监。可是有什么关系呢？只要你爱我！”怀臻苦苦哀求，“你出来见我！”

但是，门依然紧紧关着。怀臻不甘心，将耳朵贴在门上，仔细聆听。她听得那样专注，若有人呼吸，她也能立即分辨出来。可是，一切都静悄悄的。她又反复拨打陆钦的手机，可是手机仍然关机。她不住敲门，努力克制住不让自己发抖……

“你出来见我！

“出来见我！

“你出来啊！”

怀臻泪流满面，她缩成一团坐在地上，像被绝望的雾霾包围了。天色渐渐暗下来。有人上楼，脚步声清晰地回荡在楼梯间。是他，是他回来了吗？怀臻紧张得汗毛都竖起来，她死死盯着楼梯口。

有人按亮了楼灯，走过来。怀臻站起来——不，不是陆钦，是一名中年妇女，她从怀臻身边走过，拿出钥匙开隔壁的门。她疑惑地看了怀臻一眼。

怀臻知道自己满脸泪痕，一定狼狈不堪。可是，她顾不得那样多，她一个箭步走到妇女跟前。她努力控制自己的情绪，不让声音发抖：“请问，你认识住在这里的这个男人吗？”

邻居太太仔细打量一下怀臻，虽然她脸色苍白，满脸眼泪，可是样子干净秀气，不像坏人。

她摇摇头道：“不认识！”

怀臻失望地晃了一下：“你知道他去哪里了吗？”

邻居太太又摇摇头：“我也不知道。但是今天早上，我看见他提着一个大箱子出去了，看起来像是出远门，或者搬家！”

“搬家？”怀臻的心一下凉了，“他把房子卖了？”

“这房子本来就不是他的啊？这房子是他租的！”中年妇女说。

怀臻一下蒙了：还有什么是假的？

他说房子是他自己买的。怀臻只觉得事情越来越扑朔迷离。她甚至不知道到底发生了什么事情。他为何要骗她？她的眼前好像忽然起了浓浓的烟雾，让她看不清楚事情的真相。她木然地转过身，仿佛忽然被人掏空了五脏六腑。

邻居太太小心翼翼地看了看怀臻，犹豫了一下，终于说：“我本来不想多管闲事。可是——我知道房东的地址，要不你去找找她，也许她知道他去了哪里？”

怀臻仿佛在黑暗中看到一线曙光，拼命点头道谢，就差没跪下来磕头。

她用手机记下地址，立即驱车前往。她一路问，一路找，终于找到了房东太太的家。她敲了门，紧张等待着。门很快便开了。怀臻松口气——

“谢小姐？”门里的人诧异地喊了一声。

怀臻立即抬起头——是陆钦的姨妈？

“姨妈？”怀臻眼睛都差点掉下来。姨妈怎么会是房东？怀臻觉得眼前的迷雾越来越浓。

老太太望着怀臻微笑。

“你找我有事情吗？”老太太和蔼地笑着，“你没有和陆钦一起走吗？”

“走？去哪里？”怀臻紧张地问。

“他搬家了，说是要出国了，你不知道吗？”老太太也一头雾水。

怀臻思维混乱，要好一阵，才能厘清思绪，她颤着声音问：“姨妈，你告诉我，他叫什么名字？他为什么要骗我？”

“你在说什么？我听不懂。”老太太也一下紧张起来。

怀臻一把抓住老太太的手：“你到底是不是他的姨妈？他是谁？”

老太太一下慌了，结结巴巴地说：“我不是故意要骗你的。”

“你骗我什么？”怀臻追问。

“你别怪我！”

“我不怪你！”怀臻只觉得喉头发干。

“我其实只是陆钦的房东，他说他自幼父母双亡，没有亲戚，怕女朋友嫌弃他，所以让我扮演一次他的姨妈，他给了我三千块钱。我还没用，我退给你！你别怪我！”老太太说，“我只是觉得他可怜，所以才帮他的，钱也是他硬给我的。”老太太不住解释。

怀臻只觉得脑袋里嗡嗡作响，像一万只蜜蜂不停穿梭，令她无法思考。

“你知道他去哪里了吗？”

“不知道，他只是退了房！”

“他有没有什么身份证明押在你这里？”怀臻问。

“他说他身份证掉了，又一次给了我半年的房租，还给了很高的押金，我看他那么大方，也不像坏人，所以没有要他的证件！”老太太怯怯地说。

“你能带我进你租给他的房子看看吗？”怀臻央求。

“出什么事情了吗？”老太太吓得不得了。

“没事！我和他吵架了！”怀臻努力控制自己的情绪。

她终于明白那天这位姨妈为何那样少言寡语，只不停微笑，原来她是怕说错话，露出破绽。

到了陆钦家，老太太将房门打开。怀臻立即冲进去。房间里果然已经没有人了。除去柜子里的衣服没有了，一切都维持原样，连桌上翻了一半的书还摊开着，仿佛主人随时还会回来。

“这些东西，是这里原来就有的吗？”

“是的！”老太太回答。

“这些书呢？”怀臻指着桌上那些广告词典和年鉴。

“是陆钦的！”

怀臻深吸一口气，走上前翻阅这些书籍，她发现所有书籍都是崭新的，没有任何翻阅过的痕迹。什么都是假的。

她强迫自己镇定，她逐个抽屉打开，每个角落都不放过，检查陆钦有没有遗留下什么东西。可是，什么都没有。任何属于他，能证明他存在的东西都没有。这里干净得，仿佛这个人从没有来过。

怀臻忽然觉得自己快要崩溃了。她仿佛陷入一个噩梦中，无法醒来。她猛力扇自己耳光，想让自己清醒过来。可是，火辣辣的耳光刮在脸上，痛得那样尖锐清晰，这分明不是个梦！

“你怎么了？你别吓我！”老太太慌乱地看着疯狂扇自己耳光的怀臻。

怀臻颓然地垂下手。她知道自己已经无法再承受这一切。她掏出手机，打电话给方琦：“方琦，你在哪里？”

“和朋友喝酒！”方琦的声音愉快轻松，“你在哪里逍遥啊？”

“你快来找我，我有事同你说。”

“什么事？我在派对里，走不开。”

“你快来！”怀臻差点对着电话尖叫。

方琦感觉到怀臻不对劲：“你在哪里？我马上来！”

怀臻说了地址。然后她下楼，坐在地上等方琦。

二十分钟后，方琦便到了院子门口。远远地，她看着一团影子缩在地上，一动不动。她下了车，走过去——那地上的影子居然是怀臻！她诧异极了，一把抱住怀臻。

怀臻抬起脸，路灯照在她面孔上——

“天啊！怀臻，你在搞什么？”方琦惊呼！

怀臻满脸泪痕，披头散发，脸上脏兮兮的，花成一团，像个流浪街头的乞丐。

她浑身不住在发抖，抖得像一片快要被风吹落的树叶。

“方琦——”怀臻一把抱住方琦。

方琦扶她站起来。

“陪我去一个地方，我开不了车！”怀臻说，她的手不住抖着。

“你怎么了？告诉我发生什么事情了？是不是陆钦欺负你？他是不是不想要孩子？他不想和你结婚？出什么事情了？”方琦一迭声地问。

怀臻摇摇头，大眼睛空洞地望着前方：“陪我去酒吧。”

她什么都不肯说。方琦担心地望着她，不断轻拍她的背，想安抚她的情绪。可是，怀臻沉默不语，只不断发抖。

方琦只得开车，送怀臻去酒吧——这是上次陆钦过生日的酒吧。怀臻死死攥着方琦的手，一步一步机械地走进酒吧。

圣诞夜，酒吧里挤满了狂欢的人群。怀臻木然地四处张望，被人撞了、被人踩了都浑然不觉。方琦担心地看着她，努力维护她，不让人撞到她，又不断向被怀臻撞到的人道歉。

终于，怀臻看到了酒吧经理。她走过去，一把抓住他。

“你还记得我吗？”怀臻厉声问。

“记得！”经理正忙得焦头烂额。

“陆钦来过吗？”

酒吧经理要好一阵才反应过来：“他啊，好久没看见了！”

“你真的是他的同学吗？”怀臻追问，“告诉我，你真的是他的同学吗？”

“怎么，出了什么事情？”酒吧经理有些心虚地望着怀臻。

“他不叫陆钦，你知道吗？”怀臻逼近他。

酒吧经理愣了一下，他吸了口气：“好吧，我坦白告诉你，他只是我们这里的客人，我不是他同学。他请我们冒充他的同学，他说他朋友很少，女朋友嫌弃他性格孤僻要跟他分手，让我和我的几位同事扮演他的同学和同事。我想反正他是我们的客人，也算半个朋友，就帮了他的忙！何况他订了最大的包间，买了很多酒，又给了丰厚的小费……”

怀臻已经不想再听他说任何话。她挣开方琦的手，跌跌撞撞地跑出去。她跪在路边放声大哭，她再也承受不住了……她不断号哭，鼻涕眼泪糊了满脸，可是她仍然不管不顾。她哭得被呛住，张大口不断喘气。

可是，空气忽然变得那样稀薄，无论多么用力呼吸都觉得胸口像压了一块千吨重的石头。

寒风掌掴在她面颊上，像一个个嘲讽的耳光，嘲笑她的愚蠢。她丝毫也不觉得痛。她只觉得胸口有个地方一下空了，血糊糊的，不知道该塞什么东西进去才能填满。

她开始不停呕吐，可是一整天没有吃东西，什么也吐不出来。她不住地哭，不住地干呕，整个人都抽搐起来。

方琦追出来，将怀臻抱起来，硬将她塞进车里。

“怀臻，你怎么了？出什么事情了？”方琦慌乱地追问。

“假的，一切都是假的！”怀臻不断重复道，“假的，一切都是假的！”

她再也说不出任何话。她只是哭，不断地哭，或是拼命摇晃方琦："方琦，告诉我，这是梦，是梦！"

"怀臻，到底出什么事情了？"

"方琦，他是假的，假的，都是假的！"怀臻的声音已经嘶哑。

"什么是假的？"

怀臻拼命摇头，她的情绪彻底崩溃了。她的手疯狂在空中舞动，像溺水的人想抓住救命稻草。

"假的，方琦，是假的！"怀臻疯了一般。

方琦又急又担心，情急之下，她用力扇了怀臻两个耳光。这两个耳光，又狠又准。怀臻一下被打蒙了，她愣在那里。

"对不起……"方琦一把抱住怀臻，"对不起，你清醒一点，告诉我发生什么事情了！"

怀臻反手抱住方琦，哇地大哭起来。

"方琦，他的名字是假的，公司是假的，同事是假的，同学是假的，姨妈是假的，连房子也是假的，都不是他的……"怀臻的声音已经哑得辨不出她到底在说什么了。

此刻，她只是个摸不清楚状况的弱女子。她的理智、智慧、冷静通通都背弃了她。她可怜兮兮地抱着方琦，抽泣着把事情经过告诉她。

听完，方琦也禁不住发抖："太荒谬了！"

"方琦，我该怎么办？"怀臻六神无主。

"找到他，一定要把他找出来，必须找到他！"方琦说，"一个人不可能凭空消失。"

"可是，他是谁，叫什么名字，多大年纪，他是做什么的，为什么要这么骗我，我们都不知道！"怀臻绝望地说，"怎么找？"

"总有办法！"方琦说，"你先别慌，我送你回家休息，你怀孕了，不能这么激动！"

"方琦，我怀孕了，可是我不知道孩子的父亲是谁！"怀臻握住方琦的手，"这个男人，一切都是假的，消失了，也许永远不再出现。"

怀臻眼睛里全是恐惧，方琦完全能够体会怀臻的感受。

若她怀了孕，发现孩子的父亲消失了，而且这个人的一切都是编造出来的，也许世上根本没这个人，多可怕。再坚强的女人也会崩溃。

方琦将怀臻送回家。怀臻整个人力气尽失，半个身子都瘫软在方琦身上，方琦吃力地撑着她走回家。怀臻像个木偶，一切都任由方琦安排。

方琦帮她洗澡，擦干身体，又将她送到床上躺下。然后，方琦热了牛奶，喂怀臻喝下。

看到她还在轻轻发抖，方琦叹口气："怀臻，我陪着你，你好好睡一觉。要是你父母看到你这个样子，不知道多伤心，多难过。你爸爸肯定头发都急白了。你一定要振作起来。"

怀臻点点头，眼泪又涌出来。她竟然还带他回去见了父母，多可笑。她要怎么向他们解释？她爱上一个来历不明的男人，还怀了他的孩子。他跟她在一起，从头到尾就是一场处心积虑的骗局，她越想越恐惧。可是，身体再也经受不住折腾，已是疲惫不堪。

人的本能，战胜了恐惧，战胜了伤心，战胜了疑惑。渐渐地，她的眼皮合上了……

方琦静静躺在怀臻身边，守护着她。她从来没有看见过老友如此绝望、如此恐慌、如此惊惧……连梦里，怀臻的眉毛也紧紧地皱着。不知道是做了什么样的噩梦，她表情那样恐惧，连睡着了，眼泪也顺着眼角在不断滑落……

她一定要将陆钦找出来！让他给怀臻一个交代！给谢常意一个交代！逃？没那么容易！

方琦关掉灯，躺下去，躺进一片幽深的暗影中。

早上，方琦还没有醒。她均匀的呼吸声安抚着怀臻。

天没亮，怀臻便从梦里惊醒，发生这样荒诞恐怖的事情，她又怎么可能睡得踏实呢？她躺在床上一动不动，仿佛灵魂已经与身体分离。睡了一觉人也清醒多了，理智又回到她体内。

她慢慢梳理自己的思绪，越想她越想不通。他为什么要骗她呢？花这样多心思，用这样多时间，只为了骗她吗？可是她能清清楚楚感受到他的感情。

难道这些感情也是假装的吗？他甚至不惜用生命保护她，也是假的吗？世上有这样高超演技的人吗？难道他真的只是来同她玩一场“敢不敢”的游戏？

是她太投入了、太认真了，吓走了他吗？怀臻脑子里有一千个一万个疯狂的猜想。她想，他这样刻意隐瞒身份，也许是他的身份需要保密，不能告诉任何人。

也许，他是一个007一样的人物。他来完成某项任务，找到怀臻掩饰身份。现在任务完成了，他便立即抛弃她。

她甚至怀疑他是天外来客，误坠地球，幻化成人形，与她谈起了恋爱。现在，他的飞船来接他，于是他离开了她，再也不回来了。如果是这样，那么肚子里的孩子，是什么怪物？

怀臻都觉得自己快疯掉了，各种匪夷所思、千奇百怪的想法充斥着她的脑海。她觉得脑袋里乱糟糟、闹哄哄的。但是，她冷静下来了，扼杀了那些不切实际的念头。

她知道，不管发生什么事情，她必须好好活着。她不能让父母伤心。她必须查清楚事情的真相。是谁，设了这个局，来诓她、害她、伤她的心？她强迫自己接受眼下这个事实。

他消失了，也许永远不会回来了。而她所爱的一切，都是一场骗局。

很快方琦也醒了。她起身为怀臻做早饭。

她这样跟怀臻说：“怀臻，我昨天想了很久。事情无非有两个结果：第一，他是故意接近你，欺骗你的感情，他花费那样多精力时间，一定为着一个特别的目的，所以我们不用着急，事情的真相一定会浮出水面的；第二，他有不得不掩饰的身份，必须保密。他真的爱你，但现在他不能再爱你，他逃开了，永远都不再回来。”

怀臻点点头，她也这样认为。

“所以怀臻，你现在必须好好生活，静观其变！”方琦说，“你太虚弱了，我替你多请两天假，好好休息一下吧！”

怀臻深深吸了口气：“所以，我现在要去上班！如果成天待在家里，我会被自己满脑子疯狂的想法、绝望的念头折磨至死！”

第十九章

## 找寻线索

可是，怀臻并没有她想象的坚强。接下来的一个月，她几乎度日如年。她吃不下，睡不着，坐在电脑前，一发呆便是大半天，常常泪流满面而不自知。

方琦让她把小孩拿掉，可是她不甘心。她总觉得，这是他和她唯一的联系。他的一切都是虚幻的、假的，可是这个孩子是真实的。她不想切断这唯一真实的联系。

走在大街上，她经常会望着街对面，期望他会突然出现在她面前，手潇洒地插在牛仔裤兜里，对她说："怀臻，这只是我跟你玩的一个游戏，我回来了！"

她甚至习惯地在人群里找寻他，想意外地碰到他。可是，他一点消息都没有，再也没有出现，如同人间蒸发了。

有时候，怀臻会努力回忆他们在一起的细节，每个细节都是真实的、刻骨铭心的。他的吻，他的拥抱，他的身体，他说的话，他的每个表情，都那样深深刻在她的心里。她闭上眼睛，那些场景便铺天盖地地涌现出来，将她淹没。

他送她那些奇怪的花，他同她在曼陀罗下接吻，他牵着她的手散步，他带她去看闪电，他抱着她跳下冰裂缝，他输血给她……

她想不通，他怎么会就这样消失了呢？他真实存在于她的生活中……她那样渴望他出现，像沙漠中的人渴望最后一处绿洲。可是，她连他是谁都不知道。

有时候，怀臻几乎以为，这只是她做的一个绮丽的梦。可是，肚子里的生命又无时无刻不在提醒她，这一切都不是梦。

她每天都生活在期盼中，渴望他会突然出现。可是每一天又都抱着失望睡去。

怀臻明显消瘦了，一双眼睛大得吓人，深深凹陷下去。

每次曹彻看到她，都担心得不得了。他几次找她谈话，可是她都沉默不语。

他不知道她身上到底发生了什么事情，是什么收起了她的笑容？是什么让她日渐消瘦？是陆钦吗？是那个男人对她不好吗？曹彻心疼不已。

这天同事过生日，盛情难却，怀臻只得同大家一起去吃日本料理。

曹彻看着她，整个过程，不管同事如何笑闹，她都如同一个局外人一般，静静坐着。眼睛透过众人，空洞地望着远方。仿佛坐在这里的，只是她的躯壳，而她的灵魂已经去到另一个世界。

吃过饭，大家集体去酒吧喝酒，怀臻推说身体不舒服，独自走开。

曹彻追出去喊："怀臻，我送你！"

"不用了！"

"我送你！"曹彻坚持。

怀臻无奈地笑笑："好吧！"有多久没有坐过曹彻的车了？怀臻失神地望着窗外。

"你到底怎么了？你瘦成这样，到底发生了什么？"曹彻一边开车，一边温柔地问。

怀臻苦笑，摇摇头："我自己的事情，我自己解决。你不要问了！"

"怀臻，不要固执！你知道，任何事情，你都可以跟我商量，我总会帮你的！"

"没有用，曹彻我知道你关心我，可是这件事情任何人都帮不上忙！"怀臻叹口气。

曹彻刚要说话，怀臻忽然脸色骤变，一把推开车门："停车，曹彻停车！"曹彻吓坏了，赶紧猛踩刹车。

怀臻也不等车停稳便跳下车，飞扑出去。她看见什么了？这样慌乱、急切。是——谢怀臻看见了陆钦。她看见了他。

陆钦手插在衣服口袋里，心不在焉地低着头走路，旁边有个男人正喋喋不休地向他说着什么……

是他！是他！茫茫人海，她又遇到了他！怀臻什么也来不及多想，推开车门便冲出去。

可是，就在她快要跑到陆钦跟前的时候，他抬起头，也看见了她。

他的表情一下僵住。仿佛看见洪水猛兽一般，他愣一下，推开身边的朋友，转身拔足狂奔。

怀臻跟着追过去："你别跑……"

"求你别跑！"她歇斯底里地喊着，"别跑！"

可是，陆钦连头也不回，拼命向前跑，仿佛后面追他的是吃人的怪兽。怀臻拼尽全力不停呼喊，不停向前跑，她死死盯着他，生怕他消失了。可是，虚弱的她，哪里跑得过他？追了一条街，一拐弯，他便不见了。

怀臻着急地哭起来，声嘶力竭地大喊："陆钦，你出来，你出来！你连孩子也不要了吗？"

可是，他并没有出现，他又一次消失了！眼泪不住流出来，模糊了她的眼睛。她一边擦眼泪，一边找寻他的身影，她恨这些软弱的眼泪，挡住她的视线，让他又一次消失了。

她茫然地看着四周。她还叫他陆钦，其实，他根本不是陆钦。他是谁？他是谁？她忽然想到，刚才他身边还有个男人，也许找到他，他能告诉她关于他的事情……她立即转过身，疯狂往回跑。

她没有看见，街角的一个商铺里，陆钦自货摊后站起来，望向她。他脑子里反复回荡她的声音。他拼命看着她远去的背影，直到眼睛酸了、涩了，还不肯收回视线。他落寞地低下头，一滴眼泪，重重地滴落下来，重重地砸在地上。过了片刻，他扬起头，让眼泪倒回眼睛。

那一天，怀臻欣喜若狂地打电话来，告诉他，她怀孕了。他脑子像被原子弹炸开，连最后一丝理智都被夷为平地。

他挂了电话想要努力思考一条新的退路。可是，怎么想、怎么算，原来的计划都已经行不通了，他没法靠拖延来拉开和她的距离，这件事情，无论如何都会被戳破。他没法从容地与怀臻分手了。

真相马上就要像泥石流一般向着她滚滚扑来，势不可当。他捏住那个人的把柄，在怀臻突如其来的怀孕面前，一下就变得脆弱了。他唯一能做的，就是尽可能快地消失，不让那个人找到他。

没有人知道他是谁、曾经做过什么，那么他的过往，就不会变成威胁和伤害她的武器。他不能让她名誉扫地。这是他唯一能为她做的。他深深吸口气，他不放心她，他又折返回去，跟着她。

怀臻跑回去，远远看见曹彻同那个男人在说话。她再跑近一点。

曹彻转过头对怀臻说："我刚才跟着你跑下车，看见陆钦和这个男人在一起！我替你留住了他！"

怀臻吸口气，转过脸看着那个男人。这是个四十岁出头的男人，脸上有一道疤痕，看起来十分凶狠。可是，他的目光却很友善，怀臻放下心来。

怀臻上前一步："你认识陆钦？"

"陆钦是谁？"男人莫名其妙地反问怀臻。

"刚才同你在一起的男人是谁？"怀臻鼓起勇气。

"你说陈印？"男人看向怀臻，"你认识他？难怪他跑得那么快！"

"陈印？"怀臻喃喃念着，"他叫陈印？"

旁边的曹彻听得一头雾水，陆钦为什么不叫陆钦，他为什么叫陈印？

"当然，他不叫陈印叫什么？"男人挑挑眉毛。

"你同他是什么关系？"怀臻问。

男人上下打量了一下怀臻："我是他朋友！你和他什么关系？"

"我是他女朋友！"怀臻有些心虚，她忽然不知道，自己还算不算他的女友。

"女朋友？哪种女朋友？"男人笑起来，似乎陈印的女朋友还有很多种类可分。

"其实我也不知道算不算！"怀臻情绪低落起来，"你是他的朋友，能告诉我一些他的事情吗？"

"你是他女朋友，还需要我告诉你什么事情？"男人十分不解，"你们吵架了？"

怀臻不知该如何说起，只得苦笑。

"不然，他为什么看见你就跑？"男人怪笑起来，"你多少钱被他坑了？"

"我到哪儿才能找到他？"怀臻追问，眼泪都要掉下来了。

"你连去哪里找他都不知道吗？"男人诧异极了。

“他到底是做什么的？”怀臻急了。

“你连他是干哪行的都不知道？”男人惊异地张大嘴巴看着怀臻，“那我也不能告诉你！”

“求你，告诉我！”怀臻眼泪忍不住滑下来。

男人犹豫一下，心软了：“算了吧，你不要再找他了。其实和他在一起未必是好事情。看你斯斯文文，穿得又体面，和他在一起也没有好结果。你们不是一路人。”

怀臻哭着从包里掏出钱包，一把塞到男人手里：“求你告诉我！我必须找到他。”

“唉！你和他在一起有什么意义呢？他杀过人，坐过牢，一向靠女人吃饭！再多我也不能说了。既然他什么都不告诉你，你就别追问了，他都在躲你了，你就该珍惜这机会赶紧断了！”男人打开钱夹看了一眼，被一堆粉红色钞票晃了一下眼睛，叹口气，“跟着他没好结果的！他给不了女人幸福的！”

“他杀过人，坐过牢，靠女人吃饭？”这句话像闪电瞬间击中怀臻，她心脏顿时麻痹，仿佛立即窒息了。她两腿一软，身体便往下滑。

“不可能，你骗我！”怀臻觉得浑身力气都被人抽走了。

“又不是什么光彩的事，我骗你干什么？”男人苦笑，“他这辈子已经毁了，你就别再找他了。”

曹彻及时搂住怀臻，他一低头：“怀臻，你怎么了？”

鲜血不断从怀臻米色的长裤中浸透出来……

怀臻浑然不觉仍然不住说：“不可能，你骗我！”

曹彻吓坏了：“怀臻，怀臻，你在流血……”

怀臻低下头，她自己也看见了。电光石火间，怀臻明白发生了什么事情。多日来的焦虑、消瘦、伤心，加上刚才剧烈奔跑——她小产了！看到殷红的鲜血不断涌出来，怀臻只觉得眼前一黑……

曹彻又急又怕，再也顾不上再追问那个男人，抱起怀臻便往车上跑。

陆钦远远看着他们——不，应该是陈印。他焦急不安地看着他们，他不知道朋友会跟他们说什么，但愿他没有蠢到说出他的秘密，但——如果他说了，也许更好，怀臻就能彻底放下。她恨他，不再爱他，也是一种解脱。

夜色迷茫，他看不清他们的表情和动作，他只能猜测。他恨不能可以撕开夜幕，好让自己看得更清楚一些。怀臻还在哭吗？他多想再看看她的脸。可是怀臻的身体突然滑下去，曹彻跑起了怀臻，飞快跑向车子。怀臻怎么了？

他咬紧牙齿、握紧拳头，死死忍住想冲过去的念头。忍，几乎用尽了他全部的力量。他跟自己说："不，我不能出现。我的出现对她只能是伤害。我什么都不能带给她，我带给她的除了羞辱与痛苦，别无其他。我离开她，越远越好，才能保护她不再继续受到伤害！"

他知道那个男人很爱她，一定能照顾好她。可是，他的心仍然跟着怀臻追了过去，一直追了过去……他的心，离开了他的身体，不再属于他……

很快，曹彻的车便飞速离去。他赶紧跑出来，冲到朋友身边。他一把抓住朋友的手，急切地追问："刚才那个女人，她怎么了？她怎么被那个男人抱走了？"

男人还没有从刚才的震惊中回过神来："我不知道！她下身突然出了好多血、好多血，然后就晕倒了，那个男人就把她抱走了！"

"她为什么会晕倒？你跟她说了什么？"陈印咬着牙问。

他的表情那样狰狞恐怖，英俊的面孔完全扭曲。

朋友拍拍他背："你冷静一点，我不过劝她不要再来找你。我告诉她，你坐过牢！这样她就不会再缠着你了！"

"你告诉她了？"陈印眼睛红得像受伤的野兽。

"是！"朋友的声音十分冷静，"她有权利知道不是吗？你总得让她死了心！"

陈印忽然仰天大叫："啊——怀臻，对不起！"

他扔下朋友，眼泪汹涌而出！我做了什么啊？我做了什么？他想奔到医院去找怀臻，向她解释。可是，他还有资格吗？不，他没有资格再出现在她的跟前。在造成更大伤害之前，他必须消失，越彻底越好。

他的存在，就是对她的伤害。他活着的每一次心跳、每一次呼吸，曾经做过的每一件错事，都是对她的伤害！他多想抱着她，乞求她的原谅，原谅他对她造成的伤害。可是，他敢吗？不，他不敢！他没有勇气、没有资格乞求她的宽恕。

他但愿她能当自己做了一场噩梦，噩梦醒来，便能将他彻底遗忘。她活在阳光下，他长在泥泞里。他们是两个截然不同的世界里的人。他必须承担这个越界的错误，永远地消失，像没有存在过一般。

不知过了多久，怀臻醒来。她睁开眼睛，眼前一片雪白，曹彻焦急的面孔立即映入她的眼帘。意识昏沉间，怀臻有些不知身在何处——

“我怎么了？我在哪里？”她疑惑地轻声问。

可是，一开口，她才发现嗓子嘶哑、破碎，发出的声音都破碎不清。

“怀臻——”曹彻忽然鼻头一酸。

此刻麻醉刚过，怀臻的神情有些茫然，大眼睛空洞而凉薄，目光中有一种尖锐的痛楚，像个小孩，被人遗弃在陌生的荒漠，尚搞不清楚状况。

他握紧她的手，轻轻抚摸她的面颊，试图减轻她难过的情绪。可是，小腹处异样的感觉仍然很快传遍怀臻全身——疼痛瞬间让怀臻恢复了所有意识——

她记起了手术室冰凉的器械，伸进她体内时刺骨的寒意。她记起了那个脸上有疤痕的男人，记起了他说的话。刹那间巨大的悲伤与羞辱感像潮水一样涌上来，将她彻头彻尾地淹没。

怀臻闭上眼睛，眼泪似断线的珠子，大颗大颗自她的眼缝中滚落，接着，眼泪越涌越多，

如坏掉的水龙头，不断涌出液体。没想到，他竟然隐瞒着这样巨大的秘密。

她不是没有试过猜测他的身份，可是她什么都猜过，唯独想不到，他会有这样一个身份。

他竟然杀过人，坐过牢，还靠女人吃饭？难怪他要隐瞒自己的身份！谁会敢同一名杀人犯谈情说爱？他瞒过所有人，同她玩一场游戏。她认真了，她输了！

怀臻只觉得五脏六腑都被人搅烂、掏空、缝合，看起来这个躯壳还完整，可是只有她自己知道内里已经腐烂。

“怀臻，不要哭，会弄裂伤口！”曹彻俯下身，轻轻抱住怀臻。可是，没

有用，她仍然不断抽泣、不断发抖，四肢仿佛僵硬失控。曹彻的心痛得揪起来，是他的固执，是他莫名其妙的自尊与骄傲，让他的女人，被人侮辱、欺骗。

曹彻抱住怀臻，紧紧地抱住她。怜惜、疼痛、自责、愤怒、悲伤、失而复得……各种复杂的情绪在他心中回荡。他将面颊紧紧贴在她的面颊上——她的脸真凉，仿佛没有温度，似一块玉已经冷却。

不知一个宽厚温暖的怀抱是否能令人安心。怀臻渐渐平静下来。她静静躺在床上，曹彻紧紧握住她的手。两个人都没有说话，房间里流淌着旁人不能察觉的默契。

“怀臻，不管发生什么事情，我都会陪在你身边，不会再离开你！”曹彻轻轻承诺。

怀臻点点头：“我好多了！”

不，她糟糕透了！她刚刚失去了一个连父亲都不知道是谁的孩子！可是，为什么要让关心自己的人担心呢？

“告诉我发生了什么事情，好吗？”曹彻倒一杯温水给怀臻润润口。

怀臻摇摇头：“不，我不愿意再想！”

“怀臻，勇敢点，逃避不能解决任何问题。”

怀臻内心痛苦挣扎，她不敢再回忆往事，那些甜蜜的往事，亦真亦幻，连当事人都分不清真假。需要极大的毅力，怀臻才能让自己平静下来，才能再次将自己放进回忆中。

她开始仔细向曹彻讲述她认识陆钦的始末——

第一次相遇，在音乐房子，他被人追打，坐到她的身边寻求她的庇护。

她在音乐厅看演出，他忽然自人海中走到她身边，牵起她的手，央她做他三分钟女友。

然后，他送那些奇怪又别致的花，追求她。在那开着曼陀罗的黑木屋里，他们第一次坐下来吃饭。

在充满八月蔷薇气息的街头，他们牵手漫步。还有那些透着曼陀罗花香的吻……

在滂沱的大雨中，看闪电将暗夜照成白昼……

直至在雪山上，跌入冰裂缝，他抱着她一起跳下去。获救后，她身体里，流着他的血……

见双方家长……

他说要出国开拓公司业务……

她告诉他，她怀孕了，他却忽然消失……

怀臻沉浸在回忆中不能自拔，往事一幕幕涌上心头，眼泪一行行滑下面颊。一开始，那样甜蜜美好，他完美得不像个真人。她一度以为老天厚爱她，给了她世上最英俊体贴的男人。

现在，她终于相信，为何总有人说，当一件事情一旦好得不似真的，它就不会是真的。

果然他的一切都是假的。

他是名杀人犯，自监狱出来，与一个偶然认识的女人玩一场“敢不敢”的游戏。他不过扮演了一个叫陆钦的角色，来哄骗她进入这场游戏。而她在这游戏里沦陷、惨败。可是，这真的只是游戏吗？此刻，她身体里还流着他的血液。

“曹彻！”怀臻睁开眼睛，用力抹掉眼泪，“看，我身体里流着一名杀人犯的血！多可怕，永远也洗不干净！我被他玩弄了。他这种人，怎么可能懂得感情？我原来不过是他心血来潮玩的一场游戏！”

曹彻沉默不语，他望着白花花的墙壁，一直努力思索。过了好久，他才厘清楚头绪，他这样对怀臻说：“怀臻，我觉得事情并非你想的那样简单。”

怀臻虚弱地望着曹彻：“还能够更复杂吗？”

曹彻顿一顿：“怀臻，你看，整件事情非常复杂，单是送花打动你，那些心力、精力、财力都不是一个从监狱出来的男人可以做到的。我想陈印也不过是听差办事而已。我猜，有人雇了他，让他来诱惑你，让你爱上他，然后命他消失，来令你伤心！”

“是谁？谁会花这样多心思来让我伤心？我同谁有这样大的仇恨？”怀臻疑惑，“冯凉？丁善儒吗？”

“我也不知道。但我知道，这个人一定很恨你！否则不会花费这么庞大的时间、精力，目的就是让你伤心。当然也许他还有别的目的，只是我们现在不知道！”曹彻皱起眉头。

“谁想让我伤心呢？”怀臻只觉得背后的汗毛一根根竖立起来。谁替自己安排了这样甜蜜又绝望的一段感情？

“怀臻，我们必须找出这个人，否则也许还有更匪夷所思的事情发生！”曹彻拍拍怀臻手背，“我会帮你，你安心休息，暂时不要告诉任何人你在这里！”

“你想怎么做？”怀臻一边点头一边问。

“我想了一下，对方既然让陈印冒充陆钦，必然是认识陆钦的人。所以，我想先从陆钦下手，找他再打听一下情况。”

“可是，我问过他，他毫不知情！”此刻，怀臻也冷静下来。

她渴望知道真相。她想弄明白，陈印为何要扮演成另一个人来接近她，目的是什么？

“不，他肯定不知情，谁也不会同意别人冒充自己去欺骗玩弄一个无辜的女人。可是，他也许会知道一些什么。”曹彻想一想，“你好好休息，明天我去见他。”

这一晚，曹彻一直守在怀臻身边。医生为她打过针，她昏睡过去，十分安宁。

曹彻站在窗前，静静看着天际线，一点点亮起来，那曙光那样安静祥和，充满希望。他默默企求冥冥中那股操控一切的神秘力量，能够让怀臻从此生活得安宁，远离那些企图伤害她的人。他祈求这力量帮助他，让他重新挽回怀臻。

这一次，他不会再放过任何机会，不会再犯任何错误。

他第一次发现，原来自己是这么爱她。即便她怀了别人的孩子，爱上别的男人，他的心还是向着她、牵挂着她，因她的喜怒哀乐而动。当她在手术室做手术的时候，他的心焦躁疼痛，并没有因为她是在为别的男人承受痛苦而轻怠她。

他不知道，他对她的爱原来这样深沉博大，他愿意包容她的一切。他甚至自责，当初是他离开她，才让人乘虚而入来伤害她。他想跟她在一起的心，迫切得连他自己都吃惊。

私心里，他甚至庆幸这一切都是场阴谋，他庆幸陈印只是个绝对配不上怀臻的男人。感谢上天，给他机会弥补这段错失的感情。

早晨，怀臻还在沉睡，曹彻轻轻抚了一下她安静的面颊。他知道，一旦她醒来，痛苦也会随之醒来，重新占据她的身与心。他但愿她一直这样酣睡，远离那些屈辱和痛楚。

他起身，向陆钦的广告公司进发。到了广告公司，曹彻跟前台小姐说："请问，陆钦在吗？"

"在！"

"我可以见他吗？"

"你是哪位？可有预约？"

"没有预约，我叫曹彻，找他有很重要的事情！"曹彻态度诚恳，"劳烦替我通传一声！"

前台小姐见曹彻温文有礼，态度谦和，立即拨通陆钦电话，请他到接待室见曹彻。

曹彻连声道谢。他刚走到旁边接待室，陆钦便赶过来。曹彻仔细打量了一下陆钦，那样平凡，和这个轩昂的名字完全不相称。倒是陈印，外形出色，更衬这个名字。

陆钦走过来，狐疑地看着曹彻："对不起，我好像不认识你！"

曹彻点点头："是的，陆先生很不好意思打扰你，请原谅我的冒昧。"

陆钦笑一笑："没关系，做我这一行，很乐意交朋友！"

曹彻庆幸这位陆钦态度磊落大方："不瞒你说，我来找你是为了我一位朋友，她在一个多月前曾经来你的公司找过人。她找的人也叫陆钦！"

陆钦惊异道："是的，我记得那位小姐，很斯文，有一双忧伤的眼睛。"

曹彻松口气，他记得怀臻，而且对怀臻印象颇好，问起事情来方便许多。曹彻坐下来，简单将事情经过说了一遍："我朋友，认识了一名男子，他自称陆钦，是这家广告公司的创意总监。他与我的朋友谈恋爱，然后消失了。"

曹彻说完，冷静地观察陆钦的表情。

"啊？我上次陪谢小姐看过公司所有的员工，并没有她的男朋友啊！"陆钦也是一头雾水，"而且我也不知道，对方为何会冒充我接近她。"

曹彻看出陆钦并没有说谎："你之前认识我朋友，或者你的朋友里面有人认识她吗？"

“说实话，上次谢小姐来找我，我就很惊奇。这样匪夷所思的事情，怎么会发生在我身上？事后我也仔细想过，想知道是不是朋友拿我开玩笑。可是，我左思右想，对谢小姐一点印象都没有。谢小姐这样气质特别的女子，如果见过，一定会记忆深刻的。可是我从来没有见过她。”陆钦笑起来。

曹彻又详细询问了陆钦一些问题，发现他都一问三不知。

他站起来，失望地说：“没想到，你也什么都不知道！”

“对不起，帮不上忙。”陆钦也有些遗憾。

曹彻想一想，掏出一张名片递给陆钦：“如果你想到什么，就打电话给我！非常感谢你！”

“其实，我也很想知道到底发生了什么事情。如果我想到什么，一定立即打电话给你！”陆钦真诚地说。

他渴望能帮助到那位文静秀丽的女子。毕竟是有人冒充他，欺骗她，他觉得责无旁贷。

曹彻跟陆钦道别，向电梯走去。这一条线索没有找到任何蛛丝马迹，下一步又该怎么办呢？电梯门开了，曹彻走进去。电梯门缓缓关上。

“曹先生，等一等！”陆钦急急冲出办公室，走到电梯口，用手挡住电梯门。

曹彻赶紧走出电梯，心知，对方必然想到了什么。果然——

“曹先生，刚才我看到你的名片，忽然想到一个人。”陆钦急切地说。

“是谁？”

“可她不是男人！”陆钦说。

“什么？”曹彻纳闷了。

“有一次，我跟一群朋友在夜总会喝酒，其中一个朋友，带了一名长得很漂亮的女人跟我们一起聊天。那个女人，跟你一样，也是建筑设计师。我记得很清楚，因为我从来没有见过长得像明星一样漂亮的女人当建筑师。她当时对我的职业很好奇，整晚都在和我聊天，我差点以为她对我有意思了，可是我只见过她一次，连她叫什么名字都不知道。”陆钦说，“不知道能不能帮到你。也许她只是职业跟你一样，和这件事一点关系都没有。”

“不！”曹彻忽然想到一个人，“谢谢你。也许很有帮助！”

“那就好！”陆钦松口气，“但愿能帮到谢小姐！”

曹彻连声道谢，然后迅速离开广告公司。一出电梯，他便立即掏出电话要打给怀臻。可是，号码还没拨完，手机便接到来电，是怀臻打来的。

“曹彻！”怀臻在电话里声音有点急。

“出什么事了？”曹彻心一沉。

“没事，我只是忽然想到一条线索！”怀臻说。

曹彻放下心来：“你说！”

“陆钦，不，应该是陈印，他有辆车，也许查车牌号码，可以找到他！找到他，就可以直接问他事情的真相了！”怀臻激动地说。

“好，我立即去查！”曹彻决定将他的发现暂时放一放。

曹彻根据怀臻提供的车牌号，找交警朋友立即联网查找车子的线索。可是，车子并不是属于陈印，而是属于一家租车行。原来他的一切都是假的，连车都是租来的。但是曹彻没有放弃。

他马不停蹄赶到租车行，租车必须有身份证件登记，也许可以找到陈印。这是一家规模很小的租车行。曹彻一进去便看见那辆曾经租给过陈印的车，停在车行门前的空坝里。他心中一喜，立即上前询问一名戴着工牌的小姑娘：“我想向你们打听个事情。”

“先生您说！”小姑娘十分热情，“你要租车吗？”

曹彻想一想说：“是的，我想租门口这辆车！”

小姑娘说：“没问题。”

然后曹彻便开始跟小姑娘讲起价格来，他故意挑剔对方价格太高：“太贵了，如果租的时间长一点，可不可以便宜一点？”

“可以！”小姑娘想一想，说了个价格，“上次有个客人租了半年，我们都是给的这个价格！”

“我不相信！”曹彻说，“你拿上个客人的租车合同给我看，我就相信！”

小姑娘瘪瘪嘴巴：“合同是保密的，不能给你看。”

“还说你不是骗我的？”曹彻故意装作生气，“我本来想租一年的，没想到你们这样不诚实！我不租了！”

小姑娘也生气了："我才没骗人呢！不信你看！"

小姑娘从柜台里翻出一沓合同，快速查找起来。

然后她把一张纸推到曹彻跟前："你看！"

曹彻立即埋下头，仔细看起来，合同的下方，落款处写着名字的地方，却被人撕去一角。

那名字，被人撕掉了。做这个事情的人，真是细心，连一点蛛丝马迹都不肯留下。

"怎么连租车人的名字都没有？"曹彻故意问。

"是啊！"小姑娘说，"那个人把车子还回来以后，就把她的身份证明都取走了，临走还想把合同也带走，我们不同意，因为必须留底，她干脆把写了名字的一角撕了。真是个怪人！"

"哦，真有这么怪的人？他是个什么样的人啊？"曹彻装作很八卦地问。

"哦，是个很漂亮的女人！"小姑娘强调说，"非常漂亮。"

漂亮的女人？哪个漂亮的女人会这样处心积虑来害怀臻？曹彻立即联想到陆钦说的那个十分美丽的女建筑师，这座城市除了方琦最美丽，哪里还有什么美丽的女建筑师？他惊讶地张大嘴巴，半天也合不拢。是方琦？是谢怀臻十年老友方琦？不可能！曹彻摇摇头。

他宁可相信自己会害怀臻，也不愿意相信方琦会害怀臻。她没有理由。她没有任何理由让怀臻伤心。相反，她那样爱护怀臻，一直与怀臻情同姐妹，处处都为怀臻出头。要是能看到那个名字就好了！曹彻怔怔望着那个缺损的一角。忽然，一道灵光闪过。

"小姐，有没有铅笔？"曹彻伸出手。

小姑娘莫名其妙地看了看曹彻，狐疑地自抽屉里取出一支铅笔，递到曹彻手中。

曹彻迅速用铅笔在这张合同的下一页，同样是签名的地方，轻轻涂抹起来。很快，上一页，圆珠笔留下的浅浅的痕迹出现。隐约可以辨别出一个残缺的"方"，还有一个更加模糊的"奇"字。曹彻张口结舌——真的是她？他自己都不敢相信自己的眼睛！

## 第二十章

# 谁是真情？谁是假意？

回到医院，怀臻热切地望着曹彻：“怎么样？那个真正的陆钦怎么说？车牌号有没有查到什么？”

曹彻看着怀臻，她那样急切地想知道真相。他深吸口气，坐下来将事情经过，滴水不漏地讲给怀臻听——她有权知道真相。

听到陆钦说女建筑师的时候，怀臻的眉头已经皱起来。再听到，租车行神秘的租车女人时，她的拳头已经握紧。

当曹彻说出，他用铅笔轻轻涂抹出来的“方”、“奇”二字的时候，怀臻已经再也控制不住自己：“不，曹彻，你说谎！”

她双眼圆睁：“你说谎，不可能是方琦。是谁都不可能是方琦！”

曹彻苦笑：“但愿是我说谎！”

“方琦没理由这样做！”怀臻撑起身子，“我伤心，她有什么好处？我最痛苦的时候，是她陪在我身边，不知多少次，我陷入困窘之地，是她挺身而出。不会是方琦！”

曹彻没有说话，他知道此刻怀臻跟他一样，思维混乱。

怀臻双手在空中乱摆：“不会是她！我爱的男人已经欺骗了我，我的好友怎么可能是导演这场戏的人？”

他静静伸手按住怀臻，用力抓住她狂乱摇摆的手。他一把将怀臻抱进怀中，将她的头压在自己胸前：“嘘，怀臻，别慌！冷静一点！”她的脸那样冰凉，透过厚厚的冬衣，他的胸膛也能感觉到寒意。

过了好久，怀臻才冷静下来。她知道，曹彻不会跟她开玩笑，也不会看错、听错。她想一想说：“曹彻，我想这里面一定有问题。也许这是个局，这个人也许想让我误会方琦，让我与老友之间出现矛盾！让我陷入孤立的境地。”

曹彻点点头道：“是，我也想不出方琦要这样做的理由。做这件事需要花费十分庞大的心力和时间，安排陆钦来演这场戏，大概也价格不菲。方琦没理由要这样做，她得不到任何好处！而且，她一向爱护你！”

怀臻用力咬住嘴唇：“一定不是方琦。”

曹彻用力握住怀臻的手：“让我们来揭开事情的真相。不管是谁，我都不会再让他伤害你分毫！”

怀臻的手躺在曹彻掌心，这手掌宽厚舒适，十分值得信赖。一时间，她竟然有些不舍得松开。她闭上眼睛，心如死灰。眼前的男人，曾是她的至爱，可此刻，他却无法再令她心跳加速，也无法令她膝头发软。她轻轻叹口气。那令她膝头发软的男人，到头来却是一场荒诞的噩梦。

过两日，怀臻正常上班。方琦也同往日一般，没有任何异常。不管怀臻如何细心观察，方琦始终如常，没有任何可以令人生疑的地方。

怀臻自己也有些汗颜：要是方琦知道自己怀疑她，一定与她断绝关系，永生不再来往。

她想到自己被冤枉的时候，只有方琦一个人相信她，肯辞职来证明她的清白。她实在不该再怀疑方琦。

这天下班，怀臻想约方琦聊聊：“方琦，晚上一起吃饭好吗？”

方琦斜靠在椅子上，十分为难道：“对不起怀臻，我今天有约会。”

这不是方琦第一次拒绝怀臻了，她一向约会排得满。

“可我今天有重要的事情想对你说！”怀臻皱皱眉头，她想告诉方琦一切，她想同方琦一起分析，是谁要置自己于绝地。

“真的不行！”方琦说，“我已经和他约好了。”

“约了谁？”怀臻故意装作生气，“连我也推？”

方琦轻轻笑起来：“一个朋友！”

“什么样的朋友，看你笑得那样暧昧！”怀臻忍不住问，“是上次那个男人？”

“嗯！”方琦又笑了。

“不能推了他？”怀臻好奇，“他比我还重要？”

“怀臻，那是不同的两件事！”方琦说，“我只是不能失信于人！”

怀臻点点头。她知道，方琦朋友众多，交际广阔。在对待朋友这件事情上，不论亲疏，在诚信这一点上，她都一视同仁。

她曾经对怀臻说：“单身女人生活，其实最为寂寞。全靠朋友约会吃饭打发时间，别人约你，若你经常爽约，渐渐地便无人肯再迁就你了！”

怀臻十分理解这一点。虽然裙下之臣无数，可方琦一直没有稳定的男友，怀臻能够想象，她必然也有孤单寂寞的时候。若无一个真心相爱的男人，身边纵使男人无数，又有何用？

怀臻坐到曹彻的车内。车是曹彻从租车行租来的，十分不引人注意。

“我们还是不要跟踪方琦了！”怀臻侧过脸对曹彻说。

“为何？”曹彻诧异，“不是说好了要跟着方琦找线索吗？”

“我们已经跟踪她五天了，我觉得我们这样做很不道德！”怀臻有些心虚，“方琦知道了，会同我绝交的！”

“不，她会理解你！她一向爱你，包容你！”曹彻说，“如果那些错误的线索，是对方故意留给我们的，我们唯一能解开谜团的方法，就是找出这个人为什么要让我们怀疑方琦！”

“真的必须这么做？”怀臻有点犹豫。

“你不想知道，陈印到底是怎么回事？”曹彻望着怀臻，“若你不想再查下去，不想面对事情的真相，我们可以就此打住！”

“不！”怀臻想一想，“我想知道！我想知道到底发生了什么，为何会发生这样的事情。我不想有更糟糕的事情发生了！”

“怀臻，勇敢些！”曹彻拍了拍怀臻肩膀，给她勇气。

怀臻点点头。方琦的车，很快从车库开出来。曹彻立即发动车子跟了上去。

方琦并没有直接赴约，她先到商场停车，曹彻和怀臻远远尾随而去。她到了内衣专柜，开始漫不经心地挑选内衣。中途，手机响起来，她一只手将手机贴到耳边，微微侧着头，讲电话，另一只手则随意地翻动架上的内衣。

由于隔得太远，听不见她在说什么。可是她的表情娇媚生动，说话时，眼波流动，顾盼生辉，不用听声音，也知道电话那头的人与众不同。否则，对着一堆内衣，何用这样柔情蜜意的表情？

怀臻看得心痒难耐。她真想知道，是谁俘虏了周方琦的心，连讲一通电话，表情也这样陶醉。不是真情流露是什么？

方琦挂了电话，果断选了一件礼服式样的睡裙，包起来带走。

怀臻吸口气——她知道那个牌子，这样一件睡裙，没有三五千块钱，一定买不下来。这样大手笔，当然不是穿给自己看。怀臻的内衣一向保守大方，只求舒适，样式已经是其次。

她深知方琦作风大胆，但这样透明又性感到近乎仪式感的内衣，分明是想诱惑某个人。

是谁？是谁让方琦这样花心思？怀臻甚至可以想象，方琦玲珑曼妙的身段，裹在这若隐若现的纱裙里，是怎样旖旎诱人的景象。神仙恐怕也难以自持。

怀臻更加好奇，催着曹彻跟上去。她有些羞愧。她居然在暗中窥探老友的隐私，可是又欲罢不能。自己同冯凉有什么分别？怀臻汗颜。幸亏有堂皇的理由跟着方琦，否则方琦知道了，真不知道该如何向她交代。怀臻背脊冷汗直冒。没想到，进化了几千年，人类的劣根性仍旧根深蒂固。

方琦的车，驶到城西一家位置十分私密的西餐厅。这里离城很远，非常偏僻，故此虽然很雅致，来光顾的人却很少。

怀臻不知道，方琦如何得知这样一个隐秘的场所。每个座位之间都隔着纱幔，而且座位与座位之间距离甚远，俨然一个独立私密的空间。谈情说爱，若不想被人打扰，被人发现，这里无疑是最好的选择。

方琦坐到最角落的一个位置。

怀臻与曹彻，悄悄跟进去，选了方琦看不到的另一个角落坐下。这里是一个视觉盲区，怀臻他们能看到方琦，方琦却因为隔了几大盆热带植物，一定看不到他们。

隔了纱幔，怀臻看见方琦频繁地看时间，有些焦虑。是谁？方琦一向喜怒不形于色，是谁让她这样将情绪流露？

过了一会儿，方琦的手机响起来。她接起电话，表情明显镇定下来，怀臻隐约听到方琦的声音：“我在老位置！”

哦，那个人来了！怀臻忽然喉头有些发干。没想到窥视别人的隐私，这样刺激。她不由自主握紧拳头，连呼吸都乱了。紧接着，一个男人走进来。她悄悄望过去——

只看到那个人的背影，怀臻已经惊呆。她僵在座位上，仿佛刹那间成为化石。她张大嘴巴，难以相信自己的眼睛。可是，她相信她不会看错，因为这个男人她再熟悉不过，就算化了灰，她也能将他认出来。

从她来到这个世界，睁开眼睛第一眼看到的，便是这个男人。她怎么可能会看错？是，是，是！这个男人，是谢怀臻最最敬重、最最爱戴的父亲——建筑业大名鼎鼎的泰山北斗谢常意。

这一次，连曹彻也呆住了！跟周方琦约会的这个男人，是怀臻的父亲！他甚至想过，那个男人是陈印、是丁善儒、是冯凉，可是任凭他搜肠刮肚，也想不到，这个男人会是怀臻的父亲。

曹彻与怀臻紧紧握住对方的手，两个人的手心全是汗。他们都为这突如其来的变故所惊呆了。他们都不是傻子，到这样私密的地方约会吃饭，当然不是伯父与女儿朋友那样简单的关系。

怀臻激动得差点站起来。曹彻拼命按住怀臻，他低声对她说："别冲动！"

怀臻坐在座位上，她忽然想闭上眼睛，不再继续看下去。

方琦怎么会同父亲约会？怎么可能？是什么时候的事情？一千个、一万个疑问充斥在她脑中。这些疑问，像万能胶水将她的屁股牢牢粘在座位上，逼迫她沉住气，继续看下去。

整个过程看起来那样自然。谢常意走到周方琦身边，微微欠欠腰，低下头，吻了吻方琦的唇角。任凭怀臻是个傻瓜，也能看出来，这个吻不是伯父对女儿朋友的吻。

果然，方琦笑起来，那笑容春风一般熏人醉，那潋滟的目光，比一潭春水还要妩媚温柔。

谢常意坐到方琦身边，两人一边吃东西，一边压低声音说话。态度十分熟稔、亲昵。吃东西的间隙，谢常意甚至一再将方琦放在桌上的手，握在掌心。他将她照顾得那样好，仿佛最温柔体贴的情人。

怀臻从来不知道，父亲在女人面前可以这样细致。她忽然想到母亲，她安静的母亲，为何在家里静得像个影子？

父亲和母亲什么时候这样吃过一顿饭？每顿饭，都是怀臻在旁边同父亲热闹地说笑，母亲静静在一旁微笑看着，仿佛她只是个旁观者。她知道这一切吗？怀臻的心忽然疼痛起来。

渐渐地，他们的对话，也飘过来一两句。

“方琦，你从来没告诉我，怀臻找了那样出色的男友！”

“哦？你喜欢吗？”

“小伙子长得很精神，待人接物，言辞谈吐，都合我心意！”

“你不反对他们的婚事？”

“为什么要反对呢？你也知道，为了上次曹彻的事情，怀臻与我差点反目，再也回不到从前！”谢常意叹口气，“幸亏有了这个陆钦，不然怀臻不知道还要怪我到猴年马月。”

“是呀，幸亏有陆钦！”方琦说，“怀臻一定也会原谅你！”

“要不是当初你告诉我，曹彻屡屡性骚扰你，人品低劣，我是不会反对他和怀臻来往的。可你又偏不让怀臻知道事情的真相，白让我做了恶人！”

“绝不能让怀臻知道，如果她知道她爱的人，妄图背着她勾搭我，她不知道多伤心。你也明白女人心眼小，到时候我和她肯定不能再做朋友了！而且，你不也一直怕怀臻知道我们俩的事吗。”

“我编了这么蛮横老土的理由，害得怀臻一直误解我是个古板守旧的老怪物！”

“你哪里老？”方琦笑起来，吻了吻谢常意的手背，“陆钦也比不过你。”

在外人看来，方琦漂亮夺目，谢常意成熟儒雅，看起来也不是不般配的。

可是，他们的对白，他们的亲昵，看在怀臻与曹彻的眼里，简直如岩浆一般滚烫刺目。

怀臻狠狠望向曹彻，压低声音：“你居然骚扰方琦？”

曹彻一把捂住怀臻的嘴巴。他抓过桌上的笔和一张餐巾纸，急切地在上面快速写：我从来没有骚扰过方琦。是她编造的，我发誓！

怀臻忽然觉得有点眩晕，她闭上眼睛。一时间，她已经分不清楚，该相信身边这个自己曾经深爱的男人，还是远处那个与自己情同姐妹的老友。她分不清楚，谁是真情？谁是假意？

太多突如其来的事情，令她无法思考。她没有说话，只静静望着曹彻。

曹彻也望着怀臻。

这时，方琦将纸袋里的内衣，递到谢常意身边，晃了晃，然后压低声音说了几句话。

谢常意笑了，探头朝纸袋里扫了一眼，伸手轻轻捏了捏方琦的面颊，意味深长地笑了。

原来这睡衣，是为了谢常意而买。想到方琦同自己的父亲……怀臻忽然耳根烧至通红。

她只觉无比荒唐，难以置信。她多希望这是她做的一场荒谬颠倒的梦。可是，噩梦还在继续。

谢常意同方琦起身，两个人一前一后，离开餐厅。

怀臻呆坐在座位上。

“跟着他们——”曹彻站起来，一把将怀臻从座位上拉起来。

怀臻脑袋一片混乱，连肢体都麻木了，任凭曹彻拖着她离开餐厅。

谢常意同方琦开着车一前一后向方琦家驶去。曹彻开车小心翼翼跟着，怀臻始终咬着唇沉默。

曹彻知道此刻怀臻一定心乱如麻，他也保持沉默，让怀臻自己安静思考。

果然，谢常意同周方琦上了楼。

看着方琦房间窗口的灯亮起来，怀臻终于相信今天晚上她所看到的，不是一场噩梦。这噩梦真真切切发生在现实中。

“怀臻！”曹彻忍不住打破沉寂，“我想，那个人就是方琦！”

“为何？”怀臻完全无法正常思考问题。

“因为，我从来没有骚扰过方琦！她为何这样对你父亲说？因为她要让我们分离！因为她要让你伤心！”

“她为何要让我伤心？”

“这个，你要问你的老朋友本人！”曹彻握住怀臻的手，她的手一直在发抖。

“可是，我为何要相信你？”怀臻忽然歇斯底里，“也许这一切都是你安排的，你恨我离开了你，你恨我父亲分开了我们，恨方琦拆穿了你！你安排了一切，报复我们所有人，然后嫁祸方琦，你又带我来看我父亲同方琦私会，你想让我伤心！”

“啪——”重重的耳光打在怀臻面颊上。

“怀臻，你疯了！你冷静点，动动你的脑子！”曹彻用力摇晃怀臻肩膀。

火辣辣的疼痛，让怀臻一下蒙了。她呆呆看着曹彻。曹彻的目光澄明真诚。

“怀臻，方琦明知道陆钦已经消失了，可她还在怂恿你父亲接纳他，是什么意思？你仔细想想！还有，我对你如何，难道你自己的心不能辨别吗？”

怀臻摇摇头：“我的心？我的心也会被人蒙蔽。我曾经也以为他是真的爱我，他连命都不要了，却原来只是演戏！”

“怀臻，我同你认识这么多年，难道你不了解我？”曹彻沉静地看着怀臻。

怀臻望着他，他的目光坚定，毫不退缩。若心中有鬼，不会有这样坦荡磊落的目光。她一向知道曹彻为人，可是，她也一向知道方琦的为人，又怎么样？方琦一样背着她，同她的父亲来往。

“怀臻，现在不是我有事情瞒着你，是方琦瞒着你，你难道还不肯面对现实？”

怀臻闭上眼睛，深深吸口气。可是方琦，方琦一向待她情深义重。即便她同他父亲在一起，也不能咬定就是她导演了一切。她重新睁开眼睛：“我谁也不相信，我要亲自去问方琦。我立即上去问她。”

“她怎么可能承认？”曹彻着急起来，“换了是我，我也不会承认。何况你这样鲁莽，一定什么也问不出来！”

怀臻吸一口气：“可是，今天我一定要问清楚！”

“好！”曹彻说，“我陪你去问。但是你得听我的，由我来提问，你什么都不要说，事情的真相，我一定帮你问出来！我要让她亲口承认！”

怀臻看着曹彻，过了片刻，她点点头：“好！”方琦家，怀臻不知来过多少次，闭着眼睛，她也能摸到。可是这一次，上楼的时候，她只觉得两腿绵软无力，不断打战，需要曹彻搀扶着，才能上去。

她鼓足勇气敲门，咚咚咚，每一声都像敲在自己心上。

可是，方琦并不打算开门。房间里不知多么旖旎香艳，她当然不肯开门，让人破坏好事。

想到由自己引狼入室，想到母亲一个人独守空荡荡的大屋，怀臻顿时不知哪里来的力气。她突然怒火中烧，大力敲门："方琦，你出来，出来！"房间里还是安静得仿佛空无一人，

"方琦，你开门！我知道你在家。爸，你开门，开门！谢常意，我知道你在里面！"怀臻大声喊，门被她噼噼啪啪一阵乱拍，仿佛下一刻就要碎掉。

"爸，如果你现在不开门，我永远不再是你的女儿！"怀臻越喊越大声。房间里依旧沉默。

"你们再不开门，我就马上报警，连媒体记者也一起叫过来……"怀臻破釜沉舟狠声威胁。

不知过了多久，也不知房里的人如何艰难博弈，门终于在黑暗中漏出一缝光。

怀臻一个箭步冲到门口，用力将门撞开。

方琦不料怀臻有此招，一个趔趄差点摔倒，谢常意自身后及时撑住她。曹彻立即闪身进门，"啪"地用力关上了门。

怀臻心痛如焚："爸，你为何会在这里？"

谢常意有些不敢看怀臻的眼睛，他将目光移到别处，却仍然故意做出理直气壮的样子："我来探访方琦，我只是想问问他关于陆钦的事情，你知道，我一向关心你！"

"哦？"怀臻看着父亲，她没想到事情到这般田地，他居然还同她撒这样漏洞百出的谎。

她移开目光，看向方琦凌乱的床单，忍不住冷笑。她只觉得眼前的男人很陌生，陌生到她竟从来不曾真正认识他。

她眼睛一瞥桌上的红酒，轻蔑地笑道："恐怕，你是来探望周方琦今天新买的内衣吧？"

谢常意脸色顿时一变。

"怀臻，你跟踪我？"方琦忽然笑起来，"你什么都看到了？"

怀臻点点头，不说话，只逼视着父亲。谢常意看着女儿那双酷似他的大眼睛，在那咄咄逼人，又轻蔑、又愤怒、又充满羞辱的目光中，他只觉得自己一寸一寸矮下去。他但愿有一条地缝可以让自己钻进去。

“怀臻，原谅我！”他动动嘴唇，可是声音那样小。

一向威风凛凛、器宇轩昂的谢常意，浑身上下透着一个“怯”字。

“原谅你？我怎么原谅你？你同我的同学搞在一起，你怎么对得起妈妈？”怀臻厉声问。

“她不知道！”他怯怯地解释，“我不会让她知道，她便不会伤心。”

“你以为人人都是傻瓜吗？你以为妈妈没感觉到？”怀臻愤怒了。对方不知道，便可以理直气壮、恣意妄为？这是男人的理由？

“爸爸，你找女人，我也能理解，可是你为什么找上方琦？为什么是她？你女儿唯一的朋友！”怀臻逼问，“你没想过我的感受吗？你们瞒了我多久？”

“不，我从来没想过要让你难过！”谢常意低下头，“我从来不想让你伤心，我本来永远都不想让你知道！”

“方琦，天下这么多男人，你为何偏偏要睡我爸爸？你为何甘心当一名第三者？我爸爸比你大了二十四岁！你不知道羞耻吗？你们把我放在什么位置？你们谁在乎我的感受？你还配当我朋友吗？”怀臻的眼泪夺眶而出，她只觉得忽然间被所有人背叛。先是陆钦，然后是自己最好的朋友、最敬爱的父亲。一个打击接连一个打击！

“原谅我们，怀臻！”谢常意说，“方琦她真心爱护你！原谅她！我们会立即分开，从此不再见面！”

一直冷眼旁观的方琦，忽然说：“谢常意，你要跟我分手吗？”

“方琦，我们都爱怀臻，不要让她难堪了！”谢常意歉疚地看着周方琦，“这段关系早该结束了！”

“以前，你怕怀臻知道，永远偷偷摸摸和我在一起。现在怀臻知道了，你又要跟我分手。你把我摆在什么位置？你凭什么一直要让我牺牲？”周方琦笑起来，可是她面孔上蒙着一层寒意，“谢常意，难道我跟你这么多年的感情，始终没有你女儿重要吗？”

“方琦，对不起，我们不能继续了！我知道你一向对怀臻好，你不会让她伤心的。答应怀臻，我们结束吧！”谢常意退后一步，狼狈不堪。

他明白自己多年来在女儿心中建立起来的形象，在此刻毁于一旦。他一心想着补救。他无法忍受怀臻眼中的鄙夷。

“你以为方琦一直真心对怀臻好吗？”一直没有说话的曹彻忽然扬声。同时，他用力拽了拽怀臻的手，并迅速看了怀臻一眼，示意怀臻不要再说话。

怀臻竭力克制自己的情绪，死死咬住嘴唇不再出声。她想看一看，事情还有没有更狰狞丑恶的一面。

谢常意粗暴地打断曹彻：“你有什么资格在这里说话？”此刻他的私情在女儿面前被揭露，羞愧难当，更加不愿意这个一直令他厌恶的外人胡乱插嘴。他极不耐烦，急于想从眼前困窘的境地解脱出来。

“方琦，你不要再装无辜了！真正受害的人不是你，是怀臻！我们什么都知道了。”曹彻根本不理谢常意，直接走到方琦身边，望着她的眼睛。

“知道什么？”方琦眼睛里闪过一丝不安。这不到一秒钟的躲闪，极快，但是仍旧被曹彻捕捉到了。

“首先，我从来没有性骚扰过你！可是你却对谢伯父说，我背着怀臻骚扰你，让伯父出面逼我们分手！”他狠狠瞪着方琦，“仅这一点，便可说明，你对怀臻心存不善！”

方琦冷笑一声：“谁能证明你说的是真的？”她并没有否认，只斜着眼睛看着曹彻，“是你主动离开怀臻的，是你自己放弃的，你不要来怪我！”

曹彻努力压抑住想掌掴方琦的冲动：“如果不是你诬陷我，我怎么会跟怀臻分手？我还天真地跟谢伯伯约定好，只要我能证明自己的实力，证明自己不是贪图谢家的地位，他便同意我重新追求怀臻！我还真以为伯父是嫌我没有本事，原来一切都是你在中间捣鬼！”

曹彻转过身望着谢常意，痛心地说：“谢伯伯，你听了方琦的谎言，以为我骚扰她，你也根本不是诚心和我约定，这只不过是你游说我同怀臻分手的手段！亏我还傻乎乎认真在履行这个约定，以为我今年成为‘鼎峰’的合伙人，就可以重新追求怀臻。”

谢常意惊异极了：“不可能，方琦怎么可能编这样的谎话？她为什么要诬陷你？”

怀臻比任何人都要震惊，怎么还有这样的约定？曹彻同她分手，是为了证明自己的实力，好赢得父亲的同意？为何这些事情，她从来都不知道？她到底错过了什么？自己浑浑噩噩，蠢到一无所知！

第一次，怀臻发现自己真的是那些厌恶她的人口中那样，是个生活在城堡里不谙世事的公主，天真到愚蠢！

“现在，你要说什么都可以。你说我诬陷你，我又没有证据能证明，当然你想怎么辩解都可以了！”方琦瘪瘪嘴巴，十分不屑。

曹彻并不着急，他继续对谢常意说：“你一定不知道，你所钟意的陆钦，已经失踪了。其实世上根本没有这样一个陆钦存在！”

谢常意听得一头雾水：“你在说什么啊？”

“唯尚广告公司的创意总监，确实叫陆钦，可是他却不是你见到过的那个男人。你见到的，不过是冒充陆钦名字和职务的另一个人。这一切都是方琦安排的！”曹彻一字一句地说。

“哼！你凭什么说是我安排的？”方琦不疾不徐，“你有什么证据？同样，我也可以说这个人是你安排的。你得不到怀臻，你便报复她！”

“我当然有证据。方琦，只有认识真陆钦的人，才可能让人冒充他。而真正的陆钦，已经告诉了我们，曾经有一位非常漂亮的女建筑设计师，在一次朋友聚会中，对他非常有兴趣，询问了很多关于他和他工作的事。他清楚地记得，这位女建筑师名字叫作方琦，他曾经还想要追求你！如果你不相信，我们可以把他本人请到这里来，我相信他一定还能够认出你来！”

怀臻一听便知道曹彻在诈方琦，陆钦根本不记得方琦的名字。

果然，方琦上当了，说：“是，我是好像认识这样一个人，那又能证明什么？难道别人就不认识他了吗？”

怀臻闭上眼睛，她已经不想再继续听下去。此刻，她完完全全相信曹彻说的话。没想到，这样处心积虑让自己陷入痛苦中的人，居然是自己最信任的老友。而自己的父亲，则在一旁推波助澜。如果不是他们从中作梗，她同曹彻早已经结婚生子，不知过得多么幸福。

曹彻的脸越发严肃，鱼儿已经上钩：“方琦，不要以为世上只有你一个聪明人，你以为你替假陆钦租了车，神不知鬼不觉地还回去，再从租车行，把你租车的凭证取走，又把签名撕掉了，就不能证明事情是你干的了？可惜，你不知道租车行的老板有个习惯，所有的合同他都会复印出来备份。你撕掉的只是合同的原件，可是复印件仍旧在，你的笔迹、你的签名，相信不难认出来。是不是要我让租车行的老板，将复印件拿到你的面前，你才肯承认？”

怀臻闭着眼睛，也可以猜到方琦的脸色一定难看极了。

曹彻一副稳操胜券、铁证在手的样子，方琦一定猜不到，根本没有复印件的存在。可是，她心虚了、心慌了，再也稳不住了。她的脸色刹那间三变，红一阵、白一阵、青一阵，像打翻了颜料铺子。

她踉跄地退后一步，很快她稳住身体，放声笑了起来：“曹彻，我小看了你！可你何苦来管这闲事！谢怀臻早一头栽进别的男人怀里了！你现在才来献殷勤已经晚了！”像极了最老套的肥皂剧里，奸角被识破诡计后的台词和语气。原来，人生比电视剧更加戏剧化。

明知是真的，可是听到方琦亲口承认，怀臻还是觉得心一阵抽痛。她只觉得被人自背后射入一支冷箭，箭身冰凉，还带着倒刺，喂了剧毒。

“为什么？”怀臻走到方琦跟前，声音哽咽住，卡在喉咙中，再说不出更多的字。

方琦冷冷看着怀臻，这一刻，她忽然收敛起往日和善友好的表情。她的目光中怨恨之意尽露，冰冷得仿佛怀臻是她不共戴天的仇人。

她一扭头，推开怀臻，走到谢常意身边，他的面孔那样熟悉，又那样令她心酸，即便在梦里，她看到这张面孔，仍然会忍不住心动，可是爱过之后，是更加绵长而没有尽头的恨。

这些恨，她藏得深，深到憋成了血肉模糊的内伤，永远无法愈合了。

“为什么？”她轻轻念道，“那要从很久之前说起了。”

第二十一章
# 再也回不到从前

那一年，她刚自美国回到蓉城，替怀臻去看望她的父亲。她一向知道怀臻家很有钱，谢常意的大名，在建筑业也是赫赫有名。可是，她没有想到怀臻的家美丽得像艺术品。她的手脚都不知道该如何摆放才好，她忽然嫉妒起怀臻来。

保姆带她到客厅，她安静地坐在那里等。然后有个十分英俊的男人走进来，坐到她对面的沙发上。

年轻的她不由自主被他吸引，他那样挺拔，随意坐在沙发上，却有种说不出的潇洒随意，那种从容不迫、儒雅又不失男性魅力的气质，一下击中她。

她忍不住跟他搭讪：“你也是来看谢伯父的？”

男人笑笑，耸耸肩膀，冲她挤挤眼睛。

他滑稽的表情，令她彻底放松：“你认识谢怀臻吗？我是她同学兼好友！”

男人摊开手：“我跟她很熟！”

方琦放下心：“不知道谢伯伯严不严肃？”

“我敢保证，在这么漂亮的女孩面前，他肯定严肃不起来！”男人站起来走到方琦身边，“因为我就是怀臻的爸爸！”

方琦一下窘得连耳根都红透了。想象中，怀臻的爸爸该是一个慈祥而有些严厉的长辈。

没想到，他那么年轻、挺拔、风度翩翩，又不失幽默感，还很会讨女孩子喜欢，尤胜围绕在她身边那些年轻男人不知多少倍。

他调皮地伸出手：“我们重新认识一下，我叫谢常意！”

“我……我是方琦！”她慌忙伸出手，向前一步。

没想到脚下高跟鞋一崴，她整个人向旁边倒去。电光石火间，谢常意伸长手臂，将她拦腰搂住。他带着淡淡古龙水香味的呼吸，就在她鼻息间，他的怀抱那样宽厚有力，他的眼睛，距离她的双眸不过数寸。

短短一瞬，她的心便被他捕获。电视剧中，男女主角相遇不也是这样吗？她的心跳乱了。

自那一天开始，她便背着怀臻与谢常意频繁来往。他被她的美丽吸引，她为他的气度和权势所折服。

在建筑行业里，谢常意是传奇、是偶像、是巨星、是自带光环的神。而这神竟下凡来，拜倒在她的石榴裙下。她心甘情愿当他的情人，她的心一直向着他，对他言听计从。

她一度骄傲地想：我是谢常意的女人。不知道多少女人想做谢常意的女人，可是，只有我方琦做到了！

那两年，生活像泡在蜜罐中。他的温柔体贴、从容大度，都深深令她沉醉。可是，渐渐地，方琦感到不满。

当方琦蜗居在一家小小的、不入流的设计事务所时，他怕被外人知道她跟他的关系，始终不肯出面介绍她去更好的事务所。

可是怀臻一回来，他便立即安排女儿去最好的事务所工作。如果不是怀臻一再要求，谢常意是不敢亲自出面介绍方琦到“鼎峰”工作的。方琦妒忌怀臻，她分走了自己男人心里最大的那一份关爱。

她想让他离婚娶她。可是他说，他虽然早不爱自己的妻子了，可是必须给怀臻一个完整的家，不能让怀臻知道他们的关系。他不敢公开他们的关系，不敢离婚，唯恐伤了女儿的心。不管她多么爱他，为他受了多少委屈，他始终爱他的女儿更多。

“你知道吗？”方琦嫉妒地瞪着怀臻，“你知道谢常意有多爱你吗？我为他奉献了这么多年的青春，为他至今独身，可是他却为了你，始终不肯离婚娶我。原来，每个男人最爱的女人，永远只是他们的女儿。他们爱女儿，胜过爱与他们同榻共眠的女人！谢怀臻，只要想到你的存在，我便嫉妒得发狂，恨不能让你从这个世界消失。”

“每一次在和你的争夺中，都是我输。我偷偷摸摸做他的地下情人这么多年，我有多爱他，你知道吗？可是，他所有的一切都是留给你的，他的钱，他的地位，他的房子，他的才华，他的人脉，甚至他的爱……全都是留给你的。而我呢？为了证明我爱的是他这个人，而不是他的地位，他的钱，我什么也没伸手向他要过，我所拥有的一切，全都靠我自己双手赚来的！怀臻，你随时标榜自己从不依靠自己的父亲，可是没有他一路保驾护航，你能有今天？”方琦眼睛血红，她撕破脸，再也不用顾忌，再也不用掩饰。

“你忘了，如果不是怀臻，你也到不了‘鼎峰’，依然窝在小公司当绘图员。”曹彻讥讽道，“别告诉我你是靠自己的本事进到‘鼎峰’的。你造谣我骚扰你，伤怀臻的心，对你有什么好处？”

“小琦，这真是你编来骗我的？”谢常意哑声追问。

方琦不理曹彻，只昂着脖子，痛心疾首地盯着谢常意：“是我说谎又怎样？我就是想让你和怀臻闹僵，就是想让她离开你，想让你看清楚，一个曹彻在她心中，也比你重要，我想让你对她失望。可是呢？这个傻瓜曹彻，自以为清高，和怀臻分手了！也好，看着怀臻那么痛苦，我心里不知道多痛快。”

“你已经让我和怀臻分手，为何还要费那样多心思，搞这么多事情出来？”曹彻不动声色，趁着方琦情绪失控，继续盘问。

“谁让谢常意出尔反尔？他答应过我，要让我得‘华意’大奖，可是呢？最后得奖的是谁？还不是他的宝贝女儿。我方琦算什么？谢怀臻根本不领他的情，成日冷脸对他，他还照样对她照顾得无微不至。而我呢？我方琦将他伺候得样样周到，付出了一个女人最好的年华，他却对我如此吝啬残忍！我才不会让他好过！他伤了我的心，我便要让他更伤心！我要让他的骄傲，变成他一生最大的耻辱！谢常意，我每天都在想，用什么方法才能彻底击倒你，让你付出代价，让你体会我的切肤之痛！”方琦轻声笑起来，眼泪就顺着她唇边的笑窝往下淌。

“小琦，你得的优秀奖，确实是我在背后动用了关系。可是怀臻拿奖，凭的是她真本事，我一点也没授意过评委！真的，我不骗你！”谢常意不可置信地看着方琦，看着这个刚才还和他柔情蜜意的女人，怎么一眨眼就变了脸，换了心肝！

“谁信？”方琦闻言有点尴尬，但随即狠声反驳。

“方琦，我待你情同手足，难道这十年的友情，都不能消除你的妒意？”怀臻只觉耳朵嗡嗡作响，不敢相信听到的一切。

“谁稀罕你的友情？你以为你真的有才华？要不是你父亲，你能拿奖拿到手软？能这么轻易成为一级设计师？我方琦，比你聪明百倍，比你勤奋百倍，唯一输给你的，就是没个好父亲。你以为你独立坚强？你不过是温室里的花朵，从来没有吃过苦头，人人捧你在手心里！你以为这十年来，做你的朋友容易吗？你以为你好相处？你大小姐的性子早就人神共愤了，你动不动就翻脸，凡事较真，需要人顺着哄着才肯给人笑脸。”

怀臻捂住胸口，难以置信在好友眼中，她是这样令人厌恶的存在。

方琦晃一晃，走到怀臻跟前，目光空洞地落在怀臻脸上：“你知道吗？因为你，我怀了六次孩子，都被谢常意逼着去人流，结果呢？手术次数太多，医生说我永远都无法再怀孕，永远都无法再做母亲了！如果没有你，我就可以把孩子生下来同他结婚，我本来也可以生一个让他捧在掌心的女儿。”

“所以你报复的方法，就是找个吃软饭的小白脸陈印来祸害怀臻？”曹彻冷笑，轻轻将怀臻往后拉了一步，挡在两人中间，突然抛出重磅炸弹。

“我真小看了你，连陈印都被挖出来了！”方琦有点吃惊，但随即想到已经摊牌了，便也毫无顾忌地耸耸肩，“不过，他可不只是个吃软饭的。”

她扑哧笑出声：“他是我的高中同学，确实长了副好皮相，成绩也不错，很讨女孩子喜欢。可惜，上大学的时候，因为和人争风吃醋参与斗殴，误杀了人，被关了八年，三年前才从监狱里放出来。他找不到工作，想要自己做生意又没本钱，处处遭人白眼，只得到夜总会做个男公关，靠女人吃饭！他名声坏了，连同学会都没脸参加，一心想要出国改头换面。知道我混得不错，就来找我，想从我身上坑点钱。可惜，我可看不上吃软饭的男人。不过，我一下就想到了惩罚你们的方法！我要让谢怀臻心甘情愿爱上一个吃软饭的杀人犯，让你跟他结婚，然后在你的婚礼上拆穿他的身份，让谢常意在所有人面前颜面扫地，让他最引以为傲的女儿成为他的耻辱！”

她笑起来，有点猖狂，有点得意，像吃了春药一般，眼睛闪闪发光，她绕开曹彻，直面怀臻："几乎完全成功了不是吗？谢怀臻，你没想到吧，你以为你爱上的男人是谁？是谁？陈印不过是名杀人犯，半生都在监狱里度过，唯一擅长的，就是讨女人欢心。而陆钦的名字、工作、职位都属于一个你从未谋面的陌生人，假陆钦的性格爱好，通通由我编剧导演，你的生活根本就是我安排的荒唐剧本，你不过是一个牵线木偶，连喜怒哀乐都由我亲手安排好！"

怀臻愤怒地看着周方琦："你的剧本？"

"当然是我的剧本！你以为你和陆钦真的有缘分吗？你们第一次相遇、第二次偶遇，都是我安排好的！你不就嫌生活平淡寡味吗？多好，我替你找来这么刺激浪漫的男人。你以为那些花是他送的吗？凭他那两下子，可以打动挑剔的谢大小姐你？谢怀臻，最了解你的人是我，那些花都是我送你的，看到你每天满怀憧憬地向往浪漫的爱情，我不知道需要多大毅力才能忍住笑，还得一脸正经跟你一起讨论，其实，我才是那个对你观察入微、体贴入微的人。还有什么偷项链坠子、吃百虫大宴，在曼陀罗下接吻，带你看闪电……都是陈印按照我的要求为你量身编排的。看，陈印不过是收了我的钱，按我的剧本演戏而已！看到你那么投入地玩这个游戏，我真的觉得很过瘾！"

"可是，你不是一直反对我和他在一起吗？"怀臻不解。

"你这种倔强叛逆、争强好胜的性格，越是阻止你，你就越要尝试，果然……"

方琦轻蔑地看着怀臻："人人都夸你是天才，有你这么蠢的天才？从头到尾，你只不过是和一个根本不存在于现实生活中的男人在谈恋爱，你付出的越多，获得的就越少！"

方琦神情亢奋，仿佛在诉说一桩丰功伟绩，她转过脸，看着颓然坐在沙发上的谢常意："看，上当的不只你女儿，连你都被骗过了。他凭什么讨你的欢心？那些对白，我不知道教他背了多少次！谢常意，最了解你的人，也是我！我知道你会问什么问题，知道你喜欢什么样的女婿，我就为你定制了一个，满意吗？真感谢冯凉，他做了那么多的蠢事，逼得怀臻不得不主动要和陆钦结婚。特别是，看到怀臻那么雀跃地要与一名杀人犯结婚，我心里不知多痛快！"

"可怀臻并没有和陈印结婚，你的计划失败了！我们提前知道了真相！"曹彻忍不住冲方琦泼冷水！

多年来的恨意与妒忌在这一刻得到宣泄，方琦冷笑着打断曹彻的话："要不是陈印那懦夫，死也不肯和怀臻结婚，还自以为聪明地躲起来了，谢常意，你差点就当了杀人犯的岳父！"

方琦又晃到谢常意面前，居高临下地看着他："不过我还是要恭喜你，你现在虽然没有一个杀人犯女婿，可你女儿却怀了那个杀人犯的种，你要当外公了！"

谢常意仿佛根本没有听见方琦在说什么，他震惊得像活在梦中。

这一刻，他原本挺直的背，忽然佝偻起来，两鬓的白发变得那样刺目，眼角的皱纹也深了许多，短短一刻，他竟然似老了十岁。

他从容不迫的风度荡然无存，刹那被贬为凡人。

"你是不是觉得晴空霹雳啊？"方琦哈哈哈大笑，她夸张地指着怀臻的鼻子，"没关系，虽然不能在众人面前扫你们的面子，可是一样很过瘾不是吗？谢怀臻，你当作天神一样的男人，不过是个杀人犯，很意外是不是？你们杀了我六个孩子，我就还你们一个小杂种！"

怀臻眼睛干干的，连眼泪都流不出来，一时竟连思维都停止了。

"怀臻已经拿掉了那个孩子，还有，在你陈述你那些龌龊卑鄙的手段之前，我们已经知道陆钦，不，应该说是陈印的身份了！"曹彻一把将方琦自怀臻身边推开。

"你们找到他了？"方琦眼里闪过一丝异色，但随即笑了，"没关系，只要他坐过牢，杀过人，陪过女人，和谢怀臻上过床，怀过孩子，他就是你们父女俩一生都无法洗掉的耻辱！"

"你花了多少钱，请他来演这场戏？"怀臻的牙齿都要咬碎了，陈印的深情款款全都是为了钱？

"八十万！"周方琦转过脸，得意扬扬地看着谢常意，"八十万，这个数字是不是很熟悉？对的，这就是你令我丧失了生育能力后，补偿给我的钱！你以为这区区八十万，就可以赎回你的罪过，就可以买下我的青春、感情和孩子的命？今天，我还给你，用这笔钱给你女儿找了一个如意郎君，为你们谢家延续了香火，你们还不感谢我？"

谢常意轰地站起来，踉跄两步，又重新跌坐在沙发里，他又羞又恼，眼睛里要喷出火来。

“八十万，外加替他找关系办新西兰的留学签证，对于陈印来说，简直是天上掉馅饼的好事！可是没想到，谢怀臻，你居然比这八十万更有诱惑力。那个杀人犯，靠女人吃饭的男人，爱上你了！是的，他真的爱上你了！他半夜开车到我家楼下，把八十万全部还给我了！他想让我不要拆穿他，多荒谬！他以为他一走了之，事情就解决了？他知道你怀了他的贱种，哈哈哈，就赶紧消失了。他一消失，你更加痛不欲生。看到你像条狗一样趴在地上痛哭流涕，我真痛快！谢怀臻，我的小公主，你也有今天！”

周方琦笑得泪流满面，这一刻她已不再是方琦，她的身体已经被名叫妒忌的恶灵占据。

“他爱我？”怀臻喃喃地问，“他不是演戏？他把钱还给你了？”

“哈哈哈，谢怀臻，你真天真！我再告诉你，他真的爱上你了。为了保护你的名誉，他连到手的钱和留学签证都不要了！出卖肉体和灵魂换来的，改头换面的机会，他都弃之不顾！我真没想到，你还挺有手段的，男人们一个个对你死心塌地。陈印的确为了你奋不顾身跳下冰裂缝，心甘情愿给你输血，这些都不是我安排的！可是他爱你又怎么样？你去找他啊！谢怀臻，你敢不敢去找他啊？你敢不敢和一个杀人犯结婚啊，敢不敢和一个专靠骗女人吃软饭的男人结婚啊？你敢不敢啊？你敢不敢丢这个脸啊？”

方琦心中越发舒畅，她非常懂得如何在怀臻心中插刀子！

若陈印只是一味拿钱办事，彻头彻尾只是欺骗怀臻，那么怀臻哭过痛过恨过之后，就会放下。然而怀臻若知道陈印对她付出了真心，甚至不惜自毁前程来保护她，那么她心中就会有留恋，对这种男人有留恋，怀臻便永远无法走出这阴霾！

“谢怀臻，你余生都与这个男人摆脱不了关系，你的身体里流着他的血！多脏啊！谢怀臻，你永远都洗不干净了！”方琦对怀臻粲然一笑，又转到谢常意跟前，“你还以她为傲吗？多好，她身体里流着你的血，也流着一个吃软饭的杀人犯的血！真好！谢常意，我把你一生最得意的作品毁了！”

“啪——”谢常意气得浑身不住颤抖，抡起手，用力扇了方琦一个耳光。

方琦猝不及防，结结实实挨了重重一记耳光，重心不稳，一下跌坐在地上，她捂着脸，难以置信地瞪着谢常意："你打我？你打我！"

谢常意的手不住颤抖："你让我恶心！疯子！"

方琦确实疯了，她做的任何一件事情，都是正常人无论如何都无法做出的。一段违背常理、扭曲阴暗的感情，彻底摧毁了她的心智。仇恨、妒忌占据了她的心神，她只有在疯狂变态的报复中，才能感觉到畅快淋漓。她的精神状态，早不再是一个正常的女人。

她突然自地上跳起来，她的面颊、唇角肿得老高，精致的五官仿佛被人用力揉过。她目光凶狠、决绝，全力挥出手掌，在谢常意面颊上也扇了一个大耳光："我所做的一切，都是你造成的！你没资格打我！"

谢常意万念俱灰，只觉得人生从此被方琦毁于一旦。他心中充满懊悔、恼怒、羞愤，以及对怀臻的愧疚与心疼，没想到他对她的爱，害了她！他拼尽全力掐住方琦的脖子。

周方琦的脖子被谢常意死死掐住，她的双眼圆睁，瞪得快从眼眶中滚落出来——她终于看清了他。他从来没有真正爱过自己！他的心永远向着另一个女人，哪怕这个女人是他的女儿，她也不能原谅。

这个男人为了他的女儿，耽误了她一生，此刻他又为了她打自己。她付出一切，却什么也没有得到，连怀孕生育的权利都被夺走。得到的，是满腔的仇恨，是一个火辣辣的耳光。

是，她早就不爱他了。她恨他，恨他，她要让他付出比自己更惨重的代价。恨意充斥了周方琦整个灵魂，她不顾一切踹他，与谢常意扭打成一团。他想要她死，她也不会让他好过。

怀臻呆呆看着纠缠扭打在一起的方琦与谢常意，那样丑恶、狰狞，人不像人，鬼不像鬼。

曾经他们都是她最爱的人，她以为她熟悉他们熟悉得不得了。她忽然觉得恶心想吐，浑身力气都似被人抽走。

"曹彻，带我走！"她一把拽住曹彻大衣，用力撑住自己的身体。曹彻连忙搀扶起怀臻，将她迅速带离方琦家。

走到楼下，冷风一吹，一股浊气上涌。怀臻再也忍不住，张大口，狂吐起来。她拼命抠自己喉咙，她只觉得一切肮脏无比。她恨不能将五脏六腑都吐出，将所有谢常意赐给她的东西都吐出来。她一直吐，一直吐，最后吐无可吐，连胆汁都吐出来。

曹彻并没有阻止她，他只是不断轻轻拍她的背，好让她舒服一点。他但愿能替她分担，那样丑陋的事情，任何人都承受不住。

怀臻吐得筋疲力尽，整个人虚脱地跪在地上。她只觉自己被全世界背弃。

曹彻抱起她，她那样轻，仿佛一片羽毛。曹彻甚至觉得，如果不是穿了厚重的冬衣，她轻得都可以飘上天了。

“怀臻，我送你回家！”他温柔地说。

“不，我不要回家！”怀臻轻轻摇头，“回到那里，我会做噩梦的。”她愿意去任何地方，哪怕露宿街头。她不愿再回到家中，躺到那张曾经与陈印无限缱绻缠绵的床上。

曹彻点点头，他开车带她回自己家。

看着车窗外黑洞洞的天地，怀臻觉得短短半年，仿佛已经过了一生一世。她毕生的精力，仿佛都在此事中消耗殆尽。她像个受惊过度的小女孩，死死拽住曹彻的手，连曹彻开车，也不肯放开。曹彻搂着她，尽力让自己靠她更紧一些，更近一点。渐渐地，怀臻冷静下来，开始停止哭泣。可是，她目光有一点呆滞，仿佛永远不会再活泼了。

曹彻半扶半抱，搂着怀臻上楼。他腾出手开门，怀臻也死死拽住他的衣角，片刻都不肯放开。他开了灯，搂着怀臻走进房间。

进到曹彻的家中，怀臻有些局促不安。可是，只一眼，她便呆住了。这房间的一切摆设都同几年前一模一样，一点都没有改变过。墙壁上是一幅怀臻的单人照，照片里的她，年轻生动，神采飞扬，笑得十分灿烂。

那个时候，她无忧无虑，不知人间疾苦，一双大眼睛聪慧灵动，一丝阴霾也没有。

床头的相框里，是怀臻与曹彻在海边迎着夕阳，紧紧相拥的照片。照片里的两个人，抱得那样紧，仿佛一生一世都不会分离。一切都照着以前的样子，原封不动地摆放着。

怀臻甚至有刹那恍惚，仿佛时光倒流，这中间的许多年、许多事都从来没有发生过。前尘往事，齐齐涌上心头。要到这一刻，她才明白曹彻待她，一如既往。

她低下头，泪盈于睫。

这一夜，曹彻一直陪着怀臻，寸步不离。他让她吃了镇定安眠的药，令她混乱张狂的情绪平静下来。他坐在床头，握住她的手，她一挨到枕头，便昏睡过去。

她睡得并不安稳，一直握住曹彻的手不放。只要曹彻稍微动一动，她便立即惊醒。

为着让她能够安睡，他只得保持同一个姿势，坐到天亮。一直坐到手脚都麻痹，他也不肯再动一动。黑暗中，他看着怀臻瘦得只剩巴掌大的面孔，心里平静极了。

长夜漫漫，像没有边际，仿佛希望已经耗尽。她静静躺在床上，感觉身体的某个地方已经缺失，尖锐的疼痛在每个细胞里不断裂变、繁衍。

“醒了？”曹彻靠近她，他手脚都麻木了，可是意识仍然高度清醒，她呼吸里最轻微的改变，也能被他立刻捕捉到。

怀臻睁开眼睛，她虚弱地点点头，然后目光便盯在远处的某个地方，不再移动。

“怀臻，振作一点好吗？”曹彻握紧怀臻的手。

怀臻没有说话，两行眼泪自眼角滑落，那眼泪的滋味五味杂陈、悲愤屈辱。她不知道该如何面对曹彻，所有丑陋的真相，都被他看清。

“怀臻——”曹彻温柔地唤她，“怀臻，一切都会过去，学会忘记，就当一切都没有发生过。”

怀臻苦笑：“可以当没发生吗？可以当从来没有那个男人出现过？可以当从来没有交过方琦这个朋友？可以当谢常意不是生我养我的人？”

曹彻沉默了，然后他将怀臻的肩膀掰正对着自己，他专注地看着怀臻的眼睛，不让她的视线移开："怀臻，我不知道你能不能忘记，但是我可以当一切都没有发生过！你给我一个机会，让我来陪你慢慢忘记伤痛！"

怀臻怔住，要过好几秒，她才明白曹彻说了什么。

"不，曹彻——"她觉得喉头发干，"说忘记，不过是自欺欺人！这些事情和你无关，我不想把你拉进这荒诞的噩梦里。"

"怀臻，看着我！"曹彻用手捧住怀臻面颊，"如果当初不是我自命清高，我们已经结婚了，根本不可能发生后面的事情，方琦的诡计都不会得逞。怀臻，一开始就跟我有关，自我爱上你的那一天起，便注定我和你要共同面对所有的事情。"

"曹彻，你无须这样！"怀臻有些哽咽，她没有想到，在发生了这么多事情后，他仍然愿意同她在一起。

"不，怀臻，给我一个机会，让我照顾你。我不想我的人生充满遗憾。"曹彻眼眶忽然红了，他低下头，将面孔埋进怀臻掌心，有温热的液体从怀臻的指缝中渗出，"怀臻，回来跟我在一起！给我一个机会！"

怀臻闭上眼睛："曹彻，我恐怕已经没有能力回报你……"

"不，不需要回报，不需要你做任何事情，我甚至不需要你像以前一样爱我。我只想你和我在一起！"曹彻抬起头，急切地望着怀臻，"我们回到从前，当所有事情都只是一场梦，梦醒了，一切都结束了。"

怀臻怅然："可以当做了一场梦吗？"她知道，这一切都不是梦，她再也回不到从前了。

可是此刻，她觉得自己就像溺水的人，曹彻就是眼前的救命稻草，她可以抓住他，然后活过来，也可以放手，任凭自己沉溺死亡。

"你真的不介意所发生的一切？不介意我曾经爱过一个那样的男人？"怀臻鼓起勇气望着曹彻。她想，若他稍有犹豫，她便立即放手，让自己沉入水中。

"不，不介意。"怀臻话音一落，曹彻便冲口而出，"不管你身上发生过什么，我都不会介意，一切已经过去，你只需站起来，往前看，我会陪着你！"

他望着怀臻，生怕自己的答案她不满意。他的目光诚恳而坦然，干净而真挚。

怀臻终于伸出手，她抱住他，将面颊埋进他的肩窝："谢谢！"

“怀臻，你答应了？”曹彻迟疑道。

“不是现在！”怀臻摇摇头，闷声道，“我现在什么决定也做不了。”

曹彻失望地叹口气，不再逼她。

一直以来，她被谢常意和方琦筑起的城堡，保护得不经风雨、不谙世事。而现在，她的城堡破了、碎了，轰然倒塌了。面对突如其来的现实，谢怀臻迷路了！

自那天起，谢怀臻再也没有见过谢常意，连回家看母亲，她也挑他不在家的时候。她从心底鄙夷他，不管他多么爱她。可是，他所做的一切，她无法原谅。

方琦整个人则突然消失了，没有人知道她去了那里，发生了什么。她同谢常意之间最后怎么样了？一切都是个谜。可是怀臻已经不再想去拆开这些谜底。仿佛她的生命中，从来没有这个女人存在过。

她存心忘记一切，从过去精心呵护她的城堡里走出来，勇敢直面风雨。

她在曹彻家小住几日后，便回到自己的家，把所有和陈印有关的东西全都打包，扔到楼下垃圾桶。当她从墙壁上取下相框里的陈印的画像时，她忍不住伸手摩挲他唇角那道细细的月白色疤痕。曾经，她爱在睡觉前，抚摸这道细疤，指腹间那点缠绵之意，令她安心。

可是此刻，再见他唇角这张扬的疤痕，仿佛一抹嘲讽的笑，笑她的天真，笑她的愚蠢，笑她过于庞大的依赖性。

她决绝地将画像揉成一团，扔进垃圾袋的底层。她从抽屉里，翻出那朵曹彻画的蓝色玫瑰。那淡蓝色的墨迹越发浅淡，像个陈旧的、回不去的美梦，提醒着她，时间能改变一切。

再美丽的回忆也不能照进现实。做过的噩梦，也并不会像扔掉的垃圾一样，不再返魂。

每天晚上，夜深人静，她从噩梦中醒来，看着那一盏幽暗的灯光，听着窗外夜归的汽车引擎声，她只觉得心里一片荒芜，像被原子弹轰炸过，满目疮痍，了无生机。

更可怕的是，那些她不再提、不再想、妄图抛之脑后的丑陋回忆，还是会逼进现实。

逃出城堡的公主，得自己直面喷火的恶龙和更加血腥的围剿。

方琦与谢常意彻底撕破脸，成为彼此最想要食其血肉、剜其心肝、毁其前程的敌人。

而怀臻是谢常意的心肝，自然也是她想要摧毁的对象。远遁到不知哪个国家的方琦，冲谢常意投了一枚重磅炸弹。

她发了一封讨伐谢常意的邮件给所有业内她认识和不认识的人。在邮件里，她哀声痛斥，声称谢常意在她二十二岁的时候勾引她，利用身份威逼她成为他的地下情人。

多年来，她屈服于他的淫威，被迫与他发生关系，甚至因为多次流产，丧失了生育能力。

她在邮件里含沙射影地透露，谢怀臻获得的各项建筑行业的大奖，都是谢常意利用自己的身份和地位暗箱操作得来的。

更可怕的是，她把自己处心积虑设下圈套，引怀臻坠入情网的事情，说成是谢怀臻在夜总会包养了一名杀过人、靠吃软饭为生的男公关，还想要和这个小白脸结婚，被谢常意知道后，父女俩已经反目成仇。

这封信，完全颠倒是非黑白，内容赤裸肮脏，令人侧目。邮件一出，立即在业内引发“十级地震”，迅速成为社会新闻版头条，一夜之间，建筑界泰山北斗的形象崩塌，天才女建筑师名誉扫地，成为人人鄙夷的对象。

怀臻打开这封邮件时，这事已经成为了全城最新鲜劲爆的新闻。她来不及惊慌、恐惧，与人辩驳真假，也来不及想对策挽救，手心冒汗，直奔回家。这一刻，她只想要安慰最无辜的、安静得像一个影子一样的妈妈。

可是——等她心急火燎地赶回家，等着她的是热饭热菜热汤和一张平静的脸。怀臻看着母亲，眼泪一下涌出来。可是，庄静宜却先拉了她坐下，握了握她冰冷的手，替她盛了一碗汤，让她先喝。怀臻看着眼前热腾腾没有一点油花的鸡汤，眼泪大颗大颗滚进汤里。

“都什么时候了，你还有心情喝汤？”她哽咽着，捧着汤碗的手直发抖。

“不管发生什么事，再伤心、难过、灰心丧气，饭总要吃，汤总要喝，肚子饱了，才有力气扛起明天。”庄静宜平平静静地说。

她坐在餐桌前的身姿，纹丝不动，连衣服都依然搭配得体，若不是她微微泛红的眼圈，怀臻真以为她什么都不知道。看着怀臻含泪喝完一整碗汤，冰凉的手重新恢复了温度，庄静宜才开口说话。

第二十二章

# 蜕变之路

其实，这么多年来，庄静宜早就猜到丈夫在外面另有新欢。她只是不想主动去戳破真相，她想要给女儿一个完整的家，她觉得人无完人，她等着丈夫迷途知返。她想他那么聪明的男人，一定会反省到自己的错。

可是，躲在家中，真相也会自动扑上来碾压她。她早料到会有这一天，那真相不过是悬了多年，终于掉下来的第二只靴子而已。

那天早上，当满脸抓痕的谢常意回到家中，她就知道，是时候直面一切了。她仰慕了一辈子的男人，英俊儒雅、意气风发了一辈子的丈夫，像件被揉皱了的旧西装一样跪在她面前。

他很平静，老老实实，原原本本把事情摊开了，告诉了她。

他没有任何隐瞒，也没有修饰自己犯下的错，他甚至希望妻子能狠狠给他几耳光。

庄静宜果然也没有辜负他的希望。她狠狠扇了他两耳光，用上了压抑了好几年的愤怒！

一耳光，是为了他辜负了她的期待。一耳光，是为他犯下的错，却要女儿来承担。

还没等方琦逃到国外，扔出邮件炸弹，庄静宜其实就已经和丈夫安安静静地去民政局签了离婚协议了，当晚谢常意就搬离这所大宅。

她对怀臻说："这件事，如果只是你爸爸单纯地背叛了我，我可以原谅他。可是他和方琦伤害了你，还是用这么残忍卑鄙的方式……我无法原谅！我不想让伤害我女儿的仇人睡在我的床上，我甚至不想和他在同一个屋檐下呼吸！"

怀臻当场目瞪口呆！难怪这段时间，她回家，谢常意都不在！父母居然在她浑然不知的情况下离婚了。怀臻惊讶极了，半天才讷讷道："方琦害我，爸爸也不知情。”

“可是一切由他而起！他才是罪魁祸首！”庄静宜决绝道。

“可妈妈，你以后一个人要怎么生活？”她有些不知所措，她的家，在这一瞬间分崩离析。

“我认识你爸爸之前怎么活，离开他以后，就还怎么活！”庄静宜摸摸女儿的鬓角。

“可是——你会孤单啊……要不要我搬回来住？”怀臻蹲下身，将头伏在妈妈膝头。

她一直更爱爸爸，因为爸爸更宠她，妈妈只是个温柔的影子。可此刻，她忽然觉得温柔的妈妈，才是最坚韧的存在。

“不用！你有你的生活，我有我的生活。其实，即便你爸爸和我同在一个屋檐下，我们也早就各有各的生活，各有各的精彩了。”庄静宜轻声而笃定地说，“我的爱好，我的朋友，我的工作，我的学生，我良好的生活习惯，都是他所带不走的。”

怀臻看着母亲的眼睛，她眼里有温柔的笑意，也有看透世事的从容。多年来，尽管家境优越，丈夫是业界名人，她依然每周到少年宫教小朋友写毛笔字，还通过网络视频，给家庭主妇们上花艺课。这是她的兴趣，也是她的工作。

她在小朋友一撇一捺的进步中，找到自己存在的价值。在花与花的错落搭配中，平复自己起起落落的情绪。她虽然像一个安静的影子，可是站到阳光下，她也有自己的小小光芒。

那天，怀臻睡在妈妈的旁边，听着她均匀和缓的呼吸，她感到了前所未有的平静。黑暗像温柔的绸缎，摩挲着她。

“一个女人，只有自己把自己的生活过得精彩平静，才真正承担得起任何选择的后果。”妈妈的话，忽然像一道柔亮的光，劈开了她混沌的意识。

原来，真正的强大，是隐藏在温柔背后的坚忍！她禁不住反复问自己——这世上，谁没有失恋过一两次？谁没有被朋友在背后插过刀？为什么独独到了她，就要一蹶不振？

她被保护得太好，浑然不知生活多难。若不是她自身性格有巨大弱点，又怎么可能被人次次命中要害！也许，只有最强大的灵魂，才能对抗命运之无情。一个人，先得自己立得起来，才能走得稳路。怀臻只觉醍醐灌顶——

第二天，曹彻便在公司见到了怀臻。她坐在自己的位置上，全神贯注对着电脑，正在修改之前图书馆的设计方案。

旁边的同事见了她，都不敢上前打招呼，只远远地用别有深意的目光偷偷打量着她。

曹彻让怀臻去他办公室。

“你怎么来上班了？”他急切地问。

“我怎么忍心把图书馆这一大摊事，扔给你一个人？”怀臻微笑道。

不知为什么，曹彻觉得怀臻和平日有点不一样了。

“邮件的事情——”曹彻小心翼翼地调整着措辞，“我跟老板解释过了，他信你！他也同意你多放几天假，避过这阵风头。其他的事情，我们会想办法替你澄清。你放心，我不会放过方琦的。”

“你不用再为我做什么了。你已经帮了我太多！”怀臻认真地看着他的眼睛。

“怀臻，你不用逞强，别怕，我会陪着你！”曹彻热切地握住怀臻冰凉的手。

曹彻的手温暖干燥，特别能给人安全感。怀臻需要咬咬牙，才舍得将手从那宽厚的掌心抽出来。

她听见自己小声而坚定地说：“曹彻，谢谢你。我已经不是昨日的谢怀臻，我必须重新开始，重新面对自己丑陋的一面。若不是我愚蠢、软弱、自以为是，没有人能设下圈套骗我，我以为自己很讨人喜欢，但恰巧相反。一个人招这么多人厌恶，一定有她自己不可推卸的责任。不管是方琦还是冯凉，他们恨我，是我做得不够好。”

“怀臻，人不可能讨所有人喜欢。”曹彻心一凉，慌乱地说，“有人眼睛里只有丑恶，他们看最纯洁的人也是脏的。”

“我一直以为我是靠我自己的本事走到今天。其实，我每一步，都是靠着别人。到‘鼎峰’工作，我靠了爸爸的关系；初进公司，我靠了冯凉引我上路；

平时大事小事，我靠着方琦替我出头；想要摆脱乏味的生活，我依靠陈印带来的刺激；我以为我是独立自主的女人，其实我什么都依赖别人！”怀臻沉声道，“这一次，我不能再依赖于你。如果我选择和你在一起，既是欺骗你，也是欺骗我自己。我不能这么卑鄙！”

“怀臻——”曹彻看着她的眼睛，那双眼不再黑白分明，好像碧蓝清澈的大海，一夜被飓风吹乱，吹得暗流涌动，令人看不清内里的真相了。

“你可以骗我！”曹彻柔声道。

“曹彻，这么多年，谢谢你陪在我身边，我一直是个糊涂人。但你不离不弃，今日我得靠自己清醒过来，未来的路，我一个人也得走下去。之前我妄图依靠一段感情，来逃避生活的冗长乏味，但一个人都不能活精彩，单指望别人来领路，活该跌跌撞撞、头破血流。”怀臻认真道，“栽了这么大跟头，再不靠自己爬起来，只有任生活践踏了。”

曹彻只觉心痛，经此一役，谢怀臻的赤子之心再也找不回来了，失去了城堡的公主，只能重新振作起来，自己当屠龙的勇士了。

当然，要从不谙世事的公主，变成斩妖屠龙的勇士，这条蜕变之路，注定遍布荆棘。

接下来的几个月，怀臻简直是在横飞的唾沫之中度过。

公司同事异样的眼光，别有用心的安慰，赤裸裸的奚落嘲讽，像密集的子弹毫不留情地射向她，想要击垮她。

她的老板周易峰，见她被流言蜚语重伤，再三让她回家避避风头，等事情稍微平息一些，再回所里上班。可是怀臻不肯，图书馆项目的四个主力设计师，冯凉被抓，方琦跑了，只有她和曹彻一个顶俩。如果她也躲了，那么这项目谁来执行？她咬着牙，顶着流言蜚语的枪林弹雨，每天定时上班。

尽管她的脸因为紧绷而发麻，她的背脊随时像被火在炙烤，但她必须硬着头皮，不让自己被打倒。

业界不了解怀臻的人，纷纷开始闹腾，有人质疑她得奖的资格，也有人质疑她的工作能力，甚至有人要求取消她“华意”奖的获奖资格。

可是怀臻都巍然不动，仿若未闻，只全心全意把手头的项目做到完美。她全神贯注地投入工作，恨不能睡在公司，好隔绝外面的腥风血雨。

那些妄图给她使绊子、看笑话的人，都被她整日绷得紧紧的面孔给震慑住了，怕万一惹毛了她，一向好性子的她，会扑上来咬人。

合作伙伴，负责接洽图书馆项目的市政府工作人员，都被她拼命三郎的劲头和过硬的专业素养征服，不再抱着怀疑的目光审视她。

如此坚持了一周，谢常意终于挺身而出，对媒体坦诚了他与方琦的关系。

他承认他愧对方琦，也愧对自己的妻子和女儿。但是，他也坦言，他这一生，从未在工作上对任何人徇私舞弊，连女儿，他都是安排到“鼎峰”从小设计师做起，而不是直接让她进自己名下的事务所。

除了仅有的一次，让自己的一个学生在“华意”奖的评选中，多投了一票给方琦。为此，他将从此退出建筑界，不再参与任何评选。他一再恳求，不要把他犯下的错，转嫁到他女儿的身上。

他出示了一段录音给媒体，录音中，是方琦与陈印的对话，从对话里，可以听出，她一直在要挟陈印诱骗谢怀臻，想要利用他的身份与过往来诋毁怀臻。

这段录音，顿时戳破了方琦在邮件中的谎言。

录音最后，是陈印诚恳的声音：“谢谢谢怀臻小姐，及时识破了真相，避免了我和方琦犯下更可怕的罪行。她是我这一生中见过的最纯粹干净的人，她不应该被人污蔑。她也是我阴暗的人生中最温暖最光明的存在，她不应该承受非议！”

众人恍然，原来怀臻是彻头彻尾的受害者。

这是从圣诞夜后，怀臻第一次听到陈印的声音。她木然地听着音频里熟悉的嗓音，泪流满面。

这一天后，那些对着她指指点点的人，渐渐少了，尽管她晓得，背后的议论总免不了。

但她已经不在乎了。至少，在她腹背受敌的时候，伤害她的两个人，都站出来维护了她。

原来，当方琦的邮件，被传得满城皆知时，陈印也知道了。他心急如焚，恨不能自己从来没有在这个世界上出现过。他立即把提前准备好的、以为一辈子都用不上的录音，寄给了谢常意。这段录音，很巧妙地规避了许多敏感的地方，只暴露出方琦处心积虑给怀臻设圈套。

而在录音中，陈印一直声称不忍心对怀臻下手，想要放弃。这样让听录音的人，很容易被误导，认为怀臻与陈印并没有太深的交集，就被怀臻识破了方琦的阴谋，从最大程度上，挽回了她的名誉。

本来怀臻和陈印的交往，就只有“鼎峰”内部职员知道。而他们，被周易峰和曹彻反复下过封口令，加之对怀臻的同情，都选择了缄默。

一个月后，谢常意离开国内，去了美国教书，人走茶凉，让整个事件迅速冷却下来。

临行前，他想要见女儿一面，怀臻拒绝了！她把全部的精力都用在工作上，比以前更加狂热。紧张的工作拯救了她。让她没有多余的精力去伤怀。但除了工作，她也开始寻找生活中其他的可能。

她学会放开自己，去享受一个人的时光。她也会和同学结伴去旅行，偶尔到酒吧喝一杯，与英俊的调酒师聊聊天。她参加了爵士舞训练班，下班后，去挥汗如雨，享受身体与音乐的律动。

周末的时候，她去上法式甜点烹饪课，把做好的漂亮糕点，带回家和母亲分享，母女俩窝在沙发上，就着红酒，看一部闹哄哄的电影，说说笑笑度过温暖的夜。

她还加入了一个户外俱乐部，常常去踏青、攀岩、野营，工作的间歇，被塞得满满当当。

第二年的冬天，她不再被噩梦惊醒，能够平静地睡一个好觉了。这时，她低头，仿佛看见自己胸口血淋淋的大洞，开始慢慢愈合了。

偶尔，她也会想起陈印，但那些闪碎的念头，很快会被她抛之脑后。她恨过他的欺骗，也恨过自己稀里糊涂的付出，但她也感激他，在最后关头，放她一马，维护了她。

他们谁也不欠谁，谁也不用惦念着谁！她甚至能接受曹彻的邀请，一起去老地方吃吃饭，或者看场电影。她始终将他当作最忠实的朋友。

一开始曹彻并没有放弃。最初的时候，怀臻常常一动不动地坐着，眼睛木然地望着前方，仿佛灵魂已经去到另一个时空，没有人知道她在想什么。

曹彻哄她，她也只是配合地勉强挤出一个笑容。那笑容那样空洞、苦涩，像一个失去水分的苹果，干瘪而了无生趣。

可是慢慢地，他看见她，将自己打碎了，一点一点重塑。她变得能吃能睡，生活积极，整个人焕发出新的光亮。她的目光不再澄澈，但却变得深沉而坚定。她苍白的皮肤被太阳晒成了金棕色，露出胳膊时，能看到肌肉的线条，面颊也丰腴起来，呈现自然的红晕。

她不再是城堡里不谙世事的公主，她走出来，杀掉恶龙，一路踩着自己的鲜血，重新走出一条更宽阔的大道。

原来，有些人错过，就是一生。于是，他开始不动声色地抽离自己的感情，退出她的生活，当她最忠诚的朋友。他也终于学会放弃，开始投入自己的生活，在没有谢怀臻的地方，去寻找幸福的方向。

第三年的暮春，谢怀臻三十三岁了。就在她过生日的第二天，她担任主设计师的亚洲第一大的图书馆落成了。她打扮得落落大方去参加剪彩仪式。

如今，她也会在隆重的场合涂一点淡淡的胭脂，令自己看起来神采奕奕。质地柔软，剪裁得体的白衬衫，依然是她的最爱，但她也会戴一副活泼的耳环，打破白衬衫的单调。

怀臻和曹彻站在人群中，看着七彩的礼花碎屑从天而降。

阳光照在剔透如水晶般的图书馆内，梧桐树林的新绿从馆内一直蜿蜒到馆外。春天蓬勃的绿意在晶莹墙体的折射下，闪烁着无穷的生机。琳琅满目的书籍，放置在被做成树形的原木色书架上，缤纷一如满树繁花，与室外绿地上盛开的鲜花相映成趣。

怀臻不由得鼻头发酸，眼眶慢慢红了起来——在她人生中最艰难的时候，这座图书馆，就是她的救赎！

她看着这一片老旧的居民区被轰然推倒、摧毁，变成尘土飞扬的废墟。又看着崭新的大楼，从这废墟中一点点重塑，变成这座城市最动人心魄的存在。

而她的人生也是如此——她看着那虚假的繁华变成满目疮痍，如今她又在这荒凉之上，重新构建了属于自己的城池。

过了几天，怀臻上班的时候车抛了锚，堵在高架桥上，后面的车子狂按喇叭。

她坐在车里，桥下一架连一架的蔷薇，在阳光下蒸腾出馥郁的香气，混着汽车尾气，冲进车窗里。

她被那突然袭来的香味熏得一闷，心中升起一阵没来由的烦躁，待回过神，忙发微信在朋友圈求助。

很快，有爱车的同事，介绍了一家在业界挺有名气的修车行，还贴心地奉上拖车电话。

怀臻立即拨通电话。对方服务很及时，很快就把怀臻和抛锚的车，拖到了修车行。

站在修车行门口，怀臻竟然有点刘姥姥进了大观园的感觉。只见门口一溜停着十几辆豪华跑车，另一溜停满重型摩托和庞大的越野车。

“想不到你们生意这么好！”怀臻很有些惊讶。

接待怀臻的小工得意地向怀臻介绍：“那当然！我们有三个老板，一个修车技术一流，一个是开越野俱乐部的，还有一个长得超帅！”

怀臻扑哧笑出声：“长得超帅也是技能吗？”

“你看，那边一溜跑车，都是冲着这位来的！我们这儿，女顾客特别多！”小工眉开眼笑道。

“我还以为是女顾客的车特别容易坏呢。”怀臻开玩笑道，“没想到，开修车行，也要看修车师傅的颜值啊。”

“哪能都是车坏了才来啊！这些都是来改装车的。”小工得意扬扬，“我们老板不光帅，改车的技术，那更是没话说，人家以前可是汽车工程专业的大学生呢。”

“何况，我们服务那可是全城第一啊！”小工竖起大拇指特别骄傲地吹嘘着。

怀臻笑起来：“那我可要好好感受一下全城第一的服务。”怀臻跟着小工，进了开足了冷气的贵宾室休息。

小工忙推了个红色的三层小推车，推车里满满放着各种饮料茶水，让怀臻自取。

怀臻取了一瓶矿泉水，坐在沙发上，隔着一道玻璃门，看着工人们在检修区热火朝天地忙碌。

怀臻面前正好停了一辆被稍微架高的黑色保时捷，车的底盘下，躺了个人，只露出穿着油腻腻工装裤的两条大长腿。他旁边蹲着个学徒，正给他打下手，不时说上几句话。

怀臻也不急，看着那人，用戴着白色手套的手，娴熟地在工具箱里取换工具，好像他的手长了眼睛一般，什么时候用什么工具，一摸就知道，一点也没出错。

怀臻津津有味地看着师傅教徒弟。

“好了！车子完全没问题了！”那修车师傅自底盘下钻出来，他拍拍满身油污的衣服，仿佛他拍两下，那些污渍就可以被拍掉。

年轻的学徒忙殷勤地递上一瓶水，师傅接过水，拧开，一仰脖子，咕噜噜喝起来。汗水顺着他的额头，一路流淌到他裸露在 T 恤外的脖子上，亮闪闪的。

他一气喝了大半瓶水，放下瓶子时，正好转过脸来，冲着室内。一低头，他的目光正好撞上怀臻好奇的眼睛。

尾声

# 你，敢不敢

电光石火间，仿佛一击重拳，狠狠砸在怀臻心窝上，痛得她眼冒金星——是他！是他！

是他！尽管满身油污，甚至脸上的汗水还混着机油，怀臻还是一眼认出了他。他瘦了很多，可是仍然英俊得不似一个真人。

他也看见了她——这一次，他没有跑。他张张嘴巴，想说话，可是一个音节都没有发出来。千言万语齐齐涌到嘴边，反而不知道该说什么才好。

怀臻的手控制不住地颤抖，她的心猛然收紧，连背脊的汗毛都竖起来。她突然发现，胸口已经复原的地方，又开始隐隐作痛。她的每个细胞都在造反，全都在叫嚣。

他向前一步，怀臻退后一步。他再向前一步，怀臻再退后一步。他再向前，怀臻的心疯狂地跳起来，仿佛要从喉咙中，一跃而出。

她突然，转过身，拉开玻璃门，向外狂奔，一口气跑出了修车行。她不知该怎么面对他！

她只有不停地跑，不停地跑！一直跑出了两条街，怀臻才停下来，胸口快要炸裂，膝盖软得打战，只得靠着一棵行道树大口喘气。

她忽然想到，那一次，他假装带她去偷项链坠子，他们也是这样跑，跑得她连呼吸都快停止。眼泪突然就滑了下来。但只是一瞬间，她便伸手抹掉眼泪，仰起脸，看着头顶簇新的绿叶，笑出声。然后对着那片被风吹得晃晃悠悠的树叶说："对不起，我只是被吓到了！"

她站在树下，从包里掏出镜子，整理妆容。粉底盒的小圆镜里，是她微微泛红的眼睛和鼻尖，奇异的是，唇角居然带着一抹浅笑。这抹笑意极淡，就像春天刚刚在枝头冒出来的第一个嫩芽的尖，大半都还藏在褐色的薄膜中。

但那若隐若现的绿，已经将秘密尽泄。是因为再次看见他吗？这个满身油污，躺在底盘下面，娴熟使用修车工具的男人，才是真实的他吧？而不是那个衣冠楚楚，打扮得时髦得体，懂得品鉴红酒和文艺片的男人。

她忽然有一种冲动——她想要拨开一直萦绕在他和她之间的那层灰雾。

三年了，她自己都以为自己放下了。可是要到这一刻，她才明白，原来她心里还是有他，只是那不是因为爱了，而是她需要清清爽爽地，给那段荒唐的感情画个句号。

她把粉盒放回包里，略整理了一下跑乱的发丝，转身往回走。

她走进修车行的时候，只看见检修区里她的车前，站着一个清瘦的背影。那曾经让她魂牵梦萦，她无数次从后面拥抱过的背影，如今是那么陌生。

油腻腻的工作裤，脏得看不出颜色的 T 恤，理成寸头的短发，露在 T 恤外黝黑的皮肤，还有衣服下流畅的肌肉线条……完全不是当初那个斯文不羁的模样了。这是个活得粗糙而带着生活质感的背影。

他突然拉开车门，坐进了她的驾驶室，轻轻用手抚摸方向盘，就好像在抚摸情人的脸庞。然后，他猛地将头伏在方向盘上，像抱一个人那样，紧紧抱住她的方向盘。

怀臻的心猛地跳了一下。她走过去，用脚踢了踢车门。

陈印猛地抬头，一双桃花眼微红，看向怀臻的时候，他的嘴唇忍不住颤了一下，简直像在诱惑一个吻。

怀臻不由得退后一步，手不由自主地便抚上了胸口——她怕心脏跳出来。

“你——”

“你——”

两个人同时开腔，又同时收声。

旁边的工人们，好像察觉到了异样，都停下手头的工作，齐齐望过来。

陈印被一群探究的目光包围，立即醒悟过来，他忙下了车，对怀臻低声道：“去我办公室喝杯茶？”

“嗯！”怀臻点点头，跟着陈印，向办公室走去。

说是办公室，更像个有张办公桌的杂物间。房间里堆着各种汽车杂志，墙上挂着一排排修车的工具，一张皮革沙发，皮面已经斑驳起皱，像长了老人斑的脸。

办公桌前放了把椅子，椅子跛了只脚，下面垫了两本书。陈印有些局促地看了一下办公室，有些尴尬地道："委屈你坐一下。"

怀臻穿着她昂贵的白衬衫，一屁股坐到沙发上，沙发被她的体重压得往下一沉，便再也没有余力反弹了。

见她好奇地打量这凌乱的小空间，陈印手心微微有些出汗，他在裤子上抹了两把，又反应过来，他的裤子也是脏的。

本来自在无比的，属于他的地盘，硬生生因为怀臻的加入，而变得陌生起来。他突然看这个自在的小天地极其不顺眼，就好像他的衣服被扒光了，赤裸裸站在怀臻面前，再也隐藏不住所有阴暗与曲折的内里。

想到这里，他突然释然，有什么不好意思的呢？他们本就是云泥之别的两个人。此刻，让她看清自己的真面目，岂不是更干脆。他低下头，恢复了从容，自旁边饮水机，取了只纸杯，接了水，递到怀臻面前。

怀臻接过纸杯，捧在面前，小小呷了一口，清凉的水里有点淡淡机油的味道，那洁白的杯壁上，有两道浅浅的油手印。怀臻心中一突，记忆里那个有着淡淡男士须后水味道的男人，一下就远了。

"对不起——"陈印望着怀臻——其实，这三年来，他并不是第一次看见怀臻。他自己也记不得，有多少个夜晚，他把车停在怀臻公寓楼下的暗影中，看着她泊车、关门，足音清浅地上了楼，然后看着她的窗亮起灯。他一直贪婪地看着那白窗纱后面朦胧纤细的人影，怔怔地，忘了自己。

有时候，他会就这样静静看着她的那一盏窗灯，一直到天亮。他自己都不清楚，他像个傻子一样，守着那一窗一人，到底有何意义？他只知道，他有太多的感情、太多的伤心、太多的愧疚、太多的遗憾和绝望需要宣泄。而奔流的情感在胸腔里横冲直撞，却找不到一个出口。

唯有这样，彻夜看着她的窗，猜测这橘黄光影中，她的一举一动，他才会觉得，那些汹涌得几乎要令他灭顶的情感乱流能够得到舒缓。乱雪纷纷的夜，春风沉醉的夜，流萤如灯的夜，皓月当空的夜……他坐在与她一步之遥的地方，她不知道他在，他却觉得安心。

此刻，看着触手可及的女人，他的手心又密密出了一层汗。

第一次用陈印的身份，与她面对面。他其实，不知道该如何面对她，他从未奢望跟怀臻在一起。每一天，他都活在极端的矛盾中。

他无时无刻不渴望见到她，却又必须用极大的意志力去克制住想要见她的冲动。但他知道，他的出现对于怀臻来说，不过是一种羞辱。他消失得越彻底，就越能保护她。他没想到，会在这样一个出人意料的情况下，他一钻出底盘，就看见了她。

她那双黑白分明的大眼睛，已经不再清明，可是那眼底的神色反而更动人，就像春天清新的新绿到秋天酝酿成了醉人的绯红。

陈印低下头，看着自己已经变得粗糙的手指。指甲缝里是总也洗不干净的油污，就像他身上背负的见不得光的过往。

怀臻看着他的手，那双曾经令她愉悦的手，已经变了模样，有了真实生活的痕迹。她听见自己的声音，有点干涩，努力镇定道："你好像欠我一个解释。"

"解释？"陈印苦笑，他欠她的何止一个解释。

但她想听，他就告诉她，撕开丑陋的真相，把血淋淋的现实，摆到她跟前，任由她判决！

陈印的声音很轻，语气温和，平静得像在说别人的故事。陈印从小就长得好，从幼儿园到大学，一路顺风顺水，从女老师到女同学，就没有不喜欢他的。他很聪明，念书也不错，不管走到哪儿都是学校的风云人物，他也很享受被女孩子们目光包围的虚荣心。

情人节的时候，他收到的围巾、巧克力可以堆满整个宿舍。而他，也来者不拒。谁让只要他笑一笑，那些女孩就能像喝醉酒一样，面颊绯红，激动得话都说不清了呢？

大三的那个暑假，一家知名的汽车制造公司接受了陈印的实习申请。那天晚上，他和一帮朋友到学校外的酒吧街喝酒庆祝，他请客。这场酒喝到下半夜，一群朋友全都醉醺醺，突然从外面冲进来十几个年轻人。他们堵着陈印，问他是不是收了一个叫黄薇的女孩子的情书。

陈印想了半天，只笑着说："每天收太多女孩子的情书，不记得了！"

为首的小伙子，顺手操起一个酒瓶，就砸在桌上，挥着碎酒瓶就朝陈印脸上划去，嘴里还乱骂陈印勾引他女朋友。那酒瓶擦着陈印的脸划出一道血痕，鲜血涌出来，他一下就蒙了。

几乎是条件反射地，他站起来，扑到对方身上，与他厮打成一团。两边人混战在一起，谁也不知道谁踢了谁一脚，谁又挨了谁一酒瓶子。

酒吧里尖叫不断，直到服务员报警。110来了，把他们分开，大家才发现，那个用酒瓶砸陈印的小伙子，太阳穴上插了片碎玻璃，已经气息全无，而和他打成一团的人，正是陈印。

看着对方脑袋上一股一股的鲜血涌出，陈印只觉前半生的意气风发也随之流走。

从那之后，他因为过失杀人，被判入狱八年。

八年后，陈印二十九岁，身无长物，大学也没毕业，带着永远也洗不清的污点，和与世隔绝的高墙那一头劳教后的烙印重新进入社会。可是，没有人愿意雇用曾经的杀人犯，人人当他是穷凶极恶的坏人。

后来，有个一起在监狱里服刑的犯人，给他介绍了一个在夜总会里当服务员的工作。他一开始勤勤恳恳干着，可惜薪水太微薄，交了房租就没钱吃饭。但他有一张桀骜不逊又年轻漂亮的脸，走到哪儿都注定引人注目。

夜总会领班，便强迫他转去公关部，负责陪客人喝酒。渐渐地，指明要他去服务的女客人多了起来。他收到的小费成了服务员里最高的。

他开始学会哄着这些女人，买各种高价的洋酒，赚其中不菲的提成。再后来，他学会了用一个吻、用一夜情、用小意温存，让这些女人开开心心给他买衣服、交房租，甚至送他信用卡的副卡随意消费。

他一无所有，只有一张脸，和洞悉女人春心的冷酷心肠。但是，这样在女人中左右逢迎，靠吃软饭维持的生活令他痛苦。他像受毒品控制的人那样，一方面拒绝不了赚快钱的刺激，一方面又唾弃自己的堕落。

他自己在网上，找了远程教学，重修了汽车工程学，拿到了学位。又骗一个女人，为他在培训班教了一大笔钱学英语。

他想要到国外去读书、移民，换个谁都不认识他的地方，从头开始，重新做人，堂堂正正靠自己的本事生活，而不是伺候女人。可是，像他这样没有背景、没有钱，甚至杀过人，服过刑的人，怎么可能申请到国外的大学？

后来，他听说曾经的高中同学方琦混得很好，成了业内有名的建筑师，而且她八面玲珑，人脉特别宽广。

一开始，他只是想像哄他的女客人一样，哄着方琦替他找关系办事。可谁知，方琦一点也不被他引诱，反而主动提出，可以给他八十万，还替他联系好新西兰的学校，帮他办妥留学签证，只要他肯帮她一个忙。

一开始，她并没有说明事情的真相。她只说要送给她一个寂寞无聊的女友一份刺激香艳的礼物，让他扮演陆钦这个角色，她说她们之间经常这样干。

陈印是在夜总会里摸爬滚打过来的人，当然知道有钱的女人们之间的那点猫腻。他早已走投无路了，方琦给了他唯一能摆脱黑暗生活的机会。他当然无法拒绝。何况，他本就靠哄女人开心混饭吃，还能有什么损失呢？后来，陈印发现事情并不像方琦说的那么简单，便提出了质疑。

方琦又说，她需要捏住怀臻一个把柄，好让怀臻帮她升为公司的合伙人。

陈印尽管觉得这样做有点卑鄙，但眼看留学签证就要拿到了，八十万现金方琦又很豪爽地付清了，他也只有硬着头皮继续演戏。直到，最后他爱上了怀臻，想要退出，却被方琦要挟，要在怀臻面前戳破他的真实身份，逼迫他继续扮演陆钦这个角色。他知道自己的身份一旦戳破，对怀臻将是毁灭性的打击。他只好一边敷衍方琦，一边偷偷跟踪方琦，拍下了方琦与怀臻爸爸私会的照片，又留了录音反摆了方琦一道。

原计划，他是准备以到国外工作为由，渐渐和怀臻拉开距离，和平分手。尽管怀臻会因此伤心，但总比她知道丑陋的真相要好得多。可谁知怀臻怀孕了，他如果不立即消失，就得和怀臻结婚。而他又怎么能以陆钦这样的身份，与怀臻举行婚礼呢？

何况，方琦的险恶用心，恐怕会得逞。于是，他只能狠下心，彻底从怀臻的世界里消失，像从来没有出现过一般。

“那你，最后为什么不拿了那笔钱走人？”怀臻定定看着低头不语的陈印。

“因为我对你的感情是真的，并不是一场交易！”陈印轻声说，“我知道，我不配跟你谈感情，那个和你相爱的人，其实根本不是真正的我，只是个傀儡。但是……”

他的声音微微发颤，喉咙里像压了块石头，无法继续说下去了

怀臻突然说：“你和我交往只是你的工作，对吧？你干你的工作并没有错！哄女人开心算是你当时的职业吧，你完成得挺好的——”

怀臻话没说完，陈印的脸一下就白了：“并不都是哄你的……那些事，是我自愿为你做的。”

怀臻却还继续道：“所以，我不怨你，毕竟罪魁祸首是方琦——如今，我连方琦都不恨了，我只怪我自己太蠢……”

“不，都怪我，怪我，是我骗了你、害了你。”他抢着打断她。

“至少，在最后的关头，你维护了我。而且，你为此放弃了出国读书的机会，还放弃了那么大一笔钱。所以，其实是我要谢谢你，没有让我最后彻底名誉扫地，还给我留了一层遮羞布。”怀臻平静地说，“谢谢你，让我清醒过来。你说得对，我以前就是个不谙世事的老天真。”

“不，以前是我太贪图安逸，太想要借助别人的力量来摆脱过去生活的阴影了。其实，不用出国，我也能养活自己。”陈印嘴角那道月白色的细疤微扬，似笑非笑。

“靠——修车养活自己？”怀臻望着他油腻腻的工装裤裹着的两条大长腿。

“在监狱里服刑的时候，学过一些汽车维修。造汽车本来就是我的专业，要重新捡起来，并没有想象中困难。”陈印说。

离开怀臻后，他没法再面对曾经的自己，也没法再回夜总会工作。他夜总会的一个朋友，便托了家里一个亲戚的关系，介绍他到这家修车行当个技术工人。

原本修车行靠着老板在越野俱乐部的人气撑场子，生意马马虎虎。没想到，陈印的到来，一下就把店里的生意翻了好几倍，修车工人都硬招了十几个。

因为陈印，对于改装车极其有天赋，而且审美独特，经他手改装的车和摩托，特别炫酷拉风。他学习能力超强，又能吃苦，哪怕新上市的车，他也敢大刀阔斧地调整升级。

很快，车行就靠他吸引了很多汽车爱好者来改车。加上，即便是穿上脏兮兮的工服，他的脸依旧英俊夺目，在那些来修过车的女客人之间，一传十，十传百，渐渐开着豪华跑车来看他修车的女人也多了起来。每每有女客人来，他就恨不能钻到底盘下，再也不用出来。

后来，来光顾修车行的女客人实在太多了，有些人甚至只是来洗个车、抛个光。他有些不厌其烦，想要离开。

车行的两位老板，便提出让他当合伙人。于是，如今他也有了这家车行三分之一的股份，算是老板之一了。只是，他每天干得最多的，还是穿着脏兮兮的工装，在车子底下，钻来钻去。

“靠自己的双手赚钱，比靠脸踏实多了。”他望着怀臻，“至少，可以堂堂正正站在人面前。”

怀臻点点头，这样的陈印，虽然不再是陆钦时期的完美，却特别真实可靠。以前，她对着陆钦，每一天都像在梦里，随时都怕梦醒。

夕阳一点点沉落。局促的房间里，相对而坐的两个人，被染成了淡淡的金色。

怀臻手里那杯水，已经见了底。两人轻声说着别后种种，说着那一场情事对自己造成的改变。

怀臻的心里前所未有地平静，面前这张英俊的脸，已经和记忆中相去甚远，却又熟悉万分。那是她曾经刻在心里、烙印在血里的一张脸。在她看见他的那一瞬间，所有的回忆都回来了。所有她以为埋藏得很深的感情，又都撕掉封条，奔涌而出。她沉寂的心，又开始跳动。她的灵魂又活了过来。

她惊异地发现，她居然还渴望他，渴望到身体都在发烫。哪怕他曾经杀过人，坐过牢，靠女人生活过。可是，毕竟他们曾经有过那样多美好的回忆，他们曾经亲密无间，他也真切地爱过她，甚至愿意为她付出生命和前程。

他将她看得比自己还要重要！她想原谅他，可是——她敢不敢同他再在一起呢？她其实一点也不了解他，他对于她来说，只是个陌生人。

他对她所做的一切，有哪些是属于他自己的？有哪些是方琦让他做的？她分得清吗？曾经吸引她的，到底是这个陈印，还是他扮演的那个叫陆钦的角色？她迷惑了！她敢不敢重新尝试去接近他、了解他、接受他呢？敢不敢呢？

陈印温柔地看着怀臻，看着她的眼睛，他知道她心里并没有真正忘了他。他了解她。她每个细小的表情变化都逃不开他的眼睛。所有的自制力，在见到她的那一瞬间全盘瓦解。

他的心一阵阵紧缩，他想要这样近距离地看着她，看着她说话、微笑、蹙眉，看着她喝水、吃饭、睡觉……

可他怎么配得上她？她会原谅他吗？她会不介意他堕落的过去，还有曾经的欺骗吗？她敢跟他在一起吗？如果她敢，他又敢不敢呢？她会不会爱上真正的他呢？他的存在会让她永远在人前抬不起头吗？是继续离开，彻底从怀臻的身边消失，还是赌一次，勇敢地站到她跟前，求她给一个机会？他敢不敢呢？他的头越埋越低……敢不敢？

突然，一只白皙柔软的手伸到陈印面前，夕阳的波光就那样温柔地流淌在她的掌心——

他猛地抬头，看见怀臻真诚的笑容。他听见她有些发颤的声音——

“你好，陈印！

“我叫谢怀臻！很高兴遇见你！

“你愿意和我交个朋友吗？

“让我重新认识你、了解你？”

陈印霍地站起来——

他那么高大，需要怀臻仰起头，才能看见他的脸。他的脸上，甚至还有一抹滑稽的油污。

可是他的表情，是那么认真，认真到近乎于虔诚——

她听见他说——

“你好，谢怀臻。

“我叫陈印！

“很高兴遇见你！”

然后，她的手，便猛地被握住，握在一片温热的、湿濡濡的掌心里。